国家出版基金项目
NATIONAL PUBLICATION FOUNDATION

本卷主编 ◎ 金 钢

1945—1949年

东北解放区文学大系

短篇小说卷①

总主编 ◎ 丛 坤

黑龙江大学出版社

图书在版编目（CIP）数据

1945—1949年东北解放区文学大系．短篇小说卷 /
丛坤主编；金钢分册主编． -- 哈尔滨：黑龙江大学出
版社，2021.3
ISBN 978-7-5686-0457-4

Ⅰ．①1… Ⅱ．①丛… ②金… Ⅲ．①解放区文学－作
品综合集－东北地区－ 1945-1949②短篇小说－小说集－
中国－ 1945-1949 Ⅳ．① I218.3

中国版本图书馆 CIP 数据核字（2020）第 012123 号

1945—1949 年东北解放区文学大系　短篇小说卷
1945—1949 NIAN DONGBEI JIEFANGQU WENXUE DAXI DUANPIAN XIAOSHUO JUAN
金　钢　主编

责任编辑　杨琳琳　张微微　宋丽丽　高　媛　于　丹　刘　双
出版发行　黑龙江大学出版社
地　　址　哈尔滨市南岗区学府三道街 36 号
印　　刷　哈尔滨市石桥印务有限公司
开　　本　720 毫米 ×1000 毫米　1/16
印　　张　121.75
字　　数　1364 千
版　　次　2021 年 3 月第 1 版
印　　次　2021 年 3 月第 1 次印刷
书　　号　ISBN 978-7-5686-0457-4
定　　价　428.00 元（全 5 册）

《1945—1949 年东北解放区文学大系》

学术顾问 (按姓名笔画排序)

冯毓云　刘中树　张中良　张毓茂

编委会 (按姓名笔画排序)

主任： 于文秀

成员： 叶　红　丛　坤　刘冬梅　那晓波

孙建伟　李　雪　杨春风　宋喜坤

张　磊　陈才训　金　钢　赵儒军

侯　敏　郭　力　戚增媚　彭小川

蓝　天

出版说明

　　1945 年到 1949 年的东北解放区，社会风云变幻，文学繁荣发展。当时的文学创作者们以激昂向上的笔触，再现了波澜壮阔的解放战争和轰轰烈烈的土地改革，讴歌了人民军队可歌可泣的英雄事迹，描绘了劳动人民翻身后的喜悦心情，书写了时代的大主题。为了再现这段文学风貌，我们编辑出版了《1945—1949 年东北解放区文学大系》。

　　这套丛书以体裁分编，计小说卷（长篇、中篇、短篇）、散文卷、戏剧卷、诗歌卷、翻译文学卷、评论卷及史料卷七种。丛书编辑过程中，多数篇目由原始版本辑录，首次收入文集，也有些篇目参照了此前出版的多种文集。原始文献字迹不清确不可考的，丛书中以"口"代替。另受条件所限，个别代表性作品未收集到权威版本，以存目形式呈现。

　　丛书收录作品以 1945 年 8 月至 1949 年 10 月为创作时间节点，主要为东北作家创作的各类主题作品，也有非东北籍作家创作的有关东北解放区的作品。除此之外，还有此时期公开发表的反映抗日战争题材的作品，以及在东北出版的反映其他解放区情况的、革命主题特色鲜明的作品。

　　需要说明的是，此时期的个别作家受时代限制，思想表现出了一定的历史局限性，体现在文学创作方面可能表现为有不同程度的瑕疵，但是这一群体的作品，只要总体导向是正面的、积极的，从保证史料全面性、完整性的角度考虑，我们也将其收录，以真实呈现当时人们的思想状况。

　　丛书旨在突出东北解放区文学原貌，侧重文献整理，故此在编辑过程中,重点对作品中会影响读者理解的明显讹误进行了订正,对于字词、标点符号以及句法等问题则尊重原文的使用习惯,不予调改,以突出其史料价值。本书选文除作者原注外,亦保留原文在初次出版时的编者注,供读者参考。

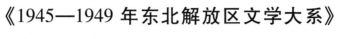

《1945—1949 年东北解放区文学大系》

短篇小说卷①

总　序

张福贵

从古至今，东北在中国历史与文化进程中，特别是近代以来都是决定中国社会政治发展走向的重要因素。当然，这种作用不单纯是东北自生的，更是多种因素叠加和交汇的结果。东北文化既是文化空间概念，同时更是历史时间概念，是不同空间、区域的多种历史文化的积累，是一种时空统一的文化复合体。值得注意的是，除了抗战时期的特殊因缘使"东北作家群"名噪一时外，作为东北历史文化和现实社会表征的东北文学特别是东北解放区文学，在相当长的时间里却未得到应有的关注。黑龙江大学出版社在对过去为数不多的东北文学史料进行整理的基础上出版的东北文艺史料集成——《1945—1949 年东北解放区文学大系》，因而可以说是特别值得关注的。

《1945—1949 年东北解放区文学大系》内容丰富，除了包括小说卷、诗歌卷、散文卷、戏剧卷之外，还包括评论卷、史料卷和翻译文学卷。这是一个前所未有的大工程，也是一件大善事。正如"总导言"中所说的那样，丛书注重发掘新资料，通过回归文学现场，复现了东北解放区文学的整体面貌。东北解放区文学处于东北现代文学快速繁荣发展的历史时期，在土改文学、工业文学、战争文学等方面代表了 20 世纪 40 年代解放区文学的成就，是对《在延安文艺座谈会上的讲话》所确立的文艺观念的全面实践。对东北解放区文学的系统研究有利于更全面地总结解放区文学的成就,有利于把握延安文艺传统与东北解放区文学的内在联系,以及解放区文学对新中国文学制度、观念、创作等方面的影响。以"历史视角""时代视角"对东北解放区文学,尤其是反映解放战争时期的土改题材、工业题材的小说和戏剧进行分析,可以勾勒出政治意识形态对东北解放区文学运动、文学社团、文学形态、文学制度、文学风格、文学论争等产生的影响,有利于把握东北解放区文学的历史价值、认识价值、审美价值与当代意义,同时对于挖掘东北地区的文化历史和建设东北文化亦具有现实意义。东北解放区文学是基于延安文艺传统而创作的,对东北解放区文艺运动、文艺理论的全面审视具有重要的历史价值和理论意义。此外,对东北解放区文学进行深入研究,探寻人民文艺理论的历史源头,对于当代文艺创作、审美观念的引导亦具有一定的启示作用。但是,受地域因素、资料整理程度、研究者文化背景等条件的制约,东北解放区文学在中国当代文学史上的特殊地位与价值一直以来并未引起研究者的足够重视。

东北解放区文学无论是在中国大文学史中还是在东北文学和文化发展的历史中,都是具有特殊意义的存在。

虽然现代东北文学在新文学运动初期晚于也弱于关内文学的发展,但是1931年九一八事变发生,新起的东北文学及东北作家被国难推到了文坛中心,萧红、萧军等青年作家更是直接受到鲁迅的关注和扶持,迅速成为前沿作家。这一批流落到上海等都市的青年作家由此被称为"东北作家群",他们奠定了东北文学在中国大文学史上的特殊地位。然而,正像全面抗战进入相持阶段之后,中国文坛也变得相对平静、舒缓一样,除了萧红、萧军等人外,东北文学和东北作家也逐渐失去了文坛的关注。应当承认,一些东北作家的文学成就和文坛名声之间并不完全相符,是时代造就了他们,提高了他们的文学史地位。然而,另一方面,我们对其中有些作家及作品的价值却又是认识不足的。对此,我自己也有一个认识转化的过程：过去单纯依据多数东北作家的创作进行判断，感觉某些艺术价值之外的因素在评价中发生了作用，其地位可能有些"虚高"；但是，对于20世纪的中国文学史来说，艺术之外的价值判断就是艺术判断本身，或者说，社会判断、政治判断就是中国文学史评价的根本性尺度。因为在中国作家或者说在知识分子的群体意识之中，政治的责任感和社会的使命感几乎是与生俱来的，而中国20世纪风云激荡的社会现实又为这种责任感和使命感提供了最好的生长环境。"悲愤出诗人"，"文章憎命达"，文学创作是与政治、思想、伦理等融为一体的，脱离了这一切，文艺也就失去了时代与大众。所以说，无论是具体的作品分析，还是文学史研究，没有了这些"外在因素"，也就偏离了其本质。"东北作家群"是时代的产物，也是时代文艺的产物，20世纪中国文学史中应该有他们浓墨重彩的一笔。作为后人，对历史做出评价往往是轻而易举的，但是这"轻而易举"往往会导致曲解甚至歪曲了历史，委屈了历史人物。"东北作家群"的价值和意义不是单一的，因为对中国现代文学史的评价从来就不是一种艺术史、学术史的评价，而是一种思想史和政治史的评价。正如鲁迅当年为萧军的成名作《八月的乡村》所作的序中所写的那样，"这《八月的乡村》，即是很好的一部，虽然有些近乎短篇的连续，结构和描写人物的手段，也不能比法捷耶夫的《毁灭》，然而严肃，紧张，作者的心血和失去的天空，土地，受难的人民，以至失去的茂草，高粱，蝈蝈，蚊子，搅成一团，鲜红的在读者眼前展开，显示着中国的一份和全部，现在和未来，死路与活路。凡有人心的读者，是看得完的，而且有所得的"。《八月的乡村》不仅是中国现代第一部抗日题材的长篇小说，也是世界反法西斯战争题材的第一部长篇小说，其意义和价值是特殊的、特有的，不可单单以艺术审美的标准来看待这部作品。"东北作家群"的存在及其创作的意义，不只是为20世纪30年代的中国文坛增添了特有的地域文化内容和东北文学特有的审美风格，更在于最早向全国和世界传达出中华民族抗敌御辱的英勇壮举，最早发出反法西斯的声音。此外，在抗战大历史观视域下，"东北作家群"的创作为十四年抗战史提供了真实的证据。特别是东北解放区的早期文学直书十四年历史的特殊性，这是十分可贵的和独特的。于毅夫的散文《青年们补上十四年这一课》，深刻而沉重地描写了十四年殖民统治下东北人的精神状态和文化演变：

> 这许多现象，说明了东北在十四年殖民地化的过程中，文化生活上是起了很大的变化。翻开伪满的"满语国民读本"一看，真是"协和语"连篇，如亚细亚竟写成了アジヤ，俄罗斯竟写成ロシヤ，有的人一直到现在还把多少元写成多少円，这都是伪满"协和语"的残余，说明殖民地残余的文化还在活着，还没有死去，这在今天不能不说是一件遗憾的事！仔细想来，这也难怪，因为日本的魔手，掌握了东北十四年，今天一旦解放，希望不着一点痕迹，这是完全做不到的，要从历史上来看，它切断了东北历史十四年，这十四年的历史是很黯淡地被抹掉了，十四年来也的确是一个大变化，在这期间多少国家兴起了，多少国家衰落了，多少血泪的斗争、多少波浪的起伏，都被日本鬼子的魔手所遮断！我回到家乡接触到成千成百的青年，几乎都不大明了这十四年来的历史真相，有的连中国内部有多少省都不知道，连云南、贵州在哪里都不晓得。

难能可贵的是，作者较早地认识到在经历了十四年的奴化教育之后，对东北人民进行民族和民主意识的启蒙是至关重要的。"不过历史是不能停滞的，殖民地残余的文化必须要肃清，法西斯毒化思想也必须要肃清，既然是日本鬼子切断了东北历史十四年，既然法西斯分子要篡改这一段历史，那我们就应该设法补足这十四年的历史！""要做到这点，我想青年们今天的迫切要求，不是如何加紧去学习英文、代数、几何、物理、化学、读死书本事，争分数之短长，准备到社会上去找一个饭碗，而是如何加紧去学习新文化，如何加紧学习社会科学，如何去改造自己的思想，如何进一步地去改造这遭受法西斯思想威胁的半封建的半殖民地的社会！""因此我向青年们提议要加强你们对于新文化的学习，加强对于社会科学的学习，特别是政治的学习，不要把自己圈在课堂里，圈在死书本子上。""新青年要掌握着新文化，新思想，才能创造起新中国新东北！"（《东北日报》1946 年 10 月 13 日）

在一批最前沿的左翼作家流亡关内之后，东北文学经过了一段艰难而相对平静的发展阶段。在表面繁华而内在凶险的沦陷区文艺界，中国作家用各种文艺手段或明或暗地与侵略者进行抗争，并为此付出了血的代价。这种状况直到1945 年"光复"之后才发生根本性转变，东北文艺创作者们一方面回顾过去的苦难，另一方面表现出对新生活的憧憬，这正是后来东北解放区文艺的心理基础，而日渐激烈的解放战争又为东北文艺的走向和解放区文艺的诞生提供了具体的现实基础。这与以萧军、罗烽、舒群、白朗、塞克、金人等人为代表的东北籍作家的返乡，以及在东北沦陷区留守的左翼作家关沫南、陈隄、山丁、李季风、王光逖等人的坚持，是分不开的。当然，随我党十几万军政人员一同出关的延安等地的众多文艺家，在东北文艺的创设中更是起到了引领和带头作用。这其中已经成名的有刘白羽、周立波、丁玲、草明、严文井、张庚、吴伯箫、华山、陆地、公木、方青、任钧、雷加、马加、陈学昭、西虹、颜一烟、林蓝、柳青、华山、师田手、李克异、蔡天心等。

东北解放区文艺的创作直接继承了延安文艺特别是毛泽东《在延安文艺座谈会上的讲话》精神。在党的直接领导下，东北解放区先后创办了《东北日报》《中苏日报》《东北民报》《关东日报》《辽南日报》《西满日报》《大连日报》《松江日报》《合江日报》《吉林日报》《胜利报》等，这些报纸多为党的机关报，其文艺副刊发表了大量的文艺作品、理论文章及文艺动态。这些报纸副刊对于东北解放区文学的引导与建构起到了重要的作用。与此同时，《东北文学》《东北文化》《东北文艺》《文学战线》《人民戏剧》《白山》《戏剧与音乐》等文学杂志,以及东北书店、大众书店、光华书店等出版机构相继创办,这些文艺刊物和书店对解放区文艺的发展也起到了很大的推动作用。

革命的逻辑和阶级的理论是东北解放区文艺创作的普遍主题。这是一种革命的启蒙,与左翼文艺一脉相承,只不过东北的社会现实为这种主题提供了更为广泛而坚实的生活基础。抗战胜利后,为了开辟和巩固东北解放区,使之成为解放全中国的军事和经济基地,我党进军东北,抢占了战略制高点。可是,在东北,人民军队所处的环境与山东等老解放区完全不同,殖民统治因素加之国民党的宣传,使得我们的政治优势在最初未能完全发挥出来。正如李衍白在散文《黎明升起——巨大变化的东北一年间》中所写的那样:"群众在犹豫中,岁月在艰苦里,这就是我们在东北土地上刚刚开始播种,还没有发芽开花时的现实遭遇。"随着革命形势的发展,革命军队传统的政治思想工作优势又体现了出来。我党在部队中开展了以"谁养活了谁"为主题的"诉苦运动",这颠覆了中国东北乡村社会的封建伦理,提高了官兵的阶级觉悟,极大地增强了部队的战斗力。

这种革命的逻辑在土改题材的作品中表现得最为突出。方青的短篇小说《翻身屯》讲述了这个朴素的道理:

> 像赵三爷那号人,把咱穷人的血喝干了,咱们才不得不去找口水喝饮饮嗓;他们喝干了咱们的血没有一点过,咱们找口水喝饮饮嗓子就犯了罪?旧社会就是这么不公平!他们还满口的仁义道德,呸!雇一个扛活的,一年就剥削好几十石粮食,还总是有理!穷人的孩子偷他个瓜吃,就叫犯罪,绑起来揍半天,这叫什么他妈的道德?咱们要讲新道德,咱们贫雇农的道德;就是用新道德来看咱们贫雇农;像上边说的那些犯了点毛病的,都不要紧,脸

上有点黑，一擦就干净了，只要坦白出来，都是穷哥儿们好兄弟。一句话：只要是姓穷的就有理，穷就是理！金牌子上的灰一擦净，还是金牌子。家务事怎么都好办！"李政委讲的话刚一落音，大伙高兴地乱吵吵起来："都亲哥儿兄弟么！"

除此之外，还有在"你给地主害了爹，我给地主害死了娘……"的事实教育下，认识到了彼此都是阶级弟兄，大家都是穷苦人的"无敌三勇士"，他们从此"火线上生死抱团结"。（刘白羽《无敌三勇士》）

土地改革是东北解放区文艺最引人关注的问题。东北解放区文学作品中有许多极具写实性的"穷人翻身"故事，如周立波的《暴风骤雨》、马加的《江山村十日》、白朗的《孙宾和群力屯》、井岩盾的《瞎月工伸冤记》、李尔重的《第七班》、西虹的《英雄的父亲》等文艺经典作品。

方青的《土地还家》描述的就是这一历史巨变给贫苦农民带来的心理和生活的变化：

二十年了，郭长发又重新用自己的手来排作自己的土地了。这是老人留下的命根，叫它长出粮食来养活后代的儿孙；可是二十年的光景，它被野狼吞了去，自己没有吃过它一颗粮食——他想到是旧社会把他的地抢走了。

现在呢？他又踏在这块地上铲草了，他感到自己已经离开家二十年，如今又回到母亲的怀里，亲切地叫着："娘！我回来了。"——于是他又感到满足：这是新社会把我的地要回来的。他这样想着，不由得拉长了声音跟儿子说：

"柱儿！想不到啊，盼了二十年，那时候你才三岁，多亏共产党……记住！可别忘了本啊！"

他真起腰来，两手拉着锄把，又沉重地重复着这句话：

"柱儿！记住，可别忘了本啊！"

佚名的《永北前线担架队速写》则写了在一天的时间里就组织起来八百余人的担架大队，作者经过和担架队员们的交谈，感受到了新解放区人民的觉悟。大队长问担架队员们："你们这次出来抬担架，怕不怕？"大伙回答："不怕！"大队长又问："为什么不怕？"大伙答："不怕，这是为了自己。"担架队员们相信唯有民主联军存在，他们才能活着。他们说："胜利是我们的，土地才是我们的。""赶走国民党反动派，保卫我们的土地和民主。"这与《白毛女》"旧社会使人变成鬼，新社会使鬼变成人"和《王贵与李香香》"要是不革命，穷人翻不了身，要是不革命，咱俩结不了婚"的主题是一样的。淮海战役的胜利是山东人民用手推车推出来的，而东北解放区的建立和辽沈战役的胜利又何尝不是如此！

战争书写是东北解放区文艺中最主要的内容，革命理想主义、革命集体主义和革命英雄主义精神，是东北文艺的思想主题，也是东北文艺的审美风尚。这种简单明了的思想、昂扬向上的精神本身就具有一种审美特质，它奠定了新中国文艺的审美基调。就东北解放区文艺而言，无论是描写抗日战争还是描写解放战争的作品，都普遍具有鲜明而朴素的阶级意识、粗犷而豪迈的革命情怀。

蔡天心的诗歌《仇恨的火焰》，描写了在觉醒的阶级意识支配下东北民主联军官兵的战斗情怀：

仇恨燃烧着，
像火一样烧灼着广阔的土地。
听啊——
大凌河在狂呼，

辽河在咆哮，

松花江在怒吼，

在许多城市和乡村里，

哪儿出现反动派的鬼影，

哪儿就堆成愤怒的山，

哪儿有敌人的迹蹄，

哪儿就燃起仇恨的火焰……

……

我们要

用剪刀剪断敌人的咽喉，

用斧头砍下他们的头颅，

用长矛刺穿他们的胸脯，

用棍棒打折他们的脚胫，

用地雷炸弹毁灭他们，

用从他们手里夺过来的武器，

打垮他们，

然后用铁镐把他们埋掉！

我们要用生命，用鲜血，

保卫这自由解放的土地，

不让反动派停留！

"赶走敌人啊，

赶快消灭它！"

让这充满着力量和胜利的声音，

随同捷报传播开去，

让千百万颗愤怒的心，

燃起

仇恨的火焰！

这种激情在东北解放区的散文、报告文学和战地通讯中表现得最为明显,如丁洪的《九勇士追缴榴弹炮》、马寒冰的《战斗中江南》、王向立的《插进敌人的心腹》、王焰的《钢铁英雄王德新》等。这些作品内容真实、情感深沉厚重,延续了抗战时期散文书写浪漫主义与现实主义相结合的审美特征。这些既有写实性又有抒情性的东北解放区散文作品在战争中凝聚人心、彰显力量,具有极大的宣传、鼓舞作用。

最为难得的是,面对东北发达的近代工业景观,作家们更多地描写了工人们的斗争和生活,这些作品成为东北文艺中最为独特而珍贵的展示,而且直接影响了新中国工业题材文学的创作。战争期间,沈阳、长春、大连等地的工业设施惨遭破坏。光复之后,为了保护工厂和恢复生产,工人们表现出了忘我的精神和高超的技术。这使得从未见过现代工业景象的文艺家们感动和激动,他们纷纷用笔来描写现代工业生产和城市新生活,从而给中国现代文学带来了前所未有的新气象。大连大众书店于1948年8月出版的《"工农园地"选集》,就收录了城市工人拥护并融入新生活的历史片段,如袁玉湖《锉股的火车头》,郓景明、孙聚先《熔化炉的话》等。此外还有李衍白《工人的旗帜赵占魁》,草明《翻身工人的创作》《工人艺术里的爱和恨》,张望《老工友许万明》等。李衍白在散文《黎明升起——巨大变化的东北一年间》中,描写了东北现代工业的风貌和工人们的热情:

> 今日的城市也正在改变着一年以前的面貌,先看一看今天的哈尔滨,代表它新气象的是全部工业齿轮的旋转,是市中心区黑夜中的灯光如画,是穿插在四条线路的二十五台电车和六条线路上三十台公共汽车,是一万五千吨自来水不停地输送给工厂、商店和住宅。这些数目字不仅超过了去年今日(蒋记大员们劫掠后所造成的混乱情况),而且有些超过了伪满。在紧张的战争中加速地恢复这些企业,同样不是依靠别的,而仅仅是由于工人的

觉悟。你想一想，一个工人为了修理一个发电的锅炉，但又不能停止送电，于是就奋不顾身钻进可以熔化生铁数百度的锅炉高热中，他穿着棉衣，外面的人用水龙朝他身上喷冷水，就这样工作一会熬不住了跑出来，再钻进去，来回好多次，最后，完成了任务。我们有好多这种感人的事例。

我们在这些描写工友的散文里，看到了解放区新生活带给城市工人的希望。他们积极上工，传授技术，加班加点，争着当劳动英雄。这在中国同时期其他地域的文学作品中是极少见的。

质朴单一的写实手法是东北文艺的普遍表现方式，这种质朴不单是一种审美风格，更是一种直面大众的话语策略。这一传统与近代"政治小说"、五四新文学、左翼文学和抗战文艺等都是一脉相承的。文艺作为一种宣传和斗争的工具，自然要承担起团结和争取最广大人民群众的历史任务。因此，质朴单一的写实手法、通俗易懂甚至有些粗俗的语言风格，成为东北解放区文艺的普遍表现形式。

鲁柏的诗歌《夸地照》用简朴的形式表达了翻身农民淳朴的感情：

> 一张地照领回家，
> 全家老少笑哈哈，
> 团团围住抢着看，
> 你一言我一语来把地照夸：
> 长方形，四个角，
> 宽有八寸长两拃；
> 雪白的纸上写黑字，
> 红穗绿叶把边插。
> 上边印着毛主席像，
> 四季农忙下边画；

地照本是政委会发，
鲜红的官印左边"卡"。
里面写着名和姓，
地亩多少填分明，
拿到地照心托底，
努力生产多收成。

　　这首诗歌不仅使用了农民的口语，而且用东北农村方言来直观地描摹地照的具体形状和细节，表达了翻身农民朴素的情感。这种描写与表现方式与中国古代民歌传统有直接的联系。

　　井岩盾的散文《瞎月工伸冤记》以一个雇农自述的方式讲述自己的悲苦经历和内心感受。当工作队员问他是否受地主老赵家的气，他说："大伙吃了他的肉也不解渴啊，都叫他给熊苦啦。"于是在工作队的启发和支持下，他"找大伙宣传去了"："张大哥，李大兄弟啊，咱们都是祖祖辈辈受人欺负的人呀！这回来了八路军啦，八路军给咱们穷人做主呀！有话只管说呀！有仇只管报啊！有八路军，咱们啥都不用怕呀！"这是东北解放区贫苦农民普遍具有的经历和感受，而这种质朴无华的语言也是地道的东北农民的日常语言，具有天然的亲和力。

　　邓家华的小说《打死我也不写信》从情节到语言都相当质朴，甚至有些幼稚，但是那种情感是真挚的。"我"被敌人抓去，遭到严酷的鞭打，"当时我痛得忍不住，皮肤里渗透出一条一条青的红的紫的血痕，可是打死我也不写信的，他们看到我昏过去了，也就走了。等我清醒过来时，浑身疼痛，我拼死命地弄坏了门逃了出来，可是不巧得很，又碰到了伪军，又把我抓起来了，他们还是逼迫我写信，我坚决地说：'死了心吧！就是死了，我父亲会帮我报仇的。'救星来了，在繁星的晚上，忽然西面枪声不停地响着，新四军老部队来攻击了，伪军们都吓得屁滚尿流地逃走了，啊！新四军救出我了，我很快地到了家里，见了爸爸妈妈，心里真是高兴得流泪了"。

李纳的散文《深得民心》记叙了长春一个米面商人对民主联军和共产党的淳朴情感："他已经将红旗展开，举到我的眼前，我看到七个大字：'中国共产党万岁！''中国共产党万岁！'他重复着这七个字，从眼镜里透露出兴奋的眼睛。这脸，比先前更可爱更慈祥了。'我喜欢这七个字，所以我选择了它。'大会开始了，人们都向着会场移动，老先生也站起来要走，临走时他问我在什么地方工作，我告诉了他，他高兴地说：'好，都是民主联军，深得民心，深得民心。'"抛开其内容不论，作品文字风格的朴素也显露出解放区文艺在艺术层面幼稚和不甚精致的弱点，而这弱点又可能是许多新生艺术的共有问题。也许，正因为幼稚，它才有更广阔的发展空间。

形式的多样性特别是短小化是东北解放区文艺创作的普遍特点，短篇小说、墙头诗、快板诗、散文、战地通讯、说唱文学等成为最常见的艺术形式。战争的环境、急剧变化的生活和读者的接受水平与习惯等，需要并且适应这种短平快的表达方式，而这也是延安文艺和抗战文艺形式的延续。天意的《县长也要路条》描写了两个一丝不苟的儿童团员在放哨时不放过民主政权的县长，硬是把他和警卫员带到乡长那里查证的故事。其篇幅短小，不到 400 字，但是内容蕴意深刻，语言风趣自然，简直就是一篇微型小说。

小区区的短诗《一心一意要当兵》，将人物的关系、思想、表情和语言都生动形象地表现出来，极具说服力和感染力：

> 葫芦屯有个小莲青，
> 一心一意要当兵——
> 他爹说：
> "你去吧。"
> 他娘说：
> "你等一等……"
> 他老婆说：

"哪能行?!"
忸忸怩怩来扯腿,
哭哭啼啼不放松:
"你去当兵啥时还?
为老为小撇家中!"
小莲青,
脸一红:
"小青他娘,
你醒醒:
八路同志千千万,
哪个不是老百姓?!
我去当兵打蒋贼,
咱们才能享太平。"

当然,东北解放区文艺中也有许多保留了浓郁的文人气息的作
品,这些作品与五四新文学的"纯文艺"审美风格有明显的承续性。
例如大宇的诗歌《琴音》:

一个琴师
把琴音遗失在幽谷里
滑落在幽谷的谷缝里了
琴音栽培了心原上的一棵草儿
琴音赞咏了艺术的生命
一支灿烂的强烈的光焰
我就永住在这琴音里了
就仿佛身陷于一片梦的缘边
仿佛浴着一片无际的云海
无垠的生旅无限的生涯
何处呀

　　我摸索到何处呀

　　琴音丢在幽谷里

　　滑落在幽谷的谷缝里了

　　十分明显,这不是东北解放区文艺创作的主流。

　　《1945—1949 年东北解放区文学大系》的编者耗费了大量精力来做这样一项浩大的地域性文学工程,这不只是对东北文艺的巨大贡献,更是对新中国文艺的巨大贡献。在此之后,东北文艺研究将迈上一个新台阶。

总导言

丛 坤

从 1945 年抗战胜利到 1949 年新中国成立这个时期,对于东北而言是极为特殊的。抗战胜利后,中共中央发布了《建立巩固的东北根据地》的指示,迅速成立了以彭真为书记的东北局,抽调了四分之一的中央委员、两万名党政干部、十三万主力部队赶赴东北,与国民党反动派展开激烈的斗争。在广大人民群众的支持下,中国共产党及其领导的军队从最初的战略防御转为战略反攻。1948 年 11 月,辽沈战役胜利,全东北获得解放。在解放战争时期,在中国共产党的领导下,东北人民反奸除霸,建立民主政府,消灭土匪,进行土地改革,在政治上、经济上翻身做了主人。东北的政治、经济、文化、教育等各个领域都发生了翻天覆地的变化,尤其是在文学创作方面,东北地区取得了不可低估的成就,文学创作出现了前所未有的发展和繁荣的局面。

“东北作家群”的回归、党中央选派的文化宣传干部的到来、文学新人的成长使得解放战争时期东北地区的创作队伍不断壮大。在东北沦陷后从东北去往关内的进步作家中,除萧红病逝于香港、姜椿芳在上海从事党的地下工作外,塞克(即陈凝秋)、舒群、萧军、罗烽、白朗、金人等都积极响应党的号召,陆续返回东北。1945 年 9 月至 11 月,党中央从陕甘宁边区和各个解放区抽调一大批优秀的文化工作者到东北解放区。据不完全统计,这一时期来到东北解放区的文化工作者有刘白羽、陈沂、周立波、草明、严文井、张庚、吴伯箫、华山、西虹、陆地、李之华、胡零、颜一烟、公木、林蓝、江帆、李纳、魏东明、夏葵、常工、方青、任钧、李则兰、煌颖、侯唯动、李熏风、雷加、马加、袁犀、蔡天心、鲁琪、李北开等。① 中共中央东北局宣传部与东北文艺协会在"土地还家"口号的基础上,提出了"文艺还家"的口号,号召广大文艺工作者在与农民同吃、同住、同劳动的同时,领导农民群众参加土地改革运动,帮助农民成立夜校、学习文化、办黑板报、成立文艺宣传队,提高他们的写作能力与文艺欣赏能力,在农民、工人等基层劳动者中培养了一大批"文学新人"。创作队伍的空前壮大为东北解放区文学的繁荣奠定了坚实的基础。

东北解放区文学的繁荣也与当时出版事业的空前繁荣密不可分。东北局宣传部将建立思想宣传阵地(即报刊、出版机构)、改造思想、建构意识形态话语权确定为首要任务。进入东北不久,东北局于1945年11月在沈阳创办了机关报《东北日报》(1946年5月28日由沈阳迁至哈尔滨,1948年12月12日搬回沈阳)。该报面向东北全境的党政军发行,是东北解放区发行量最大的报纸。之后,东北解放区创办、发行的报纸近百种。据《黑龙江省志·报业志》的统计,当时黑龙江地区(5省1市)的每个省市不仅有党政机关报,而且有人民团体和大行业的专业报纸,有些县也出版油印小报。仅哈尔滨出版的大报就有《哈尔滨日报》《哈尔滨公报》《哈尔滨工商日报》《大众白话报》《午报》《自卫报》《北光日报》《新民日报》《民主新报》《学生导报》《文化报》等。这一时期的报纸,无论设没设副刊,都或多或少地发表过文学作品。

东北局还出资创办了东北书店、光华书店、大连大众书店、辽东建国书店、兆麟书店、吉东书店、辽西书店等众多的图书出版机构。其中,东北书店是东北解放区规模最大、贡献最大的书店,在东北全境建有201个分店,发行网点遍布东北全境。除图书出版、发行外,东北书店还创办了《知识》《东北文学》《东北画报》《东北教育》等期刊。这

---

① 彭放:《黑龙江文学通史(第二卷)》,北方文艺出版社2002年版,第354页。

些出版机构大量出版政治读物、教材和文学书籍,促进了东北解放区出版业的发展。仅以东北书店为例,从 1946 年到 1948 年,东北书店总共出版图书杂志 760 种、各类图书 1 520 余万册。① 东北解放区纸张和印刷质量上乘的大量出版物不仅发行于东北各地,还随着东北野战军入关和南下,成为陆续解放的北平、天津、武汉等地人民群众急需的读物。历史上一向"文风不盛"的东北第一次有大量的出版物输送到关内文化发达之地,这成为一时之盛事。

此外,东北解放区先后创办的文学类期刊的数量是惊人的。如1945 年至 1947 年创办的文学期刊有《热风》(半月刊)、《文学》(月刊)、《文艺》(周刊)、《文艺工作》(旬刊)、《文艺导报》(月刊)、《东北文艺》(月刊)。1947 年以后创刊的大型专业期刊有《部队文艺》、《文学战线》(周立波主编)、《人民戏剧》(张庚、塞克主编),综合性期刊有《东北文化》(吴伯箫主编)、《知识》(舒群主编)等。其中,《东北文化》与《东北文艺》的影响最为突出。《东北文化》的主要任务是协同东北文化界,从政治上、思想上启发广大的东北青年和文化工作者,提高他们的自觉性,激发他们的革命热情、积极性和创造性,使他们在东北人民解放的伟大事业中发挥应有的作用。《东北文艺》是纯文艺性的刊物,刊载小说、戏剧、散文、诗歌、漫画、速写、报告文学、杂文、书刊评价,以及文学理论、有关文艺运动史的论著等。《东北文艺》聚集了一大批优秀的作者,如周立波、赵树理、罗烽、公木、萧军、塞克、舒群、白朗、严文井、刘白羽、西虹、范政、宋之的、金人、马加、雷加等。在他们的影响下,《东北文艺》还不断提携文学新人,这成为该刊的传统。从创刊到终结,《东北文艺》在新中国成立前后产生了很大的影响,20世纪 50 年代成长起来的许多作家、诗人是从这里起步的。可以说,《东北文艺》在解放战争和革命胜利后对新中国文学新人的培养起到了重要的作用。报纸、文学期刊、综合性期刊和出版机构的大量涌现,

① 逄增玉:《东北解放区文学制度生成及其对当代文学制度的预制》,载《文学评论》2017 年第 4 期。

为东北解放区文学的发展创造了良好的条件。

与此同时,为了更好地团结广大文艺工作者,东北局于1946年在黑龙江佳木斯成立了东北文化工作委员会,成员有张闻天、吕骥、张庚、塞克等。此后,若干文艺与文化团体陆续成立,其中最有影响的是1946年10月19日由全国文协的老会员萧军、舒群、罗烽、金人、白朗、草明6人在哈尔滨发起筹备的"中华全国文艺协会东北总分会"。这个文艺团体表面上是由文人自由结社,实际上主体是来自延安、具有干部身份的文化人,其中不少人是党员或东北文艺界的领导干部。"中华全国文艺协会东北总分会"对东北解放区文学的发展起到了不可忽视的作用。此外,中苏文化协会、鲁迅文艺研究会等文艺社团相继成立。1948年3月,中共东北局宣传部首次召开了由文学、戏剧、音乐、美术、电影等部门的150余名文艺工作者参加的文艺工作者会议。会议对抗战胜利以来的东北解放区文艺工作进行了总结,并制订了随后一段时间的文艺工作计划。此外,中共中央东北局宣传部内部成立了文艺工作委员会,吕骥、舒群、刘白羽、张庚、罗烽、何世德、严文井、袁牧之、朱丹、王曼硕、华君武、白华、向隅、田方、沙蒙、吴印咸任委员,负责指导东北解放区的文艺工作。

1946年秋,已迁至哈尔滨的原延安鲁迅艺术学院,按照东北局的指示北撤至佳木斯,并入东北大学,更名为鲁艺文学院。同年12月,东北局又决定让鲁艺脱离东北大学,组建东北鲁艺文工团。1948年秋冬之际,随着沈阳的解放,东北鲁艺文工团在经历了三年多艰苦卓绝的转战与工作后进入沈阳,随后正式复名为鲁迅艺术学院,恢复了延安鲁迅艺术学院的学校建制。文艺团体的纷纷建立为东北解放区文学创作队伍的培养提供了组织保证。

为了纪念解放东北这段革命岁月,为了展现东北解放区文学的勃兴与繁荣,我们编辑出版了《1945—1949年东北解放区文学大系》,分别从小说、散文、戏剧、诗歌、翻译文学、评论、史料等体裁角度进行整理、收录。

一

抗战胜利后的东北解放区文学是延安文艺的延伸与发展,东北解放区四年所发生的巨大变化,都生动、形象地展现在东北解放区的小说创作中。东北解放区小说充分展示了当时的社会生活,塑造了形形色色的人物形象,给人们留下了时代的缩影与历史的印迹。

东北解放区小说创作大体可以分为两个阶段。第一个阶段是从1945 年日本投降到 1946 年中共东北局通过"七七"决议,第二个阶段是从 1946 年通过"七七"决议到 1949 年新中国成立。在当时的局势下,中国共产党要最广泛地发动群众,进入东北的文艺工作者便肩负了与武装部队同样重要的"文化部队"的任务。他们用文学作品教育、引导群众,积极参与了粉碎旧的国家机器和意识形态的过程。在党的文艺方针政策的指引下,东北解放区的作家们广泛深入到农村土地改革、前方战斗生活和工厂建设之中,亲身体验群众生活。这使得东北解放区的小说能够迅速地反映生产、生活、军事等各个领域的变化与东北人民精神世界的变化。

从 1931 年日本发动九一八事变到 1945 年日本投降,十四年的沦陷历史构成了东北文学不可磨灭的创痛记忆。对沦陷时期东北社会生活的回忆,是这一时期小说的一个重要题材。而抗战题材小说则是对异族侵略者铁蹄下民生困难的真实记录,也是对战争年代民族精神的热情颂扬。但娣的《血族》、陆地的《生死斗争》、范政的《夏红秋》、骆宾基的《混沌——姜步畏家史》等都是这方面的代表作品。

土改斗争是东北解放区小说三大题材的重中之重。在那场深刻改变了中国农村政治、经济关系的运动中,东北解放区作家将强烈的政治使命感与巨大的创作热情相融合,创作出了大量的优秀作品,周立波的《暴风骤雨》、马加的《江山村十日》、安危的《土地底儿女们》等至今仍被读者反复阅读。

小说创作需要一个孕育的过程,相对来说,中长篇小说需要更长的时间来构思和写作,而短篇小说则完成得较快。在复杂、激烈的土改运动中,东北解放区作家们努力笔耕,迅速创作出大量的短篇小说。在这些小说中,我们可以看到东北农民在土改运动中的精神变化,农民经历了几千年的封建压迫,他们身上的枷锁不仅是物质上的,更是精神上的,从奴隶到主人的蜕变需要一个心灵的搏击历程。

反映前线战争是东北解放区小说的另一个重要题材,这些小说真实地体现了军民的鱼水情谊。西虹的《英雄的父亲》、纪云龙的《伤兵的母亲》等都是当时影响较大的作品。1947年至1948年是解放战争中我党从防御转为反攻的时期,随着战事的推进,中国人民解放军(1948年1月1日,东北民主联军改称为东北人民解放军,同年11月13日改称为中国人民解放军)的队伍急剧壮大,部队官兵的成分因而趋于复杂化。为此,部队采用诉苦的办法对广大指战员进行阶级教育,提高他们的政治觉悟和思想觉悟。诉苦教育消除了战士之间的隔阂,为解放战争的胜利打下了坚实的思想基础。刘白羽的短篇小说集《战火纷飞》、李尔重的中篇小说《第七班》等反映了这一主题。

除上述三大题材外,解放战争时期东北涌现出来的工业题材小说,亦可视为中国现代工业题材小说的发端,这也从一个方面证明了东北解放区小说的文学史价值和文化价值。

东北解放区的工业在新中国发展史上占有非常重要的地位。在这一方面,影响最大的是女作家草明的中篇小说《原动力》。这篇小说虽然存在粗糙和简单等不足之处,但作为新中国成立前描写工业生产和工人思想的作品,是值得关注和肯定的。此外,李纳的《出路》、鲁琪的《炉》、韶华的《荣誉》、张德裕的《红花还得绿叶扶》等作品也广受好评。这些小说充分展现了东北解放区工业蓬勃发展的景象,展现了工业生产对人的改造,也开创了新中国工业文学的先河。

东北解放区的相当一批小说,强调小说的政治价值,强调创作为工农兵服务,大多通俗易懂,而缺乏对心理深度和史诗境界的发掘。然而,东北解放区小说明朗新鲜,创造性地继承了延安文艺精神,反映了东北解放区的历史巨变和社会变革中诸多的社会问题,为新中国成立后的十七年文学开辟了道路。

二

　　散文卷在本丛书中占有重要的分量,真实地记录了解放战争中东北解放区人民的巨大贡献,独特的作品体例亦标示出其在新中国散文创作史中的独特地位。

　　解放战争时期东北战区的胜利,不仅是军事史上的奇迹,更是人民意志创造历史的丰碑。许多作者都以醒目而直接的题目记录了解放军普通战士勇敢战斗、不畏牺牲的英雄事迹,以真挚的情感,突出了普通战士大无畏的战斗精神和取得战斗胜利的信心。这些作品表现了同一个主题:解放军是人民的军队,中国共产党是全心全意为人民服务的。这也是新中国强大的根基体现。

　　散文卷中还有一部分作品,叙述了悲壮的抗联斗争的事迹,如纪元龙的《伟大民族英雄杨靖宇事略》、菽沅的《老杨——人民口中的杨靖宇将军》、陈堤的《悼念李兆麟将军》等。英勇不屈的民族气节是抗联英雄的崇高品质,也是抗联精神最真实的写照。而东北书店于1948年6月出版的《集中营》,以革命者的亲身经历叙述了大义凛然、为真理献身的革命志士的事迹,让后人真正理解了"头可断血可流,革命意志不能丢"的气节,"永不叛党"是英烈们用鲜血和生命刻写在党章之中的。

　　从1946年到1948年,尽管国民党军队在东北重要城市盘踞,并负隅顽抗,但是东北农村却发生了翻天覆地的变化。中国共产党在根据地开展土改运动,领导农民推翻了地方统治势力,领导农民斗地主、分田地,农民欢欣鼓舞,迎来了新生活。强大的后方农村根据地为部队供给提供了保障,同时,许多年轻的子弟为了保护胜利果实自愿参加了解放军,这改变了国共双方在东北的兵力布局。《永北前线担架队速写》等作品反映了这一主题。

　　此外,解放区散文作家的笔下还洋溢着新生活的喜悦,如严文井的《乡间两月见闻》。除了乡村,对于那些在战后重新回到人民手中的城市,我党也开始接管,并进行初步的恢复性建设。在作家们的笔下,新生活带来了新气象。大连大众书店于 1948 年 8 月出版的《工农园地选集》，就收录了描写城市工人拥护和融入新生活的散文。在这些描写工厂、工友的散文里，我们可以看到解放区的新生活给城市工人带来了希望。

这些散文作品大多短小精悍，具有迅速性、敏捷性和战斗性等特点，具有独特的艺术特征。这与当时许多作家的出身密切相关。如刘白羽、草明、白朗、华山、西虹等作家对战争环境和百姓生活有着敏锐的观察力和真实的体验，他们的作品使得东北解放区 1945 年至 1949 年的散文创作呈现出独特的风格，表现出纪实性和文学性相结合的特点。此外，由众多从延安来到东北的文艺干部组成的随军记者，以大量的新闻报道反击了国民党的舆论污蔑，记录了解放军战士不畏艰险、顽强抗敌的英雄事迹，同时表现了后方人民在解放区土改过程中翻身解放、分得土地的喜悦心情。

散文作家记录这些真人真事的报道在东北解放战争中起到了巨大的宣传作用，成为鼓舞人心的强大的精神力量。东北解放区散文也因为内容真实、情感真实而呈现出历久弥新的生命力，往往给读者带来身临其境的感受，也让人忽略了作品本身的艺术特质。实际上，这些散文正是在真实的基础上，以生动与丰富的细节给读者留下了深刻的印象，在真实性的基础上呈现出文学性。华山的《松花江畔的南国情书》就是代表作品之一。

细节的生动亦使东北解放区散文具有鲜明的文学性。东北解放区散文将我军战士的大无畏精神写得非常真实、感人。在展示解放区新生活、新风尚方面，许多拥军爱民的片段写得细腻、真实。

东北解放区散文在主题内容上具有很高的价值，大量的散文颂扬了东北人民解放军的集体主义精神和英雄主义精神，表现了我军指战员的英勇气概，体现了战士们浩气长存的革命豪情。因此，东北解放区散文具有较高的文学价值，其明朗的表现方式恰恰是后来共和国文学明确表达和高度肯定的。题材广泛、内容真实和情感深厚的纪实性文学，使得东北解放区散文在战争时期凝聚了强大的精神力量。反映中国人民解放军不畏艰险、英勇战斗的长篇报告文学,在风格上激情澎湃,体现出解放军崇高的革命乐观主义精神。这一时期的散文把东北解放历史进程的全貌和战士们的英勇壮举再现了出来,东北解放区散文也因此具有了军事史和共和国历史的资料留存价值。东北解放区散文在创作上因为具有纪实性与文学性相结合的特点,为军旅散文创作提供了新的美学范式。

三

在东北解放区文学中,戏剧具有内容丰富、种类繁多、通俗明了、利于传播等特点,兼之创作群体庞大,故而获得了巨大的丰收,这成为东北解放区文学繁荣的重要标志之一。戏剧具有鲜明的启蒙性、宣传性和战斗性等特征,对东北解放区的生产建设、围剿土匪、土改运动和解放战争发挥着不可替代的宣传作用。

东北解放区戏剧的繁荣首先得益于东北解放区报刊对戏剧的支持。例如,《东北日报》刊发的剧作涉及歌唱新生活、感恩共产党、批判美蒋、拥军劳军、参军保家、歌颂劳模等多方面的内容。1947 年 5 月 4 日创刊的《文化报》则是东北解放区第一份纯文艺性质的报纸,主要刊载一些文学常识、短文、小诗、书评、剧报等。此外,《前进报》《北光日报》《合江日报》等都刊发了大量的戏剧作品。而从刊载量来看,期刊对戏剧的支持力度更大。在众多的文艺期刊中,对戏剧传播影响较大的是《东北文学》《东北文化》《东北文艺》《文学战线》《知识》和《人民戏剧》等。

从 1945 年年底开始,东北解放区以各家出版社为依托陆续出版了许多戏剧作品,这是解放区戏剧传播的重要途径。较有影响的是东北书店和人民戏剧社等。在解放战争期间,东北书店出版的各类戏剧作品和理论书籍近百种,形式包括话剧(独幕话剧、多幕话剧)、京剧、评剧、二人转、歌舞剧(广场歌舞剧、儿童歌舞剧)、歌剧、新歌剧、小歌剧、道情剧、活报剧、秧歌剧、小喜剧、小调剧、皮影戏等。其中,秧歌剧超过一半。

文艺团体的迅猛发展是解放区戏剧广泛传播的最终体现。1945年11月以后,东北文工团等数十个文艺团体在东北局宣传部的领导下先后成立。这些文艺团体以《在延安文艺座谈会上的讲话》为指导,坚持走文艺大众化的道路,活跃在东北城市和乡村,战斗在前线和后方。他们创作、表演了一系列以支援前线、土地改革、翻身当家为主题的作品,这些作品受到人民群众的好评。

从内容方面来看,歌颂工人阶级是东北解放区戏剧的一个重要内容。东北光复后,作为解放全中国的大本营,哈尔滨、沈阳等工业城市的作用得以凸显,工人阶级成为时代的主角。从剧作内容来看,第一种是反映工人生活的剧作,如王大化、颜一烟创作的《东北人民大翻身》;第二种是歌颂先进个人无私支援解放区建设、帮助工厂恢复生产的剧作,较有影响的有《献器材》《十个滚珠》《一条皮带》《刘桂兰捉奸》;第三种是歌颂党的政策的剧作,代表作品有《比有儿子还强》和《唱"劳保"》。工业题材戏剧的大量创作,极大地拓宽了解放区戏剧的创作领域,为新中国工业题材戏剧的发展奠定了坚实的基础。

东北解放区戏剧中描写农民翻身解放、分得土地的农村题材的戏剧的比重最大。第一类是反映东北农民翻身解放,通过新旧对比来歌颂新农村、新生活的剧作。第二类是反映粉碎各类阴谋、同复辟分子做斗争的剧作,代表剧作有《反"翻把"斗争》等。第三类是反映改造后进、互助合作,表现农民积极开展大生产运动的剧作,如《二流子转变》。第四类是描写劳动妇女反抗封建婚姻、争取民主权利、积极参加劳动生产的剧作,如《邹大姐翻身》。

东北解放后,群众的思想还比较保守,革命启蒙的任务十分重要,尤其是要帮助东北人民认同和接受中国共产党及其领导的人民军队。在描写军队的戏剧中,既有表现人民军队英勇战争、不怕牺牲、勇于献身的剧作,也有以军民互助、拥军支前为主要内容的剧作,这类剧作完整地再现了东北人民从最初的误解民主联军到后来积极送子参军、送夫参军、拥军支前的全过程。前者的代表作有《老耿赶队》《鞋》《两个战士》等,后者的代表作有《透亮了》《收割》《支援前线》等。

在艺术特点上,虽然东北解放区戏剧的整体水平不是最高的,但是其庞大的作者群体、巨大的创作数量、伟大的历史功绩,使得解放区戏剧创作达到了巅峰状态。东北解放区戏剧因对传统戏剧和西方舶来戏剧的融合而具有现代性,在这种融合的过程中实现了本土化,并形成了民族化、大众化、乡土化的特征。东北解放区戏剧的民族化特征源于延安时期戏剧的"中国化"。而其大众化特征是指具有广泛的群众基础,且创作群体亦十分大众化。东北解放区戏剧的乡土化则主要表现在地域特色上。

在创作方法上,东北解放区戏剧继承了延安戏剧的传统,剧作家们用现实主义的方法把自己身边刚发生或正在发生的事情通过戏剧的形式真实地反映出来,集中表现工、农、兵的日常生活。东北解放区戏剧起到了鼓舞斗志、颂扬先进、宣传政策、支援前线的作用。

在戏剧结构上,东北解放区戏剧的戏剧冲突尖锐而集中,叙事模式多元,表现方式多样。在人物塑造上,剧作塑造了一个个爱憎分明、个性突出、敢作敢为的人物形象。这些人物形象生动丰满、有血有肉,为观众熟悉和喜爱。

东北解放区戏剧在取得较高的艺术成就和发挥重要的宣传作用的同时,也存在一定的不足。然而瑕不掩瑜,民族化、大众化、乡土化的特征,使得戏剧的宣传性、教育性、战斗性的作用得以充分发挥出来。东北解放区戏剧对光复后进行的民众文化启蒙、文化宣传具有不可替代的作用,对解放区的土地改革和解放战争做出了不可磨灭的贡献。

四

东北解放区诗歌秉承了我国诗歌的优秀传统,具有红色革命基因。它一方面与伪满时期的诗歌做了彻底的割裂,另一方面又延续了东北抗联诗歌的革命精神和爱国主义情怀,集中书写了山河易色、异族入侵带给东北人民的苦难和屈辱,书写了受难的人民在共产党领导下的觉醒与反抗,书写了东北人民在艰苦的自然环境与战争环境中形成的坚韧、乐观、幽默的性格。

东北解放区诗歌是中国解放区诗歌的重要组成部分,与其他解放区诗歌保持着一致性和连续性。它之所以能复制延安解放区的文学模式,主要是因为其创作队伍中的很大一部分是来自延安解放区的革命文艺工作者,故在文学制度和文学政策上与全国其他解放区能保持一致。东北解放区诗歌的作者主要有四种身份:一是来自陕甘宁边区和延安解放区的文艺工作者;二是抗战时期流亡到关内的"东北作家群"(在抗战结束后返回东北);三是虽然本人不在东北解放区,但是其作品在东北解放区的重要报刊上发表过并产生了一定影响的诗人;四是来自各行各业的业余诗人。《东北日报》文艺副刊曾陆续发表过很多业余诗人的作品,这些业余诗人中既有宣传干部,又有工人、农民、战士、学生(其中有许多人使用笔名,甚至使用多个笔名,今天有些作者的真实姓名已很难核实)。有一些诗人并不在东北解放区工作,但是其作品在东北解放区的重要报刊上发表过,并对全国解放区的文学发展产生过重要影响,如艾青、田间等。东北解放区的代表诗人有公木、方冰、马加、严文井、鲁琪、冈夫、天蓝、韦长明、刘和民、李北开、彤剑、侯唯动、胡昭、李沉、夏蔡、林耘、顾世学、萧群、蔡天心、杜易白、西虹、师田手、白刃、白拓方、叶乃芬、丁耶、孙滨、阮铿等。

从内容上看,东北解放区诗歌主要是反映当时东北解放区的经济建设、军事斗争、农村工作和城市建设等,具有现实性、时代性。从艺术形式上看,诗歌谣曲化、大众化、民间化的特点突出。抒情诗、叙事诗、街头诗、朗诵诗、歌谣、童谣等成为当时最常见的诗歌体裁。东北解放区诗歌具有以下几个显著特点:

第一,诗歌内容具革命性且高度政治化。东北解放区文学是为中国共产党解放东北和建设东北的政治任务服务的,其主要功能和目的是紧密贴近和配合解放区的主流政治运动。很多诗歌是为满足当时的政治需要而作的,充分体现了《在延安文艺座谈会上的讲话》在诗歌创作方面的实践成绩。东北解放区诗歌与中国解放区诗歌在题材选择、审美价值上保持着一致性,并具有东北解放区特有的地域性特点。

揭露、批判、颂扬是东北解放区诗歌的三大主旋律,诗人们以工人、农民、士兵、英雄人物、劳动模范等为书写对象,歌颂英雄人物,记录战争风云,赞美新农民,抒发家国情怀。

第二,具有鲜明的战争文学特点。东北经历了十四年艰苦卓绝的抗日战争,接着又经历了五年的解放战争,近二十年间,始终处于战争状态。诗歌也呈现出战时文学特质,记录了艰苦卓绝的战争场景与生活现实。对于重大战役的抒写与记录,英雄主义、乐观精神、必胜信念的情感基调,加之大东北茫茫雪原、天寒地冻的地域特点,使得东北解放区诗歌具有鲜明的东北地域特色。

第三,农村题材也是东北解放区诗歌的重头戏。东北经过十四年的抗日战争,土地荒废,农民思想落后。抗日战争结束后,解放军入驻东北,一方面做农民的思想工作,进行思想启蒙,另一方面在农村贯彻党的土改政策,进行土地革命,让农民成为土地真正的主人。因此,在东北解放区,启蒙农民思想、反映土改运动、揭露地主阶级剥削农民的本质、塑造新农民形象成为农村题材诗歌的主要内容。

第四,工业题材诗歌在东北解放区诗歌中独领风骚。《文学战线》等报刊还专门设立了工人专栏,如《文学战线》专辟"工人创作特辑",作者均来自生产第一线。工业题材诗歌丰富了东北解放区诗歌的样态,也成为东北解放区诗歌的重要组成部分。

第五,叙事诗是东北解放区诗歌的主要体裁。长篇叙事诗体量大,便于完整地呈现人物或事件的变化过程,便于刻画生动、饱满的艺术形象,因此很受东北解放区诗人的青睐。在《东北文艺》《文学战线》等杂志和个人诗集中,带有浓郁的东北民间话语特色,反映土改运动、翻身农民踊跃参军等内容的长篇叙事诗一时间大量出现。

第六,诗歌审美倡导大众化、通俗化。在解放战争时期,文学要担负着团结人民、教育人民、打击敌人的任务,因此,战时诗歌不能一味地追求高雅的诗意,它既要通俗易懂,便于启蒙民众,又要迎合普通大众的审美需求,适应战争时期的宣传需要。东北解放区诗歌的谣曲化倾向突出,诗作大多出自部队宣传干部、战士、工人、农民之笔,以社会现象为题材,具有相当强的时效性,普遍具有语言通俗易懂、直抒胸臆、为群众所熟悉和易于接受等特点,真正达到了为工农兵服务的目的。

东北解放区诗歌也存在一些不足。由于过于强调宣传性、鼓动性和战斗性,重内容而轻艺术,艺术水准较低,东北解放区诗歌未能达到思想性和艺术性相结合的高度。

五

东北翻译文学兴起于20世纪20年代末,当时的《北国》《关外》等文学期刊上都登载过翻译作品,对俄苏、英、美、日等国家的民族文学作品,以及批判现实主义、"普罗文学"等文艺理论均有译介。但这种生动、活跃的局面随着1931年九一八事变的发生而不复存在。1931年至1945年,在长达十四年的沦陷时期,东北翻译文学出现了两块文学阵地:一个是以沈阳、大连为中心的"南满文学"阵地,另一个是以哈尔滨为中心的"北满文学"阵地。辽南文坛在九一八事变以后出现了一股译介欧美和日本文学及其理论的潮流,主要刊发、翻译消极的浪漫主义、自然主义的文艺作品和理论,只刊发少量的俄苏文学。相对而言,北满文坛对俄苏现实主义文学作品及其理论的翻译有着更重要的意义。

解放战争时期的东北解放区文学的传播模式主要是"延安模式"。在翻译文学方面,东北解放区文艺工作者侧重译介的目的性和计划性。从目前了解到的情况来看,当时很多期刊都设有翻译栏目,其中《东北日报》《东北文艺》《前进报》《群众文艺》《知识》等都设立了介绍苏联文学的专栏,经常发表苏联社会主义建设时期和卫国战争时期的作品。此外,侧重刊发翻译文学的报纸、期刊还有《文学战线》《文化报》《知识》《东北文化》等。文学观念是文学创作的潜在基础,规范和支配着这个时代的文学创作。解放区的作家们译介了大量的苏俄作品,其中大部分是社会主义现实主义作品。除报刊外,东北解放区翻译文学的出版途径还有书店。由书店、期刊、报纸构成的媒介场,有效地促进了东北作家与世界文艺思潮的交流,尤其是苏联所倡导的革命现实主义文学创作思想对东北的文艺运动发挥了指导作用。

《东北日报》的译介主要集中在俄苏文艺思想、作家作品方面,其中刊发艾伦堡、法捷耶夫等文艺理论家的作品的数量最多,产生的影响也最为深刻。这些作品极大地开阔了东北知识分子的视野。《东北文艺》每期都对俄苏文学作品、作家进行介绍,较有代表性的是 1947 年曾连载过的金人翻译的苏联作家华西莱芙斯卡亚的中篇小说《只不过是爱情》。《文化报》介绍了大批的俄苏作家,刊载了一些文艺评论、文学作品等。《文学战线》在刊发原创作品的同时,则侧重于介绍俄苏文学作品和翻译俄苏文艺理论。

东北书店出版了大量的翻译过来的苏联文艺论著和苏俄文学作品,目前搜集到的翻译文艺论著的种类达 110 余种。其翻译出版的俄苏文学作品具有丰富的题材,包括电影文学剧本、报告文学、游记、书信集、诗歌、小说等。辽东建国书店、大连大众书店、光华书店等也是翻译作品重要的出版机构。

翻译文学的发展有助于文学创作的繁荣与文艺理念的更新,但东北解放区译介作品的内容较为单一,翻译的作品几乎全都来自苏联,俄苏文艺思想、文艺理论和文艺作品得到高度关注,成为文坛的主流。其原因有如下几个方面:

首先,从地缘因素来看,东北与苏联有着天然的地缘关系。东北地区与苏联的东西伯利亚地区有着相似的自然环境,都处于高纬度寒带地区,气候寒冷,地广人稀。自然环境和原始文化的相似为思想的交流提供了基本契合点。

其次,从政治因素来看,俄苏文学在中国的兴衰与中俄之间的政治文化交流有着密切的关系。当时的文人也希望通过译介苏联文学作品来改造和影响人们的思想意识,以及树立新民主主义革命的奋斗目标和未来社会主义的奋斗目标。

最后,从社会现实来看,东北解放区的沈阳、大连等地在中国人民解放军进驻之前已经驻有苏联红军,而且在经济、文化等方面与苏联交往密切,苏联文学作品的翻译、出版自然丰富。

1942 年之后,延安文艺工作者主要是对苏联等少数社会主义国家的文学作品进行译介。对于与苏联接壤的东北解放区来说,由于与外界接触困难,能获得的外国文学作品更少,在建设新文学方面,除了以五四新文学和老解放区文学为资源外,苏联文学便是重要的资源。苏联文学对建设中的东北解放区文学具有不同寻常的意义。

六

东北解放区建立后,文学创作繁荣一时。然而,文学创作在繁荣的背后也存在着一些问题,其中一个突出的问题就是创作者的背景复杂,其中有来自抗日根据地的,也有来自关内国统区的,还有本土的。不同的思想意识、价值取向、艺术趣味掺杂在各类作品中,部分作品的创作倾向出现了偏差。这些问题引起了文艺界的关注。东北解放区的主要报刊和杂志纷纷开辟评论专栏,采用编者按、读者来信、短评、述评、观后感等形式开展文艺批评,为确立正确的文艺路线提供思想保障。

初到东北的文艺工作者首先感受到的是新老解放区之间政治环境和文化环境的差异。自清朝灭亡到抗战胜利的三十多年间,东北民众饱受战乱的痛苦。抗战胜利后,虽然旧的社会结构和文化体制已经解体,但旧的意识形态还残留在一些人的头脑中,东北民众与新政权之间存在着一定的隔膜。刚刚到达东北的大多数文艺工作者对东北特殊的历史环境认识不足,尚未做好相应的思想准备,仍然延续过去的创作方法和思维方式,脱离群众和实际。以什么样的形式和内容来服务刚刚从殖民者的铁蹄下解放出来的人民,是当时文艺工作迫切需要解决的问题。

文艺争鸣与文艺批评既是抗日根据地文艺工作的优良传统,也是党指导文艺工作的重要手段。毛泽东同志在《在延安文艺座谈会上的讲话》中指出,文艺界主要的斗争方法之一,是文艺批评。此时,东北文艺工作者的首要任务就是对旧的意识形态进行批判和改造,从而构建与延安解放区主体同构的新的意识形态场域。因此,在本地区文艺界开展一场广泛的文艺批评运动就显得十分迫切和必要。1945 年 11 月,陈云同志在《对满洲工作的几点意见》中提出了党在东北的几项重要任务:"以扫荡反动武装和土匪,肃清汉奸力量,放手发动群众,扩大部队,改造政权,以建立三大城市外围及长春铁路干线两旁的广大的巩固根据地。"①这既是党在东北的中心工作,也是东北文艺界所面临的主要任务。东北解放区的文艺队伍自觉地将创作与政治任务结合起来,坚持为人民服务的创作方向,以《在延安文艺座谈会上的讲话》为指导来进行创作。东北这块古老而又年轻的土地上结出了丰硕的艺术成果。这些作品在内容上贴近当时东北的现实生活,在形式上生动活泼,富有浓郁的地方乡土气息,在教育人民、鼓舞人民、组织人民、团结人民、打击敌人方面发挥了重要作用。东北解放区文艺作为革命文艺版图中的一个独立板块开始形成,它既是"延安文艺"的派生,又具备地域文化品格。它不是由内而外自发产生的,而是在改造和清除原有旧文化的基础上通过外部输入逐步确立的。

与"延安文艺"相比,东北解放区文艺自身也出现了一些新的特质,特别是在文艺批评方面,文艺工作者表现出了强烈的自觉性。他们坚持无产阶级和人民大众立场,从不同层面和角度开展文艺界的批评与自我批评,引导东北解放区文艺朝着正确的方向发展。

东北解放区文艺的根本任务与延安文艺的根本任务保持着高度一致,但又具有特殊性。如果简单地照搬、照抄延安文艺的经验,那么东北解放区文艺很难适应革命发展的需要。东北解放区文艺首先具有启蒙的意义,它不仅具有文化启蒙的意义,也具有政治启蒙的意义。为此,东北解放区的文艺工作者以《在延安文艺座谈会上的讲话》精神为指导,树立起无产阶级的文艺大旗,以新文化来改造旧社会,重塑民众的国家意识、民族意识和政治意识,把东北建设成为中国革命的战

---

①　中国人民解放军历史资料丛书编审委员会:《剿匪斗争·东北地区》,解放军出版社 2001 年版,第 70 页。

略大后方。

在延安文艺旗帜的指引下,东北文艺界通过理论探讨和思想整风,统一了广大文艺工作者对革命文学根本属性的认识,东北的文艺工作焕然一新。广大文艺工作者在理论和实践两个方面取得了很大的成就,既继承和发扬了延安文艺思想,也将《在延安文艺座谈会上的讲话》精神与具体实践结合起来。夏征农、蔡天心、铁汉、甦旅、萧军、胥树人等知名的文艺界人士都对这个问题做了深入研究,产生了较大的影响。

与延安文艺相比,这个时期的东北文艺作品主题更丰富,创作者以切身的生命体验为基础,再现了解放战争时期东北所发生的波澜壮阔的革命斗争,以及在这个过程中东北人民的生活与精神面貌。

东北解放区的文艺发展也不是一帆风顺的,它也走了一些弯路。但是,在毛泽东《在延安文艺座谈会上的讲话》的指引下,文艺工作者不仅投身到创作之中,也开展了广泛的文艺批评,营造了一个宽松的舆论环境,作家们畅所欲言,在批评他人的同时也开展自我批评。这为创作的繁荣奠定了理论基础,也为新中国的文艺创作和文艺批评积累了资源和经验。

七

史料卷是大系的综合卷,其编撰初衷是反映东北解放区文学创作的初始背景,呈现当时的政策和文学创作的大环境,通过对资料的梳理,为弘扬东北解放区文学创作的优良传统提供第一手的基础资料。史料卷共分为六大部分。

一是文艺工作的政策方针。文艺工作的政策方针是党根据一定历史时期的总路线和总任务确立的文艺指导原则,反映了一定时期文艺创作的总体规划、部署和要求。史料卷旨在呈现东北解放区创作繁荣的大背景下中国共产党对文艺工作的总体规划和实施情况。史料卷主要收录了与东北解放区相关的宣传文件,以及部分会议发言和讲话等内容,其中有出版、通讯、写作的相关规定,也有重要领导对文艺工作的指示要求,同时还收录了部分重要会议成果。

二是重要的报纸、期刊。报纸、期刊大量创办是文艺繁荣的重要标志之一。报纸、期刊直接促进了文学事业整体的发展和繁荣,使优秀作品产生了广泛的社会影响。1945 年 11 月《东北日报》创办后,东北解放区先后创办、发行的报纸近百种。此外,在东北局宣传部的统一领导下,地方与军队也创办了数十种文学与文化类刊物。从成人刊物到儿童刊物,从高雅刊物到面向大众的通俗刊物,从文学到艺术,靡不具备。诸多的文艺报刊为文学作品的生产提供了园地,成为东北解放区文学创作的先锋阵地。

三是文艺团体、机构。在东北解放区,多个文艺团体和机构活跃在文艺创作和宣传的第一线,对东北解放区文艺事业的发展发挥了重要作用。东北局先后出资创办了东北书店等众多的图书出版机构,使得东北解放区报刊出版和传媒得到快速发展。1946 年,东北局在佳木斯成立了东北文化工作委员会,此后,中苏文化协会、鲁迅文艺研究会等文艺社团也相继成立。东北文艺工作团等文艺团体也迅速发展。在组建大量的文艺团体和文工团之际,军队与地方政府和宣传部门还非常重视文艺人才的培养和文学教育体系的建立,在演出之余,也招收和培养文艺人才。在短短的四年间,东北解放区建立了众多的文艺工作团体与人才培养学校。这体现了我党对教育人民、教育部队和动员人民参与革命的重视。

四是作家和创作书目。从延安来到东北的革命文艺工作者数以百计,此外,20 世纪 30 年代从哈尔滨流亡到关内各地的东北作家群成员也陆续返回东北。这些文化工作者云集黑龙江,办报纸,办杂志,从事广泛的文化艺术活动,使得东北解放区文学艺术以全新的姿态向共和国迈进。史料卷收录了活跃在东北解放区的多位作家的生平和创作情况,当然,由于这一历史时期具有特殊性,作家区域性流动较为频繁,对作家的遴选和掌握主要以创作活动的轨迹和作品发表的区域为依据。

五是文学回忆与纪念。为了弥补现有资料不足的缺憾,史料卷特别收录了部分文学界前辈及其家人的回忆与纪念文章,其中既有参加文艺团体的亲历感受,也有对文艺创作细节的点滴回忆。由于年代久远,这些资料的某些细节无法准确、翔实地体现出来,但这些资料记录了东北解放区文艺工作者的亲历感受,对补充和完善史料卷的内容大有裨益。

六是大事记。为了对解放区文学创作资料进行细致整理,进而为读者提供一个简明的、提纲挈领式的线索,史料卷呈现了大事记。大事记旨在将反映文学活动和文艺创作的各种资料予以浓缩,按照时间线索对史料进行编排。大事记简明扼要地记述了 1945 年 9 月至 1949 年 9 月东北解放区文学方面的大事、要事,涵盖了部分文艺作品创作、文艺团体成立的时间节点,有助于读者了解东北解放区文学的发展脉络。

随着军事上的胜利和东北解放区的形成,东北的政治面貌、经济面貌发生了根本性的变化,特别是文化呈现出前所未有的发展和繁荣的局面。东北解放区在政策制定、政策实施、新闻出版、文艺社团、文艺教育体制、作家培养等涉及文艺发展与繁荣的各个方面,继承、发展和完善了延安文艺体制,对当代文学和文艺制度产生了重要和深远的影响。

尽管东北解放区文学得到前所未有的发展和繁荣,但这份珍贵的文化资料始终没有得到系统整理,有关资料分散在哈尔滨、齐齐哈尔、牡丹江、佳木斯、长春、沈阳、大连等地,加上年代久远,这给编选工作带来了很大的困难。一方面,区域性的文学史料不易引起一般研究者的重视,文学史料的保留和整理工作在通常情况下很不理想,尽管编选者在前期已有一定的资料积累,但是很多工作还需要从头开始。另一方面,由于年代久远,加之当时的出版印刷技术有限,许多资料的保存和整理已经成为一大难题。许多珍贵的文学资料甚至已经出现严重的、不可恢复的缺损,因此,整理和出版东北解放区的文学史料,对东北解放区文学和中国现代文学的研究具有重要意义,同时,对人们了解和认识东北解放区这段历史也具有重要意义。

　　东北解放区文学创作距今已有七十年的历史,从 20 世纪 80 年代开始,东北解放区文学作为中国现代文学的一部分开始进入研究者的视野,搜集、整理与研究工作逐渐深入,一大批有分量的成果随之产生。其中,具有代表性的成果有两项,一项是林默涵主编的《中国解放区文学书系》(重庆出版社,1992 年出版),另一项是张毓茂主编的《东北现代文学大系》(沈阳出版社,1996 年出版)。这两部著作以文学价值作为侧重点,对东北解放区文学进行了很好的梳理。此外,黑龙江、辽宁与吉林三省的社会科学院文学研究所通力编辑出版的《东北现代文学史料》(共九辑),其价值亦不可低估,当时资料的提供者或为亲历者,或为亲历者之亲友,这从文献抢救的角度来看可谓及时。尽管《中国解放区文学书系》和《东北现代文学大系》对东北解放区文学进行了较大规模的搜集与整理,但由于编辑侧重点不同,这两部著作对东北解放区文学作品只是有选择性地收录,东北解放区文学作品分散在各地图书馆与散落在民间的态势并未改变。进入 21 世纪后,随着时间的流逝,承载东北解放区文学作品的旧报、旧刊、旧图书流失和损毁的情况日益严重,对东北解放区文学进行进一步搜集与整理的必要性在中国现代文学界达成共识。2008 年,东北现代文学研究者、黑龙江省社会科学院文学研究所研究员彭放在主编完成《黑龙江文学通史》(北方文艺出版社,2002 年出版)之后,提出了编辑出版《东北解放区文学大系》的建议,这一建议得到了认可。事隔十年,2018 年,由黑龙江省社会科学院文学研究所与黑龙江大学出版社联合策划的《1945—1949 年东北解放区文学大系》荣获国家出版基金资助出版,这完成了老一代东北现代文学研究者的夙愿。

　　《1945—1949 年东北解放区文学大系》的编者,力求完整地体现东北解放区文学的整体风貌,在文学价值之外,亦注重作品的文献价值,以文学性与文献性并重作为搜集、整理工作的出发点。

　　《1945—1949 年东北解放区文学大系》的篇目编选工作,由黑龙江省社会科学院发起,联合黑龙江大学、哈尔滨师范大学、哈尔滨学院等黑龙江省多所高校共同开展。为了保证学术性，本丛书特聘请多位东北现代文学领域的专家组成编委会，各卷主编均为中国现代文学方面学养深厚的研究者。本丛书的篇目编选工作得到了北京、吉林、辽宁等地多家相关单位的支持。东北现代文学界德高望重的老一代学者亦给予大力支持，刘中树、张毓茂与冯毓云三位先生欣然允诺担任本丛书的学术顾问，本丛书的姊妹著作《1931—1945年东北抗日文学大系》的总主编张中良先生亦为学术顾问。特别应提及的是，张毓茂先生在允诺担任本丛书学术顾问不久后就溘然离世，完成这部著作就是对先生最好的悼念。

本丛书的资料搜集工作，除得到东北三省各家图书馆的支持外，还得到了中国现代文学馆、黑龙江省浩源地方文献博物馆的大力支持。东北红色文献收藏人胡继东、华东师范大学历史系博士崔龙浩，以及华东师范大学历史系高铭阳、雷宇飞等人为本丛书的集成提供了大量珍贵而稀缺的第一手资料。对于他们的无私奉献，在此表示诚挚的感谢！此外，黑龙江大学文学院、哈尔滨师范大学文学院许多在读的博士生、硕士生和本科生也参与了资料搜集工作，在此，请恕不一一列名。

《1945—1949年东北解放区文学大系》除入选2019年度国家出版基金资助项目之外，还被列入黑龙江历史文化研究工程项目，在此谨致谢忱。

小说卷导言

东北解放区小说面面观

金 钢

一

从 1945 年日本投降到 1949 年中华人民共和国成立，是东北区域发生巨大变革的时期，在这短短的四年中，东北的政治、经济、军事、文化等领域都发生了翻天覆地的变化。这些变化生动形象地展现于东北解放区的小说创作之中。东北解放区小说充分表现了当时各个方面的社会生活，塑造了形形色色的人物形象，给后人留下了时代的缩影和历史的印迹。

1945 年日本投降以后，东北解放区汇集了东北本土作家和从延安来的大批作家，这一时期东北解放区的作家可谓群星灿烂，作品也非常丰硕，在全国处于很突出的位置。这四年的东北解放区的小说创作大体上可以分为两个阶段。第一阶段是从 1945 年日本投降到 1946 年中共东北局通过"七七"决议。在这一阶段，国共双方正在角力，故而小说创作的主题大多是控诉日伪的黑暗统治，呼唤独立自主的新中国的到来。这一阶段的小说展现了东北区域历经十四年劫难后重现新生的精神力量。像但娣（田琳）的《血族》《早

·1·

晨七点的时候》、朱媞的《小银子和她的家族》、鲁琪的《月亮圆又圆》、袁犀(李克异)的《狱中记》等,都是表现这一主题的佳作。

第二阶段是从1946年通过"七七"决议到1949年新中国成立。我党我军在东北的战局中并不是一帆风顺的,1946年四五月间,东北民主联军为了保卫四平进行了为期一个月的艰苦防御作战,终因敌强我弱而以失利告终。我们积极总结经验和教训,在"七七"决议中确立了发动群众、争取群众的正确方针。"我们的方法,就是从战争,从群众工作,从解决土地问题改善人民生活,从其他一切努力,去增加革命力量,减少反动力量,使双方力量对比发生有利于我的变化。"①

抗战胜利后,相当一部分东北群众对国民党政府存有"正统"观念,视其为中国政府的合法代表。长期较为封闭的殖民统治也使东北群众对共产党、八路军了解得不多,对共产党的政策和力量有所怀疑。上述这些因素形成了当时所谓的"伪满洲国脑瓜"。在当时的局势下,中国共产党要最广泛地发动群众、改造那些"伪满洲国脑瓜",并不容易。大批文艺工作者进入东北,便和武装部队一样肩负了重要的"文化部队"的任务,他们用文学作品教育、引导群众,积极参与粉碎旧的国家机器和意识形态的过程。他们在创作中所进行的努力恰如刘白羽所说:"谁都不否认,我们正在进行的斗争,是中国人民反对旧中国统治者空前激烈的斗争。今天(以至将来)我们的任务,首要的是如何推动这一斗争,使这一斗争取得胜利。因此,文学的任务首要就是当前的积极的战斗的任务。不是作家个人考虑爱做什么做什么,而是如何斗争有力,就做什么。"②

在党的文艺方针政策的指引下,东北解放区的作家们广泛地深入生活,深入到农村土地改革、前方战斗生活和工厂建设之中,亲身体验群众生活。这使得东北解放区的小说能够迅速地反映生产、

---

① 祝志伟:《七七决议扭转东北战局》,载《湘潮(上半月)》2014年第7期。
② 刘白羽:《加强文学的时间性与战斗性》,《东北日报》1948年6月2日。

生活、军事等各个领域的变化,反映人民群众精神世界的变化,洋溢着浓郁的生活气息。作品的主题主要集中在土改斗争和前方战争这两个方面。这一时期产生了如周立波的《暴风骤雨》、马加的《江山村十日》、白朗的《棺材里的秘密》《孙宾和群力屯》、井岩盾的《瞎月工伸冤记》、刘白羽的《战火纷飞》《政治委员》《无敌三勇士》、李尔重的《第七班》、西虹的《英雄的父亲》等脍炙人口的作品。

二

从 1931 年日本发动九一八事变到 1945 年日本投降,这十四年的沦陷历史构成了东北文学不可磨灭的创痛记忆。这段记忆在之后的创作中被不断触及、反复讲述。这段记忆关系到作家们对过往先烈的怀念、对殖民侵略者的批判、对民族国家的思索和对现代中国命运走向的探寻。这段记忆所包含的坚韧与痛楚是那样深刻,我们相信,它是无法被遗忘的。东北作家们经历了十四年日伪统治的黑暗时期,在日本投降后终于获得了宣泄的机会。对沦陷时期东北社会生活的回忆,成为这一时期小说的一个重要题材。但娣的中篇小说《血族》展示了那段黑暗日子里百姓的艰难生活,人们的灵魂都因困苦、压抑的生活而扭曲了。袁犀的中篇小说《狱中记》是对日伪惨无人道的法西斯暴行的控诉。不同于他沦陷时期创作的作品的隐晦,《狱中记》的表述是直率的、慷慨激昂的。身在狱中的"我"看到革命志士们为了理想而含笑就义,因而坚定了对胜利终将到来的信心。

抗战题材小说是对在异族侵略者的铁蹄下民众生活困难的真实记录,也是对战争年代民族精神的热情颂扬。仓夷的短篇小说《"无住地带"》所设置的地点是伪满洲国热河省的边境,日本侵略者用残酷手段制造了"无住地带",但敌人的残暴并不能击毁中国人民反抗的意志,我们的部队在人民的支持下与敌人展开顽强的战斗,不因一时的挫折而气馁,在"无住地带"里越来越壮大。戴夫的中篇小说《不可征服的人们》展示了抗日战争的复杂性,长治军民面对的不仅是日寇的奸淫烧杀,还有国民党"中央军"的压榨。而当抗战形势日趋明朗、日寇败势已定的时候,地方豪绅势力却有意阻碍抗战的胜利,他们害怕穷苦人民在抗战中站起来"共产",认为"亡给鬼子是一时,亡给八路是一世"。这种不顾民族大义、只顾个人私利的行为是抗战拖延了十四年的原因之一。

陆地的中篇小说《生死斗争》讲述了一场惨烈、悲壮的阻击战。小说主要包含两个部分。第一部分是阻击。敌人有汽车、骑兵,我们的部队只有两腿,为了掩护主力撤退,一部分人就需要完成阻击的任务。十八团三连的将士们承担了这一艰巨的任务,顽强地阻击了敌人。第二部分是被囚和逃脱。第二部分的叙述揭示了战争中人的生存潜力。第二部分对抗战中我军战士、日本侵略者,以及屈从于日军的伪军、翻译官等进行了一定程度的心理剖析。这种心理剖析虽然还不够深入,但也是一种有益的尝试。这篇小说让我们看到,战争不仅意味着死亡、囚禁、酷刑,还意味着跳脱囚笼。战争与人的诸多命题都还有待发掘。

十四年在漫长的历史长河中不过是短暂的一瞬,但对于一个人来说却足够使他从幼儿长成青年。如果一个人在沦陷区的奴化教育中成长起来,那么当沦陷区变为解放区时,他/她会不会茫然无措?范政的中篇小说《夏红秋》以辽南某文工团的青年团员夏红秋为主人公,描写了这个受奴化教育和盲目正统观念荼毒的"满洲姑娘"的成长历程。她在时代的影响下,认清了国统区官僚的腐败,最终加入了人民军队,选择了为人民服务的道路。关于《夏红秋》,舒群的评论是较为中肯的:"东北日报的《尽量办好中学》社论,曾根据第一届教育会议作有以下的结语:'在东北青年学生中还有很大一部分没有摆脱敌伪的奴化教育和蒋党的愚民教育的影响,依然还是盲目正统观念,反人民思想在他们头脑中占统治地位。'我认为这正符合客观现实,也正符合《夏红秋》的内容。社论还说:'经过两年的实际教育,东北知识青年的思想是逐渐在发生变化,而且，事实证明现在已有千万东北知识青年参加革命，在与工农结合和为工农服务。'我认为这正是客观现实，也正是《夏红秋》的内容。因此，我认为《夏红秋》的内容，基本上忠实的反映了东北知识青年的主要问题，概括的反映了东北青年的主要现实问题。因此，夏红秋有典型性。"①也有评论者认为，《夏红秋》的前两节不具有典型性，对奴化教育的作用有所夸大，但总的来看，《夏红秋》叙述质朴、情节生动，较为客观地反映了东北青年的思想状况，具有很强的教育意义和现实意义。

骆宾基被称为东北流亡作家群的后卫，他的创作把这个作家群的文学风气延续到了抗战胜利之后。他的长篇小说《混沌——姜步畏家史》②以童年视角对故乡的风物人情进行了深情的回望，与萧红的《呼兰河传》在主题上是相近的。对于萧红、骆宾基这样的流亡作家来说，故乡具有特殊的意义，不同的是萧红的离乡是家庭决裂、故土沦陷的双重别离，而骆宾基的家庭始终给予他支持，帮他渡过难关，因而《混沌——姜步畏家史》始终包含着对故乡的浓浓情意，可以说是以混沌初开、天真未凿的少年心思演绎的一曲乡土恋歌。骆宾基自己说："尤其是因为它是自传体的小说，虽非历史实录的自传可比，但它却记载了作者的幼年与少年两个时期的天真而纯洁的心灵。这个心灵反映着通过家庭而显现出来的一个东北三等小县城的社会风貌。记载了'九一八'事变之前的这座满、汉、回、朝四个民族杂居共处的边域城镇的习俗、人情。自然，它们都是盖有半封建半殖民地的时代烙印的。"③骆宾基以清淡如

---

① 转引自张毓茂主编《东北现代文学史论》，沈阳出版社1996年版，第122—123页。

② 长篇自传体小说《混沌——姜步畏家史》第一部《幼年》于1944年在桂林三户图书社出版，《混沌——姜步畏家史》是第一、二部的合称，于1947年在上海新群出版社出版。考虑到作品的完整性，这次把《混沌——姜步畏家史》整部收入本丛书中。

③ 骆宾基：《幼年·自序》，文化艺术出版社1982年版，第2页。

水的笔触，把一座带有异域情调的边疆小城呈现在读者面前，而小说对闯关东的父亲姜仰山、朝鲜族佃户古班、山东乡亲兼女仆崔婆等人身世的叙述，成功地增加了作品的思想容量与历史厚重感。

三

如前所述，回忆过往、土改斗争和前方战争是东北解放区小说的三个重要题材，而土改斗争无疑是重中之重。在那场深刻改变了中国农村政治、经济关系的土改运动中，东北解放区作家将强烈的政治使命感与巨大的创作热情相融合，创作出了大量的优秀作品，《暴风骤雨》《江山村十日》等至今仍被读者反复阅读。

长篇小说《暴风骤雨》通过对松江省元茂屯进行的一场暴风骤雨般的土改斗争的描写，真实地展现了东北农民在共产党的领导下摧毁封建土地制度、翻身闹革命的历史画卷。《暴风骤雨》是周立波在长期下乡体验生活、搜集素材之后完成的。杨义曾指出："周立波和丁玲、欧阳山等早已驰名的作家一道，在解放区文学中开拓了一条不同于赵树理、孙犁、马烽等本土作家的创作途径，即以异乡干部的身份深入农村社会运动，以普通劳动者的姿态，从农民中汲取经验、智慧、情感、语言、直至灵感，以改造自己早年也许是带点欧化意味的艺术个性，把带有浓郁的主观抒情色彩的艺术风格换成平易质朴、在开阔刚健中难免带点粗糙的时代群体风格。"[1]正是因为周立波能够长期深入生活，其《暴风骤雨》才为中国现代文学贡献出了萧祥队长、赵玉林（外号"赵光腚"）、郭全海、老孙头等鲜活的人物形象。萧祥队长对农民的心理较为熟悉，是一位具有实干精神的共产党员。他认为："中国社会复杂得很。中国老百姓，特别是住在分散的农村，过去长期遭受封建压迫的农民，常常要在你跟他们混熟以后，跟你有了感情，随便唠嗑时，才会相信你，才会透露他们的心事，说出掏心肺腑的话来。"这番话应是周立

---

① 杨义：《中国现代小说史（下）》，人民出版社1998年版，第626页。

波在长期体验生活后得出的深刻认识。

《暴风骤雨》在塑造了一系列正面形象的同时，还勾画出韩老六、张富英、白胡子等反面形象，正反两方面的对比与较量真切地反映出农村土改斗争的复杂性。地主阶级不甘心灭亡，不愿意重新分配财富，企图与广大贫苦民众对抗。小说在尖锐的斗争中推进，从而具有了迷人的艺术魅力。在当时的环境中，国民党军队仍占领着辽宁、吉林两省的大部分地区，元茂屯附近还有土匪活动，以韩老六为首的地主势力并不甘心失败，他们勾结土匪，拉拢农会中的坏分子。而广大贫苦民众，尤其是一些不愁衣食的中农，害怕"变天"，不敢与韩老六等进行正面斗争。赵玉林起初也对打垮韩老六持怀疑态度。"他翻来覆去，左思右想，老是睡不着。他又爬起来，摸着烟袋，走到外屋灶坑边，拨开热灰，把烟袋点上，蹲在灶坑边，一面抽烟，一面寻思。烟锅嗞嗞地响着，他想起韩家的威势，韩老五还逃亡在外省，韩老七蹽到大青顶子里，他的儿子韩世元跑到了长春。屯子里又有他好多亲戚朋友，磕头拜把的，和三老四少的徒弟。""'就是怕不能行啊。'他脑瓜子里又钻出这么个念头。"这表现了普通民众在面对社会巨变时的犹豫，周立波的描写是合理且深刻的。而变革往往伴随着流血牺牲。成长为农会主任的赵玉林在反击土匪时英勇捐躯了，但他的倒下换来的是万千贫苦百姓的站起，小说由此升华出"一籽下地，万籽归仓"的人生哲学。

不同于周立波来自南方省份，马加是一位土生土长的东北作家，他在1934年便因中篇小说《寒夜火种》（原名《登基前后》）为读者所熟知。此后，他创作并发表了长篇小说《滹沱河流域》第一部、中篇小说《江山村十日》、短篇小说《饿》《成物不可损坏》等作品。《滹沱河流域》第一部描写了20世纪30年代末太行山麓滹沱河畔抗日根据地的社会风貌和阶级动态。这部长篇小说试图构建一个宏大的写作框架，将城与乡、军与民融为一体。马加也拟好了第二部的写作提纲。他曾说："我已经摆脱了陀思妥耶夫斯基那种忧郁情绪的影响,我多么赞赏托尔斯泰的雄伟艺术结构。"①可是,由于叙事线索繁多,作家还没有练成操纵自如的艺术手腕,小说便显得杂乱无章,但是其中一些描写片段清丽可人,显示出了作家的创作潜力。

《滹沱河流域》第一部完稿后,马加深感自己语言不过关,而且缺乏生活体验,需要按照毛泽东《在延安文艺座谈会上的讲话》指出的方向,重新深入生活。1946 年,马加从张家口抵达通辽,因为国民党军队占领了四平,他随一支军事干部队伍绕路内蒙古东科尔沁中旗大草原,到达当时的合江省省会佳木斯。后来他根据这段经历写成了中篇小说《开不败的花朵》②。1947 年 12 月,马加到佳木斯东五里地的高家村参与土改运动,他广泛地听取了群众的讨论意见,四易其稿,写成中篇小说《江山村十日》。在"前记"中,马加写道:"我从佳木斯到这村子里,突击了十天工作……却没有像这一次给我的印象是强烈的,体会到的情感是饱满的,接触的生活是新鲜的……新的人物流露出新的喜悦情感,我被他们喜悦的情感所鼓舞,我和他们相处的日子是快活的,是健康的,给予我创作上最大的勇气。""这个故事是写江山村平分土地斗争开头十天的生活,那翻天覆地的十天呵……他们以主人的身份走进了这个世界。他们来了,给这个世界添置新的财富,他们带来了自己的气派,智慧和天才。"

这两段话很能反映《江山村十日》的基调、气氛和思想内容。这部作品具有饱满的政治热情,通过对江山村十天中发生的划成分、斗地主、追浮财、分土地、建立党支部、支援前线等一系列活动的描写,充分展示了土改运动给东北农村带来的翻天覆地的变化。这部作品在人物塑造、情节展开等方面,都远远优于《滹沱河流

---

① 马加:《马加文集(一)·写在前头》,春风文艺出版社 1986 年版,第 5 页。
② 该作初版于 1950 年,不在本丛书的时限之内,故本丛书没有收录。该作在当时广受好评,曾先后再版 14 次,被译成英、德、日等国文字出版。

域》。这部作品主要刻画了贫农金永生、地主高福彬、中农陈二踹子、雇农孙老蔫四个类型的人物，通过展示他们在土改斗争中的不同表现，反映出了土改的艰巨性和复杂性。整部作品生活气息很浓，语言是大众化的，地域特色浓郁。

安危的中篇小说《土地底儿女们》在题材与风格上与《江山村十日》都较为相似，这部作品是安危利用在双城参加土改运动时积累的素材写成的。安危在"写在前面"中写道："一九四七年初，我来到东北，在伟大的土地改革中，在东北一万二千干部下乡工作的时候，适逢其会，我也赶上了这个时机。使我有机会能够受到锻炼。而且，能够和农民们——中国伟大的土地的主人朝夕与共。这对我还是头一回。作为一个知识分子，实际的与群众相结合，这还只是一个开始。但我将永远纪念这个开始，永远纪念在那些日子里教育我，启示我，帮助我的人们。"①这部小说描写了哈尔滨附近的红旗村农民发动土改的过程。在党的领导下，翻身群众清理农村干部队伍，将暗中勾结地主姜大白虎的村长姜二啰啰抓了起来，重新改选村委会。村委会在工作队的指导下，按照土地法大纲的规定，依靠贫雇农，团结中农，揭露地主的阴谋破坏活动，斗地主，起浮产，终于打倒了地主姜大白虎及其残余势力，土地改革获得了彻底胜利。这部小说具有很强的思想性，在行文中大量运用方言土语，是一部具有时代精神和地域特色的作品。

此外，那沙的《打虎记》、草沙的《东霸天的故事》、方青的《活捉笑面虎》也是类似的土改题材的小说。值得一提的是，《活捉笑面虎》是章回体小说，工农兵读者更易于接受。这使得章回体这种古老的小说形式容纳了时代的新内容，章回体在中长篇小说领域重新崛起。当时最享有盛名的章回体小说是马烽、西戎的《吕梁英雄传》和袁静、孔厥的《新儿女英雄传》，而东北解放区则有《活捉笑面虎》。《活捉笑面虎》开篇是传统的开台鼓，从第一首"盘古三皇

---

① 安危：《土地底儿女们》，上海文化工作社 1951 年版，第 1 页。

治世,流传五千余年,星移斗倒山河改,人情世事不变"到第四首"扫清当道豪绅,打倒恶霸封建,皆因来了共产党,穷人才把身翻",四首西江月将古今较好地勾连在一起。整部作品沿用章回体的回目对子,每回结尾也采用有诗为证和"要知后事如何!且看本书慢慢交代"的陈旧套路。不过我们应该看到,土改题材的作品不像战争题材的作品那样容易编织出传奇性,这部作品远不如《吕梁英雄传》等作品那么吸引人。章回体可以吸引工农兵读者,但章回体的陈旧套路也会限制作家的创造力。对于有着深厚的文化底蕴的中国作家来说,如何从传统的文学样式中生成新的文学精神和文学形式,是一个值得思考的课题,只照搬旧的小说模式是远远不够的。

小说创作需要一个孕育的过程,相对来说,中长篇小说需要更长的时间来构思和写作,而短篇小说则完成得较快。在复杂、激烈的土改运动中,东北解放区的作家们努力笔耕,迅速创作出大量的短篇小说。如董速的《孙大娘的新日月》、方青的《老赵头》《"火车头"又冒烟了》、鲁琪的《崔"傻子"》、谭亿的《一个乡长》等作品,都产生了较大的影响。作为东北流亡作家群的重要作家,白朗回到东北解放区工作之后,对当地的农村土改运动进行了深入观察,完成了一系列短篇小说,这些短篇小说包括《棺材里的秘密》《孙宾和群力屯》《顾虑》《棺》等。从这些小说中,我们可以看到东北农民在疾风暴雨般的土改运动中的精神变化,农民经历了几千年的封建压迫,他们身上的枷锁不仅是物质上的,更是精神上的,从奴隶到主人的蜕变需要一个心灵的搏击历程。《孙宾和群力屯》中的孙宾从一个佃户成长为农村土改运动的带头人,领导全村农民斗倒地主姜恩父子。其过程是异常艰难的,他要克服村民依附地主的奴性心理,还要和自身的自卑、彷徨进行抗争。小说中农民斗争地主的一次次失败、"煮夹生饭"让我们认识到农民在摆脱封建束缚走向新生的路途上任重道远。

我们应该看到,在土改运动中,翻身农民在打倒地主阶级的同时，也暴露出自身的一系列问题。东北解放区文学虽然具有强烈的政治使命感和明朗激昂的总体色调，但也在一些侧面表现出了土改运动中的民间暴力、坏干部和中农政策等问题。比如《暴风骤雨》第二部就塑造了农会主任张富英这个坏干部形象。在社会变革时期，一些具有流氓习气的无产者有时就会借机抢占话语权，狠斗地主甚至中农，从而获得物质资本和政治资本。关于这个问题，对农村了解很深的赵树理曾说："据我的经验，土改中最不易防范的是流氓钻空子：因为流氓是穷人，其身份很容易和贫农相混……可惜那地方在初期土改中没有认清这一点，致使流氓混入干部和积极分子群中，仍在群众头上抖威风。其次是群众未充分发动起来的时候少数当权的干部容易变坏……我以为这两件事是土改中最应该注意的两个重点，稍一放松，工作上便要吃亏。"①此外，像袁犀的《网和地和鱼》中贫苦渔民被地主女儿诱惑、马加的《成物不可损坏》中翻身农民破坏物资、董速的《顾虑上当》中农民害怕"谁生产得多，就斗谁"而懒于劳作等问题，都是值得反思的。

四

东北解放区土改题材小说的结尾，往往会出现这样的场面：翻身农民参军支援前线。可以说，农村土改运动与前方战争是中国共产党夺取政权的车之双轮、鸟之双翼。反映前线战争是东北解放区小说的另一个重要题材，这些小说真实地体现了军民的鱼水情谊。

西虹的短篇小说《英雄的父亲》是当时影响较大的一篇作品，小说表现了军属如何对待战士牺牲的庄严问题。在解放战争中，成千上万的青年（其中大部分是翻身农民）参军、参战，他们之中的相当一部分人在残酷的战争中牺牲了。如何对待他们的牺牲，不仅是我党、我军及烈士家属普遍关注和思考的切身问题，也是最广大的人民群众普遍关注和思考的现实问题。当那一封家属通知书被送

---

① 黄修己：《赵树理研究资料》，北岳文艺出版社1985年版，第100—101页。

到烈士家属手中时,"他们能告诉家属们的,不过是他的儿子、她的丈夫,英勇顽强,在战斗中为人民事业光荣牺牲了,全体指战员悲痛万分,并为家属们致哀一类话语。在革命战争中,这是最普通最光荣的事,革命的美丽花朵,正是鲜血培植起来的"。《英雄的父亲》通过德志的父亲张老汉这个形象,解答了战争中这个最普通、最光荣的问题。这篇小说侧重表现了张老汉盼望儿子立功的心情,揭示出翻身农民对党、对新社会的热爱。当得知儿子德志牺牲的消息时,张老汉感到更多的是骄傲和荣耀。在小说的背景下,张老汉的妻子是在旧社会饿死的,大儿子是在煤窑出劳工时被压死的,这样我们就可以理解张老汉所想的德志"死得值当,死得有名"从何而来了。这篇小说在艺术上也比较成功,对张老汉和指导员的心理描写深入细致,这加强了小说的悲壮气氛和抒情色彩。

纪云龙的短篇小说《伤兵的母亲》可以与《英雄的父亲》对照来读。战争中有死亡,但更多的是受伤,伤员能否得到有效的救治和护理,对部队作战的影响很大。《伤兵的母亲》中的老大娘是一位普通的农民,她悉心照料受伤的解放军战士,为伤员擦拭身体、端屎端尿,就像照顾自己的儿子一样。备受感动的伤员说出了"你老就像是我的亲娘"这句话。

1947年至1948年是解放战争中我党从防御转为反攻的时期,随着战事的推进,中国人民解放军的队伍急剧壮大,部队官兵的成分因而趋于复杂化。除了解放军原有的老兵,新加入解放军的大多数是东北的青年农民,还有一部分是被解放的国民党军队的士兵。为了使他们团结合作、提升战斗力,部队用诉苦的办法对广大指战员进行阶级教育,提高他们的政治思想觉悟。诉苦教育消除了战士之间的隔阂,为解放战争的胜利打下了坚实的思想基础。

刘白羽是这一时期有成就、有影响的作家,他的短篇小说集《战火纷飞》(收有《勇敢的人》《血缘》《战火纷飞》《政治委员》《无敌三勇士》《回家》),基本上都是围绕解放战争中的战事和战士的思想变化而写成的。《无敌三勇士》是当时影响很大的一篇小说。

这篇小说开篇便写道:"有些人把我们当战士的想得太简单了。以为我们就是打打仗,睡睡觉。实际上不是那么一回事。"这篇小说着力分析战士的思想变化,塑造了三个典型人物:东北翻身农民出身的阎成福,从关内来到关外的老兵李发和,夏季攻势中被俘的解放兵赵小义。这三个人之间开始存在很深的矛盾,班长费了很大的力气也没解决他们的团结问题,但是在诉苦教育中,这三个人认识到,他们都是被压迫、被剥削的穷人,是受苦受难的阶级兄弟。在阶级情谊的感召下,他们团结作战,互相配合,完成了艰巨的爆破任务。这篇小说说明了党的政治工作对提高部队素质和战斗力具有巨大的作用,也揭示了"团结起来就能天下无敌"的朴素道理。

李尔重的中篇小说《第七班》是一部少见的以富农子弟为主人公的作品。小说以解放军基层官兵的军旅生活为背景,展示了投身到人民军队中的青年人的思想冲突。他们有着不同的出身和目的,张悦等富农子弟与朱顺和等贫苦农民出身的战士之间产生了矛盾。部队通过诉苦教育、组织批评与自我批评等手段,化解了贫农、富农战士之间的矛盾,加强了部队的凝聚力。

在解放战争中,有这样的说法:解放军的胜利是老百姓用手推车推出来的。人民解放军装备落后,部队人数也不占优势,人民解放军最终以少胜多,战胜武器精良的国民党军队。其中的一个重要原因就是数以千万计的支前民工和解放区普通群众坚定地站在人民解放军的身后,解放战争的胜利是一次人民战争的伟大胜利。正如毛主席所言:"军民团结如一人,试看天下谁能敌!"洪林的中篇小说《一支运粮队》讲述的就是推车送粮的支前民工们的故事。后方的运粮过程本不如前方战争激烈,但在作者的讲述下,我们发现运粮之路并不平坦。一路上,民工们要躲避敌人飞机的轰炸,要克服自身的散漫性,要筹措给养。桥断了,运粮车翻进大河……他们克服了重重困难,终于把粮食运到了前线,而前方也传来了歼灭敌人精锐部队的好消息。从刘元彬、于家才、高波、贾得干、郭继琳等民工的身上,我们可以看到中国民众的优良品质。他们忍饥受寒,翻山越岭,推着二百多斤重的车子——刘元彬的车子甚至达到了四百多斤重。如果没有坚定的信仰,没有对共产党、对人民解放军的深情厚谊,他们是不会完成运粮任务的。这些平凡、朴实的中国民众"参加了战争,支援了战争,同时也赢得了战争"。

五

有学者认为,"中国现代真正的工业题材小说,产生于解放战争时期的东北"①。然而,茅盾的《子夜》描写了纱厂女工的生活,蒋光慈的《田野的风》塑造了烧炭工人的形象,因此这样的论断似需商榷。不过,题材问题不仅仅是写作对象的选择问题,也包含了历史的张力。所谓的真正的工业题材,意味着工业、工厂、工人如何进入历史,以及工人如何登上新的历史舞台被正确地表现出来。如此看来,将解放战争时期东北涌现出来的工业题材小说视为中国现代工业题材小说的发端,便是较为客观的,这也从一个方面证明了东北解放区小说的文学史价值和文化价值。

无农不稳,无工不富,东北解放区的工业在新中国发展史上占有非常重要的地位。对于东北解放区的工业题材小说来说,影响最大的是女作家草明的中篇小说《原动力》。草明早年曾参加左翼文学创作,于1941年来到延安,参加了延安文艺座谈会和延安文艺界的整风运动。她的创作是在毛泽东《在延安文艺座谈会上的讲话》精神的指引下进行的。抗战胜利后,她来到黑龙江,本来打算像周立波、马加等作家一样深入农村,但因病未能如愿。在她病愈后,当时的东北局组织部部长林枫跟她谈话,强调了城市斗争的重要性。解放战争需要东北的重工业发挥作用,而当时东北各地的工厂和矿场在日伪统治垮台后遭到了不同程度的破坏,亟须恢复、扩大生产。林枫建议并安排草明到牡丹江镜泊湖水力发电厂工作,草明

---

① 逄增玉:《东北现当代文学与文化论稿》,中国社会科学出版社2012年版,第173页。

· 14 ·

以在那里的工作经历为素材写成了《原动力》。《原动力》描写了工人们贡献出自己保留的零件、积极抢修被国民党势力破坏的水电站，以及迅速恢复工厂生产和支援前线的动人事迹。其中，老孙头等工人跳入冰水中抢修机器的情节，表现了工人阶级的优良品质和大无畏精神。这篇小说虽然存在粗糙和简单等不足之处，但作为新中国成立前描写工业生产和工人思想的作品，是值得关注和肯定的。

在东北解放区的工业题材小说中，李纳的作品也是值得关注的。《出路》描写了煤矿工人还抱有"有钱就狠花，无钱就欠着"的思想，这是因为在旧社会工人看不到希望，不管怎样努力，还是一穷到底。在工会的教育和帮助下，工人们转变了思想，认识到"工人是真翻身了"，于是都开始勤俭节约、努力生产。《姜师傅》里的老钳工姜富成不抽烟、不喝酒、不赌钱，技术过硬，但他持有单纯的观念，对工友和工厂都漠不关心，后来在工会的教育和开导下，他认识到如今"国家是咱自个儿的国家，工厂是咱自个儿的工厂"，增强了主人翁意识。《煤》中的黄殿文本是哈尔滨的惯偷，法院判他半年徒刑，把他送到鸡西煤矿改造。他在煤矿干活不出力，还偷工友的东西。工会陈主任深知改造一个惯偷的难度，他一面对其进行阶级教育，一面把黄殿文丢弃在哈尔滨的妻儿叫来煤矿安家落户。在工会和工友的帮助下，黄殿文洗心革面，变成了一个自食其力的工人。小说的题记为"煤能使废铁化成钢"，描绘了旧社会把好人折磨成废铁，而新社会把废铁熔炼成钢的动人景象。

此外，鲁琪的《炉》、韶华的《荣誉》、张德裕的《红花还得绿叶扶》等一批作品也广受好评。这些小说充分展现了东北解放区工业蓬勃发展的景象，展现了工业生产对人的改造，也开创了新中国工业文学的先河。

无须讳言，东北解放区的相当一批小说，强调小说的政治价值，强调创作为工农兵服务，大多通俗易懂，而缺乏对心理深度和史诗境界的发掘。然而，东北解放区小说明朗新鲜，创造性地继承了延安文艺精神,反映了东北解放区的历史巨变和社会变革中诸多的社会问题,为新中国成立后的十七年文学开辟了道路,具有很强的文学史价值。

（金钢,黑龙江省社会科学院文学研究所,副研究员）

饿死那些黑狗

涟东四区的一个儿童团长叫王小福,他有一天带了几个较大的团员,到靠近黑狗队的地方去看看,他们一面走一面嘴里哼着歌。

突然,对面来了一个没有背枪的黑狗队,那个家伙认得王小福是儿童团长,他气愤愤地说:"你们儿童团站岗放哨,不准我们的粮食通过,我们住在镇上连一粒米都要吃不到了! 如果你们再不准通过,哼!"那家伙把袖子卷了一卷,像芦柴似的暴着青筋的拳头,在团长面前晃了一晃,团长并不因此而害怕,反而大声地回答说:"哼! 见你的鬼,你们别想在我们手中通过粮食!"

"什么? 真话,好,明天我们下午来把你们都杀光!"那黑狗队生气地讲。

"我们儿童团不怕,现在我们的民兵自卫队都组织好了! 你们来,哼,当心脑袋开花!"

那家伙听了火气直冒,肚子都给气炸了,动手就打,嗨,王小福和几个团员也不让他,几个人一起围着打,可怜那骨瘦如柴的黑狗队,哪里敌得过四五小猛将,只得头破血流地逃回乌龟壳里去,还说:"当心……老子……来砍你们……"

团长看见他逃回去了,连忙回家,把所有的儿童团员都集合起

1

来,把这事讲给了大家听,并且还讨论了防备的办法,叫当地的民兵自卫队的大哥哥帮忙,可是准备了好几天,结果连鬼都没有来一个,原来是黑狗队躲在镇里饿肚子不敢出来了!

后来大家都说:"儿童团到底有力量,不怎干,不准黑狗队粮食通过,那些乌龟王八蛋都要饿死了哈哈……"

选自《小英雄》,东北书店 1948 年

◇ 于忠干

前线担架队的故事

爱护伤员

正是月黑头的日子,四外都是黑乎乎的。天又是干巴巴的冷,风好像也被冻住了。

在这大冷的天气里,辉南担架队的一中队却累得满头大汗,十三个抬子一溜流地排着向前急走,担架吱吱地叫着,大家呼哧呼哧地喘着,谁也不哼一声;心里却都在想着:快点走!快点到,可别冻了伤员同志!

一条小毛道,刚好能走开两个人,道两旁都是漫到小腿的大雪窠子。前面走不远又是一道道的坝塄子,塄坎的地方都被踏得净光溜滑。枪子子哧哧地在头上叫起来,子流子像萤火虫满天乱飞,谁也不去理它,只顾深一脚浅一脚地向前急走。

过了郎家山,路就平多了。大家冒着汗,棉裤都湿了。走在最前面的是一小队一班。班长王玉坤热得刚把狗皮帽子卷起来时,忽然听见担架上的伤员哼哼起来:"同志,我的脚冷,能找点什么给我盖盖脚?"一句话把大家提醒了:光知道急走,也忘记看看伤员冷不冷了。原来伤员脚被打伤,靰鞡已被脱掉,毡袜也已经叫血浸透。

大家把担架放了下来。但是现在前不见村,后不着店,大家心里酸溜溜的,你看我、我看你——拿什么盖呢?王玉坤着急地向四下一看,黑乎乎的连个人家都没有。他冷丁想起自己卷起来的皮帽子,便一把抓下来,顾不得头上直冒汗,赶紧让别人抬起伤员的脚,小心地把暖烘烘的皮帽套在冷冰冰的毡袜外面,紧紧地包好,随着又从身上解下手巾来胡乱地向头上一系。

担架又吱吱响起来,伤员不喊冷了。

空手夺枪

黄家山逃出的一股股的散敌,像黑夜里的游魂似的到处乱碰。有一股听说陈财窝堡没住军队,便偷偷地向那里溜去。

陈财窝堡的东头一个独立房里,住着桦南担架队的一小队。十二点钟左右,他们捉到一个进来问路的敌人车老板,知道逃窜的敌人到来了,整个屋子便骚动起来。小队长张殿臣一面派人向大队长报告,一面带着王文章和李西有两人从房后转出去观察动静。一露头就听到沙沙的脚步声,从南面黑压压地来了一大片。

"谁?"王文章问了一句就跑过去,对面唔呀唔呀地说了些什么也没听懂。凑到跟前一瞅,嘿!原来都是些反穿着羊皮大衣,全副武装的敌人。他一声不哼地回来告诉小队长。两边开始接上了腔:"你们是哪里的?""刚从黄家山跑出来,你们是哪部分呀?有水给我们点喝吧!"敌人连困带饿,顾不得问别的了。担架队们一听乐了,送上门来啦,先稳住你,叫你一个跑不了!屋里的人一哄都出来,拿碗的,拿瓢的,一面拉着,一面向一块挤,把三十多敌人弄得乱七八糟。

于永春灵机一动,把三个敌人调到一百多步的树行子里,突然对他们说:"交枪吧老乡,四外的八路军老鼻子啦,你们就是苍蝇也飞不出去啦。"三个敌人呆了,一齐缴了枪。

大队长得了信,和教导员带着仅有的几支枪分成两路向土围子跑来。几支步枪和担架杆子、扁担,在墙头上架好,黑影里大队长和教导员向墙上一站,大喊道:"交枪吧,优待俘虏!"敌人吃惊地回头看时,黑乎乎的,墙头上密密层层地已经摆好了。他们正在奇怪这些军队是从哪里出来的,忽的一声,在他们里面的人也动起手来,担架队员们一边喊"交枪吧!",一边向反穿皮大衣的身上夺枪。

敌人一看这么多人,吓得只是乱叫:"哎呀!咱们都是中国人!""饶命啊!同志!"一会,所有的武器全到空手的担架队的手里了。

天亮,向师部送俘虏时,敌人才看出全是老百姓扛着他们的冲锋枪。有一个摇着头,沮丧地对于永春说:"中央军算完蛋啦,看你们老百姓都这样的厉害!"

在庆功会上,缴枪最多的张殿臣、张玉林、王文章三人胸前都挂上了东北人民解放军总部的"勇敢"奖章,高兴地向大家述说着他们捉俘虏的经过。

选自《阶级的硬骨头》,东北书店 1948 年

◇ 小　曹

一根葵花棍换五根枪

在一九四三年九月里鬼子撤退东坎，因为他们在太平洋吃了败仗，要从后方调军队补充，加上新四军要拿东坎，所以撤退了，那时留下的二黄，一个个都像老鼠散了窠似的狼狈得到处窜，有的向潮河北跑去了，有的向射阳河流逃来了。

在东坎到双庄这条路上，一路都可以听到嘈杂声，枪声、狗吠声等，各庄的民兵自卫队都出动了，听说捉黑狗队，大家都高兴得跳了起来，赶忙找好地形，等着黑狗队来就交（缴）他的械。

因为黑狗队要想到陈洋海边一带去，一定要经过双庄，如果他们不走这里，别的地方就更难走了，四面都是水田，如在水田里走，一定很慢，他们哪里等得了呢，所以一定要经过双庄的。

在他们这样的嘈杂声音之下，庄里的老百姓及儿童团都惊醒了，大家听说黑狗队，都起来了，都想捉几个黑狗队立个功。

一个十五岁的精灵，他也跑来了，精灵是村里儿童团的小队长，他神气地说，一定要缴到一支枪。因为他平时就喜欢玩枪，又听说缴黑狗队的枪很容易，他想得非常的快活，下了很大的决心，于是就在这伸手不见五指的黑天里，摸到东南面一个"山头"①，在这墙底下就蹲了下来，手里拿着一根葵花棍，眼睛张得大大的，监视着

---

① 苏北的土语，意为"房屋的后面墙边"。

黑狗队必经的道路。

　　黑暗笼罩着整个周围，天空布满了乌云，阵阵寒风不断吹来。顷刻，从西北方传来了嘈杂的声音，枪声，追击声，他知道这是民兵打黑狗队了。打破了四周的沉静，声音越来越近了，忽然离二丈远的地方，有个黑影，鬼鬼祟祟地走近来了，精灵看定了，像雷声一样地大叫道："什么人？"黑影慌了，想跑，可是被一个更大声音"不要动，动就打死你！"所吓住了。精灵又叫道："枪丢了不要你们命！"那个黑影看了看，狼狈地把枪一丢，走向东南，头也不回地跑去了。

　　这时星儿也出来了，对精灵笑嘻嘻眨着眼睛，精灵也非常高兴地握着刚才葵花棍所缴来的枪，把枪膛里的四粒子弹登膛了一颗，机警地更用心地抄着小路。前面狗叫了，精灵知道又有人来了，果然和上次一样地来了一个人，精灵因为有了枪就大胆拉起枪来叫道："不要动，动就打死你！"那个人身体一转就跑，精灵打了一枪，只见那人扔下一个东西来逃走了，精灵去仔细一看，原来又是一根步枪，精灵想笑，但是怕出声被再来的人听到了，于是又回到老地方蹲下了。

　　不给蹲稳时，又见前面三个穿便衣的人，精灵见人多，想先打死了一个再说，但又怕打错了自己人，他就问了一声："什么人？"不见回答。"什么人？"又不见回答。精灵蹲下了，想道：不答，给你看吧！"叭"的一枪打了过去，三人慌了，谁都想争先逃跑，但是他们的枪都没有丢下，精灵死命地叫着："快丢下枪，枪不丢下，打死你们！"那些人的确像俗语所说的"兵败如山倒"，要命不要枪地把枪一丢，像兔子一样地逃了。精灵想：要枪不要人算了，终归他是逃不出民兵的手的。于是就死命没命地背了五支枪正想回去，头一转，后面有几十个人，精灵这时有些慌张地问道："什么人？"对面很响地也问道："你是什么人？"那一群人伏下了，可是精灵仗着胆子问道："你们到底是什么人？"忽然人群中有人说话了："噢！精灵是你吗？"精灵一听是本村自卫队长，就带着枪飞跑过去，他说："我缴到五根枪，你们缴到几根啊？"自卫队长一看真有五根，就把精灵扔了起来,这时天已经亮了,东边的民兵都支起大拇指叫道:"精灵真是小英雄!"

选自《小英雄》,东北书店 1948 年

◇ **马双翼**

网和地和鱼

在这个屯子里,种地的瞧不起打鱼的,打鱼的也不大瞧得起种地的。

可是年轻的渔夫谭元亭,和一个种地的女儿,俩人偷偷地好起来了——这事人人都不知道。

这是分完地以后的事。

渔夫分到手两垧地,他有点犯愁。

这天晚上,他坐在湖岗上的灌木丛里,等他的女朋友,他心想:

——她不定撒个什么谎,从家里出来的……

一想起她家,就想起那个老头子。那个老头子有点讨人厌,他总是拿个斜眼睛,打量打鱼的,好像说:

"你就知道喝喝酒,拉胡琴,庄稼院的事,什么也不懂……"

老头子有点讨人厌,他分着那几垧苞米地时,他像个小孩子似的,抱着他那两片木板——那上头写着他的名字,他哭泣起来了,好伤心! ——不是伤心,也许,那个老家伙乐疯啦……又伤心又乐,都有点……

"你跟谁说话呢?"

"我跟你爹说话呢……"谭元亭轻声笑起来,他拉住她的手,有点凉,这是第一次,谭元亭拉他女朋友的手。他觉得心跳起来——好像打着一网鱼,满满的,活蹦乱跳……若不是黑夜,她就能看见,

9

他脸多红。她脸也是红的,谭元亭想好好看看她的脸,她把头扭过去了……

蚊子在他们周围飞,嗡嗡,嗡嗡,也许是远处的大湖响,也许是蚊子,这时候,谭元亭简直分不清……暖热的身体,挨他坐下了……

"我跟我爹说,"女的声音有点颤,"我到妇女会开会去……他就叫我出来啦……"

"我要当兵去啦!"谭元亭忽然说。

"你吓我是怎的?"

有一点。谭元亭想试试她,因为——逛灯乃是假呀,试试妹妹的心——他这几天总是想这几句小曲子。可是不完全是,他真有心思去当兵,自从打死孙把头以后,他当兵的心思,一天比一天盛。

"我这时候,全身都是轻的——不像早先啦,打死孙贵林,我仇也报啦……如今,我说不出来怎股劲,我整天都高兴,又不怕出劳工,又不怕挑国兵,又不怕经济犯,又不怕警察队,嗳呀,你说,就是……说不出来,若是长俩翅膀,我就要飞啦……就是没有翅膀……"

"你真当兵去吗?"女的不放心。

"说着玩呢,"他安慰她,但又说,"可也说不定,也许,一下子,我就背上三八枪,他妈的,小三八枪,真漂亮!"

"我爹常说,嗨——打鱼的都是三心二意,今个想这,明儿想那……"女的觉得心里委屈,低下头。

"我若托个媒人,你爹也不能答应呗?"

"不知道!"女的非常害羞起来,忽然想要哭。

"你当兵去罢!"两滴泪落在谭元亭手上,谭元亭手放在她膝盖上。

谭元亭不知道说什么好。看远处湖水,白亮亮的。黄色的,弯弯的月亮,好像也在随着湖水上下波动,真怪,月亮好像不在天上,而像在湖水上——也不像在湖水上,好像四无依靠,就在空气里。"嗨——"谭元亭想不起话说了。

"像个牛似的!"女的忽然哧一声,笑了。

"嗳,"谭元亭叹一口气,"若没有你呀,我早当兵去啦……"

"呸。"女的心打开一面窗,她偷偷地,无声地,自个儿笑了。谭元亭可没瞧见。

"你分的那两垧地是谷子,是不是?"

"谷子。"谭元亭说,"我真犯愁,怎割法?"

"农会不说:大伙帮着割!"

"真不如分给我一面大网!"

"我看,还是种地吧,我爹说……"

"又你爹说!"

"我爹说:这回地是自个的啦,好好侍弄它两年……你说,他这晚就合计,过年春天怎么种法! 他说:祖辈也没见过地……孙把头那面网呢?"

"农会呢。留着生产。我跟农会商量商量,拿两垧地,换一面网,你说行不行?"

"你这两垧谷地,我爹说……"

"又是你爹说!"

"我爹说是顶肥的地——也是孙把头的地吧?"

"喂。"

"你吓我一跳! 这么大声!"

"孙把头闺女,这两天总借引子找我,没话找话,你说怪不怪?"

"她看上你啦呗!"

孙把头女儿也许真看上他了,他从湖岗上回他自个小窝棚,钻进去,灯也不点,往炕上一倒。

"嗳呀。"他叫了一声。

他倒在一个热热的软软的东西上。立刻,他知道这是个女的,因为有两条光滑的手臂,缠绕在他脖子上——他想跳起来,但是,跳不起来。跳不起来,就不跳吧,但是心跳得真邪乎。他妈的,这是怎的啦? 全身像火烧似的,平生第一次,二十二岁,女的……你还问什么？

"你还问什么？"——他问那女的。"你是谁？"女的这么回答：

"你还问什么？"——正是孙把头女儿。

一直到天明，他疲乏地躺在小炕上，睡不着。鸡叫，窗纸发白，一会儿，太阳进屋了——门还大敞着。他跳下来，看看自己全身上下，还是那样。——但是不一样，他心里说不出地难过。好像魏素英两只眼哭得红红地看着他——这还不算，全屯人的眼睛都看他，像箭似的；他哆嗦了一下，披上破褂子，这是怎的啦？ 不是梦，是真人真事！ 他再看看自己，两条铜色的胳臂，筋肉好像丘陵——铁打的汉子，谁都这么说。可是出了昨晚上那样的事，鬼迷住了！ 而且是——仇人的女儿。

"他妈的。"他把破褂子脱下来，摔在炕上，又穿上。

"见不得人，这是怎的啦？"他自己问自己。

他本来想今天到农会去，商量换网的事，换不成，商量商量割谷子的事——谷子，眼看就得割了。可是——商量个屁！ 他什么心思都没有啦——甚至三八枪，甚至魏素英，甚至……反正，他觉得谁都对不起！ 那个农会主任康老七，那一对笑眯眯的小眼睛，你跟他怎么说话——你简直对不起他……

……孙把头当国境警察队警长的时候，把你哥哥抓进去了，说你哥哥"通苏"，为的是，孙警长想霸占你嫂子。"通苏犯"还活得成吗？ 活不成。孙警长把你嫂子糟蹋了，又送给山田警尉补，女人到他们禽兽手里还活得成吗？ 活不成……苏联飞机在半空一盘旋，日本鬼子算吹灯啦，可是孙警长住上山田警尉补的小房子，喝起日本"米索"汤来，这还不算，山田那面大网！ 那面大网他擎受下来了！ 你谭元亭，三四十个打鱼的，还得给孙警长打鱼！ 孙警长抽大烟，从凤凰德跑老客的给他带来好烟土——后来才知道，原来那些小子都是土匪——孙警长枕在女儿腰上，女儿给他烧大烟，一拨一拨的——就是这个女儿！ 而你呢，你就跟这个女的……你是人不是人？……

——他坐在大湖边沙滩上,他心里不知想多少事,跟那湖水的波相似,一层又一层。盛夏太阳直射他身上,湖水闪动着金色的耀眼的光,往日他总想,这湖到底有多大。人家告诉他周围八百里,他不信,他想:至少有八千里。他真爱这个大湖,大湖看不见边!跟天接界的地方,一片烟云,你简直分不清哪儿是天哪儿是湖。谭元亭没见过海,可是他寻思,海也大不到哪去!可今天他没想这个,他想:管它湖水几百里,收容一个谭元亭,满收容得下!跳下去,完了。可是他自己知道他的水量只是赶不上鱼,跳下去,说不定一下子游上来了……他自己笑自己:这么一条铁打的汉子,犯不上死得寒啦巴碜的,有这个,当兵去,死得值个;自己宽慰自己,可是心里觉得一阵酸一阵痛。

……工作团刘同志,把一杆——正是他心爱的三八枪递到他手里,瞄准,只一下,孙把头的脑盖骨不知飞到什么地方去了……他想起这个,他觉得他浑身增加点气力……刘同志拍拍他肩膀,跟他说,走罢。刘同志半开玩笑:跟我们走,当兵去……我那时跟他去有多好呢?……大湖好像很快乐,翻来滚去,好像有个巨大金色鲤鱼精在水里,很快乐,它在游戏,而且,低声唱,白色浪花在阳光里,如金星,天空碧蓝,好像玻璃。水鸟掠着水面飞,箭似的疾。……他自己的船在远处扣着,坐船走吧,就算大湖八百里,赶上顺风,一夜,就跑老毛子国去了——也许用不了一夜。他小时候跟他爹到过海参崴,那年他十二,他爹到海参崴卖老博呆,他妈的,那是个怪地方,那地方专门对老博呆好,满街都是楼房,都是树,女人香喷喷的,衣服真好看,那帽子上头还有一根白色的不知是什么鸟的翎毛……他爹回来,天天想回去,病啦,死啦……他常说:"咱中国多咱跟老毛子似的,咱们就享福啦,小孩子也许有福气,也许……"我坐上船跑海参崴去罢,谁也不知道我昨晚上那回事!就算他们知道了,我在海参崴呢,我管它!可是,人人都叨咕谭元亭,谭元亭,谭元亭在老毛子国也得天天打嚏喷!

"嗳。"他叹口气,站起来。

——我是个混蛋！他肚里又骂一句。

湖边上没有人。好像打鱼的都不打鱼了，都去侍弄地去了，分了两垧地，嗳，打鱼我是行家，一只船一面网一片大湖……种地，可是个难事！大湖你不用上粪不用铲，你有天大本事打不净湖里鱼。可是，种地，魏素英见面就是她爹说的：种地……我有什么脸去见魏素英呢？——他们昨晚临别时，他说他今个去找她。

这时候，他觉得肚子饿得慌，看看太阳偏西了。他还一顿饭没吃，他无精打采往回走，在道上偏偏遇见魏老头子，老头子照旧斜着眼睛看看他，他觉得他脸上一阵热。老头子忽然笑了：

"快割地啦，你帮我割地好不好？"

"我帮你割，谁帮我割？"

"我帮你割！"

谭元亭点点头，不说话。

老头刚要走，又站住了：

"后个开大会，再斗孙把头……"

谭元亭忽然大笑起来：

"你斗孙把头的鬼魂呵？呵？"

"斗他家——你不知道吗？我也是个委员哩，大伙都说斗他，我说该斗！"他走到谭元亭跟前，"孙把头是个大封建！——明白不明白？大恶霸！光分他的地，毙他的人不行，他还有兄弟，儿子呢。他有枪，不献！"他指着谭元亭，"他有枪，枪这玩意是要命的玩意！比方，你枪崩孙把头，孙把头兄弟手拿一杆枪，照样要你的命，明白不明白？"

他回到窝棚里，把昨晚剩的干粮吃了，躺到炕上，一躺到炕上，他没法不想起昨晚的事，他对着自己紧厚的胸脯用力打一拳……

"我找你一天，"李福德跑进来叫，"你他妈跑哪个耗子窟窿里去啦？起来！"

"我，病啦！"

"病啦？基干队训练，你是个班长，你病啦？真病假病？训练哪,班长!"

"去你妈的,我病啦,你再嚷嚷,我把你踢出去!"

李福德莫名其妙,伸伸舌头,走了。

他坐到门坎上,远远地看他那两坰谷地。谷穗是金黄色的,叶子碧绿,人人都说谷子长得好,他目不转睛看半天,又想起魏素英的话:

"这两坰地可是你自个儿的,你自个儿就是地东!不像早先,你租人两坰,人家愿抽就抽,你磕头也不行,作揖也不行……人家愿涨租就涨租……可是,这两坰是你自己的,大湖可不是你自己的,再说……"再说,她脸红了,"往后,比方,那个,你不娶媳妇,不生孩子呀?……"

她懂得的事真不少,她真不错,我对不住她……他起身去看他那两坰谷地,地头分明插着牌子:

谭元亭两坰

地是我的!

他想起魏素英。

地是我的!——他第一次有这思想,他从来没有地!他第一次有地!他爹从来没有地,他爹常说,不知道他爹活着时候,他哥活着的时候,说这话,说多少遍了:

"咱有两坰地,有多好呵……"

他爹他哥都不是打鱼的……给人家扛一辈子老博呆。

"有地的都是王八蛋!"他爹他哥常这么说。他也这么说过——不知说过多少遍了:"有地的都是王八蛋,我,他妈的,不要地!"

为这个,他不知不觉,对土地,又是仇恨,又是稀罕。

但,这两坰地,是我的!我对不住魏素英……他流出泪来了,坐在他的地头上,抱着膝盖。土地,娶媳妇,生孩子……金黄色的谷穗呀……

晚上,他刚刚睡下,有个人推门走进来了。

孙把头的女儿。

他想跳起来,狠狠揍她一顿,但是,他躺着,没有动。

他想:看你说什么。而且最了不得的是——她嚷叫起来,于是,人们来了……

"我说,"女的坐在他身边,"我这包东西,寄放你这,你可得,"女的声音柔媚,"给我好好藏着,不行跟别人说……"

他拿过来包袱,重重的。

"谁也不跟谁说。"

女的在他脸上亲一下,解衣上炕。

"等会儿,基干队来开会,你先回去……"

"扯淡,"女的好像切齿说,"基干队在村政府开会呢,我知道……"

"你不信,就待在这,若叫他们碰见,你可酌量点……"

"那,你把包袱收好,该死的,人家疼你你都不知道……"

谭元亭把包袱扣在一口破缸底下。

"那不行,"女的说,"得埋起来……"

"快走吧,开完会就埋。"

女的走后,他提着包袱,往村政府走。走到半路,又折回来,他到魏素英家里去了。

"组长,"他第一次叫老魏头,他想跟他开个玩笑,"报告组长!"

"咦?"组长觉得很奇怪。

"猜罢,"他看一眼魏素英,他自己知道他脸红了,也许一直红到脖子后头,"这里头是什么?"

"金首饰吧?"老头子也开个玩笑,"偷来的,抢来的?"

他解开包袱往炕上一倒:

两只长苗匣枪和一堆子弹。

老头子吓了一跳,张开嘴,半天闭不上。

"就是这么回事……"谭元亭什么也不顾,从头到尾说一遍,末了说:

"我对不住人……"他偷看一眼魏素英,低垂着头,她的浓厚的黑发,在油灯下,闪着暗暗的光。

"你真是正经八百的傻蛋,你懂不懂?"老头子眨着眼睛说,"这娘们心眼真毒呵,你若今晚不拿来……明个,她一句话,就要你的命啦……"

谭元亭的额上,泛出凉汗来。

…………

割地的时候,魏素英在前头,他在后面,一边割着,魏素英低声问他:

"这回,你不想拿地换网了吧?"

"我真没想到你爹答应啦……"谭元亭答非所问。

"这话,你说多少回啦!"女的轻声笑起来。

"你倒是一面网,我是鱼,鱼打到网里啦。"

一九四七年十一月二十一日于哈尔滨

选自《东北文艺》,1947 年第 2 卷第 6 期

◇马　加

成物不可损坏

　　赵林从牲口槽子走向大街去的时候,拴在槽子上的青骟马对他咴咴地叫了一阵,打着响鼻,回音荡在木障子上,响了很久。早晨的太阳光黄穰穰的,射在木障子上,成为水浸的麻秸色,经过风吹雨打,再加上马尿星子,落了一层豹花点,已经没有光彩了。

　　这木障子是地主侯三阎王扔下的,侯三阎王给大家斗争完了,赶出了大院。赵林抛下自己的破马架子,搬到这大院套里来。他搬过来的时候,炕上没有炕席,锅台上没有碗架板,墙上找不到一个钉子。自己带来锅碗瓢盆,锄头,镰刀,破席子,统统收拾起来,没有装满一爬犁,仿佛小鸡崽扣在大簸箩里,旷旷荡荡的!最显眼的东西,要算分浮产分到那匹青骟马了。马身子骨长,圆脊骨,气力大,牙口好,夜里嚼起草来,连一根草根都不剩,饿了的时候,它自己解了缰绳,跑到草垛上去勒草叶,幸而有木障子挡住它,没有出过岔子。

　　一来二去,这木障子叫人相中了。

　　木障子和当年的树芽子差不离,有一扬手高,障子尖是一趟狗牙,弯弯曲曲的,上面还拧着条带刺的铁丝子,结实又牢靠,攀也攀不动。每天太阳出来的时候,有几只家雀子落在那里吵着,赶牲口的人抽着鞭子,可是,家雀早已给吓飞了。街流子尤老五正在掠着

18

嗓门，喊哑了脖子，大板牙露在嘴唇外边，歹声歹气的，吵得人家耳根子疼。

"这木障子是侯三阎王留下的……"

赵林已经听明白了，走出了大门口，对着尤老五说："我分这大院套，我不是斗争了么！"

尤老五挤挤眼梢子说："墙倒众人推，不能叫一个人得实惠。"

"对么！房子分给你了，木障子还分给你么！"一个什么人用大烟嗓子说，没有露脸，他的扁脑袋正冲着木障子上的狗牙。

大家伙七嘴八舌头地吵着，有人同意尤老五的意见，说是木障子应该扒掉平分，也有人向着赵林，主张不要把木障子扒掉。赵林心里慌慌张张的，不管怎么说，他总觉得扒掉木障子有些舍不得。曲着眉毛，半天才吐了这么一句：

"成物不可损坏！"

"这是侯三阎王的木障子，我看它就生气。"

尤老五伸出拳头来，狠狠地在木障子上打了一下。障子底下一只小猪给吓毛了，小猪一直跑到槽子跟前，青骒马对着门口的一伙人咳咳地叫唤着，似乎在反抗着什么一样。

赵林正盘算着养青骒马插犋种地呢！木障子挡挡牲口，它不是胜过土垒的院墙么？现在尤老五要扒木障子，不是在他的脑皮上吹一阵凉风么！凉得透了胸坎子，心里发抖。他抱着撅腔的棉袄，露出腰里扎的麻绳，走道喘着气，想和尤老五争争理，刚一张嘴，他觉得舌头根子有些发硬，话到喉咙里，就给黏痰堵住了：

"养活牲口……木障子是个大事……"

"你一个人说了算，还是大家说了算？"

尤老五是个花舌子，甜嘴蜜舌的，把一部分人哄得迷模入了壳，顺嘴答应着。

"大家说了算。"

"大家说了算，这不才是民主么！"

去年一个腊月，差不多都在斗争中过去了。北风烟炮包围着村子。大雪屯住了门口。打从封江以后，尤老五就没有上过荒草甸子，没有摸过一回镰刀，打过一捆柴火，灶坑门口没有烧火，烟囱不冒烟已经两天了。他穿了一件翻身的皮袄，戴着狗皮帽子，两只手伸到袖筒里，东门进去，西门出来，到处寻洋落，两只偷牛的大眼睛荡来荡去，不知为什么却相中这木障子了。

他说："大家把木障子劈了吧！三一三十一。"

"劈了，还不是一把火么！"赵林把尤老五看得透透的，他的直筒子话如同戳破一层窗户纸。

"赵林，你护己！不讲民主。"

农会李主任来了，觉得很难心，摇了摇头，临走的时候，对他们说：

"等晚上开大会再说吧！"

※　　※　　※

起先，赵林来到村子里的时候，房无一间，地无一块，除了一根扁担和一把镰刀之外，什么也没有，真是光屁股打灯笼，溜干二净。亏得他是一个白手成家的人，起早贪黑，干起活来不休息，他的胳膊像毛驴子拉的磨杆一样，一会也不消停。自己省吃俭用，一个错钱也舍不得花，不抽烟，不喝酒，下雨阴天，连平货都不打，家雀都不出窝，他却从冰冷冷的土炕上爬起来，蹲在门坎子上，用秫秸编成了席子，柳条编成筐，麻捻成绳，葫芦开成瓢，高粱秆扎成了刷子，削镰刀把，穿饽饽帘子。天头刚放晴，雨点把黄豆叶打得大窟窿小眼子，蝼蛄钻出土，洼垄沟里还留着一汪水泥！人们却看见他拿着耙子去搂柴火！柴火煮饭烧成了小灰，小灰滤成水洗衣裳，再用洗衣裳水浇葫芦秧……

小日子细水长流呵！

尤老五呢：一向是大手大脚的，有钱就花，有嚼物就吃，从来不留后手，好像过了今天就没有明天似的。他整天每日地敞着怀，散着裤角，穿着一件三尺半的大布衫子遥街乱晃。看见赵林提着粪箕子捡粪的时候，故意地把鼻子一扭，大板牙一龇，咧着嘴笑一笑。

"赵林,你真是走星照命,你跟人家牲口的屁股捡一辈子么?"

赵林不由得红了脸,把粪箕子向上一提,望着木障子尽头的一群牲口,赌着气说:

"我现在养不起牲口,将来还养不起牲口么!"

尤老五张着大板牙笑了,瞅着赵林腰里扎的麻绳子,逗乐子说:"你这样仔细,连驴粪蛋都应该翻梢呢!"

"大骡子大马,不也是人养的么……"

"房子地不也是人置的么:大院套,木障子。"

"那怎的,我也有两只手!"赵林憋着气说了。

"两只手和两只手可不同,人家有钱人是长的白爪子,你庄稼人是长的黑爪子。"

"庄稼人就不能成家么!"

"木头眼镜,我看不透。"尤老五把人怨到顶了。

赵林曾经给侯三阎王扛过八年大活,卖过两年零工,披星星,戴月亮,把肋条骨都累断了,还没有立下门口。自从这次斗垮侯三阎王,才分了地、衣裳、牲口、房子,房子还带着木障子,真是出头带挂尖,小日子可像个样子。

不晓得尤老五是眼气呢,还是有什么生古心眼呢? 见了面总是俏皮他说:

"赵林,这回你可等到现成的了。"

"你说什么?"

"还有什么,房子,地,牲口。"

"哪有现成的?"赵林反对说,"你不下力种地,它能给你长庄稼么? 你不用鞭子赶牲口,它能给你拉犁杖么?"

"用鞭子赶牲口……"尤老五闪闪眼梢子,打了一个奔儿,又接着说,"我看,别人拔你一根牲口毛,你都心疼。"

"我自己的牲口,我怎么不心疼呢? 我给它添草,给它拌料,给它饮水,我侍奉它到到的,我不让它生病,我要靠它种地过好日子呢。"

尤老五笑着说："你过好日子,也得叫人家劈了。趁早把木障子分给大家好了。"

"我不……"

赵林瞅一瞅黄穰穰的木障子,脸色都白了。

※　　※　　※

晚上开会的时候,赵林站在屋子背后的暗角里,头顶粘着蜘蛛网的灰条,脚下踩着火柴杆,嘴里叼着烟袋,两只眼睛瞧着油灯射出来的光,构成了两条黄色的虚线。有人从当地上走过去,耸耸肩膀,或者是挑动胡子,人们的面孔变成花淡脸,看也看不清楚。现在,他注意李主任讲话和尤老五强词夺理的情形,木障子的事情已经提出来了,惹起了大家的议论和争吵。他是怎样为这件事担心呵!他不希望别人扒他的木障子,正如他不希望别人拔他的牲口毛一样。

"主任,共产党不是满足贫雇农要求么?"

尤老五瞅了瞅站在台上的李主任,又把眼梢子转向大伙,他的神情得意,显然没有把赵林放在眼里,两片嘴像是摇动的扇车子。

"咱们穷人靠老天爷吃饭,现在我的脑筋开壳了。老天爷就是共产党,穷人没有地种,共产党给穷人分地,穷人没有房子住,共产党给穷人分房子,没有牲口便给分牲口,没有衣裳穿给分衣裳,粮食、锄头、木障子,穷人要什么,共产党就给什么,老天爷饿不死瞎家雀。"

"对呀!对呀!"

有一伙人随班唱影地喊着,在黑糊糊的梁头底下叫嚷着,有粗声的,尖声的,还有白天在木障子前边说话的那个大烟嗓子,叫得最凶。

"赵林,你出来说一说吧!"

李主任在怂恿赵林讲话之前,已经在他的耳边吹过风,暗暗地递过眼色,希望他能够说得头头是道。当头行人的自然有头行人的主意,在开民主大会时,处处要表示公平正派,一来怕人说他偏向,二来怕人说他包办代替。

赵林有些打怵,好半天才从黑黑的蜘蛛网下探出头来,烟灰盖住他的睫毛,帽子的耳扇卷到上边来,眼光扎扎的,对着淡淡的油灯摇晃不定。

"我说:成物不可损坏……"

尤老五摇着头哈哈地笑着:"真是保守脑瓜筋,旧的不去,新的不来。"

"木障子打起来不容易呢!"一个白胡子的老头子也出来说公道话了。他的话正说到赵林的胸坎子上。没有待了多久,有一个秃子怪声怪气地喊叫起来:

"大家翻身,不叫一个人得实惠……"

"扒了木障子大家就翻身了么?"赵林的嘴唇发抖,说说停停,"容我到秋天,我还大家木头不行么!"

"你在家种地,哪有工夫到山上拉木头。"

"把木障子做成粮食价,我还粮食……"

"空嘴说白话,到秋天,谁还当帐要。"尤老五为了现得利,一口咬定不答应,饭到口,钱到手,看见东西就眼开。

赵林知道争不过了,扭过脸去,听着窗缝的风在呜咽着,他知道他的青骟马在叫唤,沿着木障子边震动着。他跷着脚向前看,油灯的暗光淡淡的,梁头底下有一片稀薄的烟灰,遮盖着人们扎扎烘烘的头发楂子,慢慢地颤动着。

"大家平分木障子,这不是民主么!"

吵的人嗓子已经疲了,哑了的浊音浸入烟灰的迷雾中,显得没有一点后劲,碰着人们耳朵的是一片醒人的声音。

李主任虽然替赵林着急,但是他却不愿意出头露面,两下争论到头了。他出来征求大家的意见,检查结果,赞成尤老五的比赞成赵林的多了两只手。没有举手的人三挺还有一挺。

※　※　※

赵林顺着旷荡荡的院心走着,踏着地上的马粪和草棵子,绕过苞米楼子，转向牲口槽子的跟前。拴在槽子上的青骟马正曳着缰绳，后蹄壳踢着川连柱子，不知道想吃草呢，还是想喝水呢？当他穿着撅腚袄走过来的时候，它却亲切地摆着头，甚至把它的白鼻梁送到他的手心里去，他觉得又喜欢又高兴。天上有一片灰色的云朵，阴影落在青骟马的脊背上，那淡青的颜色显得灰土土的了。

太阳冒了高，木障子露出三角尖的狗牙，齐刷刷地平列着，铁丝子把它连得紧紧的，拉也拉不断。侯三阎王的办法真牢靠呀！打了木障子，不让女人和小孩到外边去，小猫和小狗也挡住了。他记得去年夏天，他住在一间破马架子，院子里养活一只壳郎子，没有拴住绳，跑到地里去吃人家的庄稼，叫看青的枪打死了。从那时候起，他就想打起一道木障子。一道木障子正像一个国家的一座小城一样，没有它就不像个样子。什么闲乱杂人都可以随便走进来，母猪来拱房门子，小鸡飞到窗户底下来啄粮食穗子，当院子栽一棵倭瓜秧也长不住，至于堆柴草，养牲口，那就更困难了。

青骟马从槽子里伸出嘴来，耸着耳朵，靛青色的毛色在太阳光下闪着，咬了一口草，便抬起头来对着他咴咴地叫唤着。他听见那声音真是稀罕人呀！他恨不得去摸它一把，捏捏耳朵，顺顺它的鬃毛。他想到开土种地的时候便用它拉犁杖，铧尖破开垄台，新鲜的黄土向外翻着，牲口蹄子向前趴着。他跟在后边扶犁，累得气喘，也舍不得抽一下牲口。现在么？他要把青骟马圈在木障子里养活着，养得膘肥溜圆，干什么都不报落套。

有十几个小伙子闯到木障子跟前，拿着斧子和镐头，一边吵嚷，一边七手八脚地动了家伙，拔去了钉子，扯掉了铁丝子，三下两下，把木障子劈开了。窄条的木板倒在地上，出了一个缺口，尤老五的大红脸从里面露出来，举着镐头扒木障子，吵二巴喝的。

"这才叫做穷人彻底翻身呢！"

赵林向着木障子跑着，眼睛冒着金星，两条腿软软的，腿根如同木障子一样要跌倒下去，跑了几步，他想抓住一件东西来支持他的身体，三摸两摸，他把尤老五手里的镐头把抢到手里，抱得紧紧的。

"你干什么!"尤老五大嗓门叫起来,扯着赵林的胳膊,翻脸不认得人。

"你干什么,你扒我的木障子干什么!"

赵林气呼呼的,他抱着镐头,随着尤老五的胳膊拉扯一阵,向旁躲闪着,他的脚突然踏在什么硬邦邦的东西上,当他想起是扒掉的木障子,心疼得抬起脚的时候,木障子已经扒开了一个大窟窿,再也堵不上了。

木障子的窄板一根一根地倒下来,扯去了铁丝子,躺在大道的车辙沟里,一动也不动。

※　※　※

第二天早晨,赵林走到外边来,发现牲口槽子上的青骟马不见了,解了扣跑掉了。在牲口解扣的时候,把旁边的筛子踢翻了,槽子没有动,地上撒了一层谷草,仔细一察看,沿着木障子的缺口踩了一趟马蹄印子。

村子里好信的人都跑来了,问长问短,参加夜里开会的人都替赵林难过,有两个扒木障子的人也觉得后悔,跑了牲口,小户插锹种地不是更多一层困难么!李主任比别人更显得关心,一边皱着眉毛,一边瞅着木障子扒得破头烂齿的缺口,对着开会的人叹了一口气。

"这是穷哥们的东西……"

"成物不可损坏!"夜里替赵林争理的那个白胡子老头子讲话。他的语气是那么沉重,像一块铅饼子打在赵林的心坎上,赵林浑身发抖,狠狠地咬着嘴唇,好久讲不出话来。

"我心疼呵……"

"我们今天晚上再开大会,好好批评街流子尤老五,贫雇农不能让他浑水摸鱼。"

李主任给赵林撑了腰,底下有人接着喊叫。

"批评街流子!"

赵林听了李主任的话,苦着脸笑着,抹过木障子的缺口,望着当

25

院子里的牲口槽子,大概又想起那匹青骟马吧!没精打采地摇着头说:

"分了一回牲口,我得到什么呢?"

白胡子老头说:"不经一事,不长一识。"

"找牲口去吧!把尤老五也找来,叫他看看!"李主任又说话了。

尤老五昨天扒木障子回去,就把木障子烧了,烙了饼,吃得甜嘴巴舌的,躺在炕上睡了一夜大觉,到了今天早晨,太阳照腚的时候,还没有起来呢!

一九四八年十二月二十五日

选自《文学战线》,1949 年第 2 卷第 1 期

饿

　　今年九月的一天,九台德记杂货铺的刘万贵听了一个信,说他哥哥从长春逃回来了。那正是长春解放的前一个月,长春每天都饿死成百成千的人。他听见哥哥的消息蹦高高乐,跑到大街上找了一溜十三遭,连人影都没有看见。他回到柜上的时候,有一个穷花子正站在柜台外边,尖下巴,眍䁖眼,皮包骨的牙床子贴在豆饼上,他仔细一看,那家伙偷着啃豆饼呢!

　　“你这穷要饭的,真是饿蒙了,连马料也下得口!”

　　刘万贵吐了一口痰,甩甩袖子,又瞪了那个穷花子一眼。他抹过身子,看见了那个穷花子离开了豆饼垛,咽下最后一口豆饼,噎得伸长了脖子,眼泪瓣几乎从眼眶子里挤出来,难过地翻一翻眍䁖眼,哑着嗓子说:

　　“万贵……我回来了……”

　　“啊! 你就是万富哥哥么?”

　　刘万贵已经听出是他哥哥的哑嗓子,那哑嗓子发着沙沙的声音,仿佛蚂蚱的翅膀打豆叶子响,他听得熟熟的。他记得前几年,他哥哥和人家讲生意的时候,一边比手划脚的,一边用那哑嗓子拉拢主顾,絮絮叨叨的,快把人家的耳膜磨破了,使得对方不得不点头的时候,才溜着圆眼珠子笑了。现在,他的圆眼珠子变成了眍䁖眼,大颧骨,尖下巴比锥子还尖,身架和脸盘都脱了相,只有那哑嗓子还保持着原音。

　　“我听说你回来了……绕街找你……”刘万贵拉着他哥哥的胳膊,又是高兴,又是难过地说,“你瘦得剩一把骨头了,怎么逃回来的?”

他哥哥摇着头，两片破布衫子遮在膝盖上，走道直晃，说话上气不接下气："我逃回来……十天了……"

刘万贵大吃一惊，伸伸舌头说："长春离九台才一百二十里，你怎么走了十天？"

"我是一半走，一半爬回来的……"

"你在路上没有吃东西么？"

"呵……东西……吃豆饼都是好的。"

"你一定是饿踢蹬了！"

刘万贵打开柜台上的玻璃匣子，从里面掏出许多东西来：馃子、麻花、月饼、熟鸡蛋……他哥哥真是饿踢蹬了，东西拿过来就吃，他的嘴好像漏斗一样，越吃越不够。刘万贵在一旁发急了，拉住他哥哥的手，劝着说：

"行了吧！我听说饿肚子的肠子薄，吃多会撑死的。"

"行就行了吧！没有馃子，我吃豆饼都是香的。"

他哥哥伸伸脖子，从喉咙里咽下去没有嚼烂的馃子，裹裹嘴唇，用舌头尖舔了舔，口腔里还有馃子的香气呢！刘万贵把吃剩下的馃子收拾起来，装在玻璃匣子里。他哥哥也就坐在玻璃匣子的前边，瞧着里面的馃子，眼睛发直了，玻璃匣子映出了散乱的银花。

"我听说，长春饿死的老鼻子呢！"刘万贵打听他哥哥说，瞧着他哥哥瘦瘦的脸。

"真老鼻子呢！死人骷髅横躺竖卧，臭气烘烘的，简直张不开口，睁不开眼睛……"他哥哥讲得恶心了，往柜台根上吐一口痰，回想着爬过死人堆的时候，浑身打了一个冷战，叹了一口气，"我是从死人堆里爬出来的。"

刘万贵不知不觉地睁大了眼睛，耸耸肩膀，也打了一个冷战："你说的多么惨呵！"

"可惨了，大人饿死了，小孩守在旁边哭！……"

他哥哥抖着嘴唇，讲了两句，声音给堵塞住了。同时，他的眍䁖眼呆呆地盯着那垛豆饼，发着瓦蓝的光，带着羊粪球的灰点子，仿佛是一对黑蜘蛛趴在那里，对着豆饼闪了两闪，那瓦蓝的光又缩小了。

"我们的铺子要是有这些豆饼，不知能救活多少人！"

刘万贵关心地问他哥哥说："你们长春城的杂货铺还开着么？"

"坐吃山空，吃光了，杂货铺也关板了。"他哥哥直摇头，"干净利索，我出来的时候，连喂猪的酒糟都吃光了，只带出来一张一亿八千万的中央票子。"

刘万贵凑到他哥哥的跟前，吃惊地说："这样大的票子，我连听都没有听说过。"

"我也头一回听说过。"

"你带出来干什么，不在那里买点吃喝。"

"在长春，我用它连一斤高粱米都买不到。吃完了，我还要饿死在那个地方。"

晚上，德记杂货铺关上了门，掌上了灯，灯光把货架子映到土墙上，显出一副庞大的轮廓，头上顶天，四脚落地，中间的方格子像套肠似的交错着。塞得满满的货物从木架子上探出头来，借着灯光一照，如同小狗和小猫在那里打架。刘万贵坐在门口的洋火箱子上，靠着豆饼垛，一边打算盘拢钱，一边点货，掐着成把的票子，对着货架子望了又望。这时候，他哥哥也随着站起身来，走出了柜台，瞧着他兄弟手里掐的票子，又瞧着货架子上的东西，面碱、肥皂、挂面、瓷碗、黄色的烟叶、细细的粉条……各式各样的东西在他的眼睛里闪着，简直看得呆了。

"前年我来的时候，这货架子还是空空的。"

刘万贵拢好了帐，放下了帐本，把灯又挪到柜台上。架子上的货物又露出来，露出了白的纸包和投在墙上的黑影。刘万贵得意地笑着，指点那货物对他哥哥说：

"这里成了解放区，货物就添多了。"

他哥哥摇着尖下巴说："那次来，这粉条子我仿佛没有看见过。"

刘万贵吸了一口烟，望着货架子上成捆的粉条子，微微地笑了。

"黄烟叶、豆饼，这东西都下货么？"

"怎么不下货呢！庄稼人分了地，分了牲口，蹚地拉地，都要给牲口喂豆饼。过去庄稼人穷，抽不起黄烟，现在也买烟抽了。"

"货物越捣腾越多。"

"对呀！我们的杂货铺，就是二十块豆饼和三十斤黄烟捣腾起来的。"刘万贵又笑了。

他哥哥又问："当兵的买东西也给钱么？"

"人民解放军公买公卖，老实说，没有他们打胜仗，这铺子能够开得起来么！"

"我听说这里闹斗争……"他哥哥皱皱眉毛，终于把他心里要说的话说出来了。

"这街上斗争了两家。"刘万贵直率地对他哥哥说，"后来说是斗争错了，又把货物给原主退回来了。"

"我就是怕这个才不敢出来。"

他哥哥想起那些不痛快的事情，皱着眉毛，闪着皱纹很深的眼梢子，溜着架子上的货物、地上的洋火箱子和豆饼。他想起他兄弟对他讲的话，好像有点感到后悔的地方。

刘万贵望着他哥哥的瘦脸，叹了一口气："当初你搬到这里来做生意，该多好呢！"

"谁曾想……"他哥哥把脑袋躲到货架子后边去了，在黑影子里，寒碜的尖下巴在摇晃着。

"我就知道国民党会坑人的，哪有一亿八千万元一张票子的！"

他哥哥没有吱声，找一张凳子坐下，柜台上的灯光一跳一跳的，货架子的黑影向前伸展了，盖住了他的眍䁖眼，只看见眼前是一片金花，越来越模糊了。

入夜以后，吹了灯。他哥哥躺在货架子后边一铺小炕上，屋子里黑了，他依稀地能够记起柜台和货物：装在货架子上的粉条子，地上的豆饼，玻璃匣子里的馃子。他想起那些东西来，觉得脑袋迷糊,肚子发空,浑身饿得没有劲。他要吃些什么东西,不管是馃子也好,豆饼也好,他都想咬一口,他觉得他是怎样饿呀!他把手伸出去,摸触了半天,碰在硬硬的土墙上,把手又缩回来,他才想起来自己吃饱了饭,睡在他兄弟的小炕上。

　　他没有睡着觉,翻来覆去地一阵胡思乱想。他想起前年到这铺子来过一次,那一次他在这里过了一夜,他记得地上没有洋火箱子和豆饼,货架子空空的,看不见成捆的粉条子和烟叶,木格子里拉着蜘蛛网,没有蜘蛛网的地方也落得灰尘爆土。主顾经常不上门,随便几个钱就可以把这个铺子兑出去。他对着这个铺子直摇头,一半同情一半开玩笑地对他兄弟说:"你混不出吃喝来,挨饿的时候,可不要找我去呀!"那时候,他是那么兴高采烈,那么幻想设在长春城里的生意,有骆驼他是看不起牛的。他仗着自己的手眼宽、钱财大、顾主熟,才想大馞馞哩!他想中央军一定呆得长,中央票子一定吃香,一旦关里关外通了火车,美国货进来,那生意可就如意亨通了。他等来等去,后来,他听说铁路被人民解放军掐断了,火车不通了,货物和粮食进不来,捐税又多,中央票子毛得厉害,好像六月里填洋沟的韭菜一样,越烂越不值钱。买卖干赔钱:早晨卖了两条手巾,晚上用那卖的钱再往回买,连一条手巾也买不回来。打发了学徒,折腾了货物和家具,到最后只有关了板。早先,他是吃大米过日子的,吃高粱米都嫌拉嗓子,铺子黄了,吃高粱米也吃不上溜了,以后吃小米稀粥,再以后吃谷糠,最后吃酒糟了。那酒糟有一股辣烘烘的味道,使他打了许多喷嚏。呛嗓子、烧心、反胃,简直咽不下去。他心里想:"酒糟不是喂猪的么!我是杂货铺的老板,怎么吃得下去!"他淌了许多眼泪,叹气,指鸡骂狗地吵叫着,末了,自己还得哄自己说:"我就是猪,比猪还傻呢!为什么睁着眼睛在这里开铺子呢?"于是,他把酒糟咽进喉咙里去了,以后再吃的时候,也就习惯了。他记得有一次,他卖了两天破烂,换了一斤高粱米,米下了锅,烟囱刚冒烟,一个中央军就跑进来了,不由分说,把下锅的米给捞了去。又有一次,他拿了五件衣服换了一斤豆饼,忽

31

然,一个饿蒙的大个子把豆饼抢了去,他想往回抢,那个大个子把豆饼扔在稀泥坑里,旁边还躺着死人骷髅,叫水泡胀得像大洋马,他发着恶心。那个大个子捡起豆饼就啃。他为了那豆饼挨了几天的饿。

他想起门口跟前的那垛豆饼,又高又多,快顶到屋顶,他想起来是怎样感到充实呀!不再想吃什么东西了,简直打饱嗝呢!他也想起他兄弟是有福的,存了这么多的豆饼,一辈子都不会挨饿了。

一来二去,他哥哥在这杂货铺里落脚了,打打零,管管帐。每天铺子一开门,生意就做不过来,人来人往的,他虽然硬活干不动,却也当一把手使唤,做一点,吃一点,他兄弟没有什么言语的,他也觉得合算。做得少,吃得多,要是换另一家铺子,也许人家不愿意呢。他心里说:吃上饭不挨饿就算得着,别的都是白扯。他是挨过饿的人,干干活,不知不觉地饿起来了。他常常从过道走到柜台跟前,仰起头,撩起眼皮,看见豆饼就想吃豆饼,看见馃子就想吃馃子,话也懒得说,活也懒得干,脑袋嗡嗡的,有人招呼买东西也听不见,仿佛犯了大烟瘾一样,打着呵欠,嘴边的涎水也流出来了。

有几次,他跑到街上,望着杂食摊子上出笼的包子冒着热气,小饭馆炉灶里跳动着火光,闻着地瓜的香味,他呆呆地站在那里,两腿打飘,仿佛蚂蚁爬在米糖上,走不动道。人群川流不息地从他身旁走过,卖东西的人吆喝着,赶大车拉粮食的抽着鞭子,他什么也没有听见,几次想拿出来花不出去的那张票子。

吃饭的时候,他是第一个跑到桌子上,守着饭盆,挑大碗、粗筷子,一端起饭碗,就一阵呼噜呼噜地吃起来,眼也不睁,头也不抬,不管脖子流着汗,苍蝇叮着脸,身上的虱子拱得发痒。他除了横吞竖咽吃饭以外,什么也顾不上,仿佛怕谁来抢他的饭碗子。他兄弟怕他撑坏了肚子,皱着眉毛,常常在他吃得半饱不饱的时候撂下筷子,用洋火棍剔牙齿,提醒他说:

"你吃几碗了?"

"我才吃五六碗呵!"他打囫囵语说,舌头卷着饭粒子,声音给堵塞得成了低低的音调。

"没有吃饱么?"

"再有两三碗差不离。"

"再有两三碗……"刘万贵知道他哥哥的饭量是轻的,在这以前,一顿才吃一碗饭。

他没有理他兄弟的碴,刚好嚼一口饭,碗边敲着牙,下巴骨在吱吱地响着,埋着头,尖尖的手指把花瓷碗把得溜严,露出脸皮外的颧骨比碗棱还要高。

"我到这里以来,吃什么东西都是香的。"

"吃不愁,穿不愁,解放区地方不犯愁。"

他听了他兄弟的话,如同啃了一块干豆饼,慢慢地在肚子里消化开了。他不是害怕到这个地方开生意,才挨了饿么! 现在他应该明白了,在他兄弟这地方,伸伸手,吃喝不是现成么! 他为什么要多一个心眼呢? 每顿饭都吃得那么多,不管胃口消化不消化,肚子盛得下盛不下,横吞竖咽一阵,好像饿了几辈子,该多么不体面呀!

"这毛病真不好,他们把我吓坏了。"

他兄弟问他:"你怕谁?"

"国民党的军队……"他瞪了一下眼睛,"他们像伪满抓经济犯似的,真够呛! ……"

"不敢做饭吃么?"

"叫他们看见烟囱冒烟就不得了。"

"那么,在鸡叫以前烧水。"

"哪有小鸡子叫,长春城里,鸡狗都杀光了。"

这时候,从乡下赶来了一挂卖粮食的大车,停在铺子门口。一个黄镜子脸的老板子跳下车来,踢着靰鞡头,闯到屋里来买东西。

他站在柜台的跟前,看见那个老板子掐着满把的票子,外边还有一挂粮食车,心里就高兴了,不管是白脸的还是黄脸的,拿钱买东西就是好主顾。于是,他把他的尖下巴向前凑过去,提着哑嗓子,眼角笑弯了,点头哈腰地和那个老板子打招呼。

"你要买什么东西？"

"豆饼。"

他瞧瞧那个老板子，心里翻了个：怎么解放区的老百姓也吃豆饼，他们也饿踢蹬了么？他怀疑他是听错了。这时候，那个老板子已经跑到豆饼垛的前面，看看豆饼的块头，摆着手。

"给我搬八块豆饼。"

"老板子，你要八块豆饼么？"

他还是站在柜台的跟前，没有动手，只是把老板子说的话又重复了一遍。老板子向前走了一走，不高兴地瞪了他一眼，拉着嗓门说：

"不叫牲口吃饱行么！咱们这里，也不是国民党的地方。"

他听清楚了，他也明白了，这里不是国民党的地方。这声音像是牲口脖子上系的铃铛，长久地在他的耳边响着，把他的心唤到眼前这个地方。他已经想开了，不再觉得饿了。

选自《生活报》，1948 年 12 月 6 日

◇ 王双也

小心地主的坏心眼

地主和大家总是两个心眼，见缝就钻，呼兰白奎区望山村望山屯李凤鸣生产组共有两付牛犋，组内有两个地主，大家看他俩挺能劳动，就插在一块了。

在五月十三号那天，给李祥种地。李祥的地分两块，两付小犋分开干了。李祥本人和组长李凤鸣都去了东地，地主吴广文、于少良和苏士祥就到南二节地去了。

天头刮着风，飞起来的灰土直门往眼睛里钻。苏士祥很小心地点着籽，点过这垄，又点那垄；地主吴广文、于少良一个扶犁，一个扶"拉子"，他俩看着苏士祥紧跟着犁杖后边很小心地，连头也不回地点着籽，就起了坏心眼。

地主吴广文扶的犁杖，在大风吹干了的地面上刚划破土皮蹚出湿土来；地主于少良用手轻轻地拿着"拉子"，撒在地上的黄色的谷种，一粒一粒地在土外面滚着，老鸦看到这情形，在上面飞旋着。

天还没黑，一垧地的谷子就早早种完卸犁回家了。这时太阳浮在地平线上还露着笑脸，村支部组织委员钟秀廷也很早就完了活，顺便从李祥的地里走过；一看，黄色的谷粒子都向着他发呆，钟秀廷想：奇怪，这是谁的地呢？"自己是党员，对人民负责"的十个大字在他的思想里膨胀着。

钟秀廷回家急忙吃了点饭，就跑到村政府里来了：

"齐雨廷,南二节地都是谁家的?"

村文书齐雨廷说:"杨树东那疙疸是张立功的,西面那疙疸是李祥的。"

组织委员钟秀廷说了声"谷子都没盖上",就跑到二十组找组长李凤鸣去了:

"今天你们组给谁种地啦?"

二十组长李凤鸣说:"给李祥种啦。"

钟秀廷又转身找李祥去了。

钟秀廷刚一进李祥的门就问:

"今天都是谁给你种地啦? 出几付牛犋?"

李祥说:"出两付。"

"你在哪付啦?"

"我在东地那付啦。"

"南地那付都有谁?"

"南地有吴广文、于少良、苏士祥。"

"你上你南地去看看吧,你的种子都在外面呢。"组织委员"自己是党员,对人民负责"的感情一下子冲出来了。

李祥耕完了地,轻松的心情又登时紧张起来了。于是他趁着天头还没大黑赶忙跑到地里去一看:黄花花的谷粒子在干透了的土面上躺着向他发呆,好像有千言万语要说似的。李祥心里怪难过的,在地里跑来跑去地看了一遍,才又把他忘掉了的阶级仇恨想起来了。他跑到村政府来找组织委员,组织委员钟秀廷安慰他说:

"你先盖上吧。"

第二天太阳还没出来,李祥就跑到地里去盖垄,整整盖了一天才盖完。犁的沟太浅,没有浮土,盖也盖不严,后来都瞎了。没办法,只得把地毁了吧!

经村政府的审问,两个坏蛋地主才无可奈何地承认了错误,说以后再不坏了。

村政府根据情况讨论的结果:除了把李祥的谷子再种上外,并罚这两个坏蛋地主给学校修五天大墙。初步意见决定后,就把事实的经过及处理的方法传达到各公民组了。公民一致认为地主没死心,还有坏心眼,一定要提高警惕,监视地主的行动;也一致同意政府处理的意见,并又提出地富们以后再不死心做坏事,按法律处置。

现在望山村的老乡们一面忙产,一面监视着地富的行动。

六月五日于呼兰白奎区

选自《文学战线》,1949 年第 2 卷第 5 期

◇王质玉

仇
——三班副彭修全的故事

一

我小时候妈常告诉我说：

有一年，关里大旱，饿死不老少人，我爷爷就带着我爹妈，和我们哥几个逃荒到关外来。一来就住在彰武县小阎店。

那地方，是一眼望不到边的荒草甸，连棵直溜草都不长，简直就是块沙窝子。我爷爷带着一家人给老阎家开荒。

一直干了三年，起五更，爬半夜，吃不上，穿不上。欠着三担粮，挣上十二天生荒。这生荒就是老阎家的，欠的三担粮讲明第二年秋后全交上。

天不凑巧，第二年大涝，满草甸里全是没脚背子的雨水。一颗粮也没打，连种子都搭上了。这三担粮上哪凑得出？没办法，全家人就只得到老阎家去求情，缓到来年秋后。好话说了无其数，老阎头子还是一百个不行，非逼着头年交上不可，天天骑马来要粮，说打就骂，闹得我家鸡飞狗跳墙。记得一听门外马蹄响，我们哥几个就吓得慌忙往草垛里钻，连大气都不敢喘。

到后来，看看实在挡不过去了，我爷爷就到新民县给人家赶车，向东家先借三担粮，总算还清这笔债。爷爷到新民县只干了一年，就堕车摔死了。

二

民国廿年"九一八"事变，我们那荒草甸子，就成了胡子窝。

真是，人在家中坐，祸从天外来。

有个大地主刘和九，他的二兄弟媳妇是我亲两姨姐，还是我妈给保的媒，就算沾点亲戚吧。他也在边外拉了个"绺子"，他看上我家这座孤零零的房子，离屯远，又是独自一家，就叫我爹给他作窝主。我爹是个三棒子打不出屁的老实人，除了下地种庄稼，什么也不会，敢给他作窝主吗？

这就作下仇啦！刘和九站在我家门前就骂：

"操他妈的，天生穷骨头，放着金子不敢捡，这样他妈穷种，穷死也不多。"

一天，太阳刚露头，全家人还没起来，只听到门前吵吵嚷嚷的吆喝牲口的声音。怪啦，这门前除了自家的地也没有别人家的地啊，怎么出来牲口了呢？我妈妈顺着窗缝向外一看，叫道：

"啊呀！谁来豁豆子！"

我妈忙跑出去，外边六个牲口套着三付犁杖正顺着垄走，地头上站着刘和九的二兄弟——就是我妈给他保媒的那个两姨姐夫——我妈急了，拦住犁杖要说理。

他家的六七个伙计，围上我妈就打起来。我们哥几个提着裤子跑出门外，一看妈正挨打，都吓傻了，连上来拉也不敢。一阵工夫，妈被打得躺在地上，一动不动。老刘家的伙计们却卸了犁杖，回家去了。

三

老刘家的伙计们走远了，我们才敢拥上去，一看妈被打死了，七手八脚地用门板把妈抬家来，全家哭着叫。半天，妈苏醒过来了。我们哥几个立刻又高兴了。这个拉着妈的手说："妈！你真的过去,光剩下我们怎么活啊?"那个说:"妈! 你死了我们都得跟去,一个也活不成!"

门外的豆子地共"豁"了八九垄。我们哥几个到垄里踩一踩,看样还能发芽。穷人受点欺负算不得啥,只盼往后再别出事。

但那刘和九却不肯罢休,天天骑着马在我家门前来回跑。狗汪汪咬,一枪把狗给打死了。嘴里还大骂:

"给我滚蛋,不滚蛋的话,早晚有你苦头吃。……"全家人的心都吓得蹦蹦跳,闩上房门,挤在一堆。到晚上,更害怕:人家有枪,万一趁夜来收拾我们这一家人呢? 一听见远处狗咬,心就提溜到半空里了。

几天后,门外地里的豆子出来了,合家的心里都高兴。

忽然一天,刘和九带着他的羊倌赶来二百多只羊,放在我家门前的豆子地里。我妈又要出门去拦,我们弟兄几个却急了,想起上一次差一点给打断气,谁还敢让妈再出去,兄弟几个抱住妈的腿就不放,哭着不让妈出去,爹吓得直哆嗦,说不出话来。妈一看作儿女的都这个样,也没有法,只好不再出去了。一家人在屋里,顺着窗眼、门缝向外望。我的心里像刀绞,像是羊在啃着我心头的肉。我一生也忘不了这回事,我想……大地主欺负穷人,再没比这更狠毒的了。

一会儿,两天地的豆子全祸害个净光。

四

经过这一作践,两天地刚吐苗的豆子,一颗也没剩,垄沟叫羊扑通个不成样子。合家大小又哭个不成声。

妈到村上告了。

第二天,村长到我家来,这村长我们哥几个都跟他叫大伯。妈说:

"您大伯呀! 你看咱叫人家欺负的,没法再过下去了。看在您这群侄子面上,可得给作情作情。"

"没说的,"他那样子挺气愤,"这老刘家倚仗财势也太欺压人了。……"他说了许多不平话。

一直留他在我家吃过饭。平常吃糠咽菜的人家,却为他杀了只公鸡,烙的荞麦饼。吃过饭他的大烟瘾上来了,叫我妈去给他弄点烟泡。天哪!凭我们这份人家,到哪找大烟去?连吃都吃不上,哪来的钱给他买去,没办法,他就说:

"我到老刘家去调查调查。"就走了。

过半晌,他骑马回来了,他一进门就说道:

"你们老彭家是怎么回事?也太邪乎啦!老刘家也不是故意往你地里赶,是他小羊倌没看住,羊就跑进来的。你们老彭家怎么这样霸道……"

他又说:

"你们看我这村长的腿太不值钱了,这年月,胡子遍地是,有事没事,单人独马地把我叫来,这是什么意思?"

我妈刚要解说几句,他一摔"记子"就走了。

五

气上加气,第二天,妈就求人写呈子到县里告了。

县太爷把村长和刘和九传去,把情节都证实了,判道:

"霸道土豪,强盗田苗,判四十天徒刑。"当时就把刘和九下到狱里去了。

可是,我家的豆子就算叫人白祸害了。

虽然豆子白瞎了,但官司终究是打赢了,总算出了这口气。

谁知道,五天头上,刘和九由县坐车回来了。到家,就骑马带枪到我门前,嚷道:

"穷小子也想打官司,我姓刘的永陪着你,到哪也是走平道。……"

骂一阵又贴近窗底下喊道:

"给我赶快搬走,别装没有事。"喊完"啪"地打一枪。我们一家人一声也不敢哼。

从这,他每天都来骂阵,叫着号骂,闹得合家连门都不敢出。

这样闹腾久啦,实在没法,只得到黑山去起诉。

是六月前起的诉,传票左等也不下来,右等也不下来,一打听,人家刘和九早又花上钱了。

刘和九的计谋是真毒:本来起诉见到呈子,传票就会下来的。刘和九花上钱,就把这传票给压住了。他要传票冬天再下来,我们这穷人家,没穿戴,那样冷的天,一定不能去。这样官司不用打,他就赢了。

果然,直到进了腊月,传票才下来。合家连棉衣都没穿上,怎出门呢?这真为难了。去吧,冻不起;不去呢,官司就算输了。愁了好几天,我妈狠狠心、咬咬牙,求亲告友地借了十六块大洋,穿着夹裤、夹袄走了。临走时,没敢让我们哥几个知道,起五更走的。

六

我们哥几个醒来,一看妈没有了,上黑山打官司去了,就都喊着妈哭起来。虽然都是些孩子,可是谁不知道家里没有棉衣,妈是穿着夹衣走的。这样冷的天,妈一个人走在荒草野地里,还不得冻坏啦,冻死也没人知道。再见不到妈了,孩子们哭得很厉害,爹也躺在炕上掉泪。

妈一走,我们连个会做饭的也没有。烧好开水,把苞米面子向锅里一倒,再不搅,我们就成天喝糊糊。吃完饭,想起妈又是哭。

快过年了,别人家都欢欢乐乐地预备这个预备那个,我们全家人只是哭。

一直哭了二十多天,到腊月廿五,妈回来了。妈还是穿着夹衣回来的,只是多披条破麻袋。妈回来,作孩子们的多欢喜啊!忙着给妈扒火盆,做饭吃。

吃过饭,妈说:

"官司打输了,得头年给人家搬家倒房子。"

这一句话把全家说得都大哭起来。

刘和九也更抓住理了，第二天就来撵着搬家。

地、房子全输给刘和九了，就只得再给人家榜青。人托人，脸托脸地讲妥一个老杨家。

<h1 style="text-align:center">七</h1>

腊月廿八，天下着大雪，刮着西北风，搬家了。搬家的时候，刘和九还来看着，连猪槽子、支窗棍都不让拿走，他说：

"这个你不能拿走，我还再招榜青的呢！"

爹说：

"这是俺的东西吗！"

"什么你的，你的东西，不都打官司输给我了吗？"

最后，只拉出两条干瘪驴，和几床烂被子，爹挑着锅和些零碎东西，妈抱着我三岁的妹妹，我们哥几个提着篮子，拿着板凳。

我那时十二岁，我心里狠狠地记着这个仇。那时我就这样想：我长大了一定要报这个仇，不报这个仇我就算不得个男子汉。

后来咱们给老杨家榜青。

这老杨家的大儿子是锦州省的一个什么厅厅长；到他那去的原因，也是看到人家大，荫凉大，有个大小事，像是出劳工啦，出荷啦，会跟着沾些光。

头一年，去了出荷，闹个过冬粮。妈说，榜吧！没饿着还算挺好。第二年，天旱，没打下粮。出荷时找来了。我哥说：

"就打下这几担粮，出了荷就一点剩不下了。"

东家说：

"先出吧！出完再说。"

刚出完荷，东家又来要吃粮，我哥说：

"粮都出荷了，哪还有啦？！"

没有也要，妈去和他分辩，还叫东家的警察给打了。

庄户人家，怎么穷也都留着几担粮，预备万一有什么紧事时换钱用。没法,就从洞里起出还给人家,都给了还欠一担多。

我哥哥和我爹妈一合计,这青不能再榜下去了。一赌气,外借一担多粮,我哥就给东家送去。

东家一看,这准是来年不干了。他就对我哥说:

"担八斗的欠着吧! 你外借还不一样得涨利。"

我哥说:

"不用说好听的,反正来年我不给你榜啦!"

三说两说,两下弄僵啦! 东家说:

"你不给我榜,二指纸条留你活人。"

我哥的倔劲上来了,说:

"留活人? 你凭什么? 你别看人穷,穷死也不侍候你这份。"

不几天,果然来抓我哥劳工。那是晚上,刚要睡觉,我爹出去开的门,一听找我大哥,我爹说:

"他不在家,什么事,我去吧!"

那村丁眼一瞪,说:

"去劳工,你能去吗?"

我爹一听去劳工就想:全家还靠他吃哪,他一去,那怎办? 就慌忙地答应道:

"行,我去!"

那村丁抬腿给我爹一脚,踢了我爹个跟跄,说道:

"去你妈的吧,人家指名要,你去干什么?"

进屋,绑起我大哥就带走了。

我爹紧跟着到村上去求情,村长叫彭瑞,我还跟他叫叔叔,我爹央告他道:

"你看这合家大小的,全靠你大侄子挣着吃,他哪能去呢? 你照看照看!"

你猜村长说什么? 村长说:

"咱是一家子,咱一家子不去叫谁去呢?!"

八

哥哥给送到阜新煤矿上了,妈是天天哭。我想:"穷人真苦命,苦命的也数着我们家了。土地、房财叫人霸占去,哥哥又抓走,这得什么时候能苦出个头呢?"我一心只想找我哥哥,看看他,以后想法报仇。

后来,从十杆子碰不到的一个嫂子那打听到:她的妹夫在阜新煤矿警备队当差,她托人给我写封信,我告诉爹妈,就找去了。

找到了就认姐夫,我只说找碗饭吃,没说找我哥哥的话。我这姐夫很好,给我找个地方当"博役"。

一有空,就到各煤洞去探听我哥哥的下落。不久,果真探听到了。见面我哥俩抱着哭。我哥瘦得光剩一把骨头,满脸黑煤灰。我说明我是特地来找他的,他听了哭得更厉害。

回来,我就向我这个姐夫说了。他一口答应能够有法弄出来。后来,还是拉下一千多块钱的饥荒,把我哥哥从日本人手里买出来了。

九

我干了两年,把债还上了。刚还清,就是"八一五",小鬼子投降。

一投降,炭矿里乱作一团,没人再管,劳工们都回家。人家高兴,我却愁住了:我上哪去呢?回家吗?这仇得什么时候报呢?

后来,心一动,拐出棵枪来,回家参加胡子了。

我入了"绺子",就和我们头子说,我在什么地方,有个多大的仇人,我求他帮忙。他先不肯,经我再三磨唧,他答应了。

一天清早,头目就带着我们去"闯窑",哪知,刘和九家早有了防备。我们一攻,人家也打出枪来,伤了我们两三个。一看闯不成,就退回来。因为伤了人,头目就熊我:

"全怨你报仇报仇的,你看——"

跟着胡子干了大半年，仇也没报上，却被八路军打散了。

一散伙，我就骑马带枪回了家。我想：这也挺好，有空就报仇。

刘和九不知从哪知道有我去"闯"他"窑"，听到我回来家，就到县告了我。

我一听到这个风声，心就毛了，这怎办呢？着急得没法。真告了，我吃不住是小事，合家都得跟着吃挂碍。

我卖掉枪、卖掉马，带着钱进城参加"中央军"。我把钱交给连长，把情形一说，他高兴得不得了，他赶快把钱收起来，说道：

"没有事，放心在这干吧，我保着你。"

连长"吃"了我的事，又放我个班长当，只管着五个兵。其实，我一点没心当官，一天所想的就是报仇。

我们连里，有许多弟兄到城外去催粮草，我心里很着急，我想：借着催粮的机会出去趟，不也就报了仇了吗？

有一天，我随着连长下乡催粮，正巧就到刘和九家去。冤家路窄，一进门，刘和九的二兄弟——我那两姨姐夫便认出是我，便笑着脸问道：

"这老总你贵姓？"

身前是连长，我只得说实话，我说：

"姓彭。"

他又问：

"你不是咱县的老彭家，我二兄弟吗？"

我心想：我操你个祖宗，你带着羊群到我家祸害豆子就不认识亲戚了，现在却来认亲戚。我摇着头说：

"我是新民县西的老彭家。"

当时，我只留神晚上从哪进院的道口，就在院子里满哪转。转到正房窗下，冷丁抬头向屋里一看，连长和刘和九面对面地躺着抽大烟。我心里不由得凉了大半截：人家和连长都熟悉啊，我方才又露了马脚，这还怎么敢报仇呢？我赶快离开，到院心呆呆地站着，脑瓜子乱作一团。

十

明明仇是报不了了。因此，我更没心干下去，不干往哪去呢？没法，又只得一天混着两顿饭。

鬼混了一年多，到今年冬天，八路军打来，彰武城解放了，我也作了俘虏。

一过来，我想：这回更完了，别说报仇，恐怕一家的小命也"交待"了，爹妈算白养我一场。一天价心神不安，老想开小差，又找不到空子。有个同志和我谈话，问我是愿意回家呢，还是愿意参加。我想：这阵子还敢说回家，说回家还不就地杀头啊？只得逆着心眼说：我早听说八路好，在这干，不回家。那人笑着点点头，就把我分配到这来了。

来到班里，同志们都待我挺好，像待客人似的，我有些糊涂了，这是怎回事呢？

跟着队伍出发打新立屯，想开小差没找到空子。打完新立屯又返回彰武。在城里，碰到我的邻居三柱子，他看我在这当八路军，就说：

"啊呀！你当上八路军啦，这可光荣。"

我一听心里就来火，这样取笑我，我真想打他两耳光，我赌气没理他。

他走到我身边，拍着我的肩膀说：

"你知道不？你家分地啦。"

我一点不懂他说些什么，我问："什么地？"

"你还不知道吗？老刘家霸去你家的那十二天地，全退给你家了，你家还分到不少浮物。"

我更糊涂了。我心烦得要命，我说：

"有正经话说正经话，没正经话别开玩笑。"

这回，他才知道我是真糊涂着，就仔细地向我讲说家里的情形。

原来，打开彰武，八路军就领着穷人把刘和九家的浮物全分个一干二净。头十天又分地，先提出"土地还家"，十多年前他霸占去我家的那十二天地，又退还我们家了。

他讲完，我心里多乐啊！乐得心像要从嘴里跳出来，到地上蹦两蹦。

十多年来，我天天记着要报仇，却终未能报。这会，八路军一来，就替我报了。八路军不是我最大的恩人吗？这两天我时时刻刻想开小差，这对得起恩人吗？我的脸立刻烧得发烫。我对三柱子说：

"不叫今天遇见你，我早晚非开小差不可。"

他有些吃惊：

"开小差？这样作有脸见人吗？就是你回了家，别人问你从哪来，你怎说？——你这叫忘本哪！"

我的脸烧得更厉害了，我分辩说我是回家报仇啊！

他忙安慰我道：

"这不报啦吗？你可不能没出息地开小差，那样咱全屯人都跟你丢脸，你若想家就向连长请个假，回家看看再回来，可不能开小差。"

我说：

"我不想家，也决不再开小差！"

我要他跟我到队上去，我写封信，给我带到家。

送走三柱子，我就直奔连部，找着指导员，把我开小差的思想全向他讲了。我说：

"指导员，你愿怎处罚我，我怎领。"

指导员笑着说：

"好了，再不开就得啦呗。"

我原来报的是奉天人，这回指导员知道我是彰武人，离家只七里地，就劝我说：

"只隔七里地，回家看看去吧！三天内返回来！"

我听过指导员的话，感动得心里是说不出的难受，眼泪也流出来。最后，竟再也制不住，放声大哭着说：

"我的仇报了，我什么也不想了，也用不着回家，我要革命到底。"

选自《打开了脑筋》，大众书店 1948 年

房　东

一

在雪地里"拔踏"了一整天，傍晚的时候才到达宿营地。这里离彰武只有五里多地了。我舒畅地喘上一口气，慢慢地找房子住去。最后在屯梢上找到了一间独立房，没有院墙，只有用树条编成的一圈围子。透过疏朗的空孔，可以看到屋里淡黄的灯光，屋顶的烟囱突突地冒着黑烟，还夹杂着无数的火星。……

这房子内，只分里外两间。中间挂着个门帘，门帘是由两个破麻袋缝在一起作成的。里房是南北对面炕，南炕收拾得挺干净，北炕上堆着两床破被子，和几个补满补丁、漏出荞麦皮的枕头。地上墙角边停着口缸，缸旁放着个柳条筐，盛着些破布片、旧棉花，房吧上倒吊着个纺车，另外还唧当着几串干菜。

房东姓张，这是由门外一直迎我进门里来的老头告诉我的。他让我坐下就转身走了。跟着外屋却吵起来，是个尖嗓子的女人声音，像是在申斥老头昨天把茶叶喝光了……

一会，一个上了年纪的女人端进一盆开水来——这大概就是房东太太吧？！她很会说话，她抱歉似的说：

"先生，大老远地来了，连点茶叶也喝不上……"于是她又讲起原因来：大前天从城里来了个亲戚，带来一包茶叶，不到两天的工夫都叫"老馋嘴巴子"给喝光了……

照例我是要打听一下房东家里的情形，老太太抢过话头说：

"这不，一家人全在这。"

她指着刚爬上炕去的一对孩子告诉我：这是她的儿子，名叫二黄,十二啦,又指着在她身后一个羞怯的女孩子告诉我,这是她的丫头,叫小红,八岁啦!她未等我问就讲起:她家没有一垄地,只靠给人家榜青,住的这间房子也是租的人家的。

当时身子乏透了,脑袋一贴着枕头就睡过去,待再醒来,已经"日上三竿"了。

通信员打来早饭,我要房东老头坐下一齐吃,他先是不肯,经我再三劝让才坐下了。他那朴实的谈吐,慢腾腾的举动……一切都表现出是一个典型的东北农民。我们边吃边唠,扯到这,又扯到那,谈到今年的秋收他很伤感:这里今年整整涝了一秋,他种了三"天"半地,打了不到五石粮,除去三石半的租子,只捞下一石多,一家人喝糊糊也挨不到来年春。

饥饿的日子是最折磨人的,他说:

"去年的收成比今年还强得多呢!除去缴租到今年二月就没有吃的了,全赖'典马菜'养活了这几条命,吃菜吃得全身满脸都'胖'了!"

这一顿饭的时间,多半是给唠嗑占去了。他谈话的态度由拘谨逐渐变得自然,最后他却主动地提出问题来,问我是不是要攻打彰武。

"打吧!"我回答他。

他听了却恐慌起来,眼睛张得老大。

※　　※　　※

次日,枪声真的响了。这是外围肃清战。机枪叫成一片,沉重的炮声也间或响着,震动得窗户纸抖抖作响,房东全家人都坐在北炕上。二黄不在家,说是下"卡子"打麻雀去了。房东老太太正咕哝他一天还是光贪玩。蓦地,门帘一动,二黄回来了,他手里拿着个麻雀,高声嚷:

"街门口过'中央军'俘虏……"

房东老两口听到就慌忙下地跑出去了,过了足有半点多钟才回转来,又是老太太开了话匣子,她讲俘虏们走道一拐一拐的,穿的

是胶皮底的棉鞋,把脚都冻坏了,棉衣也不如我们的厚,一个个都抱着膀走道……我却说:"解放过来就不会再遭罪了。"他们像是不懂我这句话的意思,问我:"抓了他们怎么办? 是不是往北开?"于是,我就仔细地给他们讲一讲共产党、人民解放军的政策。

我说完,房东老两口宽心地笑了。这是我来到这里后,看到的第一次笑容;但立刻又收敛去了。

从我来到这屋子,就感到一种忧郁和沉闷。房东老头总是愁眉不展地闷着,老太太又是咕哝咕哝地一天不断地啰嗦着,看着什么也不顺心,我住在这里,像是吃多了肥肉,心里老是腻腻的。

二

外面下着很大的雪,西北风在怒吼,巨大的炮声在一连串地响着。这是四七年十二月廿八日的上午,我军在彰武城外发起总攻的时候。房东小孩都不在家——大概是到邻家玩去了,房东老两口紧锁着双眉,对着火盆坐着。

冷丁,院子里响起脚步声,房门一响,从门帘外挤进一个人来,他身上发散着一股袭人的冷气。有廿岁左近的样子吧! 穿着一件不甚合体的旧棉袍,腰上围着条带子,戴着个帽头,满身的灰尘和雪花,躬着腰,两手握着赤红的耳朵。他进门后,就径直扑向老太太,接着就呜呜地哭起来。老太太抱着这人的头,呜咽着问道:

"你怎么回来的,大黄? 听着炮响,把你爹妈都快急疯啦! ……"

那青年人回答:"跑出来的。"说完便放声大哭了。

这时,屋子里除了哭声外,再也没有动静。我的脑子在转圈子:这是怎么回事呢? 从哪里跑出这么个人呢? ……我正想着,猛地,老太太一把推开那青年人,指着我道:

"快给这位大叔叩头,求他救救你吧!"

那青年果然转过身,伏在地上朝着我像捣蒜似的叩起头来——我什么时候见过这一套,我跳下炕,扯着他的肩膀说:

"这干什么？起来！起来！"他却只是挣着。我更急了，我下死力地把他扯起来，急着对房东老太太说：

"这是怎回事？……"

老头只是低着头不发话，老太太下来炕忙指着他儿子说：

"这孩子的命全在您了！他是个罪人哪，可得请先生救救他啊！"说着又抽搐起来。

我仍然是莫名其妙，我说：

"有话慢慢讲——不要这样！"

原来是这么回事：

旧历十月初九的晚上，老张家——我的房东——一家人全睡熟了。

忽然从远处传来一阵狗咬。不一会，外面有人在敲门。老太太先醒来了，向外问了声："谁呀？"外面没理会，只急着嚷："开门，开门。"老太太点上灯，开了门，迎头进来的头一个是个胖咕隆咚的家伙，一眼就认得出这是郑乡长，他身后跟着两个穿黑棉袍的人。这时，全家人都坐起来了。郑乡长进门就拿起灯来，挨着个照了一下，就对后面的人说："在家，在家！"接着就喊大黄穿衣裳起来。

大黄妈是个很机警的人，他听到这个话音就知道不妙，就问乡长：

"找他干啥，您大叔？"

"没啥事，给城里送趟信！"

"他正不舒坦，你换个人去吧！"

郑乡长一听，忽地叫唤起来：

"什么他妈不舒坦，起来，起来，还等着用绳子拴吗？真是奴隶性！"说罢就硬逼着带走了。

第二天，直到傍晚也没回来。大黄他爹到外边一打听，原来当晚就抓壮丁送县上去了。老头回家把这事向家一说，全家人全哭不成声。后来，老头找乡长去说道理，乡长却腆着肚子说：

"这是为国报效，乐不迭的事，将来做了大官回来，还得来谢我呢！"

老头听了，气得眼里直冒火星，还得装着样央告。但是好话说了三千六，并没使乡长心动，乡长却烦了，脚一跺、眼一瞪，吓人地说：

"嘀咕什么？现在是'剿匪'的时候，青年人都得为国出力，这是蒋主席的命令，你敢违抗吗？"

最后，老头无可奈何地回到家，商议怎么到城里去见一下。谁知，好容易到县里找到地头，门岗却说："官长有命令，新兵刚入营，一律免见，在里面成天吃大米、白面，不用挂心……"

大黄入营后，简直和罪人一样被监禁着，整天蹲在黑屋里，十天内只见过一面太阳——那不知是个什么官给他们训话，发下棉衣，下过两回操。这次打仗，他们这刚入营的新兵，在老兵的督战下，固守彰武城外的几个堡垒。可是，我军猛烈炮火一展开时，他的堡垒旁即着了一炮，半个堡垒飞没了，他被压在砖块底下，伙伴们死的死，跑的跑，他苏醒过来，摸到一家老乡家，换上套便衣，跟着逃难的人跑出来了。

本来，儿子从死人堆里逃出来，一家人得到团聚，这是多么欢乐的事，但现在却添了更多的恐惧："中央军"是解放军的仇人哪，这回抓着还不杀了啊！……

屋子里更为沉默了。房东一家人呆呆地望着我，眼光中充满了哀怜求救的神色。

我看透了他们的想头，也了解了他们要我"救救这孩子"的意思。但我却窘住了：我用什么话能给自己解围，并能使他们欢乐起来呢？我知道他们现在不需要什么宽心的话，但我除了作点解释，安慰一番而外，还能作些什么呢？憋到最后，我却什么也没有说，我只对他们说："事实胜于空话，慢慢看吧！……"

事情的最后结束很圆满，并未受到一点非难。房东老头以为这一定是我从中给帮了忙，要请请我。我谢绝了，我告诉他们，这事与我没什么关系，这只是共产党、八路军给人民带来的幸福。

战斗结束了。胜利很快地传到人们的耳朵里，一度惶恐的乡村，又恢复安静、平和了。

三

冬天，是庄稼人最闲散的季节。把炕烧得暖暖的，吃饱了饭炕上一坐，管他西北风吼得多凶，管他雪花下得多紧，围着火盆，扯东扯西的，就什么都忘了。尤其是大黄刚从死人堆里逃出来，扯起来就有更多说不完的新题目。屋里的空气像春天样的朗爽。许多邻居家的老太婆、年青小伙子都来挤在一起，好不热闹。日子长了，我也像是房东家里的人似的，也可以毫无拘束地和他们一起谈话。

有时，他们谈的题目暂时接不上来了，就回头来喊我：

"王同志，你成天看书，不好把书上的给俺讲两段听吗？"

没等我回答，大黄却给我出题目了，问我看过《西游记》没有：

"唉！《西游记》才热闹哪：孙猴子一个筋斗就是十万八千里，猪八戒就顾看媳妇……王同志，你从中给挑着讲两段热闹的。"全屋人的眼光，都看在我身上，期望我讲。

《西游记》确实很热闹，记得我上小学的时候，天天不吃饭地看《西游记》。村里有个赵大鼓，他是在集上说书的，每天掌灯后，就有成群的小孩子围住他，一定要他讲一段。那时，我也是不散不回家；可是，现在要我讲的话，那真是捉不起这种精神来了。我撒了个谎说：

"看是看过，都忘了。那是编的瞎话，我给你们讲一段真话真事吧。"

他们同意了，一致地说：

"任凭你，讲什么都成，只要是热闹。"

我讲了。

起先，我讲一个庄稼人，共产党来以前家里穷得连裤子都穿不上。后来，共产党来了，翻了身，现在的日子又是怎样地好过了。

他们都默默地听着。房东老太太有时插上说：

"这个人一定心地好啊！老天爷有眼，保佑心地好的人。"

后来，我郑重其事地讲地主剥削穷人的方法，怎样从穷人手里夺去土地，变作他自己的，怎样勾通官府，欺压穷人，要穷人多"出荷"、出劳工，他却不出。我又把土泉一个恶霸地主张老八勾通警察抓了他榜青的杨老五，霸占了他媳妇的故事讲给大伙听。我说：

"地主的家产，全是穷人给他挣的，有钱人用各种办法压榨、抢夺穷人，然后才富起来。……"

我正说着，房东老头的粗大手掌冷丁地从身后抓住了我的肩膀问我：

"你怎么知道这些事呢？你不是念书的人吗？"他是一个非常沉默的人，但现在却变得非常激动。

"你以为我从来就这样穷吗？"经这一问，我茫然了。他却接着说起来：

"十年前我不是这个样子。那时，我自己种着四'天'多地，养着两只小毛驴；一年里不缺吃，不缺烧。年成好些，还够吃。这不是个很好的日子吗？可是，叫我们……"

突然，房东老太太尖着嗓子叫起来：

"你又喝了猫尿吗？胡说八道的！"

可是，老头并没住口，他分辩道：

"这里都不是外人，没有碍口的。"略一住，他又讲下去：

"叫我们现在跑到沈阳去的这个郑乡长看上了。那时，他是屯长，他瞅上了我这点小家底，他知道我是个正经人，歪道不易上；可是，也有个小毛病，就是好喝点酒，早先年还推个小牌九——成家后，早就洗手不耍了。

"那年正月初三，他把我请到他家里去，名义上是请我吃饭。把我灌醉了，甜哥哥蜜姐姐地和我说：

"'您张大伯呀！我的日子你是知道，去年一年拉下五六千元的饥荒。今年正月我要放个局，要请大哥你捧场。'

"我虽是喝得迷迷糊糊的，心里还挺有数。我说：

56

"'这不成，我洗手好几年了，可捧不了这个场！'

"他说：

"'看在兄弟面上：捧也得捧，不捧也得捧！好歹配着门注，怕输的话——算我的。'

"我一听这简直是缠上了。我决断地说：

"'我是捧不了场的，你还是另找手吧！我一文钱也没带，家里也没现钱。'

"他一听有了空子，把大腿一拍：

"'这个没关系，东屯里赵老三在我这存着三千块钱，你用多少都成，是弟兄讲义气。'

"这样一弄二怂恿把我推进场了。谁知道他们是作了圈套要我钻的。我先是少下，下上输了，别的门却赢了；一回、二回，输到三回上就急了。看到天门刚赢，点压的钝透了二方上，就在天门下把大注，一揭'三六一四'。火上来了，喝的酒又在作劲，就什么也顾不得了，一夜工夫就输了两千二百元。身上一文没带，全是借的屯长的。

"天明，局散了。回来家，酒也醒了。想来，简直是做了一个噩梦；可是钱明明是输了。越想越憋气，也不敢向家里讲，心里一熬糟，就躺下病了。

"刚过十五，屯长来了。几句话说过，他就提起那笔钱来，他说：

"'赵老三后天要来取钱，你快想法掂对掂对。'

"我一听，头就嗡的一声，我央告他要缓缓日子。他说：'这都是人情钱，没法缓日子。'说完就转身走了。

"十八那天，他又来要钱。我说：

"'我病了一正月，上哪弄钱去；再说，又是个大正月里?!'

"他听了，把眼一横：

"'没钱有地照也成！'

"天哪！……"

他的话还未说完，嗓子已抖颤得接不下气去了。他不像是有什么难过，只有些激愤，眼睛瞪得溜圆，像在闪着火光。

屋子里静得连根针掉地上都能听出声响！大家都默默地低着头，像是在回忆自己的过去。我的心里，像是吃了颗青杏似的，酸溜溜的，一阵难过。

往后，每晚，有时白天，就常常在一块唠嗑。他们常请我讲，他们最喜欢我讲解放区的农民生活，他们出神地听着，像是陶醉在我讲的故事里；有时奇异，有时惊叹，有时又似乎对我的话不敢相信！一次，我讲农民翻身，自己掌权，自己当家，西平县的副县长，是一个给地主榜青几十年的老庄稼人。他们就惊奇地问："有这种事吗？从根也没听说过榜青的当了县长？！"

四

过了新年，无意中遇到了区助理老吴，他是来这里发动群众，处理郑乡长家产的。我想起了我的房东老张头，就向他作了个简单的介绍。

第二天，老张头告诉我他见了吴助理，说要分老乡长家了，他的样子很兴奋。

郑乡长家被分的那天，他爷三个来回地跑，大黄自家抱被子、衣裳，二黄拿些家具和零碎东西。房东老头就往家扛粮食。从晌午歪一直搬弄到傍黑。

老头回来，对我说：

"这口气算出了一半了！"

"哪一半哪？"我问。

"什么时候，能把我那四'天'地弄回来，气就算都出了！"

"分过浮物，地也快啦！"

他直直地望着我，再没说什么。

分过郑乡长，屯里成立农会。房东老头当选为财粮委员，他自嘲似的对我说：

58

"土埋半截了，想不到又当官啦！"

从此，房东老头也就很少在家坐坐，一天价在外边忙。这左近住的队伍很多，他每天要张罗找牲口推磨、压碾子，筹划粮食给部队。大黄也是整天地不在家了，也不知什么时候他和东院的新兵班混熟了，就老扎在那里。回家来就问我些事：您的班长怎么那样好脾气，教动作总是慢慢地教，左一回右一回地，一点不怕麻烦。在那边教一回不会，第二回就是手打脚踢啊！有一次，他喘吁吁地从外边跑回来，对我说：

"你快看看，战士教班长刺枪哪！"

※　　※　　※

一天，房东老头冷丁地向我谈起要他大黄参军的事！

"王同志！你给他介绍一下啊！"

这真是意想不到的事，我吃惊地问：

"家里能离开他吗？……"

"过去当国民党兵怎么都行哩？！"

于是，他说他已打听好了！当八路家里难不着。他说，大黄叽咕好几回了要参加。

我问他大黄为什么要参加。他说：

"大黄看咱的队伍讲民主，官兵平等，不打不骂……——其实，这年月青年人在家也呆不下去。八路军救了这小子的命，我又报了这几十年的怨气，加上他自己又有这份诚心，我能挡他吗？打败反动派，革命成功了，咱也有一份名誉啊！"

我恍然想起了大黄这两天和过去不同，今天老头又说出了，这也是真心真意的事。可是，我怕老太太不愿意，就担心地问：

"大黄妈愿意吗？"

"婆婆妈妈的，只看到眼前这一寸寸，不能光听她的。"

后来，我试探了房东老太太的心思，她先是有些生气地说：

"他们的事我不管，他的儿子他就作主——"后来她接着又转了话锋：

"当八路,我放心哪!呆在家里没个事,我还得跟他操些闲心。"

我把大黄介绍到新兵班当战士。谁知,他到班的第三天的上午,部队就要行动。正吃着早饭,大黄穿着崭新的棉军衣来家辞别。他妈听说这就要走,急着问:

"怎么?这就要走……"

房东老头挺爽快,嘱咐他儿子一些话:和同志要和气,听从官长指挥……

接着,又回头对我说:

"大黄交给你啦!你要多管教他!"

我谦虚地笑了笑。

吃过早饭,房东老头放下筷子,对我和大黄说:

"我不送你们了,我要到区里去开会,听说是为商量分地的事!"

说罢,他望了一下我和大黄,又向我点一点头,就出门去了。

一九四八年二月于复仇政治部草

选自《打开了脑筋》,大众书店 1948 年

◇王素孚

归队去

"所长,那不行! 我今天一定出院。"伤口未完全好的宫洪详同志大清早就和我们的所长吵起来。

"院长说过的,不是不叫你出院,你伤口没有好,到前面反给连上增加负担。"所长解释着。

"不行,我们一块来的都出院了,就剩我一个,我给你保险我可以上前方……"接着又进来了两三个要求出院的同志,顿时把所长的房子给挤满了。房外今天和往常也大不一样了。医院里欢送出院伤员秧歌队的鼓乐清脆的声音振荡着早晨新鲜的空气。

的确,当前方胜利的消息不断传来的时候,伤员们中伤口已经好了的同志每天跑到所部去吵着要出院:"再不让我们走,恐怕追都追不上我们部队了……"

到了今天,批准出院的自然高兴了。不能马上出院的同志真是着了急。秧歌队的鼓乐声吹奏着,队伍集合了,市民、工人、自卫队和各学校的学生,唱着歌,喊着口号,抱着鲜花,举着小旗都来欢送了。各所的医生、护士、工作人员,给归队的同志们背着背包,也都来欢送着他们。人群拥挤,红旗招展,秧歌队扭作一团,成万的人们聚集在这里,大家争着与归队的同志握手告别。每个人的心都在向着前方,向着重赴前线的将士们。尤其是整齐归队同志的行列,更显出无上的光辉。他们里面有战斗英雄,和无数人民的功臣,在前方，人人尊敬，回到后方来，人人尊敬。

院部王主任，提高了嗓子简短地向着人群讲了话，他说："……今天我代表全院工作人员向大家致意，希望你们到前方多捉俘虏，多缴枪，为人民立大功，使我们东北战争早日胜利。"归队同志们的代表也向大会讲了话："我们归队的同志们向大家保证：一定在战场上个个争取战斗英雄才能回答大家今日的厚意。"

欢送会完了，在"一切为了前线的胜利！""共产党万岁！"的口号声中，成万的人民的行列以归队去的将士们为先导涌向了车站。

什么人，比得上重赴前线去的同志们更光荣呢？

六月十日于兴山

选自《东北日报》，1947 年 6 月 27 日

外科医生

（一）

还是第一次这样忙，一连两天两夜，谁也不曾合眼。我们的队长是最能抵抗疲劳的一个人，但在今天晚上，每作完一个手术，在短促的消毒的空隙里，竟也开始打起瞌睡来了。他的两只手浸在消毒用的升汞水盆子里，头就慢慢地向着肩头歪去。只有包扎组的女同志还常尖着嗓子冷丁地喊叫一声："出血！队长！出血！"顿时大伙又紧张起来。不管怎样的疲劳，当负伤同志来到面前的时候，就把疲劳赶跑了。

队长戴着手术用的白帽和大口罩，脸上只露着两只眼睛，严肃地注视着手术台。他那硕大有力的双手敏捷地动作着。我一直给他当着助手。他是一个很负责很能干的人。

不知是敌人的大炮，还是飞机丢下来的炸弹，老是在我们手术室的附近爆炸，震动着手术台。偶尔也会有一个子弹打在我们房子的墙壁上。但每个人都习惯了，谁也不去理会它。只有弹药的气味，熏得每个同志都有点头昏。我们是这个战场上唯一的手术队。伤员很多，而且还在不停地抬进来。一位腹部受伤的同志被抬进来了，他昏迷不醒，眼睛紧闭着。根据伤票的记载：自负伤至到达手术队已有四个钟头。按着战伤外科的规定，六个钟头内的腹部穿通伤是应该立即进行开腹手术的。然而偏偏不凑巧，纵队部来了命令：要我们这队手术队，在最短期间内，迁移到前面屯子里去。怎么办呢？队长的头用力地向下点了两下，决定我和两个护士以及警卫排留在这里。并且吩咐我：重伤员需要马上施行手术的，一定要作过手术再向后送;轻伤的初期切除尽可能不放过一个。第二次包扎,骨折固定,永久止血,注射破伤风血清,填写伤票,安全后送和完成任务以后追赶主力……这些任务通通落在我身上了。

　　我和警卫排长简单地分了一下工。吩咐护士重新消毒。人走了,材料也带去了一大半。摆在我们面前的是躺在手术台上的重伤员,和手术室周围不断增加着的躺着伤员的担架,并且有的伤员在大声喊嚷着要换药……我迅速地检查巡视了一遍,注意力又集中在那个腹部受伤的小同志身上。我摸着他的脉搏,细小得几乎摸不出来了。看去,他也只不过十几岁。沾了血渍的头发紧贴在没有血色的圆脸上。我能看着他死去吗? 不能! 绝对不能。但反过来一想,我的力量太渺小,条件也太不够了。这样的症状,如果在医院里,早应该输入大量的血浆,但是在我手里就连个大些的注射器都没有……人的生命是最宝贵的,对于每一个人,生命的给予不过只有一次而已。现在如果昏迷着的是我,那么我还觉得安详一些,然而现在我是一个医生,一个人民的医生,应该克服困难,不能低头。我和两个护士将用做麻醉的哥罗仿给伤员检定了血型。巧得很,我与他竟是同一血型。于是就用二十瓦的注射器开始一管一管地输起血来。当我们输进去二百西西血液和五百西西生理盐水的时候,伤员就苏醒了。但这还只是对他作了很小一部分工作,腹部的创伤不作手术的话,那还是徒然的。接着注射了吗啡,当他能够忍受手术的时候,我们就大胆地为他来作这个再不能拖延的手术了。一个护士传递器械,一个护士给我当助手。没有人滴蒙药,就只好请了一位负伤的卫生员来帮助。就这样,按照我们所学的处理腹部枪伤的知识,开始切除腹壁伤部,切开腹腔,找到受伤的肠子。侥幸的是子弹穿过的地方,对肠子的血管毫无损伤。我们就采用了几个烟囊式缝合①,揩尽了腹腔的液体,找到后腹壁洞穿的腹膜缝合起来。然后,撒入磺胺药粉,伤口留一引流膜。意料不到的,在很短的时

---

　　① 一种外科缝合方法,如同烟荷包的抽口。

间内把这个手术完成了。伤员一直保持着使人满意的情况。

当我们的注意力转移到另外一个伤员的时候，突然，警卫排的同志来报告：敌人的部队正在屯子旁边大路上通过。我开始有点不相信，还以为是自己的队伍，要警卫排长去看看。但混乱的队形和那种惊慌的行军速度，肯定是敌人了，警卫排的同志都伏在围墙上准备射击，他们口口声声说是打散了敌人。但是我和排长商议了一下，众寡悬殊，况且还有很多伤员同志在等着要向后方送，还是尽量避免遭受损失的好。我一面派人去送信，一面加快速度处理伤口……很多轻伤同志听说在屯子旁边有敌人通过，他们一个一个都把手榴弹揭开盖儿，跑到警卫排的阵地上去了。

"排长，开枪吧！这是后尾。"

"可不要错过机会！"

警卫战士和轻伤员都急不可耐地提出意见。接着就来了排枪的响声，和手榴弹的爆炸声。没有等到我们的同意，战士们已经冲到敌人的汽车路上了。当我惊奇地走出来的时候，经不起打击的蒋匪军已被几支枪给唬住了。后尾约五十多个敌人很驯服地举着手集合着。有的甚至跪在那里不敢抬头呢！我们真是高兴极了。大家收拾着崭新的冲锋式，高兴地跳着、唱着，大声地喊叫着……

地平线的尽处，尘土飞扬，渐渐地显出一队骑兵正向着我们这个方向疾驰而来。糟了，大家都捏着一把汗："敌人的骑兵吗？……"把俘虏押到屯子里，我和战士们又伏在围墙的后面，准备第二次冲锋。

近了，近了，突然我们的排长大声地喝了一声："站住！"

"哪一部分的？"

跑在前面的骑兵都翻身跳下马来。

原来是我们纵队的骑兵营，战士们像小孩子一样地都跳起来，跑上去互相握起手来。他们是专门为了增援我们而来的。接着就是一片欢欣的跳跃，和绘声绘色的述说……当我背着一位方才负伤的同志转回作手术的地方的时候，几个重些的伤兵，却正安安稳稳地呼呼地睡着大觉呢！

※　※　※

大家最怕的一件事情，就是休息着没有事干。战役结束前的紧张忙碌的一个半月，是多么值得回忆啊！总结了工作以后，第一天休息还是十分高兴的事。第二天洗洗衣服。第三天就没有意思了。打开挂包搬出"老师父"来学习一下吧！不行，在战场上奔跑的人不像做学生的时代了，看上一两页就得赶紧合起来。我们的队长到纵队卫生部开会去了，剩下我们闷得发慌，有的趴在那里写日记，有的翻着战友们的照片，其他的几个人就被扑克给迷住了。

天很晚了，队长才回来。他带来了两个消息：一个是要我们的医疗队去帮助兵站医院的伤兵治疗，明天就出发。并且兵站医院所在的县城，正是我离开了两年多的故乡。当然我是更加高兴了，同志们也在笑着打着我的肩膀……但等队长说出第二个消息的时候，大家就突然沉静下来：在另外一个医疗队里的手术组，我们的同学胡伟同志和他的护士同伤员，正在第一线作手术的时候，被敌人一颗重磅炸弹把手术室炸成了一个大坑，同志们的尸体都没有找到，只有胡伟同志平日配戴的一颗模范奖章捡了回来。……

谁也没有再说一句话，每个人的脑子里浮出了胡伟同志的英雄的影子。他从毕业那天起一直在前线，参加着每次战役的战场救护。"西满"鼠疫猖獗的时候，他又参加了防疫队。他勇敢、沉着，能长期坚持工作，能完成困难的任务，技术逐渐提高起来，对待伤病员亲如弟兄。今天我们正需要着像胡伟同志这样的医生，可是他这次竟然在工作岗位上光荣地牺牲了。自然我们十分难过，但是我们又很自傲。医务人员的血与战士的血一同流洒在人民解放的战场上，它将给人民军队里的外科医生增加光辉。

（二）

我回到家里的那天晚上，正碰着我父亲从医院里回来。他哭丧着脸，嘴里嘟囔着："……这？！简直是革我的命。开业的医生，政府动员去帮助医院诊病就够抱屈的,还得挨伤兵的打……"他对于我的归来,采取着十分冷淡的态度,直把殷勤招待着的母亲和顽皮的弟弟都弄得不自然起来。

"你回来了?"父亲粗声地跟我招呼。

"嗯!今天跟医疗队回到这个兵站医院里来的。队长给了我一天假,顺便回来看看。"

"在医疗队做什么?"

"当医生。"

"医生?!两年不在家就变成医生了?咦!也不过是一个挨打的医生吧!"

父亲是个很好的人,但是他受旧社会习染太深了,对一切事情他总是用旧的个人主义的观点来看。对于社会的巨大变革,人民的战争,新社会中医生对病人应有的态度,他一时还不能理解。于是我向他说:

"不!爸爸!伤兵同志对我们很好,很听话的。因为我们每个医生把一切精力都放在他们身上,对他们负责,我们觉得十分愉快,他们呢,也十分看重我们。但是也有个别的医生对伤员的态度不够认真的话,才会引得伤员发气。"

"哼!……"父亲再也没有哼气了。他仰起头来,还是两年前我离开家的时候的老样子。

原来县立医院只有三百个床位,兵站医院设立到这里后就扩充到一千个床位了。因为医生太少,县城里开业的医生们都被动员到伤兵医院里帮助治疗,父亲就是其中的一位。听原兵站医院的医生们给我们讲:"他们在那种老一套的技术上,的确比我们强。比如有一天一位患者呕吐不停,大家都想不出止住的办法,可是他开了点药就止住了。大家问他的办法,他却含糊地答应着,不愿告诉大家。可是对我们新鲜的战伤治疗方法呢,他们总采取着不信任的态度。……"

任务迫切,上千的负伤同志须要在短期中治愈返队。而摆在我们面前的不仅是伤员们沉重的伤口,而且还有一部分医生的沉重的思想毛病。为了克服这些困难,医疗队到这里来帮助工作之后,在百忙中抽出时间来组成了一个医生政治技术学习的座谈会。为了辨明是非,探求真理,这个会一次比一次开得起劲。在这个会上,有时大家甚至争论得面红耳赤。

我们就这样地一面突击治疗,一面进行学习,双头并进地开始工作起来。

意料不到的,在我所管的病房里碰到了纵队部的那位十九岁的通信员同志,我曾经在前线用尽全力挽救过的腹部受伤的同志。他微笑着对我说:"转到这个医院后能吃点东西了。"我走在他的床前握住他的手,一种无名的快感,冲击着我的心。——只要伤员说一声好,我们就高兴得不得了。很多同志我也慢慢地都认出来了。他们的伤口,由于在第一线处理得及时,和采用新的战伤疗法的结果,经过都很良好。虽然每天平均有十二个钟头的工作,忙得厉害,但我们是非常愉快的。

父亲同我们工作在一起,开始,还是无精打采的,什么都不积极,但是父亲毕竟是一位医生,搞科学的人,比较容易接受真理,渐渐地,日子长了,他的态度也随着渐渐变了。在他所管理的病房里传出了伤员的好评。一天我好奇地翻开他的皮包一看,一个很精致的笔记本上片片断断地记着座谈会上的记录。看后,我很惊讶。其中有几段是这样的:

"……世界上有两种医生,一种是利用病人的痛苦以求自己有所收获,而病人对医生的技术则是一种购买。技术变成了商品,固步自封,不能发展。而另外一种医生呢?真正是治病救人,消除人民疾苦的工作者。患者对他们的技术是尊重,医生对病人的痛苦是同情。互相爱护,互相尊重。只有这样的医生,才堪称新社会的医务卫生工作者。每个医务人员应该从思想上去认清这两条道路,选择一条有前途的道路。去为广大的人民服务,保卫每个公民的健康,才是顶有意义的事业。……

……大部分的外科医生，在诊病的时候很少考虑到患者的精神创伤，他们不懂得，也许是不愿意懂得当一个同志负了伤和害了病以后的心理，那种把心和希望都寄托在医生身上的心理。医生，如单单把治病看成是职业活动的话，那他对患者就不容易有真正的同情。医生站在患者的面前的时候，应该设身处地去为他着想才对。……倘若我们能够一心一意地为着他们的伤病而忙碌，他们会反过来体贴医生的疲劳，报答以真心的感激。"

他在这一页笔记的最后写道：

"关于诊断与治疗的错误，苏联的外科医生们从来不向自己的学生隐瞒。因为这是对真理负责的伟大精神。"

※　　※　　※

三个月过去了，大部分的伤员经过突击治疗已经返回前线去了。更可喜的是在这一个时期中，每个医生的思想都有很大的进步，逐渐在对工作的认识上一致起来。几位开业的医生在医院里威望提高了，普遍地受着大家的尊敬，技术保守已成了过去，并且对医院的各种建设提供了很多的意见。在查病房，诊断疾病，换绷带，上石膏，输血，作手术，技术报告……各方面我们向有经验的老医生学习了不少东西，他们也虚心地接受着新颖的治疗方法。大家思想和感情沟通了以后，不但伤员的健康恢复更快了，而且每个人的技术也提高了一步。

东北最后战役开始的时候，上级命令我们的医疗队在一个礼拜以内，开到"南满"去。大家顿时又沸腾起来。整理行装，参加盛大的送别晚会，整整地忙碌了一大天。晚上我跑回家去，辞别父亲、母亲和弟弟，父亲严肃地握着我的手说："去吧！我现在觉得很光荣。因为我有了一个好孩子。做父亲一辈人，是不能和你们相比了。"父亲完全变了，跟我回到家里的时候截然不同了。我心里有说不出的高兴，真实的快乐把眼睛都弄得潮湿起来。

第二天清早，我们登上开赴前线的火车。这天还有很多出院的同志和我们在一道。十九岁的通信员同志完全恢复了健康。伤好后已经帮助医院工作了好长时间的他，今日也出发了，并同我坐在一个座位上，红红的脸上，显示着快乐的光彩。他甚至有点顽皮了，不时地同我开着玩笑，并且把一支匣枪拆开，上上，上上，又拆开来。我劝他好好休息一下，他只是回答说："学好军事，没有害处，紧要的时候，这只匣枪就会帮我们忙的。"不管怎么样，这位重新获得健康的小同志，在什么时候也是我关怀的人。

火车轻微地颤动，把我弄得瞌睡起来。我闭起眼皮，回忆到以往紧张的日子。一个人民的医务工作者，为了完成自己的神圣而艰巨的任务，应该在各方面预先准备去遭受最大的折磨。只有这样，才能够体会到什么是真正的愉快。正像高尔基告诉我们的："摆在我们面前的不是玫瑰而是铁钉，一个从人民中间出身的文化科学工作者，就应当光着脚踏着这些铁钉走过去！"

一九四九年四月

选自《东北日报》，1949 年 5 月 11 日

我的上级

我的"上级"又生我的气了,他说我没有得到他的允许就去看了电影。他不让我极早地下地走路,这种行动是违犯了他们的治疗原则。他那负责任的态度,把我弄得真是无言可答,"静静"地回到病室里去了。

从我入院那天起,护士李同志就给了我一种极深的而且是近乎奇异的印象。很自然地我非常尊敬着他,有时甚至是怕起他来。他那浓黑的眉毛、沉默面庞和八路军特有的体贴人而又严厉的性情,和我的老上级李政委是十分相仿的。李政委昨天给我寄来了一封信说:前方练兵已经结束,部队接受了新的重大的任务,向着某城市出发了,并且还告诉我全国攻势展开后的胜利消息。正因为这个,我再也不能休养下去了。瞒着医生和护士,偷偷地跑出去走了走,照量照量我的腿,这个打仗的本钱到底能不能如旧地使用。谁知道很快就被他们发觉了,我的护士同志严肃地把我批评一顿。

我不声不响地躺下,眼睛直望着雪白的天花板,平心静气地回想起我的战友们,尤其是李政委。深的印象永远不会磨灭,记得很清楚,打我刚入队的时候起,就是给现在的李政委当勤务员的。他们把我当小孩看,亲切地把我叫做"小鬼"。那时李政委还是担任着我们的指导员,给我们上政治课,教我们唱歌。这都是十年前的事了,但直到今天有人唱着"五月的鲜花"和"你听马达悲壮地唱着向前"等这样歌声的时候,我的上级的影子就会疾速地掠过我的脑子。他处处都在为着我们的进步,就像爸爸关心他的孩子们一样。三八年的夏天,我们分开了。他接受了到冀中扩军的任务,而把我交给一部分到延安学习的干部,于是就弄得天南地北。我当然很难过。但他告诉我，革命任务决定我们要分开的。记得在滹沱河上游满地露珠的一个早上，他紧紧握着我的手说："再见吧！等到把日本人打跑的时候。"真的，日本投降后我们在东北又见面了。当我们的部队编入这个师的时候，师政委的名字很熟习地在通令上出现了。我好奇地去找了他一趟。七年未见，他有些变了，变得更热情。虽然在浓黑的眉毛和沉默的面庞上显得花老了些，但精神却是表现得年青而有力。劈头一句就说："你还是在当勤务员吗?"我说："是的。我始终在当勤务员，但现在是照护着上千的同志。"他笑了，显出了七年前那同样特有的神情。接着他告诉我在冀中反"扫荡"时坚苦的日子，和他的两次负伤，一次是在胸部穿过去的。他解开衣服给我看他的伤痕，骄傲地笑着。我们仍旧能够在一起战斗，这是很使人愉快的。接着又谈到东北的战争，和全国的形势。

三下江南，秋冬攻势。在我们的老上级的领导下，英勇地，痛快地消灭着蒋匪。他对下级特别关心，这是大家一致公认的。我负伤那天，他冒着很大的危险，穿过敌人的前线来我们营上。因为战争在剧烈地进行着，他同我说了很少几句话。我告诉他，请他放心，我相信我的伤口会很快地好起来的。不是腿上负伤的话，我是决不来到这深远的后方休养的。

奇怪的是，来到医院里所遇到的护士同志，性情为什么很像我们的李政委呢？无形中我又回到十年前的心情了，像小孩子一样地被人家管理着。护士的话，我没有理由不听，因为在他的话里夹杂着一种莫名的力量。他告诉我说："腿上的子弹是由骨头内取出来的。现在骨的损伤尚未长好以前是绝对不能出去走路的，不然会有骨折的危险。"他知道我早想下地走走的意思是急着要回前方去，但是，他说，要着急，事情会得出相反的结果。

病室里只剩下我一个人了，寂静得很。我由衣袋里掏出医生从我的身上取出来的子弹。细细地端详着这个远渡重洋来自美国的冲锋式子弹，它清楚呈现在我的眼前。一种仇恨的怒火，涌上心来。"他妈的！美帝和日寇有什么不同。"政委胸部的伤口是日寇留下的纪念,我的子弹却是美国的礼物。压抑不住我的愤怒,不由得自言自语地骂出口来。谁知道我的"上级"不知什么时候已经站在我的枕边了,他很和气地对我说:"营长同志,请不要再同伤口置气了。"我知道他没有理会到我的意思,我就转向他笑起来。接着他很郑重地对我说:"负了伤的同志,脾气就变坏了。为了使伤员同志的伤口很顺利地痊愈,做护士的同志,担负着很重大的责任。伤员应该把他的护士看成自己的上级。你是第二次违犯我们的意志了。譬如你的战士一次不听你的命令,不是要受处罚吗?"他边说着,边打开我的被子摸着我这发热的腿,慎重地把体温计放在我的腋下,仔细地数着我的脉搏,接着把装有冷水的胶皮口袋放在我的枕边。浓黑的眉毛懂事地挤在一起,正要又向我说什么的时候,有人在大声地招呼他的名字,他转身就出去了。听休养队长告诉我,他是这医院里的模范护士。无论工作学习在很多的护士同志中占着首位。据说这医院里垂危的患者和不听话的伤兵都是派他来管理的。毫无疑问的,我是属于不听话的伤兵了。但在这些日子里,我深深地感觉到,我的休养是有着很大的保障的。精神像在前线一样,很有把握地按着计划完成休养的任务,早日回到我那天天挂念着的部队里去。我更体会到前方后方,到处充沛着特有的温暖,这温暖保藏着无穷的力量。正像我的两位上级一样,热情的同志爱在前线和后方像两股热流交织在伤者的心里。

一九四八年九月

选自《文学战线》,1948 年第 1 卷第 4 期

向着英雄的心

一

火车骄傲地吐着黑烟，盛气凌人地向着人群吼叫着进了站。因为它载着为东北人民打天下而负伤的英雄回来了。

车站的月台上站满了整整齐齐的行列。晚霞映红了每个人的脸，与晚风中飘荡着的红旗互相辉耀着放射出胜利的光芒。工人、学生、医院里的护士、铁路上的职员……大家只有一个心情——向着前线战斗英雄们的心。早在攻势开始的季节，在这里就组成了上千人的输血队、洗衣队、慰问队、担架队，并献出了大衣、草垫、日用品……在这战争深后方的医院里跳动着和前线相一致的脉搏。护士徐丰和大家一样，胜利消息不断传来和祝捷大会接连开着的时候，她更兴奋了。数年来艰苦的工作，把她的性格锻炼得健康而愉快。她随着大家又蹦又跳地来到车站上，迎接前线荣归的英雄们。

口号声中，火车停止了。学生组织的担架队蜂拥冲上火车的门。出其不意地被一位头上缠着绷带和兜着左手的伤兵给挡住了。他激动地扬起右手来，放大嗓子向着骚动的人群："亲爱的同志们，锦州叫我们拿下来了。"一阵掌声。"不久长春和沈阳也会一个一个地拿下来！前线的同志们在整训完结后，一个个就像小老虎一样对待着像兔子一样的国民党。你们听着捷报吧！"又是一阵热烈的掌声……

徐丰被这场面冷丁地给怔住了，她跷起脚尖来望着这位扬着手臂演说的英雄，这仅露着半边的脸和声音是多么熟习呀！她寻思着:"也许不会是……"这个念头,很快就被紧张的工作打消了。

大家忙碌地找工作。伤员同志忘记了自己的痛苦,一个个从车厢里站起来,拒绝着担架和同志们的扶持,雄赳赳地跳下车来站成一队,向着医院徒步走去!剩下的重伤同志,大家争执着抢着来抬。有的人因为没有找到工作,恋恋不舍地跟在伤员担架后边跑着。歌声响起来,火车头掉转方向,挂上装满了运向前线物资的车厢依然很骄傲地吐着黑烟。

人民的车站,浸在战斗的空气里。

二

忙碌着的徐丰,总有点不放心,抽空跑跑每个病室,但始终也没有碰到她所要找的那位同志。只见到每个人都忙得一股劲:连刚刚才能离开病床的老英雄们都在帮助护士给新来的伤员洗手洗脸,并介绍着医院里的情形,和安慰着重一些的伤员。把自己才拆洗好的被子和枕头给新来的重伤员铺得很舒服,安安稳稳地让他们睡上去。每日认字的小黑板上也醒目地写上了"欢迎新英雄"五个大字。完全像自己的弟弟负伤回来了一样,东一伙,西一伙在一起谈论着前线,研究着英雄牌上的花边。有的互相认识了,过去是同连的战友,大家抱作一团,同志之间的感情,尤其是在负伤后或是困难的环境里会表现得更亲切,更动人。

"徐丰,你的病室里来了战斗英雄没有?"同组的小李拉住了她那穿着白衣的胳膊,小声地问。徐丰掉过头来向着小李:"在车站上演说的那位是不是战斗英雄?"小李显出什么也知道的神情说:"这次来的伤兵中有好几个战斗英雄,你看胸襟上挂着牌子的就是。车站上讲话的那个人据说是一位特等战斗英雄,你没有看见他胸前挂了三四块奖章吗?听协理员说准备开晚会欢迎他呢!"

"真的吗?"徐丰问。

"你看你怎么还不知道哩?"小李反问。徐丰觉得自己的心沉不住气地在跳起来,车站上那熟习的面孔,像针一样刺着自己那清醒的头脑。

三

伤兵俱乐部里，挂起来毛主席、朱总司令的新画像，两旁撑起鲜艳的红旗。大灯泡放射着刺眼的白光。开会了，主席台前檐上悬着"欢迎战斗英雄晚会"几个红字。能行动的伤员同志都来了。护士、医生、工作人员……能离开工作的同志，都很光彩地来参加这个盛大的欢迎会。

离开会还有几分钟，大家不约而同地谈论着这次新来的而曾在车站上给大家讲话的特等战斗英雄刘天耿同志的事迹。

"欢迎唐玉唱歌！"

突然，有人在拉出名的"歌手"了。谁都知道唐玉，这位曾在战斗中立过功勋的战士，虽然被反动派的炸弹吃掉两只手和一只眼睛，可是没有他不愉快的时候。世界上的确有这样的人，本来这是一个人所不能忍受的，但当他获得了什么主义的支持时他真的就能够忍受了。因为在我们唐玉那健康的脑子里，和仅有的一只眼睛里，很有把握地知道会看到"蒋该死"的死亡。的确他很会唱歌，不但学过的每个军歌，评剧中的女角也是他的拿手好戏，每逢开会是不能跑掉他的节目的。今天大家欢迎他唱歌，他高兴透了，大大方方地上了台。谁都以为他要独唱一个大家都爱听的歌曲了。谁知道从他那宽大的皮大衣袖子里伸出一双光秃秃无手的胳膊，高高举起来："我们是种地的老百姓，……一……二，唱！"

"哗！"大家都笑起来，谁也没有想到唐玉会来这一手，有的竟把腰都笑弯了；然而唐玉却发了脾气，把右脚用力向台上的木板一跺说："你们不唱？！别想叫我再唱了。"说完就要下台。周围发出接二连三的拉拉队的请求："欢迎歌咏队长，再指挥！大家一定唱！"唐玉生气的脸一下又变为笑容了。第二次上台去挥动着有劲的两只没手的胳膊，俱乐部里的歌声洪亮地响彻云霄……

政委、新来的战斗英雄们进来了。大家老早就置备好的几朵大红花,分别地给英雄们戴在胸前。特等战斗英雄刘天耿走在前面,掌声经久不息。接着政委先讲话了,他堆满了欢笑向着大家说明了晚会的意义,号召大家向战斗英雄学习。前方要当英雄,后方要做模范,加速摧毁"二满洲"这个祸根,和全力支援关内解放战争……(掌声)第二个就是特等战斗英雄刘天耿讲话,大家都很紧张,"向战斗英雄学习!"口号声后,全场静寂。只见这位绷带缠着半个脸,三角巾兜着左胳膊在车站上演讲的战斗英雄刘天耿同志精神焕发地走到主席台的当中,艳丽的红花和挂满了胸前的英雄奖章,明显地映入了每个同志的眼中。他又是很激动地说话了:"同志们,今天大家来欢迎我们,我觉得很惭愧。这次战斗还没有给人民立下功就负伤了。从前线到后方,首长爱护,同志们欢迎。因为负了这点轻伤还叫我住到医院里休养,真使我有点过意不去。战斗刚一打响,我的这条胳膊就负了伤,把枪交给排长,右手提着手榴弹就冲了上去。这时我只有一个复仇的决心,当敌人在面前的时候我是不会可惜我的性命的。正当第一个任务——插破敌人的阵地——将要完成的时候,第二次头上又负伤了,昏倒在那儿。等我稍微清醒了一下的时候,发觉已经躺在绷带所的担架里,被医生和卫生员给管上了。无奈只得听指挥,硬把我转到后方来了。我相信我的伤口很快就会好了,那时再回去立大功才能对得住大家今天的欢迎……"接着他又简单地提到他的历史和英雄事迹:第一次打仗一个人如何捉了四十个敌人,缴了四十多支枪。第二次率领了战斗小组,三个人与敌人十个以上的炮兵进行白刃肉搏而缴获了两门大炮。第三次义县歼灭战中带领一班人,冲破敌人三道防线,连续爆破,给冲锋部队打开了缺口。完成了光荣的任务后,复带领全班插进敌人的指挥部去,打烂了敌人的军事部署,和全俘敌人团部的军官,而全班无一伤亡。第四次那就是这次打锦州了……

英雄的讲话,时常被掌声所打断。屋角里护士中的徐丰的思绪也时常起着波动。站起来又坐下去,坐下去又站起来。再也不会错了,这从小就十分熟习的人,为什么会这样巧遇在一起呢?想想过去和现在,自己是如何渺小。想不到的事情,就在眼前。她又坐下来,台上第三个讲话的人和晚会的节目,再也逗引不起她的注意来。离开现在四五年以前的影子,断断续续地冲进了她的思想里。

四

战斗英雄刘天耿和护士徐丰的童年,几乎是天天在一起的。在南满那辽阔平原的边缘上,一个很不使人注意、十分平常的屯子里有着一家地主,他的名字叫徐士荣。然而这就正是徐丰的父亲。地主的邻居是一位刘姓的佃户,祖祖辈辈世居在此,整年给那有钱的人家劳动着,过着辛苦"麻木"的生活。我们的刘天耿同志就是在这样一个被人剥削的家庭里长大起来的。不管女孩子如何娇贵,男孩子怎样泼辣,生长在一起,两家中只有两个孩子,他们总是有着互相的吸引力。徐丰经常与天耿在一起玩,有时跑到很远的地方拾柴草,路边上采蒲公英,甚至天耿帮助母亲抬水摘菜的时候,徐丰也跟着他跑。在菜地里捉虫子,天耿一捉一大把,徐丰一个也不敢摸。……幼年天真的脑子里,光知道玩耍,不去理会穷人和富人之间有着什么关系。但事实上与此相反,当他们玩的时间稍长了一点,徐丰的妈妈就会派人把她找回去了。徐丰被提着腋下,衣服综起来把脸埋进了一半,两只小腿乱摆动着,双手僵屈位,嘴里哼哼地喊着表示不愿回去的样子。剩下天耿一个人,小英雄气冲冲地叉着腰站在那里,一直望着徐家女仆的背影消失。但不一会徐丰一个人又偷偷地跑出来找天耿玩了,并且会带着饼干、馍片或鸡蛋之类的食物,偷着给天耿吃。两个小孩子互相包庇着。有一次在河边水草里摸鱼,天耿和徐丰的衣服都弄得满身污泥。泼辣的天耿回到家里当然没有什么,可是徐丰就不同了,把新衣服弄脏了还行?母亲派人找天耿的爸爸说,天耿把小姑娘带坏了,满身污泥地在外面滚……从此以后两个孩子的行动就大受其限制。但是徐丰和天耿玩惯了的生活,徐丰母亲对这位仅有的娇养的女儿也管不了那样严格,何况年纪还很小,青梅竹马时期,管制了几天,又松了下来。两个小孩子又在一起玩了。对于家庭的管教,毫不在意,反而变本加厉。跑到很远很远的地方,在那里联合了全屯同年的小朋友们,天耿是总指挥,分成两排在田野里打仗,禾堆里捉迷藏。完了还要分配着每个男的配一个女的,年纪小的没有份。自己就同徐丰为一对。孩子头带领着有时由田野跑到沙滩里挖人家种的花生,有时在土丘上捕田鼠,整天整天地玩在外边。

年岁渐渐长大起来。天耿在八岁的时候,徐家的几条耕牛就分配给他去放了。徐丰被送进了小学。两个孩子基本上改变了童年的生活,开始有着悲哀袭弄着孩子们的心了,尤其是天耿。孤单地把牛放在草原里,他坐在小土丘山呆望着屯子里小学校的屋顶,在幼稚的心灵上开始种上了对社会不平思想的种子。自己是多么想同徐丰一样背上书包去念书呢! 但是能吗? ……太阳渐渐落下去了。天耿赶上这几只地主家的大耕牛,向屯子里移动。电车道上,日本子的汽车哗哗地把两只牛给惊跑了。汽车的尘土横扫在天耿的脸上,他用小手揉揉眼睛,直盯着跑远的汽车恨恨地骂道:"埋汰玩意儿!"不知道谁会告诉他:一切对自己都不是和善的。偶尔遇见徐丰,或者在徐丰放假的时候,他俩也许会一同赶上牛到山上玩玩。天耿给她采着野果,徐丰认识的字教给天耿。久了,聪明的天耿就把她在小学的课本都学会了。晚上放牛回来,屯子里识字的人都变成了天耿的老师。徐丰在学校里,天耿在山野间,两个人不相上下都学会读书了。但两个人的处境是有着很大的差别的。随着时间的推移,这种差别越来越悬殊起来。徐丰的父母把徐丰管教得更严格,不准出门了。小学读完了,送到城里去上国高。天耿呢?"牛倌"职下了,"半拉子"套在脖子上。是徐丰的父亲决定的,大概是欠地主家钱的缘故,而把天耿顶半个长工来代替贷款的利息。童年的生活就完全丢在了脑后。

天耿,和无数穷人家的孩子一样,毫没有例外地陷进了被人剥削的苦痛里。从早到黑,给地主家在田里干活。夏天的酷日,秋季的冷水,地主的白眼,父亲的训斥,呼吸着悲哀,被悲哀包围着的天耿的性格也变得沉默寡言了。记得是学校放暑假的季节,天气十分酷热,天耿在田里给地主家锄草,汗珠像浇水样地直往下淌,谁也不敢休息。徐丰由城里放假回来,微风吹拨着她那"时髦"的裙衫,站在马车上瞭望着前面的屯子。至于她们的田地间有着很多人在劳动着,她从来也没有理会到。徐丰与天耿间有了一层隔膜,很厚的一层隔膜,并且厚度在不停地增加着。

就在那年冬天,天耿到了送劳工的年龄。他离开了地主的土地,而又走上了更难堪的处境。从此天耿与徐丰就慢慢地互相忘记了。

一年一年地过去了。天翻地覆的岁月。

谁也不知道谁是怎么地都参加革命了。谁也没有想到在医院里又会碰在一起。世界改变了,隔膜也溶解了。大家热烈欢迎着的人,不是别人,而正是童年相处的天耿。这真是梦想不到的事,然而就摆在眼前。天真的童年、辛辣的过去和令人惊异的今日,从好几个方面袭来各种不同的滋味。这一切只有徐丰体会得最深刻。

五

长春收复了!打虎山消灭了蒋家的王牌军!捷报一个连一个传到医院里,每个人兴奋得连觉都睡不着。刘天耿这位英雄,可再也不能在医院里呆下去了。他听医生说,伤口在一定的时候可以缝合起来促进治愈,他是如何迫切地要求着医生给他缝合伤口啊!不然攻打沈阳的战斗就不赶趟了。再迟一点,自己那个部队开到关里去,恐怕把自个落下了。他很清楚地知道,大家对他的爱护是建筑在自己的英雄事迹上,倘若没有了立功的机会,那确是比什么都会难受。对于医院里的护士当中有着一个徐丰,在他入院后的第一个礼拜才知道。当那天下午他俩第一次又重新认识的时候,正是攻克沈阳、全东北解放的胜利消息传到医院的当儿。一切,都被淹没在欢跃的情绪里。

一九四八年十一月二十六日

选自《文学战线》,1949 年第 2 卷第 1 期

◇王曼硕

懒　汉

　　去年腊月初，路上满是冰雪，西北风吹得挺邪乎，那志成赶着大车，载着他屋里的和五个孩子搬进李家窝棚。这个村不大，只有二十来户人家，房子住得稀稀拉拉，街上冷冷清清看不到一个人影。可是，老那刚把车赶到新分的房子跟前，跑来看热闹的小孩已经围了一堆，还有一个小嘎在那边喊："你看，那不是前屯的懒蛋吗？"本来老那这半年来一听见别人谈懒蛋，总爱插嘴讲讲自己过去变懒的道理，现在正忙着卸车搬东西，所以也没去理他。

　　风越来越大。看热闹的小孩们呆了一会就散了。他们回到家里一嚷嚷，好像发生了什么大事情一样，马上到处都传开了。

　　老关头当过贫雇农小组长，听了格外担心。他前几天虽是听说老那有了进步，可是一想不对劲，他要是真变好了，为啥榆树村不留他，让他搬出来？不行，得去看一看。第三天一大早他就跑去看，远远瞅见老那的大小子小春正往屋里抱秫秸，烟筒上也没冒烟，心里想，八成懒蛋还没起来。他一进屋就先向炕上瞅，炕上没有躺着人，老娘们正织席子，小孩们在唧唧，老那正低着头放秫秸。他一看老那一家子这样忙，只唠了几句就回来，一路上想："现在世道真变了，懒蛋都这样起劲，明年生产还差不多。"

　　老那也真变了，自从搬来以后，没有闲过一天，常是织席子织到半夜。又加上本县的领导很关心大伙的副业生产，很早就和需要席子和芡子的机关订了合同,委托各村农会代收。老那就在这三四个月间,不断地把席子送到榆树村农会,换了钱买回秫秸,也没用什么本钱,只靠一家大小的几只手,除了吃用以外,到三月底还剩了八万元。老那想到十多年来,都是给人家使唤马,给人家种地,还挂了个懒蛋的臭名。今年自己分到四坰二亩地,现在手里又有了钱,可得好好地干了,便和他屋里商量花了七万元买了匹马。老那喂马上心不用说了,连小春半夜里都要起来一两次去添草,不到半个月,马就上了膘,大伙见到都说他真行,也再听不见小孩们叫他懒蛋了。

三月间有一次老那到农会送芡子,听见大伙正唠解放军收复了吉林,他就把刚领到三万元的芡子钱拿出来一万来交给农会主任说:"上次出担架队,说我家里劳动力少,不让我去,我出点钱慰劳咱军队,可得替我交去。"他也没等主任说话,转身就走了。老那走后,大伙说:"老那这回真变好了,别看他孩子多,编席可不少,哪一样都不落后,咱农会主任的功也不小!可惜他不住在这屯里了!"

三月中李家窝棚编生产小组,有不少的人都愿意和老那在一组,不像去年在榆树村谁都怕和他编在一起。最后是老关头、老那、老赵和跑腿子李玉德四家自愿编成一组,除老李没马外,他们三家都有一匹马,正好套一付犁杖,因为老关头身板挺硬实,扛过二十多年的大活,庄稼活样样都通,大伙就选他当了小组长。老关头也没推辞,先召集个小会,换工记账的办法研究了个一清二楚。第二天小组就开始送粪,大伙合计过老那地近,他的粪堆早已发好,先让他送。老那和小春爷儿俩一个劲地干,不到两天就把二十车粪送完了。穄麦子种大田,四家十五坰二亩地,都是老那一个人扶的犁杖,老关头、老赵和老李点籽和踩格子,干得更有劲。最后一天种完了老关头的地,太阳还没落,大伙干了十来天活,一点也不觉累,在老关头家吃完饭,就接着唠起来。老关头笑眯眯地对老那说:"老那,我不瞒你说,头年你刚搬来那阵,我还担心你干活不能起劲,今年的生产搞不好。"老那说:"要不是共产党来到咱这里,我还不是和先前一样！"老赵、老李说："这是怎么说，老那给咱们讲一讲！"老那说："讲起来就长了！"老关头抽了口烟说："天还早，老那就讲一讲吧！"老那就接着讲起来：

"十年前和大哥住在榆树村，自己原有十二垧地，大哥的三个少的都能干活，还有五匹好马，一挂车，一年吃穿足用，我才有两个孩子都小，日子过得挺带劲。可是'大同'元年正月间，榆树村到了一帮子大排队，在我家借住了一宿，第二天眼瞅着两匹顶好的马被那帮家伙给牵走了，我哥儿俩也没敢哼一声。你想秧子队就是地主的狗腿子，和官项一个鼻孔出气，比胡子还邪乎三分，咱能惹得起吗？我见大哥那天都没吃下饭去，我才劝他，牲口是人买的，只要有人，再买也不难，咱先卖它三垧地，买两匹马，等收拾完了地，多揽几趟脚，就会赚回来。大哥答应了，一开春卖了三垧地，买了两匹马。地虽说是少了几垧，可是多上了几车粪，铲蹚得好，那年的收成还够吃。一收拾完了地，就揽脚，最后一趟给陈家大院拉年货，又碰上倒霉的事，路上遭了劫，年货被抢光，马又被拉走了三匹，那帮人有六支枪，我只一个人，真是白看着。回来见了陈家大掌柜一说，就换了一顿臭骂，说咱不小心，非赔年货不行，你说那段山路，咱们又不会飞，又没有别的路，咱怎么个小心法，真是活憋人。"

老关头说："这就是地主们找茬子压迫咱们的花招。"

老那说："真是一点不错，你想已经腊月二十七，再办也来不及，说好说歹，求人情都不行，到了把九垧地顶了年货，找回六百元，才算完事！"

老李听了发气说："他妈的大肚皮，咱们穷人有点地他都眼红，想办法搞你！"

老那说："咱明知人家搞咱，也没法，我和大哥熬糟得年也没心过，感到这一下子完了，没有地还过个什么劲！大哥的三个少的心里倒挺开阔，劝我老哥俩：过年多租些地，咱们能干活的多，只要省吃俭用，日子还会返过来。我老哥俩一想也对，家里有三个年青小伙子，再买上匹马，租二十垧地，五个整壮劳动力还可干一气，已经到了这个地步,还能不过了吗?一过正月十五,大哥就到双城去了一趟,花了五百元,又买了匹好马。起先本想不租陈家大院的地,可是别家没有大块地,到了又租他家二十垧,还是托了人情,人家还不愿租给咱,一垧一石六斗租,还得一半上打租,人家看准了咱不种地不行。花了八分利抬了老高家的钱才拿上。这一年我爷五个起早贪黑,省吃俭用干了一整年,又赶上年头涝,到秋天拉完了地,交租还完债粮下来,没剩下两石粮,要不是把拉脚赚的钱补上,第二年春就得没吃的。这样一气干了三年,日子到底也没返过来!"

老关头说:"租人家的地种,就是这样,我扛了一辈子大活,都没敢租地。"老赵也说:"我租种了十年的地,真是白给人家干了,啥也没有落下。"

老那说:"这还不算,'康德'七年,大哥的二小子又出了劳工,那几年每月都要出官车,赚不到钱,还得贴草料,日子简直没法过,地主们有人有车,人家有倚仗啥也不出,都压在咱头上。我看这样过下去不行了,才和大哥商量分居另过。我一搬出来,就住在小学校西邻老吴家的下屋。一直住了这些年。

"我和大哥分开以后,就下决心不再租种地,把分的马卖了,换了点粮食,买了点穿的交给我屋里,正月底就到土城子卖工夫。土城子有几家大户知道咱能干活,所以也没闲下。给老魏家扛了三年活,也没落下一个,因为头年下半季借了一石苞米,到年底结账,算盘一响还不够人家的。一年拖一年,到冬天三个孩子连裤子都穿不上,老关大爷大概还记得吧?"

老关点着头说:"记得。"

老那又接着说:

"后来我看他妈的老魏、老陈家的大人小孩坐吃坐穿,啥活不干,咱一年累得像条牛,自己的孩子还得光屁股,真是日子越过越没劲了。再出去扛活,从心里也不愿卖劲,累了就找个地方歇歇,别人催也不理他,被地主碰上挨顿骂也装没听见,那时候我心里想:不要就算,再到别处去,卖劲不卖劲反正是一样,到了都是个穷。有时离家近,赶上手里有点钱,就抽空回趟家,割点肉和孩子们吃一顿,我想不吃也落不下。我屋里叨叨说我不会过,好吃,我还骂他老娘们懂得啥!真是,那几年也亏了靠我屋里东借西借和编席子赚几个钱,几个孩子才没饿死。后来几年早上都不愿起,心里想:早起多干活也是白搭,还不如多躺一会养养身子。大伙见了我就叫懒蛋,跟人家讲道理,谁有工夫听。起先听人家叫我懒蛋就发火,后来,听多了也就疲了。"

老关头听着不断地点头。老赵、老李一齐都说:"那时候谁知你心里的苦,人家见你不干活,就叫你懒蛋,也不能怨别人。"

老那说:"哪能怨别人。自己有苦自己明白。这口气直到八一五日本子'满洲国'完了蛋,才算出了一点,虽说那时候咱还不知道打倒封建,可是眼看地主的靠山倒了台,总算有了点指望。

"去年春天榆树村来了工作队,召集咱们穷哥们开会,第一次我就参加了,听了工作队同志讲谁养活谁,我才明白了过去咱养活了地主,咱们穷都是因为受了地主的欺压和剥削,脑瓜算开了条缝。

"第二次诉苦挖穷根,我也挖到了老穷根;斗争陈家大院时,我就和他们算了老账,恨不得扎他几枪,那个老杂种不敢再神气了。这一下子好像搬掉了压在身上的大石头,年青时候的那股劲又活起来,心想以后要好好地干一场。

"可是头一回分果实,大伙都说我以前好吃懒做,不分给我,真是名气臭了,有嘴也难辩。去年秋一听见收割逃亡地主的庄稼的信,我也没等人家叫就自己去了,想干个样给大家伙看看,到底大伙眼睛亮,第二次分果实就分给我半份,那几个孩子才没再光屁股。

"去年冬平分土地,重划阶级,我站在咱贫雇农一队,那时候我还围着麻袋片,没穿上棉裤!后来才分到棉裤、布衫和这件小皮袄。接着又分马,因为我过去懒,现在虽有了进步,可是还不久,决

86

定暂时不分给我,我心里虽是难过,倒也明白人家以前确实比自己勤劳,不能怨别人,只有以后再进步。农会主任还怕我难过,找来劝我,又借给我十五捆秫秸,让我编席子。我和屋里商量,听说这里还有分剩的房子,靠山近烧柴方便,村周围地近、好侍弄,想上这里搬,就怕农会不答应。可是找到主任一谈,主任也很赞成,还找了大车帮助我搬家。你想大伙和农会这样指望着咱学好,哪能再懒呢!再说过去是给人家干活,现在是给自己干,又记账又还工,互相帮助,谁都不吃亏,再懒那才真是懒蛋呢!"

老关头嘴里衔着烟袋,听得都忘了抽,老那刚一说完,他就对老那说:"你说得对,过去咱们被地主逼得发了懒,现在咱们翻了身,掌了权,可不能再懒了。解放军在前方打仗流血为了咱们,咱们在后方也要加紧生产,支援前线。老那你真是好样的!"老赵、老李也说:"定准得好好地干!"

老那出来到那马槽上一看不见了自己的马,正想说八成是小春牵走了,小春也正骑着马由门前跑过去。老关头说:"你小春活像你,这么小就会调理马。"老那说:"现在一早一晚都是他喂马。已经不用我操心了。"老关头听着直点头。老那回到家,小春正在院里刷马,他走过去摸着马头看着小春说:"要不是共产党来,你爹这一辈子再也买不起马了,你可得好好地干,可不能学懒了!"

选自《打开了脑筋》,大众书店 1948 年

◇ 王　尧

挑战英雄

田富刚一迷糊，就被窗外走过的马蹄声惊醒。睁开眼，南山的月黄澄澄的。媳妇还在做活。田富光着身子问道：

"老吴吗，马怎样了？"外面的响声停下了。

"□□滴尽了！地割得怎样啦？"

"还有两坰半的地！你呢？"

"我们完了，明天我打算换个余敷工！"

"那么帮我们个工吧！"

"好！"铃声叮铃叮铃地远了。

田富看看地上的草帽子，又多到了十三个，夸道：

"真麻溜啊！还不睡吗？"

"你先睡吧！"媳妇没抬头，田富往后一栽身，突然看见墙上挂的那只大红花，立刻想起来，王同志给他俩订生产计划的事！而且想到现在已经为实行计划，受到了光荣。田富想起来那些事就笑，有意思，叫人心盛。

在小组评定那天，老吴还为他跟赫老三干了一仗，脸红脖子粗的。老吴说：

"田富的籽种像猪血拌过，地头还刨得一般齐。"赫老三说："嗯！七组老伊头也一样！"老吴说："军属女人嘴的坰半地田富代耕的！"赫老三说："老伊头给老二打柴、割草、担水，哪样不做？"

"田富夹帐子的一头,自己从山上扛来的,还捆了六梗树桩在院子里!"老吴的脸红了。"样子堆全屯数老伊头高呀!"赫老三脸一红。"唉! 代耕要紧还是挑水要紧?""一般都要紧!""一般还有个轻重不?""没轻没重都一样!""你说这话抬杠!"老吴立起来了。赫老三也站了起来。张玉富连忙劝道:

"我提个条件,田富在黑板报上不是挑粪英雄吗?"吴老三立时坐下,扑哧一声乐了。赫老三夹夹眼,咧了咧嘴,没说出理由,无声无息地也坐下了。

第二天,田富领着评定委员去验地,离地还远,姜万富就提出来说:

"田富的地,侍弄得好哇! 上了好几百挑子粪!"才到地眼前,龙海清就说:"嗨! 跟那块一比,就看出来了! 他这苗发黑,那块啥颜色!"

"吓! 小苗多壮实!"

开大会那天,田富是刁翎县第三区第一等春耕模范。那天在大会上,田富提出了夏助农的生产计划。老伊头就和他挑了战。老伊头热得左右直晃。两人的条件,定得相等。最后田富追加了一条道:

"屋里的也不兴闲着! 跟男人一样下地顶工!"老伊头小脑袋"一波浪"喊道:

"不行,不行! 咱屋里的身板不好,可不能跟你屋里的比。可也决不能闲着,编草帽子、喂鸡、喂猪,哪样都行。咱的鸡都出一窝了!"老伊头的屋里也真行,老伊头穿的小布衫,就是他老婆和姑娘,编了二十五顶草帽子换的。

想到这,田富又将眼睛看到媳妇身上,王同志在这儿的时候,也给她订过计划,可是她直到选模范时,还一点也没做,空担了能干活的名儿,这回刘老太太当上了模范,真使她燥死! 开会那天晚上,田富兴烈烈地回家对她说:

"这回你可落后了!"她没道声。看到丈夫胸前颤巍巍的大红花,心里真是难过。红着脸问:"是刘老太太吗?"

"嗯!真能行!自个种了六亩黄豆,踩了四遍格子了!还编了三十多顶草帽子,赶上个男人!她说,今年秋天,一定买只大黄牛!"媳妇坐在炕沿上,呆呆地看着墙上的生产计划出神。田富看透了媳妇的心思,便乘机说道:

"今天在大会上,老伊头跟我挑战,说不但他跟我比,还叫他屋里的跟你比!"

"真的!"她立时高兴地两眼滴溜圆地望着他。

"谁还逗你!"他把竞赛书掏了出来。夜里,他觉察到,她在下半夜就没睡着。

第二天起,她开始编草帽子作活了。

近来中央胡子闹得更不能进山采野菜,旧的生产计划又重改订了,现在贴在墙上字迹歪歪斜斜的计划就是两人合计重新改订的。计划中还多了一条是半年里给军队白搭工夫做六双鞋。

夜里,田富已经发出了鼾声,媳妇还在不停手地编。

一九四七年六月于刁翎

选自《东北日报》,1947 年 7 月 3 日

歇　晌

时间是正午。

杨老八的一组，正在地头的榆树下休息。

满山遍野，到处都是绿绿的。每棵树下都能望见坐卧着休息的人。离远些的树也能恍惚地望见许多白点在摇动。

送晌饭的，接连不断地从远处来了。有的用扁担挑着两只小筐，有的用胳膊挎着篮子。

麦地的尽头，在闪耀着光亮的苇鞭头的覆盖下，一个着红袄的姑娘在移动，像在一片葱绿的草原上，出现了一朵鲜艳的红花。

她渐渐地走近了榆树。

疯二叔瞅着走近来的姑娘，瞅着她一双水灵灵的大眼睛，喝来道：

"吓！二姑娘越来越俏皮了！"大伙便大声笑了；二姑娘脸更红了：

"疯二叔，又疯了！"

饭筐放到了地上，五个人笑哈哈地围了上来，杨老八高兴地瞥了一眼身旁的小顾，小顾的红褐脸膛，正朝着二姑娘。瘸老三凑趣地说："这衣裳穿到二姑娘身上还不宽！"

疯二叔的碗，才端起来，就又放下：

"小珍子是个屁！好衣裳也叫她穿可惜了！像他妈的套在麻杆上。哪里跟得上二姑娘！"大伙的眼光，都集中到二姑娘身上。粉红的衣裳衬着红润的脸，大家心里都在想："像年画上画的呢！"

大伙看得二姑娘害了羞，扭转身，跑到榆树后面去了。

"小顾，多咱喝你的喜酒啊？"

"冬子月里!"和小顾一样粗壮的小伙子刘润抢着说了出来。

"哟!二姑娘,你的靰鞡我还没做呢!"疯二叔话还没说完,大家笑得饭都喷出来了。这里面是有得段故事的:

二姑娘小时候,她爹爹杨老八穷得饭都顾不上。二姑娘天天光着两只脚。疯二叔见面就爱说:

"二姑娘脚这么大呀!长大了出门,二叔陪送你一双大靰鞡!"后来两家都是种地越上心,越是穷得苦,直到今年分得了地,疯二叔也不疯了,才又说起笑话来。

疯二叔闭了嘴,大家都紧忙地吃饭。下半天,是割杨老八的一垧麦地,靠道旁的半垧,是要在冬天,和二姑娘一起出嫁给小顾的。瘸老三想:"共产党来,杨八哥也开了脑筋,嫁姑娘不要钱,还陪送地。这辈子的小伙子,也真有福气!"

二姑娘收拾了空碗要走时,刘润大嚷着不行,非要二姑娘唱支歌不可。说因为下午是割二姑娘的陪嫁地。杨老八、小顾眯着眼睛笑,疯二叔、瘸老三帮腔喊赞成。二姑娘不得已,红着脸唱了支"翻身小调"才提起筐子,跑掉了。

六月于刁翎

选自《东北日报》,1947 年 7 月 4 日

◇井岩盾

打回鸳鸯树

打回去

国民党以一师之众的惨重牺牲,占领了八面城后,到处收编胡子做"保安队"(老百姓总揭着他们的底子叫"降队"),并把一些地痞流氓和反动地主的子弟收集拢来,成立了大团——这些人披上了老虎皮,也和那些胡子一样乱抢乱夺,见了能够拿走的东西,便说是八路留下的。一个小小的昌北县地方,保安队和大团便有两千上下。

鸳鸯树区一共有二十来个村,东边是铁道,北边是四平,西边是住着二三百降队的大洼据点;土地集中,地主甚多,八路军挺进东北之后,由于国民党特务的挑动,很多人当了胡子,所以又是有名的匪区。去年二月八日到三月二十三日,是武区长在这里开辟工作的时期,只带着三个人三支枪,力量既不雄厚,做的又是支援前线的动员工作。之后,由于战局的变化,便从这里暂时撤离到昭太河西去了,民主政府并没有给老百姓留下明确深刻的印象。

但是,武区长他们并没有走远,他们没有忘记无限痛苦的鸳鸯区人民。八月九日,他们又向昭太河东出发了。这是一支虽然不大,但颇精干的武装队,热烈的心,倔强的意志——打回去!

第一仗

过了昭太河往东走,离根据地越远,土地便越荒芜得不成样子,草和庄稼一起长,已经到了割麻杆的时节,但是看不见一点镰刀的痕迹。当天到大洼东边十五里的四合屯,他们还没走进街口,男男女女便四散奔逃,喉咙叫哑了也不成。——这真是一个大钉子!武区长火了,向刚要钻进高粱地的一个高个子男人吼道:"站着!"那人仓皇地回过脸来,哀求似的说道:"老爷……"这两个字使武区长一冷,便放低声说:"我们是八路军,不是胡子降队抓兵的,吓得这个样子!"这个人忽然转惧为喜了,他说:"呵哈,原来是你老!"武区长也认出原来是屯长,便说:"快把人们找回来,就说我打胡子来了,召集大家开会。"

屯长到处喊叫,好半天才召集了一二十个人,不是老的就是小的,青壮年都藏在村边的高粱地里听声。到会的人们,也只听着武区长讲,一声不哼,正在这个屯子跑开的时候,南屯的也跑开了,两屯的人,在高粱地碰了头。原来青山绺子到了南屯。他们听见武区长说是打胡子来了,有的便说:"给他们说一声,看他们打不打,反正折不了本钱。"武区长听说前屯来了胡子,马上宣布:打罢胡子再开会。开会的人们公推了一个老头带道。

胡子正在老叶家院里灌凉水。——队伍从高粱地摸上去,一个战士小声地嗓起来:"瞭水①嘿!瞭水哩!"武区长说:"挑水的是老百姓,不要打。"队长说:"我来打。"武区长急了,说:"老百姓,不准打!"队长说:"是瞭水(放哨)哩,不是挑水的。"武区长顺着队长的手指望去,只见大门洞上一个人,把一块砖撑着屁股,仰面朝天,咬着纸烟出神。队长说:"干吧,我打他屁股底下那块砖,作为攻击信号。"话没落地,枪便响了,那面屁股底下飞起一圈黄烟,一个跟斗栽了下去,队伍攻上去,胡子从后门窜了。再回到四合屯开会的时

---

① 指放哨。

候,不但四合屯本屯的人这回全到了,外屯离得近也有来的,还有些姑娘媳妇,他们小声议论:"那就是武区长啊!""咦,就是那小伙呀!真精神!"老百姓也张嘴了。他们说:"真没见过这样和气的队伍,可真打胡子。"就是刚才听过区长讲话的人,也觉得这回的话分外中听,会开得很好。

烧勾魂账

往东十里路,有一个屯子叫獾子洞,国民党在那里安了个警察分所,住着五六个警察,专门抓兵、派款、要劳工,他们看着谁不顺眼,或是要敲谁的钱财的话,便拿了去放到板凳上灌凉水。在四合屯开着会,老百姓便私下里叨咕起来,有的说:"八路军既是为老百姓除害,就该把那几个杂种操的整一下。"有的说:"真把人调理稀啦,这口气真该出一出。"武工队员们一致的意见坚决打,武区长说:"依我说别费大事,给他个'和平解决'。"把计划向大家讲了一遍,有的同志不放心,武区长说保险,便吩咐通信员准备绳子,急忙吃了两碗饭,只带着三个人出发了。都是手疾眼快的年青人。

太阳已经偏西,他们接近了獾子洞时,四个人便在村口高粱地里蹲下来。一个老头,一拐一拐地向他们走来,武区长迎上去说:"借问你老,我想到街上串个门,抓兵的在家不?"老头一看,面前是个二十来岁的年青人,说话怪柔和,便把他知道的一五一十都讲了。老头过去,武区长回到高粱地里,对三个队员们嘱咐了一遍。把手枪藏在怀里,就一个人进村去了,这时天色已很是模糊。

街上,天没断黑,家家都已关门闭户,市镇不像个市镇了。警察住的大院,大门半开半闭。往里一瞧,上屋里大玻璃罩洋灯点得雪亮,那些人把大黄花的警察帽推在后脑勺子,正吵得有劲。他回头望了望,便悄悄推门进去,轻手轻脚走到窗根底下,把匣子往外一甩,当啷一声,把玻璃窗打碎了一大片,吓得那些人一愣,他把手枪往窗口里一伸:"别动!"一张张醉醺醺的脸,刷地一下变成了黄表纸,后边三个人赶到了。一个人绑人,一个人收武器,一个人断电

95

话线。三分钟不到就妥了，又把拘留的门打开，放出了几个被抓来的壮丁说："你们去告诉老百姓，就说武区长回来了，召集大家开会。"几个人欢天喜地，不一刻，来的人便把院套挤满了。武区长正讲着话，忽然一团火把院子烧得通明，原来不知是谁，跑到警察们办公的屋子，把那些"土地台账"、"劳工簿"、"花名册"抱出来点着了，人们就乱嚷嚷地嚷："把这些勾魂账烧干净！一张也别留！"会场上乱起来了，有的老百姓就向武区长说："国民党来了，简直是'二满洲'，三天以后，我们村上就得出四百五十名劳工，这一来可免掉了！"

给敌人上课

其实，獾子洞的警察分所还好些哩。鸳鸯树的据点更坏，里面住着二百多"降队"，把周围的小鸡都吃光了，老太太们恨得没法，送给了他们一个绰号"鸡阎王"。他们天天骑了马到四外抓兵，开头，他们越抓，老百姓跑得越快，他们就把有儿子的母亲和有丈夫的妻子，抓到拘留里去，年青的妇女，他们随便糟蹋，年纪老的，连愁带饿，死了已经有一些，有的人家连尸首都不敢去领。要出来，就得自己的儿子或丈夫去当炮灰。

自从收缴了獾子洞的警察以后，武区长便带着武工队在这一带活动，因此鸳鸯树的"降队"便不敢随便下屯了，老百姓看着这武工队顶事，便越发给他们助长声势。比如说，离他们二里的地方说二百，五里的地方便说成五百了，并且说还有小炮。至于鸳鸯树的情形，武区长耳朵里早听得很多了。

十三号那天，是个下雨的日子，他们住在离鸳鸯树八里的一个屯子，天一黄昏，武区长便带着一班人向鸳鸯树出发，走到鸳鸯树旁边的时候，已经十点多钟了。他叫其他队员们把机枪架在墙垛子后面，便带了一个通信员进了村，临走时告诉他们，手榴弹一响，马上打机关枪。

伸手不见五指，他们摸索着走。将近大门的时候，衣服被什么扯着了，——原来是一层刺鬼，便靠墙站下，听动静。半天，静悄悄的。又等了一会，出来两个穿老百姓衣服的人，后面跟着一个戴军帽的说："款项后天一定得交，不的话，叫他家准备棺材！"武区长两眼冒火，伸手就把匣子举了起来，转念一想："不要伤了老百姓……"手就垂下来了，可是老百姓刚出来，门闩便响了。回头看见炮台顶上站着一个人，一拉火线，便把握着的手榴弹甩上去了，随着爆炸，那人咕咚一声摔到了地下。村口的机关枪响了起来，步枪也打响了，他高声喊道："不要打了，今天先给他上一课。"枪声停止后，他便开始了喊话：

"你们都是本乡本土，为什么到处给蒋介石抓兵，逼死人家的妻儿老小？你们都是本乡本土，为什么实行无耻的奸淫？你们的罪恶已经做到头了，如果执迷不悟，八路军一定要把你们消灭！……"

足足讲了半点多钟，他们才往回里走，降队爆豆一般地打起枪来，队员们笑着说："妈的，这真是些鸡阎王，就是吃小鸡有本事。"

几天后，从鸳鹭树出来的人说，枪一响，那些降队有的钻进了茅楼，有的藏进了谷仓，第二天就全街戒严，搜查八路军，一直闹了三天。以后，从八面城来了一营"中央军"，老百姓气不公说："他妈的，'中央军'自己不打胡子养胡子，八路打胡子，反打八路！"这营人住了两天，走了以后，他们住过的人家连菜刀都没有了，后来都在油炸果子铺里找着了，原来他们偷去换了油炸果子。

智擒胡匪

十四号那天，队伍住在离大洼八里的黄家营子，一个人走来用胡子话问放哨的队员："你们是哪个绺子的？"队员想了想说："青山。"他又问："当家的在哪里？"队员说："二柜在上屋，我给你说一声。"在上屋，武区长和队长正在午睡，队长先醒了，他和那个人用胡子话唠起来，那个人说他是参谋长派出来划绺子的，绺子一个多月没回去，参谋长等急了，参谋长亲自到了大洼，叫绺子扯到嘎嘎，两下用电话联络好算账,算过账再出来,他所说的参谋长的名字叫龙海亭,是"中央军"八十七师的参谋长。

他正说得起劲,面朝墙睡的武区长被吵醒了,转过脸来,那个人脸色立时变成灰白了,队长用手枪一指:"好小子,你认得我是谁?"

下面是他的口供:"双红"投降八十七师当了连长,龙海亭就叫他拉起线来,给青山绺子供给枪支子弹,两下对半"劈红"。

召开群众公审大会的时候,一个老乡说:"我的马叫何首绺子抢去了,去赎的时候,到了徐马客绺子里,找徐马客赎的时候,又到八十七师去了,哼!怪不得……"

记者的话

经过这五天,鸳鸯树区西部十二村,东西三十五里、南北五十里的地面,民主政府的法令便通行无阻了。

这不是故事,而是完全真实的事实。我的叙述虽然停止,但斗争却在继续着。因为人民的苦痛未终止,人民中涌现的英雄们,会创造更动人的事迹的,我们等待着吧。

一九四七年一月五日于白城子

选自《基本群众》,东北书店 1949 年

后五道木事件的教训

一、一段介绍

在通辽县,后五道木原是个著名的模范村,但是,在敌情变化的前夜,村基干队发生了严重的叛变,两个最出色的积极分子被屠杀。

村子里原有一批带流氓气质的人物,他们吸鸦片、偷东西、赌博、嫖女人。他们是穷人之上富人之下的"光棍",本地话叫做"屯不错"。村里居民大体上东头是坐地户,多半自己种地或者招青,西头是外来户,多半是雇农。在伪满时代,村里有一种隐蔽着的阶级斗争,那就是在选甲长的问题上,西头的人们要选比较照顾穷人的赵华风,东头以董万义、边广德等大户为首要选智广谋多的候润芝,得到胜利的,当然是候润芝。

这村子一百八十四户人家,除了三家中小地主和一两家富农之外,所谓大户,就是一些佃富和佃中农了,土地多为官产和远地主土地。大多数人们连毛驴也买不起,只得"榜青"。

二、假农会的成立和真积极分子的出现

二月上边派了工作队来,向群众宣传成立农会,召开群众大会进行选举的时候,谁都不敢出头,村子里有一个刘秉中,系破落的商人的子弟,能说会道,写算皆通,当过二年半"国兵"之后,又在郑村担任"青年训练"队长,大家拍巴掌,就把他选上了。村条选了佃富农董作宾,伪甲长候润芝的儿子候惠方当上了民教委员,自卫队

99

长是刘秉中的好朋友杨廷栋，候润芝就也常来常往地在村公所办事。

工作队在这里，给人家佃富农退了租，因破坏官产罚了边广德一万元修理了学校。临走置席欢送，饮酒中间，候惠方他们提议拜把子，区上派来接受工作的陶玉山同志认为这也是接近群众的一个步骤，就同意了，此外参加的，即是刘秉中、董墨学、杨廷栋等人。

清算运动开始，群众，尤其是西头的群众提出要求清算伪甲长候润芝的贪污，陶玉山当主席，碍于情面，宣布了开会意义之后，就没再说话，任凭候润芝发威，会场里经过一阵乱噪噪之后，许多人知难而退了，刘秉中又在一旁发话道："没有理由，谁叫你们斗？"只有西头的农会小组长宝祐领导他那小组的人据理力争，未被吓倒，候润芝只得认倒一部分赃物。

宝祐，原籍冀东卢龙县人，是个才搬来三年的榜青户，在家的时候，便知道共产党对穷人的好处，八路军来到通辽城的那天，他便给姨夫陈殿相说道："这回可露出天边来啦，咱爷们也得帮八路做些事情。"陈殿相是和宝祐一起搬来的，一个非常豪情的庄稼汉。

刘秉中当会长，头一回便把群众斗争包云龙（富农）得来的六千元，和几个相近的农会委员私分了，区农会发觉了，他却威吓宝祐说道："我知道你是八路军的特务，村里事都报告区上！"宝祐道："你当会长，有威风尽管摆吧。"

三、宝祐和走狗刘秉中的一场恶斗

时间过去了两个月，村中还是原来的样子。

四月，通辽动员民夫担架，刘秉中造谣说，城里的八路军跑光啦，群众恐慌都不敢去，采取了抽签的办法，谁抽着谁去，二百元一天，地主和富农负担工钱。回来要工钱的时候，大户变了心思，刘秉中说，地一半户口一半的摊派，宝祐、陈殿相（自卫队中队长）质问刘秉中道："你为什么偏向有钱人？农会是谁的？"争了一顿没解决问题，就到区上去讨论，区上来信指示有地出钱，刘秉中还不接受区上的指示,宝祐道:"你这样办,我不拿,不光我不拿,就连我那组都不拿!"宝祐还挨门逐户,搜集农会会员们的意见,会员们签名盖章,坚决反对,晚上,刘秉中带话给宝祐,叫他到东头开会,刘秉中就叫杨廷栋带了十多个打更的把宝祐押了起来,并且扬言说:"东头的要三十家才能保,西头的一百家也不行。"第二天刘秉中向宝祐说道:"你不是有事到区上讨论吗? 走,到区上去!"临行,邻居苏文向宝祐说道:"兄弟,遇事小心,人家那头要钉死你! 说你破坏……"到了区上,刘秉中说宝祐是流氓,宝祐不但说明了这次斗争的原因,而且揭出他造谣的事,证得他无法抵赖,区农会韩主任就把刘秉中扣起来了。

在他们到区上去的时候,杨廷栋、候惠方他们就在家里开秘密会,说是刘秉中被扣,大家都去保,宝祐被扣,就说他破坏农会,当过胡子,钉死他! 刘秉中被扣后,杨廷栋召集农会会员说道:"咱们的会长被扣了,于咱大家都不光彩,我们大家都应该去保。"谁敢说不去呢? 一去就去了好几十人,韩主任问众人:"刘秉中又贪污你们的钱,又造谣又给你们派款,你们为什么要保他呢?"众人你看我,我看你,没有话说,随后,候惠方又带来一群小学生,进门就下了跪,也没有成功。杨廷栋觉得在这里吃不开了,便去参加了县大队(情况紧张时逃跑了),新选的自卫队长董墨学当过国兵,也是刘秉中的把兄弟。

四、"再不翻身等什么时候!"

刘秉中被押,宝祐就领着干起来了,第一件事情,便是清算伪甲长候润芝,他向群众宣传道:"我们快绝种啦,没吃没穿,死了老人没地方埋,埋在荒土里,一场大风就吹走了,插香烧纸都不到坟茔,年青人没钱说媳妇,再不翻身到什么时候!"这次斗争得到了胜利,群众兴奋起来,便进行分地分房子,别人不敢住李老九的房子,宝祐自己先搬进去(在整个斗争里,这就是他接受的全部东西)。

就这样,宣布了官产地和地主土地归农会,因怕误播种时令,就根据农会小组划成大块，组织抢种，又因各户都缺乏粮种，开动了借粮，借牲口。地主逃跑，剩下的只有佃农了，于是斗争就转向了这些人，会员们提着糨糊，拿着封条，谁不借就封谁的门。有一个叫戴老臭的，拒绝借粮，刘秉中的把兄弟计凤岐，据说从前当过胡子，此刻是自卫队班长，就把他按在地上拖，还要动手打，被宝祐劝住了。征服戴老臭之后，其余的就自动承认了。

经过这一时期的工作，虽然包含了错误，群众总算睁开了眼睛，要选宝祐当会长。

五、一错再错，惹下大祸

正在开大会进行选举的时候，刘秉中回来了，怀里揣着区长的亲笔信。信上说："他已承认了自己的错误，可仍叫他当会长。"主持会议的区农会干部谷玉英问大家同意不同意，虽只有十来人应声，也算通过了，又问：副会长选谁？大家齐声道："宝祐！"

宝祐说："我不行。"

大家说："你不行谁行！"

刘秉中站起来说道："过去我给大家丢了点脸，好比屋子里有灰尘，我和宝祐的斗争打扫了灰尘，扫干净了。我带大家喊几句口号：拥护副会长！请副会长给我们讲话！"

宝祐只得站起来说话，他说："我们借的粮没送到的，大家通知他送到，等咱们再到门上去要，就不好看了。"此外一句话也没有说。

经过这场风波之后，刘秉中确是不同以前了，事事听从宝祐，新书新报不断地看，给农会会员们讲翻身的道理，呱呱叫，又要求加入共产党，区上认为他是真的"转变"了！宝祐心里可是一团疙瘩，几次辞职都不准，五月做破路工作，由于他和陈殿相的领导，后五道木又受了褒奖，上级又号召安心工作，他才下了决心干，他首先着手整顿农会，把十多个鸦片鬼清洗出去了，怕国特放毒，又在村里建立了看井制度，上级号召成立基干武装，派人来帮助成立了模范班。宝祐的母亲总疑心刘秉中,时当劝宝祐,小心被害(宝祐的哥哥也是被害死的)。宝祐只好安慰她道:"妈呀,就是你心眼多,我们一起办事,他们就下得了毒手吗?"又说:"我就是为革命死了,也是光荣的。"

六、刘秉中与"模范班"

模范班是自动报名组织起来的,三十六个人当中,有三个国兵,三个在日本种马场干过事,常常欺负老百姓的,一个给日本人当过电话生的,此外一些爱嫖惯赌的分子也混在里面,模范班的班长刘万库是风吹两面倒的人,有帮助董作宾隐瞒枪支嫌疑,也未深究,这些人是否真正可靠,区上曾讨论过,最后认为这些人既都是穷人,就不会发生大问题,尤其是国兵,枪打得好,不要可惜。

模范班成立之后,刘秉中就带了这帮子人天天出操唱歌,很是神气。佃富农李永库和一个叫花老李的妇女有关系,模范班就把李抓去又吊又打,罚他一只骡子一只驴,戴了纸帽游街,群众对这件事情的评论是争风吃醋,因为模范班有不少和这妇女有勾扯的。他们夜里在一起睡觉,外边叫自卫队打更。这样的模范班,日子一久,老实一点的就不愿干了。

村里已经过两次借款借粮,斗争了十五次,实在找不到对象了。只要模范班有人在外村谁家扛过活,大家便去外屯去斗,模范班有禁闭室,二十多天当中,斗争过十二次,押过三十三个人。这样一来,后五道木就出名了。

七、"模范"是这样得来的

七·七纪念日,通辽城举行全县自卫队大检阅,模范班、自卫队、儿童团、妇女会,一齐整队前往,刘秉中指挥,模范班一色白衣裤、白头巾、白腿带,土炮结着鲜红的缨头,步伐整齐,走在最前列,自卫队的红缨枪亮得耀目,人人赞叹,正在它博得广大人群喝彩的当儿,宝利营子的队伍来了,不但一样整齐,且有洋鼓洋号作先导,后五道木的队伍马上显得逊色了些,主席团上就把已经给它评定了的"三十分"(这是最高的标准)改为二十八分,刘秉中急了,喝道:

"后五道木的站出来!"

模范班三十六个青壮年一个箭步似的出来了,各式的操演之后,他又指挥全村唱歌,声音整齐洪亮,这一来主席团上又把二十八分改做了"三十分",送给他们一面锦旗,一支步枪,宣布它是全区第一个模范村,于是后五道木就更加著名了。

宝祐和陈殿相不会操演,给模范班挑水喝。

七·七检阅之后,为了充实模范班的武装,又向佃富佃中农们借款买枪,一共买了三支土炮,八一五纪念日,区上又奖励步枪和手榴弹。领导上认为这是一个可靠的村子,后来又送枪给他们,最后,步枪增加到十一支。

村里就又开翻身会,杀了好几口肥猪,佃富农和中农们,都给农会送翻身粮,全村男女老少一起坐席吃肉,锣鼓喧天。

模范班天天操演,口令歌声,不绝于耳。至于土地问题,则仅仅画成了图样,放在农会抽屉里。

八、叛变

九月十四号晚上,刘秉中领导模范班的十九人实行了蓄意已久的叛变。

叛变的主要角色是:刘秉中、郝显文(董作宾之后的村长)、刘万库、董墨学,当过伪警长的董必学和边广德的弟弟等。

详情是这样的:

刘秉中他们听到敌情紧张的风声,便在边广德家开了个会,决定杀死宝祐和陈殿相,拉出去当胡子,夜间临走时,宝陈二人就被他们设法调开一个一个地捆了起来,这时候润芝也露了面,笑道:"要了你们爷俩的命,省得你们再清算我。"于是,他们便被乱枪打死了。

九、一笔总账

究竟后五道木的群众得到多少实际利益？让我们来总结一下：一、土地未得到手。二、粮食每户得到一石三，七户孤寡共多得一石三。房屋除宝祐和陈殿相外均如旧。四、牲口三十一头，款项十七万五千，大车三辆，布三匹，除全村共同吃了几口猪之外，做了下列开支：一、给误工的农会干部补工钱。二、农会干部和模范班做衣裳。三、模范班外出十二次斗争的路费。四、模范班支差费。

事变时，仅剩下了四头毛驴、一头牛和一万多元，这一万多元还被刘秉中他们带跑了。

群众说道："借粮，借款，哪怕我们得着一元五角也好，光叫我们跑腿了。"

（注）买枪借款，不在此内。

十、血的教训

后五道木是著名的，而它的事变却应该更著名！它苦痛地深刻地教训了我们：

第一，反动地主、敌伪残余的根子很深，而且狡猾毒辣。如果我们警惕性不高，麻痹，就要吃亏。后五道木的候润芝，看来是被打倒了，实际上它却利用了他的走狗刘秉中、郝显文、杨廷栋、董墨学辈组织假农会，掌握武装，等待时机，一旦得势，便毫不遮盖地露出喝血的本色。此外，他还会用"交情"麻醉我们的同志，会制造民意反坐诬赖，借刀杀人。

第二，必须坚决地依靠群众，树立他们的绝对优势，尤其是掌握武装，所谓"基本群众"，它的条件，不仅是一个"穷"字，刘秉中、杨廷栋之类也是"穷"人，但由于他们的流氓根性，本质上已经变成反动地主的走狗，千方百计瓦解革命阵营，篡取革命果实，对于这些坏蛋，必须坚决地彻底清洗，不要畏缩，不要姑息，不然将贻害无穷。所谓"基本群众"，一般说来，不是那些能说会道、写算皆通、惯骑善射、会喊口令、阿谀买好的人，而是那些纯朴、善良、"一脑瓜垄沟"的庄稼汉。他们才坚决可靠，不会欺骗投机，杀人叛变。

第三，工作目的不是为了"好看"，而是提高群众的觉悟和转化阶级力量的对比，只有群众真正觉悟到自己是主人，才会起来保卫自己。后五道木土地革命工作根本没有去做，而其"模范班"受奖的场面，是标准的形式主义、官僚主义作风的表现。

第四，当领导群众斗争时应是团结多数，孤立与打击少数坏蛋，不能不分敌友地乱斗一气，致使自己的阵营分裂，而造成严重恶果。后五道木，过重地打击了佃中农，它使得基本群众孤立，生产情绪败坏，借粮借款之后，又将果实归入农会，结果，被一群游手好闲的流氓分子吞食，使得群众运动和群众利益完全脱节，以致宝裕虽好，因为政策的错误和广大群众未在斗争中获得利益，也不得不丧失了和群众的联系。不然，纵使刘秉中再阴险百倍，事变时也不致如此孤立的。

宝裕、陈殿相同志是死了，特别是宝裕同志的死，当调查这一事件时，不少群众为之流泪，他们遗留下的，仅是他们的血换来的教训，如果我们不能很好地加以领悟，纵使对他们家庭抚恤得再好，也不足慰死者。

一九四六年十二月底于白城子

选自《基本群众》，东北书店 1949 年

基本群众

——昌图纪事

当李树森发现敌人上来的时候,情形已经万分危急了。他正揣想着今天的大会,低着头往街上走,刚出大门,一眼望不到头的马队,便流水般地顺着大道奔向这屯子来了,他还以为是县大队哩,仔细一瞅,什么便都已清清楚楚的,甚至穿黑衣裳的胳膊上,扎的白胳膊箍!

没有问题,这群死对头,是奔今天的雇贫农大会来了。这里是前线地区,往东十几里,便是敌人盘踞的昌图城。这是秋季攻势以后的时候,昌图城一带正是锯口。昌图县的这二百多个地主武装,就在这一带进进出出,摧残群众,屠杀干部。所以,这一带地方不但和根据地里不一样,就和往西往北几里路的地方都不一样,就像召集今天这样一个大会,都是很费周折的。他们在这一带活动了十几天,群众总是支支吾吾的,开会召集不到人,后来实行开会济贫的办法:谁来给谁分粮。这样,第一天来了十几个人,第二天来了二十几个人,第三天就来了五十几个人。每次每个人来,都背走一斗二斗粮食。当群众第三天到来的时候,唧唧嘈嘈,才不像前两天那么沉默了。工作队一鼓动,群众说:左六是那么大点事了,干就干了吧!把自己屯的穷哥们都找来,开个雇贫农大会,合计合计怎么干法,大伙都很赞成,关于会在哪里开,意见可就不一致了。有人主张在兴隆峪,说那里地势好,有人不赞成,有人主张在五门高家,说那里宽敞,也有人不赞成,研究了半天,才慎重决定在老房身;中心问题,就是大伙怕这伙中央胡子在开大会的时候找上门来,而现在,——看,杂色衣裳白胳膊箍,不是他们又是谁!

这天一清早,李树森便来到了老房身,等候来开会的人,为了动员的人更多些,昨天,当来领粮的人散去的时候,他便把本组的同志和他们一起分散到各屯去了。昨天晚上,他和城关区的人们住在了一起,城关区的人们要趁夜间到城里去一趟,侦察敌情,他和他们约定好,如果发现了敌人,来不及互相通知的话,便以三枪为令,早晨,他们还没回来,他便到大房身来了。他很担心今天的大会:第一担心没人来,第二担心敌人来。他来到老朱家大院里(会场)看了看,一个人坐不住,有些心焦,因此便到街上张望来了。

他刚出大门,抬头一望,敌人流水般地奔向这屯子来,已经离得不过里把路了。老房身这个屯子的地势,背后是条高岗,东面是道深沟,只有南面是开阔地,但是,不管平地、高地、深沟,到处都是没膝深的大雪窝,西面是出口,而敌人,就奔这个出口来了。

如果工作组同志全在的话,三五条枪可以守大院,现在却只是他一个人;如果发现敌人早的话,可以骑马跑掉,现在,……他马也没得牵,拔腿便往西跑,其实,这又何尝是办法?这一切,他连想都没来得及想,情形的确是万分危急了。

当他跑到接近西头出口的时候,敌人已经离得顶多不过半里远了,这样的距离,在屯子外面的雪地上,一只狐狸跑过,也能看得清楚的!——不知怎么的,他站住了。

冷丁,他想起了昨天晚上和城关区同志们的约会,举起枪来,往高处打了三枪,枪一响,那马队东西散开,扇面阵势兜了上来。

他仿佛有些晕的感觉,举目四观,离开几十步远,往南去的大道东边,有两座孤零零的小房,他便向那小房奔去。

他三脚两步跑到门前,不管三七二十一伸手把门推开,屋里是南北炕,炕上坐的是两个妇女和一个男子,他急急忙忙对他们说道:

"敌人进屯了,你们得给我出个章程!"

他一进门,屋里的人们便吓呆了,女的也说"这怎整",男的也说"这怎整",大家全都慌做了一团。李树森催促道:

"快点,快点,敌人进屯了。"

一个妇女急忙把柜揭开,——她忘记了柜里装着粮食。男的去拔锅,李树森制止了他,男的劝他脱军衣,李树森坚决拒绝了。男的又说:

"再不,你把枪给我,我给你藏起来。"慌慌忙忙伸手去拿他的枪,李树森一把把他推了个跟跄个子,说道:

"说什么吧,枪我算不能舍!"

两个妇女在一边急得搓手跺脚,李树森看了看,手心大的房子,实在没法藏掖,一手捏枪,就往外走。

窗跟前是个小栅栏子,接着上屋的西头有两间西下屋,是破房框子了,里面堆着些秫秸,心里虽然突突跳,一切却是看得清楚,弯腰跨过栅栏,走进下屋,揭开秫秸,抱着大枪就顺墙根躺倒了。

躺倒之后,一切寂然。他恨恨地想道:

"杂种,不来便罢,要来得我先放倒两个,想抓活的?!"

他听得街里起了一阵枪声,随后,就又没有动静。他躺着,心慢慢镇定下来了。忽然觉得头上吹来一股冷风,扭转头,原来在他枕着的地方,墙上有个圆洞,正对敌人来的大道。

他躺着,躺了很久,是两点钟还是三点钟,他无法判断,只觉得是很久很久了,紧握着枪等候敌人来,可是一点动静也没有,他开始不耐烦起来了。他躺着,在他的面前出现了一条金黄色的光亮,是太阳从圆洞里照进来了。他想:"晌午歪了,看样子,不到天黑我是出不去的。"把眼睛盯着太阳死瞅,太阳一动也不动,他有点纳闷了:"开会的时候,老怕天黑,怕它天黑它就黑了,今天的太阳是怎么回事?"他想到本组的其他同志,又想了昨晚进城侦察敌情的城关区的同志,不知道那些人是否安全,是否碰上了敌人,心里是一团熬糟,对于自己所处的环境,却不甚介意了。

慢慢地,他生起了一种出去看看的欲望,这欲望,越来越强烈,实在有点按捺不住,在这时,听得一阵马蹄声响,打洞里往外一瞅,是敌人,打街里出来,顺着大道往南去了,都把嚼扯子套在胳膊弯上，袖了手，一步一步慢慢走。头前举着一杆大旗，真仿佛打了个大胜仗的样子，眼睁睁看着敌人这股威风，他心里真是着火一般。敌人过去，他也没管它走干净没走干净，便爬出来，走进屋里去了。

屋里的人，那男的不在了，只剩了两个女的，当门站着一位老太太，夹着个小包，慌里慌张，像被人追着无处躲藏一样。一看见他进来，便指着他问屋里的两个妇女：

"他是谁呀？"

两个妇女着急地说：

"哎呀，小声点吧，他是八路军！"

老太太慌乱说：

"啊，你是八路军，快藏起来吧，后街还没走净，挨门挨户找穷头哪！"

这回，他刚刚躺下来，便听得一个人轻手轻脚走过来，把秫秸压了压，一会，又赶了只小猪到房框子里来，小猪哼哼地拱着墙根，弄得秫秸哗哗地响，一会，几只鸡也飞来落在秫秸上了，是它们自己飞来，还是像猪一样被人赶来的呢？李树森不知道。总之，猪哼哼，鸡咕咕，真像这里没藏着人似的，李树森心里禁不住乐起来了。他猛地想起来，他看见过的一出戏，戏名叫《锁着的箱子》，叙述一个妇女怎样在敌人的刺刀逼迫下，掩藏一个八路军的故事。他心里笑道："那时不信，现在自己亲身演一出了。"

他正颇有趣味地想着，有几个人乱嘈嘈地从房后走来，其中一个喊道："你们得了什么呀？"

是敌人搜索来了。他握紧了枪。又听得远处一个应道：

"就得了一匹马，几床被，白跑一趟！"

这几个，一边走一边嚷。

"他妈巴子，这老娘们，一露头转身就跑，叫我叭叭就是两枪。"

吵着嚷着进了院子，经过他藏的地方往上屋去了，劈里啪啦一阵门响，接着便是吼叫：

"净他妈的八路脑瓜！杂种操的，不说，翻出来都把你们扣了。"

随着是一阵哀求和辩解的声音，听不清楚，过了一会，一个妇女高声说道：

"你不用看，没好物件，那柜里是黄豆！"

几个人骂骂唧唧从屋里出来，走了。吵嚷声音渐远，李树森松了一大口气。一会，一个声音在外边问道：

"你还在哪。"

声音很小，是个妇女。他应道：

"在哪。"

外面的声音又道：

"在里面好好呆着，别着急，走净了给你信。"

一直等得很久，太阳快压树梢了，才又走来了一个人，脚步很重，来到跟前，粗声粗气地招呼：

"大哥，你还在里边，他们走了，你快出来吧。"

没等李树森回答，他便弯腰去揭秫秸，但他揭的不是地方，李树森顺着墙根钻出来了。他看见，在他面前站着的，是个二十来岁，笨手笨脚，满脸乌黑的庄稼人，只感觉面熟，可一时想不起来在哪里见过，便问道：

"你贵姓？"

那人道：

"别问贵姓了，反正是穷人，他们走了，你快走吧。我姓王，叫王福。大哥，你瞅，屯东头，那不是沟子？里边净树，沟子里有毛道，顺着沟子一直往北，就是奔卡娄的大路。"

王福！李树森想起来了，第二天放粮的时候，是有一个叫王福的来领粮，雇农还是贫农呢，却一时想不起来了。他顺着王福手指的方向，扯开大步便走。刚走出几步，便听得王福骂他媳妇："……敌人走了，你为什么不告诉大哥，叫他快走？"

他媳妇辩解：

"谁知道走干净没走干净，没走干净怎整？"

李树森回转身来劝道：

"保存我，你们担险，有话以后说。"

王福道：

"好好好，大哥你快走，南边枪响，八成打上了，哥俩改日见。"

李树森走出很远，回头看时，王福两口子还站在门口，目送着他。过了几天，李树森又到老房身屯来了，才知道那天他藏在王福家里，并不是绝对的秘密，王福在后街，便有人悄悄对他说了，所以敌人走后，他赶快跑回家送信，敌人拷问群众，用马鞭打得满脸流血，可是谁也没说，虽然有李树森骑的马作为证据。那天来开会的外屯的雇贫农，来得早的正碰上敌人进街，敌人从他们腰里搜出了小饭碗，用木棒敲他们的脑袋……

那天，敌人真碰上了我们的县大队，胜利的消息早在这带传开了，其中还有国民党一个正规连呢。

一九四八年二月于长岭县

选自《基本群众》，东北书店 1949 年

平安家信

一

三年前,正当高粱遍地红的时候,老李头的儿子参军去了,自打走后,不见消息。

他们家里,原起就只有两口人,一个是他,再一个就是他这个独生的儿子,自打儿子参军走后,就只剩下他一个人了。

一个人的日子,是不容易过的:房无一间,地无一垄,加以又上了几岁年纪,——五十来岁的人,照实说来,虽然并不算老,只因年青的时候,干活落下个伤疬底,如今,天气一凉,便咳儿呛得喘不上气来,在这样的情形之下,老李头的思子之情,当然是日甚一日的,想来想去,便不免伤心,因此上,当对左右的邻居说道:"没指望,我没啥指望,不像你们守儿靠女,我一个咳啦呛啦的老头子,有啥指望?"

老李头把儿子抚养成人,种种的苦处艰难,除非他自己谁能知道?孩子才两岁,他妈就死了。白天说好说歹,把孩子寄放在邻居家里,自己给人家去做工;下晚回到家,把孩子抱在手里,孩子哭;夜里,睡觉了,把孩子搂在怀里,孩子还是哭。从天黑哭到天亮,从太阳落哭到太阳出。老爷们没有奶,孩子饿啊。这么的,孩子瘦了,大人也瘦了;这么的,当爹的还是得没死没活没黑没明地给人家去干,有什么办法呢?在革命以前的旧社会里,人穷没治,你不扛活,就得饿死!在没人知晓的黑夜里,老李头抹去了多少把遭难的泪啊。

他痛爱自己的孩子,把孩子当作宝贝,不只是因为他只有这一个孩子,而且因为他这个孩子从小就伶俐,虽说念过二年书,可仍然能吃苦;他指望着孩子长大了,能成家立业,为父养老,他万没想到孩子刚刚成人,却去参加解放军了。

他永远忘不了儿子离家时那天的情景,自从城里到了解放军以后,儿子就神不守舍似的,老不着家,他忍住一肚子恶气对他说道:

"李大明啊,秋收忙月,你就光这样蹓蹓跶跶,不兴下地做个工夫,掐捆柴火挣升米什么的?人家家里有男有女,咱爷们不蹲灶火坑,饭可是不能熟啊。"

没想到,在父亲面前,历来一句反口话不说的儿子,这回竟说出以下的话来:

"爹,我把实底话对你说了吧,就凭咱们这份日子,别说你一个儿子好好干,就是你两个儿子好好干,你老也是享不了福啊,这个我算看透啦!"

儿子双手抱着头,说到这里住了口,老李头一怔,着了慌:近日来,听说有不少年青人,在八路军补了名,莫非自己的儿子也有外心了?他又是急,又是气地喝道:

"妈巴子,不干活你想怎的?要上天啦!"

他虽是满脸通红,儿子却一动不动,只是把头一抬,说了简简单单一句话:

"我想参加。"

啊!果真是这么回事!老李头炸了!蹦三尺高,顺手抄起来根扒火棍:

"杂种!你爱干啥干啥?养你养出孽来啦!"

一边说着,搂头便打,第二棍子没举起来,儿子已经扭转身子窜出去了。

儿子窜出去,老李头喘了一阵粗气之后,心里就非常后悔起来。他想到:何苦来的!儿子说错句话,就给他那么大的过不去。可是,儿子的话,究不知是真是假,问又没问处,心中懊恼,摸把镰刀,就下地了。在地里，一边捡着烂柴火、高粱穗，一边犯寻思，迷迷糊糊，不知过了多大时候，忽听身背后唰唰唰唰一阵脚步声，回头一看，是自己的儿子走来了，胳膊下夹着个行李卷，什么全明白了！老李头扑登一声就坐在了地上。

儿子走到父亲面前，说道：

"爹呀！我参加啦，在团长跟前上的名。这队伍，可好啦。不打不骂，当官的不兴压迫当兵的！"

老李头的心冷啦，半天才缓过一口气来，说道：

"孩子，要不，我说，你别去啦，我到团长那里，求求……"

儿子说："爹，你不用费那个事啦，早晚我也是得参加，你指望叫我像你、像我爷爷那样给人家干一辈子，那算办不到啊！如今是咱们自己的国家啦，咱们怎么还不干呢？"

老李头问："孩子，你补的是啥队啊？"

儿子说："山东大队，一会队伍就过来，往北开，我就跟上他们走啦。"

老李头低着头，没说话。

儿子又说："爹，你老别难过，参加是好事，将来你就明白啦。军队上发被，用不着咱们家的，这二百七十元工夫钱，也给你老撂下吧。"

老李头低着头，仍旧不说话，心里想：儿子说的不是全没理，受穷受气，在家能有啥意思？拦，拦不住，去就去吧。再说，已经补了名，不去也是不行了，就说道：

"中啦，钱，你给我撂下一百元吧，八路军不挣钱，剩下的，你带着买烟吸。"

正说着，东边电道上，大队便过来了，半里长的队伍，一色灰军装，旁边走着几匹马。儿子说声："爹，你老在家吧。"回转头去就走。老李头说："大明，慢走，爹送送你。"

爷俩相跟来到电道旁，队伍已到跟前了，正遇着那几个骑马的，头前走的是匹红马，后面的人，都背着匣子。红马上那个人，个子不大,白净脸皮,穿着身半旧不新灰军装,一点也不显得威武,他打量了几眼:看样子是个官,看样子又不是个官。那人看见他爷俩站在路旁,便勒着马笑道:

"小伙子,你真参加啊,我以为你不来了哩!"

李大明用胳膊拐拐他父亲道:"这是团长。"

老李头慌忙后退一步,就鞠躬。团长一见,轻快跳下马来,连连招呼:

"老大爷,老大爷,可不敢这样子!"问李大明,"这是你父亲?"李大明说是。

团长说:"老大爷,你儿子参加,你愿意吗?"

老李头看看儿子,没说话。

团长说:"要不愿意,你可以把他留下。"

这真是出乎老李头的意料之外啊,可是,不等得他说话,儿子却抢先开口了:"他不愿意,我也是得去啊,你们头前走,后尾我也得撵了去!"

老李头一看,这实在是留不住啦,便说:

"团长,庄稼孩子,不懂啥,有不对处,高看一眼,我就蒙情不过啦。"

团长刚一露笑,马上的,马下的,齐声说道:"老大爷,放心吧!""老大爷,你放心好啦!"也有说"你老望安"的,一片火热。老李头心中一酸,说:

"孩子,走了可给爹往家来信啊。"

一边说着,一边又把那一百元掏出来,塞在儿子衣兜里,儿子就随着大队,顺着一眼看不到头的电道,往北去了。

二

三个年头过去了,时事发生了多大的变化!为了儿子,老李头又是多少夜没睡好觉啊!

儿子走后没多久,"中央"军便打过来了,自从"满洲国"倒台了,谁都以为熬出了头,不料"中央"军一来,天天抓兵,派款,遍地胡子,降队,更把老百姓打进十八层地狱,人人盼望八路军,可是,心里都想:"八路军,算是完了……"老李头的痛苦,更是不必再说。

三个年头过去了,如今又到了高粱遍地红的时候!

如今又到了高粱遍地红的时候,不过今年高粱红,和以往任何一年高粱红全不一样,解放军反攻过来,穷人翻身,家家户户全得好了,人们的心,都像鲜花盛开一般!只是老李头心里,仍然有着破不开的忧愁。

是因为他没分着房子、分着地吗?不!他分着了间干干净净的土平房,分着了两坰三亩上好地。那地呀!是块白糖乳土不高不洼的向阳山坡地。按道理,父子二人,只能摊到一坰八,上绳一拉,囫囵一块是两坰三,大伙说:"老李头是军属,咱们翻身,人家有功劳,七零八碎,拨也不好拨,就优待了他吧。"几辈子净受人家指使了,哪里料想过能有这一天!自从分地以后,老李头起早贪黑,左铲一遍,右铲一遍,上秋来,高粱穗子有扫帚大,高粱棵子有鸡蛋粗,在地边上走过的人们说:"这地,真赶上聚宝盆啦!"老李头一笑说:"这是我儿子给我挣的。"这一笑,一方面是高兴,一方面却想道:"二三年,音讯全无,这孩子,没盼望了。"谁能想到呢?就在老李头觉得没有盼望了的时候,李大明却来信了。信是这样写的:

父亲:

　　自我离家,已满三年,革命形势发生了多大的变化!咱们地方已经解放,咱们家里也一定翻身分地了,你老人家一定很高兴的,现在,儿在齐齐哈尔军政大学学习,身体健康,一切都好,万请父亲不必挂念。也不要耽误庄稼前来看望,革命成功,父子团聚也不为晚。

　　祝大人健康

　　敬礼

　　　　　　　　　　　儿　李大明八月七日

儿子来信了,是做梦吗?

117

"盼了三年盼来一封信，口口声声还不叫我去看他！别说毕业，到天边我也是得找了去啊！"

一想之下，老李头就拿定了主意，没过几天，就已经站在军政大学的门口了。站岗的同志一听，是军属来看自己的儿子来了，立刻满脸堆笑说道："老爷子，辛苦啦！"

一点不错，老李头实在是辛苦啦，他自从接到儿子的信，急得心里就像着火一般，一路上，不吃饭，光喝水，火车跑起来都嫌慢，恨不得一步赶到。

现在，他站在军政大学的门口了，在他面前，是一座一座、整整齐齐、一排一两里路远的崭新洋楼，树木发绿、洋楼泛红，——自己的儿子就在这里边上学呀！老李头的心里立刻就亮堂起来了。

在传达室里，同志们给他查着了儿子的名字，并且告诉他，李大明还是一个干部哩。

这洋楼在外面瞅着漂亮，到里头瞅着更漂亮！角角落落，明光锃亮。人们领着他，来到儿子住的地方，可是，儿子不在家，出发打野外还没回来。几天来的劳顿，几千里路的辛苦，同志们招呼他吃过饭，老李头心中一宽，一头躺倒就睡着了。

睡着以后，老李头做了一个梦。

他梦见自己挑着一根扁担，扁担两头是两个簸箩，一个簸箩里盛着的是破裤子烂袄和个破行李卷，一个簸箩里是口小锅和些筷子碗。黄昏的时候，在一个大草甸子里行走，他的前面，一蹦一跳地跑着儿子李大明，李大明才不过十多岁光景，肩膀上扛着张锄头，跑一跑，就停下来等等他，并且不住地回过头来问他："爹，你累吗？"他笑着说："不，我不累，甸子里有的是野牲口，天黑啦，咱爷俩快走吧。"孩子说："爹，不怕，有狼也不怕，咱们有锄头，打它！"老李头问："你能给爹打狼吗？"孩子说："能！"他问孩子："大明啊，你说咱爷俩这是往哪里去呢？"孩子说："回下荒呗。"老李头说："孩子，回下荒人家可是耻笑咱们啊！说是：看！老李当家的到北大荒去没发财，回来一条扁担一个人，把老婆子也丧到那里了。"孩子说：

"爹,你别心里不好受,待我长大了的。""你长大了干啥?""待我长大了的。""什么?……""我长大了的。""啊?……"

到这里,老李头的梦就乱起来了:一会他又梦见大雨快来了,自己赶着辆车,在草甸子里,轱辘轱辘地跑;一会他又梦见给东家要工钱,吵架。

老李头在做梦——不,这不是梦!这是他一辈子都压在心里的痛苦事!只是在他屋里的死的时候,孩子没有他梦见的这样大,当然也说不出来这些话,他一个人,闷着头,千遍又万遍地寻思罢了。梦还没做完,就被人一推,醒来了。

三

老李头被人一推醒来了,他面前站着一个人,穿着身草绿军装,扎着条杏黄皮带,膀润腰圆,红光满面,两道浓眉,一双大眼。老李头折起身来,一句话还没出口,眼泪可就哗哗地流出来了。——不用问,就知道这原是他的儿子李大明啊!

儿子说:"爹啊,你哭啥呢?"

老李头,眼泪像小河一样,还只是哭。

儿子说:"爹,你看我不是很好吗? 你有啥难过的呢?"

老李头,一句话也说不出来,瞅瞅儿子,还是哭。

这时,忽听得门外一阵脚步声,门开了,三四个人,一道走了进来,有高有矮,穿的戴的,和儿子一模一样,一进来,便连说带笑,"老爷子,辛……"几个人,话刚出口就噎了回去,因为看见老李头满脸是泪,顺着胡子,滴滴答答往下流。老李头赶忙伸手去擦,已经来不及了! 大家一时没摸着头脑,寻思一定怨李大明,便批评他,李大明道:"哪是我的过! 啥都没说,好模好样就哭起来了。"

大伙这才恍然大悟,连忙一起赔笑道:"是这么的啊! 几年不见,免不了悲喜交集,人之常情,没什么,没什么。"

接着大伙就问:吃过饭没有? 走了几天? 家里的情形怎样? 老李头一一告诉,亲亲热热地唠了很大会子才散。

夜深人静，老李头觉得，这是可以和儿子唠知心嗑的时候了，他说道：

"孩子呀，自你两岁上，你妈就死啦，死去活来，把你养大，怕你受罪，供你念书，这倒是好，到老来只落得孤身一人。你说我苦，你说我欢，你知道我多难啊……"

儿子说："爹，有啥难处，你说吧。"

老李头本来满肚子委屈，要见了儿子好好表一表的，没料想叫儿子一句话给问着了。

你看！他究竟有啥难处呢？翻身以前，当然不能说啦，可是现在：要说吃，家里分两垧三亩，每垧能打四石粮的上好地；要说穿，三两石粮足够了；要说住，分了间半土平房；要说用，有粮还怕卖不出来钱？他究竟有啥难处呢？只不过眼睛瞅不见儿子，想儿子罢了。

儿子说："爹，别人思想不开，咱爷们可不应该思想不开呀！我爷爷给人家扛了多少年大活？你给人家扛了多少个大活？不革命，你说咱们有活路吗？"

老李头道："你说这话我明白：你爷给人家扛了二十七个，我给人家扛了三十一个，革命当然是好啊。"

儿子说："两辈子光整活扛了五十八个，种了多少地？打了多少粮？咱们落下了个啥？一间房子？一亩地？还是大年三十吃过一顿白面饺子？我爷爷死，一领破被卷出去，我妈死，一口破柜抬出去，不难吗？"

儿子提说这个，过去的事又重新回到他的眼前了，思想起来，怎不伤情？

他说："孩子，过去的事，别说了吧。"

儿子说："爹，过去的事，怎么能忘记呢？翻身没几天，咱们就把过去的事忘了吗？要不把大地主打倒，把反动派消灭，还得像过去一个样啊，爹，你明白吗？"

他说："别的没啥，我思想里，就是惦记你啊。"

120

儿子说:"你惦记我干啥呢? 来到这里,不是看见了吗? 我有啥叫你惦记的呢?"

他问儿子什么时候能回家,儿子说革命成功就回家;他问儿子革命啥时候能成功,儿子说快啦;他问儿子毕业以后往哪去,儿子回答服从分配;他还往下问:今后上不上前方打仗? 儿子有点不耐烦了,说道:"爹,说来说去,你还没有思想开呀! 要不上前方去打,革命能成功吗?"停了一停,又说:"打仗没啥,革命三年,打的仗,没有数啦,现在打仗更不比早先,早先是人拼人,现在是架炮排啊。"

老李头思想了一会,说道:"这么说吧,孩子,你说爹思想不开,爹的思想,就算开啦! 思想起过去的事,不革命,没有活路,碰上这个时代别说你们,就是我年青,也得干啊! 看见你,我也就是放了心了,没啥别的说了,反正你往家勤邮信吧。"

四

老李头守着儿子,待了整整一十三天,因为惦记地里的庄稼,才高高兴兴地回来了。回家没多久,就又接到了儿子的信。

父亲:

　　革命成功的日子快到了! 上级答复了我的要求,允许我随大军南下作战。我现在和你看见我的时候一样,在革命的大家庭里永远是健康、高兴! 行军急速,话不多叙,希望父亲保重身体。

　　敬礼

　　　　　　　　　　　　儿　李大明九月二十三日

信是从西屯捎来的,人们哄嚷着这两天西电道上,拧绳一样地过部队,原来自己的儿子也来了。听完了信,他把手一拍说道:

"这孩子,也真是个玩意儿,到底又蹽到前方来了!"不久之后,在本村的扩兵会议上,老李头对一些年老人说道:

"谁的孩子不是父母养,谁的孩子不是连心肉? 当爹妈的,谁不疼儿爱女? 咱们的眼光都短啊,如今的八路军可不比早先啦。咱们也得想想，八路军打关里才过来的时候，赤脚打片，十冬腊月还穿单鞋，人家为的是个啥？人家家里，不是也有老人惦记吗？不吃苦中苦，难得甜上甜，反动派好比一堵墙，老百姓就好比一汪水，泡也把他泡倒了，眼看革命快成功啦，你们怎么还不挣份光荣呢？"有人说，这次参加，不比往常，准进关，老李头道："进关怕啥？小燕展翅还飞三千里哩，革命成功，坐上火车不就回来吗？"

一九四八年十二月初于南岗

选自《基本群众》，东北书店 1949 年

瞎月工伸冤记

（记录一个人的谈话）

一　辈辈受苦辈辈穷

　　"不杀穷人不富"，地主老财这话，真入骨，真地道啊！在他们掌权的社会里，我老胡应名也叫一个人，爹娘生下来，才学会迈步，就跟着猪屁股转，给人家放猪！才举动鞭子，就跟着牛屁股转，给人家放牛！才抱得起锄把，就给人家扛大活！大活一连扛了一二十个，腰也弯了，腿也直了，扛活顶不住一个了，就打闲（卖零工）。我老胡一直活到四十来岁，一直活到咱穷人翻身的时候，冬天没穿过一件新棉袄，夏天没穿过一件细布衫，从南搬到北，从东搬到西，从老家广凉山底下搬到瞻榆县城东沙窝里，总是挨打受骂，缺吃少烧，过日子不是过日子，是熬日子啊！邻居百舍就知有个瞎老胡，地主老财就知道还有个瞎月工。俗话说："石头瓦片也有翻身之日。"在那"不杀穷人不富"的旧社会里，我这个瞎老胡，瞎月工，能值一只破鞋底钱吗？

　　说起来伤心透了，在远我不知道，——穷人没家谱啊。——我父亲那辈上，七岁上死了爹，十岁上死了妈，丢下我爹一个人没着落，就给一个姓孙的大老财捡去啦，十冬腊月，叫我爹给他放猪。穿的是前边一张羊皮，后边一张羊皮，浑身上下，一根布条也没有。吃的是开锅的米汤，稀得都能照进人影去，连沫子带皮，一顿只管小半盔，——他还说是行善哪，呛不住劲，有一天我爹就跑啦。

　　说广凉是我们的老家，细细考究起来，我们哪里有个老家?！这

123

就是在广凉的事情,那里有个小地方叫羊圈,住着一队兵,少官是个上了年纪的人,我爹跑到那里要给人家当小打,他问:"小嘎,你家在哪里呀?"我爹说:"爹妈都死啦,我没家。"人家看着可怜,就收下了。有瓜就有蔓,一个小孩子能跑多远?还有找不着的吗?老孙当家的提了个果匣子就看望那当官的去啦,少官把我爹叫来说:"你怎么撒谎呢?你家的人找你来啦,回去吧。"我爹说:"我不回去,回去净给我吃糠皮子,挨饿。"少官说:"你不回去,我们也不要你啦。"第二天,老孙家来了几个人,抬小猪一样,绳捆锁绑地把我爹抬回去了。

直到我爹十八岁那一年,才脱出了老孙家的掌心,一气蹽到昌图界上李家店,落顿下来给人家扛大活。后来又到黑坨子老金家,一气就干了十五六年,我就是在黑坨子生的。

黑坨子老金家,是五千多垧地的大地主,他姑姑是陪着公主跟达尔汗王过来的,那威势,就不用提啦。吃的是山珍海味,穿的是绫罗绸缎,小打丫鬟几十个,一天到晚,进进出出,我爹在他家扛活,我妈在他家当老妈子,专管洗衣裳。那时候,我姐姐十二三岁,我哥哥八九岁,我才七八岁,钱不好挣,我爹我妈两个人干还养不住家哪。吃粮不够,我妈就摘些青茅菜,白毛蒿——就是长大了叫蛤蟆腿的那玩意——滚欢喜团吃,那东西,应名叫"欢喜团",吃起来可难啦,不饿得难受,咽不下去,一咽下去,满嘴是青蒿味,吃多了就肿脸,我妈省下粮食给孩子吃,滚了欢喜团自己吃,吃着吃着,眼就睁不开啦,两只手胀得紫黑紫黑的,皮全裂啦,就死啦,我那年才九岁,和我爹一样,小小的孩芽就没妈啦,真是地主老财说的话:"穷人头顶丧门星"哪。

二　血汗填了大沙坑

我妈一死,我就给人家放猪去啦。那年我十岁,东家姓杜,正二月光着脚丫在野地里跑,冻得哭,在牛屎窝里暖脚。放了一年,打罢场了,有天傍黑,跑来一个狼,拉着尾巴,伸着舌头,我当是狗哩,一口就把个"壳囊子"放倒了。指头大的孩子能不害怕吗？哇的一声哭，我就摔倒啦。狼背走一个猪不说，还咬死了两个，别的猪都跑回家去了，我可不敢回家啦，虽说是小孩，别的不知道，挨打可知道啊。越想越害怕，越害怕就越哭，在屯头上转开了圈子，天黑了，又冷，我就钻到小庙里去了。在小庙里蹲了一天一宿，才爬出来。乱子比我想的还大哪，人家把我爹找着，放一年猪挣的两石粮不给，还得赔两个猪，我爹没钱给，说好道歹十字画押给人家做了欠债行息的字据……我刚从小庙里爬出来，我爹就看见我啦，他正找我哩。我看见我爹，受了一肚子的委屈，正想哭哩，谁知道他把我一把揪过来，两腿一夹，没头没脸地就打起来。不知道是被他打昏的，还是我自己哭昏的，睁开眼的时间，我爹已经把我搂在怀里，自己哭哩。……

我十岁上放猪，十三岁上放牛，穷人的孩子是属小猪的，记吃不记打，不详细说啦。十五岁上就下了庄稼地，扛上大活了，开头是半拉子，以后顶整人，一年一年顶架干。到头来，人家要说："这小子是个好小子，干活好，不藏奸，下年还要他。"这就算不错。要不，人家就说："这小子丧良心，这辈子扛活，下辈子还得扛活。"不管怎么说，东家的算盘子一扒拉，反正等啥也落不下，十五岁上起，干到三十岁，十五年工夫，说了一个人，落了五十块大洋。这就是我挣下的玩意儿。

三十一岁，本是我时来运转的一年，给古榆树老梁家干，挣六十元钱，老天爷睁眼，没有生灾闹病。快结账的时候，腊月二十七下晚，当家的把我叫到柜房里去啦，挺客气，先让我坐下，又倒了一碗水，说是："老胡，我品着你这人挺实惠，日后定能发财。"这真不知叫我怎么说好，我真摸不透他的意思。一辈子光听喝了，顺耳的话哪里听过？他见我说不出话，就又开口了："天气有寒暖，人情有厚薄，咱们两家东伙一场，今天我有话给你说一说。"三句好话暖人心，一听这话，我更不知怎么说好啦！他就又说："钱到手，饭到口，存银子存钱不如存下两垧地，依我看，今年的活计你别使唤钱，瞻榆县城东我有半方地,外带三间房,一百二十元算给你,你看好不好?"一句话说得我打心眼里往外乐呀! 可是,太便宜啦,从来我没听说过有这样便宜的地呀! 就问:"啥样的地呀?"他说:"好地,在山窝窝里头,粪堆一个样!"我又问:"长啥样的草呀?"他说:"长的是溜腰深的蒿子,小鸡都钻不进去。"这能是真的吗? 我说:"那样好的地你为啥卖呢?"他说:"我人少地多,占用不过来呀!"我说:"我去看看。"一听这话,他不乐意啦,就说:"你这人真不通情理! 要也随你,不要也随你! 就凭我这样的人家,还有二股眼的地?"眼皮一搭拉,两撇胡一撅,我一瞅神色不对,就不敢吱声啦。

说实话,他的地可真不二股眼,地块真跟粪堆一个样,高粱秆子像棒槌,这是我亲眼看见的,人家一不乐意,心里有点后悔了,邻居们听说这事情,都说是个大便宜。我心想,扛了半辈子大活,也真够受啦,人没地土草没根,有点地总算有个依靠呀,只要是地,不管啥样,一垧还不弄个石而八斗的? 就上赶着找人家去了,托人靠面子,作价一百元,请了地媒写了照,接着也就税契了。手摸心口,夜里睡觉我也踏实啦,心想我老胡如今是有地之人了,苦日子总算熬出了头……真想不到地主的心是这样狠呀,到他领我去认地边的时候,我才知道是上当! 老天爷啊,文约上是写的"地",他卖给我的这是"地"吗? 不是冒烟坨就是大沙坑,哪里有溜腰深的蒿子呀? 净长些碴不拉草! 我说:"我不要啦,把我一百元钱给我吧。"这时候,他才露本相,翻翻眼皮:"人凭文书地凭约,你能把官印扣了去?"嗳,都是怪自己一时糊涂,就这么着,半辈子的血汗,一下子填了大沙坑啦,半辈子,我连一袋旱烟也舍不得吃啊。

三 扛活伤了心

我哥哥还不如我啦,扛了多半辈子大活,就说了一个人,啥也没落下,买了这地(就是那冒烟坨子大沙坑哪)我也没心思种,第二年,哥俩在河西老焦家扛活。这老焦家,炮台大院,雇二十六七个人,又当胡子又窝胡子,我哥哥干一年挣一百二,我干九个月挣九十。有一天，我哥哥收草，在草篮子里扒拉出枪来啦，老焦家怕露了馅子，就要给我哥哥算账，赶他走。算账就算账，可是刚刚挂上锄，他还按十元钱一个月算，我不干，吵了一架，胳膊拧不过大腿，还是依了人家，我干了足足九个月，打完场，请的是半粮半活，到我去拉粮的时候，就惹出事来了。

他家有两排仓，东边一排装的是头遍场打的粮，一色好籽粒，西边一排装的是二遍场打的粮，一半是稗子。他给开西仓，我就要东仓，他说："东仓西仓，不是一块地长的庄稼吗？"我说："一块地长的庄稼有好有赖。"他说："东仓西仓，不是一场园打的粮食吗？"我说："一场园打的粮食有头穰二穰。"他说："杂种操的真欠揍！"我满肚子是理，怕什么？我说："你揍！"他抄起刮斗板子，照我脸上就是一家伙，我说："你真打呀！"他接二连三又是几下子，顺脸就流血啦，我血也没擦，就到保上去告他，保长说："你这小子真隔眼，人家雇着二十多个人就是你捣乱，给你那个，你要那个不就得啦！"说得多轻巧！唉，吃点亏就吃点亏吧，一辈子净吃亏，多吃这一次算个啥？对扛大活，我算伤了心啦，端人家的碗，受人家的管，只能下跪，不能举手，只能短声，不能长声，莫非我就托生了这一份扛大活的命吗？不是我自己也有半方地三间房在瞻榆县？……天无绝人之路，要扛大活，来世再说吧。

四　一个女儿换了一条牛

明明知道那冒烟坨子大沙坑不能长庄稼，牙一咬，脚一跺，拉上我哥哥就扑奔了去啦。没牲口，没口粮，种这地也得本钱啊。本屯有个大地主叫赵贵，说是有粮往外放，我就上赶着找去啦，抬了三石本对利的牛套粮，——什么叫"牛套粮"，这个你不明白吗？要是秋天粮贵了，就给人家还粮食，一斗变二斗。要是秋天粮食贱了呢？就给人家钱，按春天行市，一元变两元。——明知是过鬼门关，可是，你不抬他的，小人家连吃的也没有呀，这还是仗着有三间房啦，要不，一斗变一石也不抬给你呀！有了口粮啦，还没牲口呀，有个开店的姓张,他有一个驴,老了,拉不动磨了,廿元算给我,凭值十元钱没人要,钱是秋天还,也是本对利呀,我咬一咬牙,也接下啦,心想,要是碰上个好年头,一垧也打八斗粮,这老沙窝地哥俩能种十五垧,对付碗粥喝,饥荒也能还上,起早贪黑,哥俩就造起来啦。春天雨水好,苗都抓住啦,万想不到六月间,正是谷子抽穗的时节,来了一场雹灾,庄稼打平不说,老驴也冻死啦,还真是上吊找不着树,哭妈找不到坟哪,自这里,一股火急得,我的眼就坏啦,成了二重眼啦。到秋来,打了几把荞麦,哥俩儿趟就背回来了。拉下粮账没粮还,拉下饥荒没有钱,穷人只有穷力气,就给老赵家去打洞去啦,哪里用着哪里到,别人一天挣八毛,我只一天挣五毛,债逼的呀!九月底上工,直做到腊月二十九,账还没还清,论常理,应该在他家过年,可是,二十九下晚,当家的老赵贵就说了话了。他是一个大烟鬼,一天到晚点上烟灯顶架抽,说一句话要咳嗽三声,瘦得光剩了副骨头架子,一说话光翻白眼珠,下晚可有精神啦。二十九下晚,他对我开口啦,他说:"瞎月工,屋里来喝碗水吧。"我说:"我不渴,牛要添草啦。"他说:"喝碗水歇歇吧。"我说:"我不累,牛要添草啦。"他说:"今天是二十九,明天是三十,你在我这里,牛也喂得挺肥,猪也喂得挺胖,车也赶得挺好,粪也刨了不少,该回家啦。"我一听这话,心就凉啦,我说:"该你的钱,你不要啦?"他说:"过了年你再来做吧。"我说:"我的活干得挺好,牛也喂得挺肥,猪也喂得挺胖,车也赶得挺好,粪也刨了不少,大年三十,你为什么撵我回家呢?家里有碗高粱米粥,我还留着给我爹喝哪,给我孩子喝哪,你这人家忒意干啥啦!心太黑啦!"赵贵听说这话,翻了翻眼皮,冷笑一声说道:"你他妈巴子说这话,也算挑了个好日子,大年三十,我犯不着生这份闲气,麻溜地给我滚出去!"眼皮底下的饭是难吃啊,人家杀猪宰羊人家吃着香,瞎月工没那个命啊,说完以后,我就回家啦。一进屋,我爹就瞅出来了,他给人家干了一辈子,啥还不明白,他蹲在炕角,抱着个泥火盆打哆嗦哩,低头长出一口气,咬了咬牙,上了年纪的人,啥也不能干啦。

身上背着债，第二年，地更种不起啦，哥俩就给人家打洞，从此，我这个瞎月工的名就传出去啦。

第二年打了一年洞，又想种地，心想，一垧地打五斗也是好的，老天爷不开眼，能就把我一家人饿死吗？抬粮拉饥荒这道鬼门关可不敢再过啦，左思右想没有章程，就把这主意打在我丫头身上。那年，她才十三，一个黄毛丫头，就托人给她定亲啦，财礼讲妥是一条牛，——家穷子不亲，穷人的孩子不如牛啊！

五　捡粪触怒老赵家

又有了一条牛，我哥在外头打洞，我就跟小鸡似的，两只手又抓挠起来了。我的庄稼活，是在昌图界上学的，那地方种地，奔粪土上用劲，我就无早无晚地背着粪篓子捡粪。这已经是"满洲国"了，老中国的时候，老赵贵是屯长，现在，他又当了甲长了，在这个屯子里，他住西头，我住东头。一天早晨吃过饭，捡粪捡到他门口，老赵头祖披着皮袍出来啦，不知道这天他为什么起得这么早！一看他那样，我捡我的粪，没稀搭挂他，这就是一个不乐意，他就先说话啦："瞎月工，你捡粪干啥呀？"捡粪他也管得着？我听着不是声，抬头一看，他脸都不是色了，眼珠子瞪得溜圆，我说："捡粪干啥，横竖不是吃？"他一听这话，就炸了："谁叫你在我门口捡粪？"我说："牲口粪拉在你门口，你不捡就兴我捡。"他一嚷，两三个儿子就打院里出来了，他招呼他儿子："这小子到咱门口偷粪来啦，揍他！"好虎招不住群狼，把我按到地上，就是一顿乱捶，松手以后，我说："你说我偷粪，你来看我这粪篓子里的粪是不是牲口才拉的！"他说："你小子不用嘴硬，咱们上村说理去。"我想，这也太受人欺压啦，上村就上村，走就走吧！到了村上，夏助理——就是老戴着黑眼镜的那小子，正在那里坐着哩，先把老赵头迎到里屋里，好一会子，他俩才出来，他就问我："瞎月工，你干什么来啦？"我说："你问老赵当家的吧，他叫我来的！"他说："我问他什么？谁叫你堵着门口骂人哪？"我一听，就急了，这不是血口喷人吗？我说："夏助理，话不是这么说，你下去问问,我们俩到底为了啥?"他说:"因为这点事,我还下去给你问,扯你妈的闲蛋!"我说:"你不下去问,怎么知道我骂人呢?不得求其实在吗?"他说:"你他妈不用'将',我早就知道你不是好小子,今天非搂你不可,你伸手!"我说:"我没有偷人摸人,你为什么打我?"搂头他就给了我一板子,我说:"你们官厅打人兴这样打法吗?你们也太不说理啦!"他说:"好,这小子还真硬啦!"吆喝了一声,出来了好几个人,仆役雇员,按到地上,又把我搂了一顿,打得青一块紫一块,打完以后,他说:"给我滚吧!"我心里想,只不过是为了一个捡粪,那里打了这里打,还有脸见人吗?我说:"你把我害了吧,我不走啦。"就在门口躺下了。四下一看,赵贵早就没在跟前了,心里明白,大半人家到里屋喝茶去啦。

我这一不走,夏助理就对一个姓刘的说:"真叫这小子给埋汰了,写公事,送到署里去!"那人说:"为了个捡粪,你打得太干啥啦,你说怎么写法?"我一听,觉着有了把柄啦,心里想,大半警察署还能讲理,送就送。

那时候我还没明白,旧社会,不管到哪里,能有穷人说话的地方吗?警察署里接案子是一个警尉,姓王的,我认得他,他可不认得我,他下屯的时候,洋刀一响,没有不打战的。他看了公事,就问我:"你这小子怎么净打仗?"这都是没影的事吧?怎么不是堵着门骂人,又是给人家打起仗来啦?我这个人就是有这么股牛脾气,心里明白往柴火堆上拉屎,我说:"尉官,你来了几年啦?"他说:"我来了八年,你问我来了几年干啥?"我说:"你来了八年,看见我给人家打过几架?"这一句话就又问错啦,他双眼一瞪,可劲叫起来:"怪不得公事上说你搅闹公地,来到这里还给我顶嘴!来呀,给我好好搂这小子!"我把牙一咬,豁出我这一条命来啦,又是气,又是疼,发了几个昏,硬把一条裤子打得稀零碎,身上的肉就不用说了,连我自己都不敢睁眼啦。打完以后,他说:"你往后老实点,这回先饶了你,滚蛋好啦。"这回打得我可是爬也爬不动啦,不是板子,不是条子,是搞那茶碗粗的棍子打的呀!我走不了,他就把我押起来啦,那一阵,我真是有一头撞死的心,我老胡这还算一个人吗?打牲口也没这样打法的啊!押我的时候,他王警尉又说:"搜搜他的腰,把裤袋给他解下来,别他妈的吊死在拘留里。"真好经验,他这里大概有人吊死过了吧?在拘留里,押了我八天,一顿两碗稀米粥;两碗稀米粥,我也吃不下啊!放出我来,我一句话没说,就回了家啦。一进屯子,就碰上了老赵贵,站在门口看天哩,仰着脖子对我说:"瞎月工,你回来啦?"敢不搭理人家吗?我说:"回来啦。"他说:"你还神不神啦?"我说:"不神啦。"他说:"你怎么不神啦?"一句话跟着一句简直是追我的命啊,心里我又发恨啦,我说:"中了,我算干不过你啦,等有那天的吧!"他说:"好!你小子还不服劲?"我说:"服啦,嘴不服心可服啦,怕你啦。"还不算完,他又问:"你服啦?"我说:"服啦。"他又问:"不神啦?"我说:"不神啦。这回,我算怕你啦,怕了你啦……"

六　牛被拉走爹气死

我在什么地方得罪了他呢?我一不求他的,二不欠他的,没有偷过他,没有摸过他,在他家里打洞还债,不是牛也喂得肥,猪也喂得挺胖,车也赶得挺好,粪也刨得不少吗?究竟我在什么地方得罪了他呢?莫非就因为他大年三十赶我回家,我讲了几句理?莫非就因为在他门口捡粪,早晨起来没给他问安?

他三番两次地糟践我,打我,骂我,这他还不甘心,我们屯子里有两眼井,是公众花钱打下的,一眼在东头,一眼在西头,我住东头,他住西头,他叫人把东头的填了。好,你填了东头的,我多走几步到西头担水吃。我们屯子里有一盘碾,是公家花钱置下的,他放风声不许我使唤。好,你不叫我使,我自己捣米吃,可是,这老赵头还不甘心啊。……

我哥哥有个小舅,姓萧,外号叫萧大虎,少心眼的人,本在昌图住,也是穷得没章程,听说我在这里置了两垧地,就投奔我来了。我们自己都养活不了,还能养得住他吗?没办法,就给老赵家去榜青。一天早晨，我二哥的三丫头跑回来说："我老萧大舅把咱们的牛赶走啦。"我一想，这事怪，牛在甸子上放着，他赶牛干啥呢？就问："赶走多大时间啦？"她说："老大半天啦，还没赶回来。"我一听就毛啦，一个少心眼的人，谁知道干出啥来呢？就问："往哪里赶去啦？"她说往城里，我就往城里跑下去了，走到半道，可是就迎着他啦，我说："大虎，牛呢？"他说："啥牛啊？"我说："咱哥们说正经的，牛赶到哪里去啦？"他咧着大嘴就笑了，说道："给你说吧，牛赶到玉丰家去啦，进屠宰场啦！"听这话，我心真像刀子剜一样啊，我说："谁叫你赶去的？"他说："你不用问，大敞着衙门，你告去吧。"我说："钱呢？"他说："钱在我腰里，你拿不去！"别看他憨，可有牛的大力气，打架也办不了事啊，老赵家欺负我，糟践我，你萧大虎也糟践我吗？回家喝了口水，我就告状去啦。

王警尉转勤，警察署里换了个警尉姓高（要是姓王的在那里，我算不敢去啊）。他问："你姓啥？"我说："姓胡。"他说："你干啥来啦？"我说："告状。"他说："你告谁啊？"我说："告萧大虎，他把我的牛拉去，送进屠宰坊啦。"他跳起来，就给了我两个大嘴巴，左边一个，右边一个。我说："尉官，我来打官司，你不垂情问理，怎么光打我呢？你是叫我输啊，还是叫我赢啊？"他说："我也不押你，你爱哪里去哪里去吧。"才一连挨过三遍打，就是牲口也忘不了啊，我就退出来啦。一想，这世界上算没有我姓胡的活路啦，脚下发软忍不住地就嚎起来啦，不少人跑来围住看，我光是哭，不说话啦，哭得昏天黑地，不知什么时候，才跌跌撞撞回了家。我爹问我："牛要回来了没有？他们说啥来着？"我说："啥也没说，光打我。"我爹说："一定要不回来了吗？"我说："一定要不回来啦。"我爹一听，就打起哆嗦来啦，他说："能叫人家整死，别叫人家熊死，脖子割下来，也得要这条牛啊。"自后，他就躺下啦，没说一句话，没喝一口汤，第二天，就咽气啦。我们就搞一口破棺把他装出去啦，我爹活了七十七岁，给人家扛了一辈子大活，临死还是穿着一身破裤子破袄。埋了他，我和我哥哥爬到坟堆上大哭一场，想起我爹的话，爬起来我就到开通城告状去啦。萧大虎虽说不识数,心可还是肉长的呀,他听说我到开通城告状,到半路上赶上我啦,他说:"老胡二哥,我把实底告诉你吧,牛是老赵当家的叫我拉走的,打官司的时候就说你们短我姐姐的财礼,一共卖了八十元,送给高警尉三十元,他得三十元,给我了二十元。人家早都运动好啦,听我的话你别去啦。"初听这话,我真是想吃萧大虎的肉啊,老赵家害我害得这么苦,你萧大虎也帮着他害我呀!可是,转念一想,就是杀了他能当牛使唤吗?他是一个少心眼的人哪……想起死的,看看活的,这一家子可怎么过啊!无可奈何,两包眼泪,就又止不住地流下来啦。……

七 人命不如大烟土

又经过了这一场事情,我的眼病闹得更厉害啦,几步以外就看不清人脸,头发也白啦,睡觉净说胡话,种地还有什么指望?可是我还不死心呀!给人家打洞,也没人要啦,勒紧裤带,又对付了条瞎毛驴。

事务员到我家来啦,他是老赵贵的腿子呀,我知道没好事,他说:"瞎月工,要劳工上齐齐哈尔,到村上检验,有你一个。"我说:"咱们屯子上不是张小龙吗?"他说:"他检验不上,你顶缸。"我心里想,这我不怕,他检验不上,我更检验不上。到村上,劳工站了一院子,头一个就叫了我的名,我一听见就蒙啦,什么都不知道啦,我说:"你们昨天不是要的张小龙吗?怎么又把他的名字抠去了?你们跟他是亲戚,还是图了他的银子钱?"这话可又戳了祸啦,不想想,命在人家掌心里,能有咱说话的地方吗?村长把嘴一歪:"把他搞到一边去,别在这里瞎唠唠。"就把我弄到小黑屋里去啦,把别人的名点完,就把我提出去啦,村长给曹警长说:"这小子手黑,打急了他敢伸手,你最好绑上打。"叫我脱光了脊梁,一边打一边问:"你还瞎唠唠不价?你还胡说八道不价?"皮鞭子蘸凉水,可劲抽,真是火烧刀刮一个样啊。我把牙一咬:你把我打死得啦,我活够啦,不想活啦。我越不做声,他越可劲抽,吃不住劲,我就嚎起来啦,就给

133

人家跪下啦。嚎也打，跪下也打，后来我就又不做声啦！我拼命地咬牙，打吧！打吧！打了足足半个时辰，累得他咻咻喘气。老赵贵来啦，挤鼻子弄眼地笑了笑，说："瞎月工，我把你保出去，你就顶过一期劳工，以后可不敢胡说啦。"我敢不答应人家吗？当天家也没叫回，送到开通，装上火车就上了齐齐哈尔啦，身上一毛钱也没有。

在齐齐哈尔做劳工一节，受的罪就不说啦，打这能少挨了吗？哪个穷哥们都尝过。最困难的就是我的眼睛，心里越熬糟就越邪乎，后来走道都瞅不见啦，要人领着。三月间去的，一直做到七月十七（阴历）日本人一跑，做劳工的全散啦，人家全去抢仓库，我抢不了，我也没心思抢，出来家半年，谁知道老婆孩子啥样啦？我的瞎驴还有吗？哥哥为人太老实，没我在家，他们连粥也喝不上啊。奔家心盛，一路要饭，摸了半个月才到家，人只剩了一把骨头啦。

进屋我就问："驴呢？在家吗？"屋里的一看见我，就嚎起来了。我说："嚎什么，我又不是鬼，是活着回来啦，咱的驴哪？"一听说驴，她更哭得恸啦，她说："驴叫老赵当家的拉走啦，说是该下了他洋草钱。"我说："当劳工的，不是洋草钱都赦免了吗？"她说："赦免了，驴可叫人家拉走啦。"一听说老赵贵，我真是听见了阎王爷的名一样啊，立时我就倒在炕上啦。听说我回来，萧大虎就来看我啦，他问我："老胡二哥，为啥你摊着劳工，你知道吗？你不知道，我可知道，老赵当家的，贪了张小龙的一两大烟土。"我说："确实吗？"他说："信不信在你，反正张小龙对我说的，不叫对你说。"这话一听，又窝火啦，病势一天重似一天，汤水不进，家里就买了口破棺预备下啦，跟埋我爹的那口一样。我对我二哥说："咱老爷子受了一辈子罪，临死憋着一口气，咱哥俩又受了一辈罪，这口气憋得我也难活啊！要是我死不了，这世代冤仇也兴能够报，要是我死了啊，你比我还熊，有老婆子，老婆子也得叫人家熊了去，这一家人家就得散，一堆就得散两家啊！"我在炕上说，他是地下哭，给我哥，我连这话都全说啦。

八　伸冤的日子来到啦

人不该死也是命定，全家人守了我七天七宿，发了几个昏，病又慢慢见轻啦。就在这时候，就在我病重的时候，咱们八路军来到瞻榆县啦！咱们的队伍来啦。咱们的队伍来到了瞻榆县，已经到了我瞎月工老胡伸冤报仇的时候，我瞎月工老胡还不知道哪！

我有个朋友是关里人，织布的，人家都叫他李机匠。他来看我来啦，这个人，见得多交得宽，啥都明白，他说："老胡二哥，你好好养病吧，养好了病，去报仇啊！城里来了八路啦！"我说："八路净啥人哪？说理不说理啊？"他说："八路军，最说理啦。"我说："他净向着啥样的人啊？"他说："净向着咱们穷人！"我说："他们打人不打啊？"他说："不打人。"我说："我可不能再挨打啦，挨打我可不去啊。"他说："老胡二哥，你真叫人家打怕啦，八路军决意不能点你一指头，不打穷人，爱穷人哪。"我说："你不是哄我吗？"他说："不能哪，老胡二哥，我不能哄你。"我说："要真这样，我还得去告状啊。你领我去。咱们就走吧！"我还是一个病人哪，我把浑身的病全忘啦，他说："不行，不行，你的病没好哩！"我说："哪里，咱哥俩走吧？"不是怎的，刚一下炕，咕咚一下子我就摔倒啦，他一把把我扶起来劝我说："你看！八路军在这里不是一天两天，一年二年，你忙啥？好饭不怕晚啊。"

李机匠来过以后，我浑身的骨头节全活啦，眼也亮些啦，过了四五天，就能拄着拐棍走路啦。伸冤报仇心切啊，一天早晨起来，借了邻居一条裤子穿上，没鞋就光着脚了，刚下过一场大雪，风飐得老大，满天直冒烟，我也不管，拄着条拐棍，就奔着瞻榆县去啦。

我记得清楚，那天是正月十三，民政科头一天挂上牌子，我就去啦。站岗的问我："老爷子！你干啥来啦？"我不过四十来岁，胡子头发霜打的一个样，还拄着根棍子，人家能不把我当成老头吗？我说："告状的。"他摆了摆手就叫我进去啦。正屋里，一个人正在扫地，身上穿着青布袄，半旧半新，三十左右岁，脸白净的，看见我进去,就问:"老爷子,你有什么事吗?"我说:"告状。"他放下笤帚,端把椅子就让我坐,我能敢坐吗?他说:"不要客气,咱们是一家人啊!"一家人!他说他跟我是一家人!李机匠的话真不假,八路军真跟穷人亲啊!心里一松快,扑沙沙地就掉下泪来啦。他说:"老爷子,你哭的是啥?"我不知是怎么的,光掉泪,就是说不出话来啦,多少冤,多少仇,到了说的时候啦,我怎么倒说不出来了呢?我心里明白,可就是不知从哪里说起啦,直想哭。他看了看我浑身上下,就问:"怎么光着个脚,连鞋都没穿啊?"我说:"我没鞋啊。"他弯下腰,就解腿绑,脱下袜子就塞到我手里了,说:"有啥事,穿上袜子再说吧。"我说:"我不要,我不冷啊。"他说:"快穿上,有话咱们慢慢说!"看他是真心真意,我就穿上啦。他问我告谁,从打因捡粪挨打,一直到老赵家拉我的瞎毛驴,原原本本,我啥都说啦。说着说着,我就掉泪,说着说着,我就忍不住哭。他说:"老爷子,别难过,现在到了咱们翻身的时候啦,有冤伸冤,有仇报仇,天下是咱们穷人的啦!马上我就派人去抓赵贵,明天你再来吧。"

出来民政科,我可就又不放心啦,这个是什么人呀!官不官,兵不兵的,我这个事,他能办得了吗?后来,我才知道,他就是咱们的冯政委,冯安国同志呀!

在街上找了个小人家住下,第二天上午,我又去啦,他们真就把老赵头抓来啦,当堂对质,他不承认不说,还说我是流氓无赖,讹诈他。冯政委把桌子一拍,他才不胡说啦,可就是不承认。冯政委对我说:"先把他押在这里,你去把萧大虎找来,当面证他!"

我就回家找萧大虎去了,一进门,屋里的又哭起来啦,我一看,气就来了,我说:"你他妈就是哭,我一进门你就哭,你给我哭丧呀!"她说:"你这个死不了的,净惹祸呀!"我说:"怎么的啦?"她说:"人家老赵当家的到咱家来啦,说你告了他,叫给你预备棺材呀!"我说:"你他妈的净胡说,我眼看着把他押起来啦。"她说:"我胡说?是你胡说呀!人家才打咱家走,你到门口看看马蹄印吧!"到门口一看,不是怎的,崭新的马蹄印呀!我差一点昏了过去,——

八路军呀八路军,你葫芦里卖的是啥药呀?!

我老胡呀!我瞎月工老胡呀!老中国的时候,我挨打,我挨骂,夏无单,冬无棉;"满洲国"的时候,我挨打,我挨骂,夏无单,冬无棉,不如牛,不如马!现在来了八路军,莫非依旧没有我瞎老胡的活路吗?

饭也没吃,水也没喝,我就翻身又奔瞻榆县下去啦。我老胡就是这牛脾气,死也要死个明白,我破上这条命拼了吧!

一见冯政委,我就说:"你们八路军撒谎不价?"他看了看我,好像不明白我的话,他说:"怎么撒谎呢?不撒谎呀!"我说:"你们八路军哄人不价?"他说:"不哄人呀!你有啥事,赶快说吧!"我说:"你说押老赵头,官司没打完,怎么就把他放啦?"他说:"没有放!在保安队里押着啦。"我说:"保安队是干啥的呀?"他说:"就是早头的那个队。"我说:"同志哪,你把他押在那里,不是放在他家炕头上一个样吗?那不就是早头的大团吗?那队长李贵,也是一个大地主呀!他们全通气,去年冬天,李贵的马叫胡子拉了去,就是老赵头追回来的!你说押他,我还没回到家里,人家就回到家啦,一样打官司,我老胡步下行,人家还是骑大马呀!"冯政委一听,气就来了,别看白净书生,办事可"沙愣"啦,当下就派人去抓他去了,当天就又过了堂,断他把毛驴还给我,还断他给我六千元钱,算赔我牛,赔我往齐齐哈尔做劳工,还断了他半年的徒刑,就在民政科里押起来了。这回,一直到把钱拿在手里,心里才信实啦,在这个世界上,我老胡算找着了说理的地方啦,有了出头露面的一天啦!有了出头露面的一天啦!

九　报仇!清算

一回到屯中,邻居百舍就把我围上啦,——都是穷人,都给我担心啊。我双手把着六千元钱,向大伙说道:"你们大家瞅啊,八路军不来,我老胡能出了这口气吗?六千元钱,你们大伙瞅啊!"有人问:"八路军抽了多少头啊?"我说:"一个也没抽!八路军跟咱们穷人是一家人啊!"有人就问:"我们去告状,八路军也能给办吗?"我说:"只要你们去,一准办!"可是有的人不信实,他们说,我老胡一定在八路军里有朋友。

过了几天,民政科王同志到我家来啦,我认得他,就是坐在冯政委旁边写字的那小伙,南方人,说话叽哩喳啦的,水样明的两只眼睛滴滴转,小个不大点,可精神啦。我一把就把他拥炕上啦,赶忙叫屋里的烧水,他不叫烧,我说:"王同志哪,今天你到我家里,喝口白开水,也是我老胡的点心意啊。"我们就唠起来了。他问:"这屯子里多少家人啊?"我说:"住对面炕的有的是,屯子不大,可有三十多家,穷人没房住啊。"他问:"穷人有多少啊?"我说:"除了大老财老赵家,就是张小龙他们两三家子种地的,剩下一概是穷人啊。"他说:"穷人都受老赵家的气吗?"我说:"大伙吃他的肉也不解渴啊,都叫他给熊苦啦。"他说:"你能联络起大伙来斗争他吗?"我说:"什么叫斗争啊?"他说:"斗争就是大伙开会,有冤伸冤,有仇报仇,食的赃,吃的贿,都叫他往外吐哪!"我说:"一个大字不识,我不行啊。"他说:"你宣传呀!"我说:"啥叫宣传呀?"他说:"宣传就是给大伙讲翻身的道理,大伙联合起来斗争,人多力量大呀。"我就找大伙宣传去了,我说:"张大哥,李大兄弟啊,咱们都是祖祖辈辈受人欺负的人呀!这回来了八路军啦,八路军给咱们穷人做主呀!有话只管说呀!有八路军,咱们啥都不用怕呀!"虽说庄稼人心眼慢,脑筋不易开,三说两说,也就都入了门啦,谁的肚里没有苦,谁的心里不委屈呀!十来天工夫,叫我联络起来二十多家。我老胡捎了个信,王同志就来啦,把老赵贵,搞小绳绑着,提溜来啦。王同志叫我当主席,我说:"庄稼人明白啥啊,我可当不了官啊。"王同志一听,就笑起来啦,他说:"主席就是个头行人,好比庄稼地里的打头的,没有主席怎么开会呢?"是啊,人无头不走,鸟无头不飞,今天给老赵贵算血账,千斤的担子,我老胡也担啊。

一见老赵贵翻白眼珠子,有些人的头可插到裤裆里去啦,吓惯了呀!我反正是红眼啦,棉袄一脱,就把个宰猪刀拿在手里了,我说："老赵贵！你把我害得好苦！今天，你怎么不威风啦？我的命差点没丧在你手里！不害死我你是不甘心呀！干了些什么丧良心的事，你说吧，要是你不说呀，今天就是你一刀我一刀呀！"有一个丁世朴，也混在人堆里，伪满的时候他当排长，一看我急眼，就来说情啦，他说："老胡二哥，拉倒吧！何必这么大火，咱们有理给他说理，不就得啦！"顺手我就给他了一杠子，我说："滚你的蛋！'满洲国'的时候你怎么不来说情啊？"老赵贵一看我真正不容情，真要给他算账，就吓堆碎啦，冲着王同志就跪下啦。王同志不理他，就又转过来冲我跪下啦，众人一看，我瞎老胡比他还威风，气就壮了，你一言，我一语，都张嘴了。有个老周头，六十多岁啦，拄着拐棍，一边说一边哆嗦胡子，咬牙切齿，上去就扇了他两巴掌。原来他的儿媳妇叫他给霸住啦，三年以前，儿子被他送到扎兰诺尔下了煤窑，一去就没回来，今天老周头又是好一顿哭啊。……

十　永远死不了

"砍倒大树有柴烧"，这句话真不错！我们屯子上斗倒了老赵贵，家家户户全好过啦，光好地就是二百多天，这可真是三面坨围着的好地啊，多少年来，咱们穷人种的是冒烟坨、大沙坑，有多少人家连冒烟坨、大沙坑也没有！肥肉全都叫他独吞啦。家家户户都得着了牲口，不管是毛驴，不管是牛，插犋换工就都能对付种地啦，永世再不受欺负啦，人们的心里好乐啊。成立农会，大家一定推我当会长，说是："没有老胡，咱们大家哪能翻身啊！"我说："虽说讲民主，大伙这话说得可不对，咱们全是亏了共产党啊！"脑筋一天天开化，我也就知道共产党啦，知道毛主席啦，知道没有共产党、毛主席，就没有穷人翻身啦。没有共产党、毛主席，我老胡就得永远受欺负，永远挨打受气，永远是个"瞎月工"啊！

从前我老胡不想活啦，现在我老胡又活不够啦！从前我老胡盼望能是个有地之人，现在我老胡才真是个有地之人啦！

虽说我老胡头发白啦，可是我老胡还不老啊，四十多岁，为穷人翻身,还能造一阵好的啊!灯点的是油,人活的是精神,我瞧老胡的眼睛又一天天亮起来啦,一天到晚嘻嘻哈哈,从前,谁见我笑过?这真是做梦也想不到,想不到啊!

说这话,就来到四月间啦,那天上午,我刚卸了犁杖,跑来了一队骑兵,尘土冒烟,白马跑成了黑马,一个姓白的招呼我,连马都没下:"老胡,给我舀杓水来喝,快!"我们是一道做劳工认得的,八一五以后,他就当了大团。我说:"你们这是干啥去啊?"他说:"你不知道,我们给八路反对啦。"我一听,可就沉不住气啦,坏啦,冯政委他们没几个人呀!心里这么想,脸上可没露出来,我说:"为啥啊?"他说:"八路来了净分大户,我们不要他啦。"我说:"你们这是往哪去呀?"他说:"嘎海吐,取联络去。"我说:"那该好啦,你们啥时候回来呀?"他说:"你这人真麻烦!快去舀水!"

他们一出屯子,我把马从犁杖上卸下来,一口水没饮,骑上就奔瞻榆县去啦,冯政委一看见我就说:"老胡,啥急事,看你的脸都不是色啦!"我说:"你别问我啦!你知道你那保安队干啥去啦?"他说:"城西起了胡子,打胡子去啦。"我说:"政委啊,你听我的话吧,他们不是打胡子,是勾胡子去啦。"他说:"你听谁说的?"我说:"在这节骨眼,我还能撒谎吗?你要信我的话,赶紧去调队,调队来跟他们打仗。你要不信我的话,就赶紧走吧,他们人多,地主们全红眼啦!"急得我话都说不成串啦。冯政委——就是冯安国同志呀,他可是不慌不忙,眉头一皱,喊了一声:"通信员!"唰唰地写好了一封信,就下命令:"限天黑以前,送到开通城。"转过身来对我笑了一笑说:"老胡,放心,咱们的队伍马上就到,穷人的江山铁打的啊。"我满口发干,喝了碗水,我就走了。

冯政委说得结实,可是我不放心啊,第二天一早,我就又去了,是步行去的。刚一进街,枪就响啦,我抬头一瞅,胡子们打西门进来啦,我就往民运部跑,——这时候,民政科就改了民运部啦——没跑几步,后边枪又响啦,子溜子净往我旁边钻,好啊,咱们的队伍顺东门进来啦,一色二大棉袄,一色手榴弹!同志们上得真猛啊,一顿手榴弹,胡子就散花啦。胡子一散,我就跟过去啦,大小街同走了个遍,胡子都是本地人,哪里不能藏啊,哪个院里有多少,哪个院里有多少,我都瞅准啦,我就到民运部去报告,这些可恨的杂种,穷人的对头,整死他不多啊。……

　　第二天,屯子里就有了流言蜚语,说是中央军来到白眼哈啦,明天就到瞻榆县,八路跑啦。还有的说:"得罪了人家大老财,是该怎整啊?"当天我就又到白眼哈探去啦,哪里有中央军! 纯粹是造谣! 就又到民运部去报告。以后,听说哪里起了胡子,我老胡就去探,要有人问我是干啥的,我就说是找毛驴。要是再问:"啥样的毛驴啊?"我就说:"我那个毛驴啊,是黑毛驴,秃尾巴,白眼圈,外抹蹄的小叫驴。"冯政委说:"老胡啊,你小心着点,看人家认得你,把你害了。"我说:"政委啊,不怕,我死不了,就是死了,我也合适啦。在旧社会里,地主老财没能把我整死,现在,我更死不了啊,我永远死不了啦。……"

一九四七年十月十七日于洮南城

选自《基本群众》,东北书店1949年

在包围中

在边缘区的斗争当中,由于敌情变化迅速,类似捉迷藏的斗争时常发生,在猝然遭遇的情况之下,必须机动才能制胜,但更要紧的却是顽强。

他们九个人,实在不能称为"战斗部队",其中打过仗的,只有两个,一个是班长李长青,另一个是王振江。王振江还是不久以前,县大队在二道沟打伏击解放过来的。别的人,都刚刚参加不两天,有些连军衣还没换上哩!从来没有受过战斗训练。所以,与其说他们是一班战士,还不如说他们是一伙子雇贫农恰当些。

这回,他们出发的任务,原不过是掩护在边缘区域活动的工作队,——在工作队的前面侦察敌情,没料想碰上县大队的侦察员小刘,可就出了岔头了。

前一天晚上,他们住在离城二十来里路的赵家窝堡,夜里临睡觉了,小刘忽然提议到城里去走一趟。由于军事形势的胜利发展,近两个月来,县城也变成了来回拉锯的地方:敌人怕被包围歼灭,从死死盘踞变为常来常往。为了侦察敌情,小刘和县大队的人们,曾经去过不止一次,可是,带着这把人去,万一和敌人遭遇了,岂不糟糕!再说,还有那股子"清剿队",地方工作的那群死对头。小刘说什么呢?他说:"有情况,你头前蹽,我打掩护,胆和兔子一般大,还当八路军?"一句话,把大家截火了!其实,说句透底话,年青小伙子,一人一匹马,大长的夜,谁乐意老趴在炕头上睡懒觉?又已经打了春,夜里,风吹着人,不说暖和,可也不怎么冷了。……

李长青是这伙人的主脑,是班长,有心胸,有胆量,虽说遇事能

142

沉着气,年青人终究还是年青人,撑不住大伙的三推两怂,——多美的时光呵,大大的月亮,一丝风都没有! 马喂得饱饱的,在槽头上唀唀巧叫,真正不住使人心头发痒。他想:出来就是侦察敌情的,到城里去看一看究竟有没有敌人,也对! 反正他四条腿,咱也四条腿,人熟地熟,还吃得了亏?——这样,他们就出发了。

人高兴,马也带劲,骑上去不用催,就一个跟着一个蹽,一摇一摆,越走越稳,越稳越快,像飞似的,人们高兴得唱起歌来,二十来里,不大工夫就到了。到城边打了几枪,没动静,闯进去,大街小巷走了个遍。出城的时候,天已大亮。大伙看到城里没敌人,便来了太平观念,高兴劲过去,也疲乏了,骑在马上,懒洋洋地一步一步慢慢走,左拐右拐,到陈家大院的时候,太阳已经两三竿子高,是吃过早饭的时候了。再往北十多里,便到了工作队活动的地区,连李长青也放了心,便决定在这里喂马,休息。

陈家大院,是大地主陈小扣的家,为防胡子,立下这座响窑。秋季攻势开始,陈小扣举家远逃,如今,院子空着,这成群养活牲口的人家,马槽有的是,一进屯子,他们便奔往这大院。

这地方地势怪,没有山,可也不是平地,到处净沟,净陵子。就因为太平观念,他们出了城,顺沟走,也没有看两旁的情况,哪里知道他们出西门的时候,敌人就进了东门,多少坏蛋地主跑到城里避风,哪里有不跟敌人通气的? 敌人弄清楚了这个情况,便沿路寻了他们来,也许敌人原来就准备着今天到工作队活动的地区捣乱的,二百多降队,还配备了一百多中央军。他们刚刚进院,敌人也就接近了这屯子。

最先发现情况的,还是小刘。这家伙,人小心灵,人家都进院子,他却跑到陵子上去,东张西望一番。这一望,可就叫他望见了,黑压压的敌人,已经撒马抢了上来。(接近屯子,便撒开马往上抢,原是胡子的老规矩。)跑到院里通知,已经来不及了,着忙之间他掏出匣子枪来,嘎嘎搂了一槽子,院里的人们,已经把马拉上槽,大肚都松了,李长青听得枪响,跑了出去,小刘正发疯似的,打着马往这边跑，老远看见他，便连声喊叫："敌人，敌人，快关大门！"他自己却把马一勒，绕过大院，旋风样地往北跑下去了。

李长青窜进院子，上气不接下气地招呼："敌人上来了！"宋玉宝正把马拴上了槽头，打算到院外去整马料，两个人，你来我往不偏不倚，正正当当地撞了个满怀！别的人们，正忙着找铡刀的找铡刀，找水桶的找水桶，收拾马槽的收拾马槽，一听见他嚷，都半信半疑地发了个呆，又一看他满脸通红，便明白了绝对不是开玩笑，一窝蜂似的奔向槽头去抓马，马棚口小，你争我抢，马还没拉出来，院外噼里乓啦，子溜子便分蜂似的飞起来了。

说什么吧，反正是糟了糕了，上好大门，李长青算是松了一口气，抹了一把头上的汗水。人们都发了呆似的对他站着。他发急道："还卖呆，快上炮台！快呀！"

人们又一起向大门旁边，东南角的炮台奔去。他伸手一把，拉着了从他身边跑过的宋玉宝。宋玉宝这人，三十多岁年纪，一辈子净扛活，满脸乌黑，笨头笨脑，在工作队不行，才拨到区来当战士，他看见人家往哪里跑，也往哪里跑，像掉了魂儿似的，没想到半道上被人一把扯着了，丈把高的个子差点摔了个大筋斗！李长青指着东北角的炮台对他说："宋同志，你上那个去！"宋玉宝把眼睛楞了楞，转过身来又跑，跑进了东北角炮台。院外，枪已经响成了一个点儿的，王振江上了西南角炮台，徐德明和老杜上了西北角。在战斗上，王振江是有经验的，他的家离这里不远，头年冬天，被国民党抓兵抓去，既是被抓，家里当然也是穷人，解放以后，自愿参加了区队。李长青安置好那面，跑过来对他说："王同志，这是你当兵以来，第一遭给穷人谋利益，别动摇啊。"一听这话，王振江觉着怪不是味儿，回答道："班长，姓王的底心是黑是红，你瞅好啦！"李长青道："好！王同志，评功会上见！"

夹杂着步枪的声音，敌人的机关枪老母鸡出寮似的叫起来了。把人布置就绪，李长青前前后后转了个圈，一丈六七尺的院墙，很整装，不架炮打是不怕，只要大伙能沉着气，坚决打。他就是感觉到人实在不够支配，九个人，还有两个十四五岁的小嘎，其余的人，也差不多毫无战斗经验，但是，打得了也得打，打不了也得打，除此之外，能有什么办法呢？他想起了宋玉宝那慌张的样子，便走向了东北角。

东北角的炮台盖得不错，半腰一层檩木，上面还有顶棚，宋玉宝就在第二层上。李长青爬上去，看见他一只脚上只穿着袜子，原来是上炮台的时候跑丢了，他完全没感到脚冷似的，（这还是遍地冰雪的时候。）趴在那里，一枪接连一枪地往外打。李长青问："宋同志！敌人在哪一面子？"宋玉宝没回答，只是回头看了看，仍然一枪接连一枪地往外打。李长青从炮台眼里，往外看了看，只听见打枪，看不见敌人，凑过去，推了推他的肩膀，又问："敌人在哪面子？"宋玉宝道："外面！"看见宋玉宝两眼发直的样子，李长青道："别怕，宋同志，他在外边，咱们在里面，这炮台，小炮也打不坏！"宋玉宝这才开口，他问道："敌人快退了吧？"李长青道："好好打，他熬不过咱们。沉着气，别老打空枪，节省子弹要紧。"宋玉宝点了点头。

他们瞅着的这个炮眼，正对大门外的场园，场园里边是柴火堆，场园周边是土平房，——那都是小户住的，再离得远些的土平房顶上冒着烟，李长青想道："杂种们做饭吃哩！"同时感觉到自己的肚子有些空了。他光听得枪声，看不着敌人，只见远处，靠屯边上敌人的院落里，有些带鞍子的马匹，他想试试自己的冲锋枪，就照着那里打了一梭子。宋玉宝道："房后，柴堆后，满满的！咋咋呼呼上了好几次，都叫我打窝脖子了！一打他们就蹽，要不蹽啊，准叫我穿着几个！一会不打枪，他们就往上上！"李长青道："对！露头就打！只要叫他们贴不了边，啥也不怕！打仗这玩意儿，就要一个坚决性，一个沉着，只要咱们不动摇，他三天三夜也打不进来！"停了一停，他又说："可不能让他们进来，死也不能让他们进来，这些地主坏蛋，抓着咱们穷棒子还有好！"宋玉宝道："对！我也就合计这个了。"

正说着，炮台口钻进来一个人，脸色灰白，帽子歪在一边。仔细一瞅,是徐德明。他一进来就说:"班长! 老杜……牺牲啦!"

李长青像头上挨了一棍似的,一时没明白他说的是什么。徐德明比较大声地重复道:"老杜死啦! 牺牲啦!"

李长青的身子摇晃了一下,随即问道:"现在,你们那个炮台谁守着?"

徐德明道:"没人啦!"

"见你的鬼!"李长青吼了一声,从第二层上忽地跳了下来,那边,枪声正紧。

敌人打一阵歇一阵,一边放枪,一边虚张声势。东边嚷:"西边进去啦。"西边嚷:"东边进去啦。"乱吵吵一个点儿的,一会儿招呼竖梯子,一会又招呼烧大门,李长青四个角上来回跑,口中发干,汗水滴滴直流。敌人的进攻松下来的时候,他在徐德明守着的那个炮台上坐下来,老杜的尸首就在他脚边趴着,两臂张开,从鼻子里流出的血,已经干了,身上穿着的,仍是前几天参加时,从家里带来的,那件又破又旧的小棉袄。李长青记得很清楚,当时政委问他为什么参加,他说为着穷人翻身。李长青心里难过了一阵子,抬起头来,对徐德明说道:"徐同志,老杜是咱们好同志啊。牺牲的时候,说什么来没有?"徐德明道:"没有,他牺牲以前,敌人上得猛的那阵,他对我说:'当兵就是为的打仗,活是八路军的人,死是八路军的鬼,为人一世,挣的就是这份名誉。'……"李长青伸手抹了抹眼泪说:"好! 好样的! 徐同志,你有这份决心没有?"徐德明犹豫了一下,话还没有说出口来,李长青便道:"徐同志,你要知道,穷人翻身,不是简单事情! 能为革命牺牲,是我们最大的光荣!"

枪声时紧时松,太阳已经偏西,敌人却仍然没有后退的模样。李长青忽然听得院外有人招呼,说是:

"八路军! 别打手榴弹! 我是老百姓。人家中央军叫给你们说:别打啦,你们人少,打也没用。人家说:缴枪留命! 再不缴枪,人家要打炮了!"

徐德明说:"你听!"李长青把眼一楞道:"听什么听? 揍他!"敌

人喊话到他耳里，真是火上浇油一般。他咬牙站起身来，喊道：

"你露一露，我瞅瞅，是不是真老百姓！"

一垛土墙后面，有个人把头猛一露，李长青"叭"就是一枪，一枪打得再也不念声了。他回头对徐德明说："哼，敌人没咒念，使出花招来了。"徐德明道："敌人不退，子子打没了怎整？"李长青想了想说："不要紧，县大队快来了。"徐德明道："县大队在几十里以外，连信都不知道，怎么能来？"李长青道："怎么不能来？能来。"徐德明还想再问，李长青斩钉截铁地说："县大队来也得打，不来也得打！你是穷人，你是地主？徐同志！"徐德明回答道："穷人。"李长青又问："院外是什么人？"徐德明想了想说："地主。"李长青道："这不得啦！水火能相容吗？他们进来，能有咱们的好吗？你要好好想想，徐同志！"徐德明脸一红，把头低了下去。

没过大会儿，敌人果然打起炮来，这是谁也想不到的，他们哪里知道，二百多"清剿队"还配着一百多中央军呢！

敌人打的是迫击炮，炮弹落进院里，发出霹雳一般的响声，尘土弥漫，石子土块到处乱飞，散开的马匹，东西奔跑，弄得一切都混乱了，同时枪声四起，比前一阵子更激烈。射击稍微一停，他便向受轰击最厉害的东北角炮台跑去。

东北炮台的小门，被炮弹从墙上震落的土堵住了一半，炮台的一角，打塌了，他还没有把身子完全钻进炮台之前，便大声地叫了声："宋同志！"宋玉宝没回答。他想：糟了！准牺牲了！钻进去仰起脸来一看，宋玉宝在第二层上，正两腿夹着枪，咧着嘴搬大栓哩，满头满脸都是土。他又招呼一声，宋玉宝才发现他进来了，用手使劲把枪一拍，就道："这不折夺啦！"

李长青道："怎么的？"

宋玉宝道："贴壳啦，大栓拉不开啦！"

李长青道："哪能呢？崭新的美式，哪能贴壳！"

到第二层去，做梯子用的，是一根粗树杈子，李长青滑了几次才爬上去，拿过枪一瞅，原来不知怎的他把保险机弄死了。宋玉宝问道："班长，他们打的啥玩意儿，这么响？"李长青顺口答道："枪榴弹。"他又问："什么枪榴弹？"李长青道："怎么？你怕吗？"他说："该不怕！挨上还有命？"李长青道："这玩意儿就是动静大，没啥尿，落不到头上没事！"他说："不准吧，炮台都造掉了一角子。"李长青道："我还骗你！这玩意儿，打硬不打软，专门破坏工事的！"宋玉宝忽然两眼一定，把李长青一拉说："又来啦！"一面说着，他已经纵身跳到底层去了，接着，便是猛烈的一声爆炸，只觉得炮台一跳，爆炸过后，他又爬了上来，李长青说："怎的？你老这么跳上跳下吗？"他没回答，想一想，忽然笑了，说："来，班长你看，叫我打着一个！"从炮台眼里，李长青一瞅，果然有一个人躺在离炮台七八步的地方，这家伙是个大高个，脖子里围着条整狐狸皮。李长青一看，喜欢得了不得，把大拇指一竖说：

"宋同志，我赞成你！你振奋起来啦！"

宋玉宝道："班长！你给他们说去，就说我打着了一个！再来我还打！"他又接着说："就是才打炮那阵，我瞅着子子不多了，半天没放枪，这小子，端着机枪上来了，后面还跟着四五个！我瞅准，一枪就放倒那里了！那几个，张跟斗打把式地就蹿，刚才还来取了回尸首，又叫我打跑了。再来，我还打！"

他说得很兴奋。

李长青道："对！来你就打，多打两个。"他瞅着宋玉宝和战斗开始的时候，大不相同了。李长青离开这个炮台的时候，宋玉宝说："我这里顶着，你们走，可别落下我啊。"李长青道："咱们不能同生能同死，你放心就是。"

到西面，他上了王振江的炮台。问王振江："这边怎样？能顶着吧？"王振江道："眼时没问题，就怕天一黑，人家往上摸。"

李长青道："就盼天黑，天黑了我就有办法。"

王振江道："往外冲？"

李长青摇了摇头。

王振江道："除了冲以外，还有什么办法呢？"

李长青道:"冲不行,咱们人太少。我想来想去,只有这么办:把棉衣翻穿着,把绑带结起来,你们从墙上坠下去,偷过敌人的包围圈,我掩护你们。"

王振江道:"那你怎么办呢?"

李长青道:"我有办法。"

王振江问:"什么办法?"

李长青道:"这还用问? 走得了就走,走不了就和敌人拼到底!"

王振江不禁一抖,他说:

"不行,班长! 那不行! 要活大伙都活,要死大伙都死,决意不能留你一个人!"

李长青道:"这说的是什么话? 我是共产党员,又是你们的班长,今天遭遇这个战斗,原该我负责任,当然是我掩护你们走。王同志! 你战斗上有经验,只要能把同志们带出去,我牺牲了也值得。你想,除此之外,能有什么办法呢? 我们的人这样少,县大队又不知道在哪里!"

王振江道:"不管怎的,都不能那么办,班长,势逼无奈,我打掩护!"

敌人的炮停止了射击,枪声也忽然转换了方向,这情况,两个人都同时注意到了。西北炮台上的徐德明挥着胳膊叫道:

"班长! 班长! 来军队啦! 北陵子上来了军队!"李长青急问:

"什么服装?"——同时,他心里想:莫非是县大队来了? 说不定看错了吧? 再是敌人,可就糟了……徐德明答道:

"像是灰的!"

"看清了么?"

"对,看清啦,是灰的。"

这一喜非同小可! 他一连声喊:"不要往北边打枪啊,咱们的县大队来啦!"一边就往北边炮台上跑。

真的! 一点不差,来的正是县大队! 侦察员小刘,在敌人包围上来的时候,不是往北跑下去了吗?他狮子滚绣球般,一气蹽了十来里,才稍喘口气,心里想道:"糟了,捅咕出乱子来了,那些人不死,也得活抱了去!"腿一夹,嚼子一提,就又挠起来,头上淌汗,嘴里招呼:"兔红,兔红,快跑呀,找咱们县大队来救同志们!……"他紧紧地抱着鞍子,只听得风在耳边呜呜地响。

他们上到陵子上的时候,便是老徐他们发现陵子上来了部队的时候,李长青跑上西北炮台的时候,队伍已经从陵子上冲下来了。站在炮台上,李长青看见那散散落落,整整齐齐,梅花点似的三三制队形,迅速地往屯子接近,心头一阵狂喜,掏出口笛,拼命地吹。这时,南面炮台上的人们,都跑到了北面炮台上来,大伙忘记了子弹的飞舞,一个个把腰挺直,露出头去,眼巴巴地望着北面,喜欢得直搓手指头。

李长青看见在冲锋的队伍前面,迎着敌人的射击,腰也不弯地跑着三个人,其中一个是细高身材,太阳映照着,解开怀里的白里子大衣一闪又一闪。他叫道:

"你们看呀!灰大衣,白里子,头前跑的不是大队长是谁呀?"

三个人当中,有一个倒下去了,人们不约而同地惊叫一声,接着,跌倒的又爬起来,继续跑,他们看清楚了,那是小刘。

敌人开始溃乱了。从各个院子里各个胡同口向外跑,腿快的已经出了屯子,李长青大叫一声"打呀!"便端起了冲锋枪,倾身伏在垛口上,发狂也似的扫射起来,至于别人怎样,他已经完全不注意了。

一九四八年七月八日于哈尔滨

选自《基本群众》,东北书店 1949 年

◇天　意

县长也要路条

涟东的黄河堆底下，有两匹马跑过了，上面坐了两个穿灰军装的人，马走到庄子头上，忽然停下了，原来有两个儿童团员拉住了马缰，马头摇着，向两个小孩子闪着凶恶的眼光，好像要咬人似的。

一个高一点的小朋友说："同志，可有路条？"

"没得，我们刚从鬼子那边回来，没有带！"骑在马上的人说。

低一点的小朋友说："那就对不起你了，可不能马马虎虎地放你过去，请你跟我一齐去找乡长！"

那两个人马也不骑啦，就牵着马跟他到村子里去，走到半路，那人忽然说：

"小孩子，我要拿盒子炮毙了你们，你们又能怎样？"可是小孩子大胆地说：

"难呢！我们儿童团和民兵要是听到你打死我们的枪声，还不来把你抓住！"

走到乡政府，乡长认识这是万县长和他的特务员，就笑着说："小同志，让他们走吧，这是万县长！"

这时候，大家都笑了起来！

万县长拍拍他们的小肩头，很高兴地说："这村的儿童岗真不错，真有不怕牺牲的精神！"说着从皮包里拿出自己的路条给他们看。

选自《小英雄》，东北书店 1948 年

途　中

大地的积雪，虽然有的地方是显得很厚，但是已然有很多地方，露出了泥泞的黑土。而那些积雪，也不似往日的洁白了。枯干的草在风中抖着，景象是显得那么凄凉。

漆着国民党徽章的卡车，身上满是枪炮射击的痕迹，无声无息地倒在路旁。车轮已被拆掉了，在黄昏的晚风中，它仿佛在叹息着它的命运，也象征着蒋介石的末路。这一切很容易地使人想像出国民党军队在此处败退的情形。

这时有两个人在路上走着，他们的腰间好像缠着什么东西，以致妨碍着走路。他们不时地抬头探望前方，虽然这是一条熟悉的道路，但今日走来，仿佛是到了一个极陌生的地方，使他们不由得在心里发生了畏惧，而缩头缩尾地蹒跚着前进了。

"张大哥！我们这次的生意恐怕要折本吧？"那较高个子的人忧郁地对同行的胖子说。

"很难说。要知道这样，饿死也不来了。"胖子这么简短地回答了一句，又沉默地赶路了。

这两个小商人，都独自经营着一个小铺子，勉强地支持着一家人的食用。国民党来了，"中央"军来了，灾难也跟着落在了他们的头上。许多"中央"军买了东西只给一半钱，有的不给钱拿了东西就走。官厅还非逼着完捐纳税，连几个老本儿全都给赔完了。于是只好含泪把"中央"军剩下不要的破木架、纸箱之类收拾收拾，"关门大吉"。但一家七八口不能眼看饿死，到八路地方去办些货来卖卖吧！听说八路军军纪优良，一点也不要百姓的东西。但这话实在不呢？他们还不敢轻信，几次决心都被这种顾虑打消了，最后为生活所逼，终于不得不咬紧牙根，"挺身走险"花了一笔很大的款子，买了个通行证，登了程。不料离开家头一天的路程，就受了"中央"军许多关卡的盘问，幸亏花了买路钱，总算渡过了这些难关。但预定的"买路钱"却早花得一文不剩了，而且最心痛的，还动了办货的血本。

这些钱难道是容易得来的吗？求朋靠友的借贷，还变卖了老婆陪嫁来的首饰等等，每一个钱都是自己的心血，都是全家老少的性命。可是那些挡着道路的凶狠的恶狗却轻轻易易地就把它们夺去了！这是比挖掉心头肉还要痛苦的事情啊！但是谁敢吱声呢？

"什么时候我们才能摆脱这只魔掌呢？"

他们一面祷告着祖先的庇佑，一面硬着头皮向前走去。

"张大哥，快走吧，还有十几里路就到泰安镇了。"高个子第二次打破了沉寂。

"到那怕要点灯了吧？"

"嗯，我们走小道吧，免得碰上八爷。"高个子提议着，两人就岔入了大道旁的小路。

这时太阳只剩半拉了，晚风也紧了，先时身上的热汗，已经落了。每当凉风由衣缝吹到身上的时候，禁不住打着寒噤。他们加紧脚步，一时忘记了心中的顾虑，与一般疲倦的旅行者，同样渴望在这时得到一间安适的旅舍，和一顿经济适口的晚餐。突然一个穿黄棉袄的哨兵站在他们前面。"站住！老乡，你们是从哪里来的？"两个商人看见枪刺的闪光，不由得一阵胆寒，连忙摘下帽子，行了恭敬的鞠躬礼，裸着的脑袋上冒着汗的蒸气。

"戴上帽子，风太大。"

这是怎回事？风大？的确脑袋被风吹着很凉，但这是这位老总在跟我们说话吗？两个商人犹疑地互相望了一眼，才慢腾腾地不安地把帽子戴在头上：

"我……我们是来看亲戚的，我的女儿家就在前面镇子住……"矮胖子嗫嚅地说。

"对了，我们是表亲，我也来看看她。"高个子也顺嘴应付着，差不多每说一个字，就要点一下他的脑袋瓜。

"对不起！我们要检查检查，因为这是我们的任务。"

"是，是，可以。"胖子连忙解开自己的怀，他经过许多次检查了，习惯地把手举得高高的。战士在他身上摸索着：

"这是什么？"

"钱。"

"为什么带这些钱？"

胖子把钱拿出来，又从其中拿出来一部分钱往战士的手中递着说：

"老总！没别的，买几盒烟卷抽吧！这些钱，是我们想买点便宜货带回去，赚个来回路费。"

战士一边搜查一边微笑着说：

"我们不能随便拿老百姓东西，请你拿起来吧！"

"这是我们愿意给的。"高个子说。一面硬把钱塞上前来，战士几次把它推开去，始终分文没拿。这使两个商人惊讶起来了，仅仅数小时以前，他们通过"中央"军关卡的时候，谁见了钱会推让来着，只要不争多嫌少就算是幸运了。这真是"名不虚传"的八路啊！

检查完了，战士说：

"你们是办货来的吧？干吗撒谎呢！和我们民主联军说话，用不着撒谎，实话实说好了。"

"是是！"他们非常羞愧地答应着，又摘下帽子。

"好！现在可以走啦！"战士说。

这是怎样的奇怪呀，俩人一直呆在那儿好半晌，才想起该道谢一声，可是回头看那战士已经走开了。

"他们就是八路吗？"走在路上，胖子再也忍不住问。

"是民主联军。你没听见他说吗？和八路军大概是一样的。"

"他们为什么不要钱呢？"

"必是不要钱！"他也想不通究竟是怎回事，高个子像自言自语似的说着。

离泰安镇只有八里路了，但是这一段路程是很难走的。要走四里山路，还要通过很长的一段树林。但是他们没在意这些，他们的心中都在思索着刚才那一幕不可解的事情。

"人家都说八路军先好后坏，我看不至于吧。"高个子半信半疑地说，他希望八路军是和他所想的一致。

"谁知道！"胖子也被这不能解答的问题纠缠住了。

太阳落下去了，大地的景物暗了一些。行路的脚步也随着加快了。上了岭，风更大了，棉袍的下襟被风刮得直摆荡。高个子回过头看见刚才他们遇到民主联军的那间小草房，已经显得异常渺小了。但却有两个背枪的人，正在沿着同一条路很快地走来。

"大哥！你看后面来的是八路军吧？"

胖子正在合计心事，经他一说，担心地回过头来，果然看见两个兵士在向他们追来。

"我们快走吧！"胖子的脸色顿时变了。俩人不敢怠慢，一直跑下山岭，险些儿没把胖子摔倒。这时他们回转头来，视线已经被山岭遮住。但不久，那两个战士硕壮的身形又出现在山岭上了，而且也是跑步向他们追来。离得很近了。"这回完了！"两个人想着，脚步也软了下来。他们听到两个兵士在说：

"……这两位老哥走得真快，咱们要不跑两步，还没办法了呢！……"

办什么呢？——两个商人的心同时哆嗦了一下。

"一点也不错，'八路军先好后坏'……"

"我能一枪一个……没错……"

"咱这两手也不熊啊：不信咱就试试！"

风把两个战士的谈话很清楚地送到商人的耳中,他们心中越发不安了,胖子急得满身冷汗,腿也几乎要瘫痪了。

"忙啥……还不到地方……慢点。"传来的声音中充满着恐怖的意味,俩人恐惧地望望前方,那是一片树林。

"那两个八路大概要在树林里抢劫我们的钱财了……"他们不敢再往下想去。

"前几天那回事,是不是在这个林子里发生的?"

"是,要注意!"

这事显得更加明白了,那两个兵要作些什么? 他们先前不要钱原来都是假的,现在他们赶来要把我们抢个干净了! 天下难道还有真是不爱钱财的兵吗? 叫你戴上帽子免得受凉,不过是假仁假义地做做罢了。那兵士脸上的笑容,此时变得狰狞可怕了。

树林,可怕的阴暗的树林,赤裸的树枝把道也吞没了。进去呢,不进去呢?

"兵士一定看出我们的心事来了,我们就在这儿停下,随便他们怎样处置吧!"他们慢慢地拖长了步子向前走,谁都不甘心就这样默默地走向自己的刑场。

此时连回头看一眼的勇气都没有了。他们想起家中正在期待着他们,盼望他们早日满载而归的老少们。

"我这只枪不太好使……"接着拉枪栓的声音响彻在这个静静的林子里。两个商人的脑袋立时嗡了一声,他们已经不知道自己还活在世上不,像幽灵似的垂了头茫然地走着。一秒、二秒、十秒、二十秒……一分钟过去了,又一分钟过去了,他们还在走着,并没有听到在紧张中期待的枪声。

林子走尽了,小镇上的灯火已经在望。他们清醒了一些,难道这是梦吗?

"老客! 前面就是泰安镇了,这回你们自己走吧! 没关系了。这几天很麻烦,刚才咱们走过的林子里面,还出过抢案呢! 我们连长听说你们带的钱很多,怕出岔子,特意派我们俩送你们一程,再见吧!"战士大声地向他们说完,转过身子回去了。

两个商人这才从梦中惊醒,痴痴地互相对望着。战士走进林中不见了,俩人才想起来喊道:

"八路老总辛苦啦!"

选自《东北文艺》,1947 年第 2 卷第 2 期

◇ 仓 夷

"无住地带"

团长带着两个排,半夜里出发,到金牛岭去打伏击。

留在石片坡的一个连,还有地方干部、勤杂人员几十人,都交给营特派员葛华同志负责带领。

葛华同志安顿着团长他们出发以后,就再没有睡着觉,在蒿草铺的地上翻覆着,身上发痒,嘴唇干渴,躺了一会,就又爬起来,到伙房里去看炊事员们做饭。

大山谷里今夜特别黝黑,站在小草棚的旁边,都看不清小草棚的轮廓。葛华同志摸索着,找到杨新同志睡的地方,用盒子枪的枪把子敲着小草棚的棚架,低声地喊着:

"老杨,老杨!……饭好啦,早点开饭,团长走时,叫咱们一早就转移。"

"有了情况吗?"杨新同志已经从蒿草堆上坐起来,擦一根火柴,点着旱烟袋。

"没有,团长说,这里目标大,一百多号人,住了五六天,转移一下好。"

杨新同志敲掉了铜烟袋头里的烟灰,扣紧衣扣,从草棚里探出身来,随后和杨新同志睡在一起的卫生队长、供给处长都醒了。杨新同志抬头望一望夜空,问葛华同志说:

"转移到哪里?"

"到东坡。"

"很近，天气还早呢！迟一会儿开饭吧！太早，都吃不下。"

草棚里几个人也喃喃着：

"没有情况迟点开饭吧，天黑黢黢的，早着呢！"

于是，葛华同志也钻进杨新同志的草棚里。

小草棚的烛光灭了，伙房里的火光灭了，大山谷黑洞洞的。

黎明前，小草棚上凝冻了一层稀薄的银霜……

葛华同志老担心着要发生什么事变似的，躺在蒿草上怎么也睡不着。以前他也带过许多队伍，作过许多次的战，但都没有像今晚上这样担心："的确，应该迅速地转移了，队伍在一个地方住上五六天，还不移动，头一次，笑话！真是缺乏敌情观念！"葛华同志这样思索着，思索着，就疲惫地合上眼，睡着了。

这里是伪满洲国热河省的边境，敌人用残酷的烧杀所造成的"无住地带"。

敌人实行着"集家并村"的政策，把沿长城线数十里内的地区，大小村庄全部毁灭了，连搭在深谷里的小草棚，也都被放火烧掉，田地都不许种，让它荒芜着。把人们——大人、小孩、妇女，鸡狗，都往平川的"人圈"里赶去。村子烧剩的破土墙，也不让它立着，把它推倒了。村里的一切用具——锅、碗、瓢、勺、炕席、扫帚，全被用大车载走，或者放一把火烧了。黑夜里这大山谷里吹出来的风，都夹带着焦腥味。老乡们从平地被敌人赶到山沟里，从山沟里被赶到大山巅，赶到半空里了。那半空里有万年牢固的大石缝，有高入云霄的大石崖，有久经战火洗劫的长城上的烽火台。老乡们反抗着敌人，不到"人圈"里去，就隐藏到这高险的地方，和我们的队伍紧靠在一起。

敌人集中着很大的兵力，夜以继日地追击着我们，要消灭我们。

曾经有一个时期，我们的队伍都没有吃到一粒米，没有喝一口热的汤水。

我们被敌人包围着，在一座大山上的树林里。

战士们饿了，就在树林里找果子。夏天，杏子还没有成熟，一咬，连牙根都发酸。可是，每个战士都用袖筒子装满着杏子，当做食粮。从小指头大吃到核桃大，从生吃到熟。熟烂了，不能吃肉，就捣杏仁。每个同志都胃痛，吐酸水，也没法不吃它。环境好一点，弄到一点小米，也不能到山下去取水做饭，只能在早晨打一点树叶上的露水，在小饭盒里煮。到了冬天，有了粮食，上山打游击时，每人都能带上干饭团，但是山高天冷，饭都冻了，成了冰团。饿了想吃，就拿出来咬一咬，格达格达，光伤牙齿，不想吃，就又把它装到布袋里。

在最饥饿的时候，团长骑的一匹每天能走七百里的骏马，也被战士们拉去杀了。

我们的队伍天天都得行军，二十里，三十里，到一个地方，不管怎样疲劳，都得拿上镰刀斧头，上山砍伐树枝蒿草，修盖草棚。不修盖就没有地方住。下雨天，草棚顶上漏，下头流水，战士们就在这上下是水的中间睡着。冬天，树木都落叶了，野草都枯萎了，土地都封冻了，下着大雪，敌人还在追击着我们。我们不能找到隐蔽的温暖的地方，就在大山腰里，每人扫出一个雪坑，蹲在这坑里。大雪飘落着，战士们都成了雪人了。塞外的凄冽的北风吹打着，树木都冻得哗叭地响，我们的战士动也不能动，脚冻痛得实在难以忍受，而且有些麻木了，就只有用手掌心的一丝暖气，去握一握脚趾。

在最寒冷的时候，有一个通信员，把老乡放在半山坡里的破羊栏的闸栏，弄到连里烤火烧了。团长发觉了，就把全连集合起来，问是谁这样干的，应该受处罚。团长严正地告诉大家："我们宁愿受冻挨饿，也不能侵犯老乡一针一线的利益！"全连的战士都低着头，谁也不愿说出那偷闸栏的通信员的名字，而愿全连罚着立正。

今夜，战士们都舒舒服服地躺在小草棚里睡着，蒿草发着温暖的热气。

黎明了，大山谷弥漫着乳白色的浓雾。

突然，从金牛岭方向，传来了机枪声。

葛华同志第一个出了小草棚，侧耳仔细听这哒哒的机枪声。不像是在金牛岭发出来的，而像是去金牛岭的半道上发出来的，他心里怀疑起来，准是团长带的队伍，在半道上和敌人遭遇了。他命令第一班，迅速上北梁上警戒，就吹哨叫伙房马上开饭。草棚强烈地摇晃着，人们在奔跑着。

早晨的雾很大，三步左右就看不见人。第一班的警戒才爬上一个斜坡，山上的军事哨就打了一个手榴弹告急。葛华同志又派了一个班，领他们赶快上山。他正在集合队伍准备转移，山梁上的机枪响了，敌人把我们上去的两个班都打垮下来，而且用猛烈的机枪火力，向我们集合好的大队扫射。他带领着队伍，让一个排在后面掩护，向东坡转移。穿进一片树林，前面的人喊着："前面有敌人了！怎么办？"队伍正要向南穿沟下去，沟口也响了枪声。部队开始混乱，勤务人员向四处乱跑，葛华同志站在斜坡上叫大家不要乱跑，怎么也叫不住。

"有枪的集合！有枪的集合！"

葛华同志尽量使自己头脑冷静，他要把所有有枪的人都集合起来，选择一条路猛冲出去。

"我带头，有我活也有你们，你们跟我冲，把不必要的东西都埋掉！"

队伍又慢慢地集合起来，在树林里穿行着，四月的天气，大家都穿着棉袄，跑了一阵，腿都出了汗，把棉裤贴在腿上。他们正走着，山坡上有人在喊："在树林里，在树林里！"四周的机枪声又叫嚣着，子弹穿过树林，树叶噗噗噗地响，我们担任掩护的一个排，就在树林旁向离我们最近的一处山头上回击。但是我们的子弹很缺，不能很放胆地大量地射击。一颗山炮弹落在树林里，爆炸开来，树楂子飞溅到半空，有几个战士负伤了。

葛华同志和一个排在一起，向敌人抵抗，掩护大队退却。

大队出了树林，就是一段悬崖，有两丈来高。电台的背夫满脸大汗珠，张着嘴巴喘息着，他不假思索地就解下了背带，把电台机

162

子顺着悬崖一溜，叮叮咚咚地滚下坡去，跟着背夫顺坡一溜，也跳下了悬崖，后随的勤杂人员，也都随着跳下崖去。

供给处长年纪大了，他站在崖顶，踌躇地望着崖下的深沟。他参加革命很早，是吉林宁古塔人，在东北参加了义勇军，后来到绥远垦区去，管财政，一清如水。站在他身旁的是短胖的卫生队长，卫生队长年纪也大了，近视眼，夜里行军都得有人扶着，过去在东北军里当医长，度量宽大，从来没有发愁过，伤兵们很喜爱他，因为他会讲故事，会唱，会学狗咬、猫叫，会说笑。现在他们两人都很疲累，坐在一块大石头的背后，手里都握着盒子枪。

卫生队长今日脸上有着忧愁。他对供给处长说："今日敌人来包围，一定人数不少。我为革命服务了十几年，现在年纪也老了，我倒不可惜性命的牺牲，只可惜活着时进步太慢了！"

供给处长坐在地上出神，听见卫生队长说这些话，就看着他那被风一吹就掉泪的眼睛，安慰着说：

"我们一定会找到一条路冲出去的，你要是腿酸，我扶着你走！"

杨新同志的脸孔发青，伏在一个土坑里向山坡上射击。他的脸额上有一道伤痕，那是敌人的流弹打伤的。他望着那被太阳驱散的浓雾，对着葛华同志说："坚决地干吧，子弹打完了，我们再跳下这段悬崖！"

一会儿浓雾消散了，我们这片树林，完全暴露在敌人的炮火下。四面的敌人都向我们猛攻，排里许多战士都跑到葛华同志的面前："特派员，我的子弹打完了。""上上刺刀！"葛华同志愤然地站起来，向机枪阵地走去，"向北面冲下来的敌人猛烈射击！"机枪风一样地呼啸着，冲下的敌人都倒栽着滚下来。西面斜坡里的敌人，已经进了这片树林，南面的也上来了。卫生队长和供给处长两人就靠着背，挥着盒子枪向冲来的敌人射击，一颗小炮弹飞过来，落在大石头上，把他们炸死了。敌人已经三面冲进了树林里，一个战士的枪没有子弹，就抛了枪，向敌人扑去，抱着敌兵，一同滚到悬崖下去。

机枪射手的两腿受伤,被敌人捉着,杨新同志也被敌人捉住了。战斗结束了,在树林里,躺着我们许多阵亡的战士和敌兵的尸首。杨新同志在到处探寻着葛华同志,怎么也找不着。敌人包围我们的队伍陆续地在这树林里会齐了,顺沟下去搜索,拐到这段悬崖底下,找寻我们所有跳崖的人,但是一个也找不到,只有那个抱着敌兵跳崖的战士,两手抱着那个摔死的敌兵在石头旁躺着,瞪着两只充满了血丝的眼!

晚上,在这"无住地带"里,老乡们都忙碌地招呼着我们白天作战负伤的战士。

在半山腰一道大石缝里,燃着火光像一颗豆般大的麻油灯。一个满身穿着破烂衣服的老汉,在石缝前的一片小平地上烧水。葛华同志就躺在这大石缝里。葛华同志跳时摔伤了,被这里老乡救回来的,他不想喝水也不想吃,只是问这老汉说:"是不是你亲眼看见的? 没有错吗?"

"没有错,县长我还不认得? 送冬衣,发救济粮,开会,哪回没有他。他额上有一道伤,矮个子,杨新同志,准是县长。他也给敌人捉了,弄到我们村子前面,把他的头砍了,尸体放在大石头上,脑袋给提走了! 他妈的,鬼子就不是人,简直是禽兽!"

葛华同志只低声地叹息一下,没有说什么话,老汉却愤恨地骂了几句。

小锅里吱吱地叫着。小柴枝的火苗冒到锅的四周。老汉像回忆起什么似的也叹了一口气,对着葛华同志躺的石缝里说:"特派员,县长死得真叫可惜,我到山里给县长送山药,他还替我搭驮,替我倒山药,还叫我到炕上坐,给我倒茶,端水,我这样大的年纪,就没见过这样好的县长。"

"敌人要杀他,他没有说什么话吗?"

"没有,跟他一起的一个战士却说了话。那个战士两腿受伤,坐在地上,敌人把机枪架着,对他说:你们都是坚决抗日的八路军,除了死,你们是不能投降的。现在就要打死你。你把被子蒙起头来,免得害怕。这个战士,嘿,他站了起来,指着那机枪说:我不害怕,我们八路军战士,大大方方地死在枪弹下是痛快的!你们打吧!我就站在这里!……听说这个战士是个很好的机枪射手,姓什么,我忘了。我心里很难受,八路军的同志就是这样好,又偏偏死在鬼子手里!"

老汉声音有些抖颤,停了一会,他又说下去:"自从来了八路军,鬼子都零丢了,今天丢几个,明天丢几个,鬼子,越闹越少,慢慢就会把鬼子打出去。我的儿子这年开头干这个(八路军),我可不愿意,整天找他,还想打断他的腿呢!哼!现在,我明白了!当八路的都是好小子!我看破这世界了!"

葛华同志两眼含泪珠,铁石的心肠都碎裂了。老汉给他端进热腾腾的米汤,他怎样也喝不下。

葛华同志参加革命队伍十三年来,这是第一次落泪。他心里越想越难过。我们的队伍从小小的游击队慢慢地拉长成主力兵团,根据地也由飘浮无定而慢慢地扎下根。我们用多少同志牺牲的代价,建立起这块"丰滦密"根据地,使我们冀东和平北联系起来,使我们向东北挺进有着稳固的前进阵地。现在呢?我们受了重大的损失!

十三年来,葛华同志亲身经历着许多大大小小苦难的世事,他都没有这样难过。在随着红军长征的日子,他还是一个十六岁的小孩子,红军里嫌他年纪小,不要他,他又不能回家,因为国民党正在苏区残杀着人民,他就在队伍的后头悄悄地跟着。没有鞋,他一路拣碎布,到一个地方休息,他就用水洗,晒干,捆成小捆背着走。到一个地方休息,就自己打草鞋,穿着它又跟着前进。他随着红军过了七十多道大河,冬天河水冰冻了,他的脚都冻黑了,生了许多小疮,走不了路,别的战士架着他的手臂走。饿了,见东西拿起就吃;困了,见地方就躺,有时就睡在泥粪堆里。过草地的时候,都要按路标走,一走错就会陷到大泥坑里去,只露一个脑袋,谁也不能去救,张嘴喘气一会,就会死去。半夜里常有几个人靠树烧火烤手,这是病号,第二天这地方也有人死去。过秦岭的时候,每个人都得带一把草。岭很高，上了岭，下大雪，找不见人家，就在雪地里睡。第二天被子都被雪封冻了，谁都起不来，用镐把雪刨开，人们才能起来……

所有这一切自己的苦难，自己都可以忍受，但是革命的损失，他感到莫大的痛苦。在这石缝里他整夜没有睡，他盼望天赶快地亮，他盼望着老汉的话最好不是事实。在石缝口刚露一点灰白的光亮的时候，他就把老汉叫醒，领他去找杨新同志等人的尸首。他们到了村里，看见杨新同志的尸首还放在石板上。他叫老乡把这尸首埋了，就沿着沟走，一路上尽是撕破的衣服，砸碎的枪支零件，还有一些撕成碎片的日记本，在一个大石板底下，摔死了十多个战士，旁边还有一堆子弹。有几个战士正在那里埋人，葛华同志要去看看，老汉说不必看了，就领葛华同志到一个小庄上。

休息了一会，就到近村的一片树林里去找团长。团长带着一个排，在半路上和敌人遭遇以后，就转移到这里。

葛华走进树林，见到团长和所有的战士，就眼泪滚滚地滴下来。他难过地说：

"县长、供给处长、卫生队长、干部、战士，都大部牺牲了！我没有尽到责任！我愿意受任何处罚，哪怕撤职枪毙我都可以！"

"同志，你太激动了！"团长的嘴唇抖颤着，面部在痛苦地抽搐。他咬了咬牙，望着葛华同志的眼睛："同志，老虎也有打盹的时候，失败，用不着难过，也用不着灰心。我们也打过埋伏，也消灭过不少敌人！这次损失是个意外，是个大意，不是真正坚持不了！这个大意的过错，责任应该由我来负。我不应该让队伍在这里驻得这样久！"

葛华同志坐在大石上，低头沉思。

团长派了一个侦察员下山侦察山下敌人的动静，以后就自言自语似的说："我还有信心在这里坚持下去！敌人要把这地方造成'无住地带'，我们就不能让他！多少苦难我们没有受过，这一小小挫折，吓不倒我们！"

有几个战士背着枪，走进了树林。

团长把大队集合起来，向大家讲了话，鼓励了大家。团长说："今晚上我们就宿在这片树林里。看天气就要下雨，大家找一些石缝躲一躲，明天我们再搭草铺。"战士们都饿着肚子，爬进那阴冷的石缝里。石缝都占满了，有些战士就躺在树荫下。

团长每到这种紧急困难的时候，就更加爱护战士，特别和气。许多劳作，都是他自己干的。他找好了一大堆松枝，点着了火，借着火光，写了一封信，交给葛华同志说：

"我的头有点晕，自己写了什么都不知道。这是给分区的报告书，报告这次事变的经过。你给我念念，看有没有念不成句的。"

葛华同志接过信，在火光的照耀下读完了它。在火光里，他读着这封信，手都抖颤着。他觉得团长自己责备自己非常严格，而没提到一句责备别人的话。葛华同志折好了信，装到信封里，交给团长说："团长，你相信我，我会在这里坚持到底的！"

东南角的山后，浓云密雾风涌着，峡谷非常阴暗。雨点开始下得浓密，树林里的雨滴答着。战士们来找团长和葛华同志说："下了雨，到石缝里躲躲雨吧！"团长说："你们都躲下吗？你们先躲吧！我们就在这块石头上睡吧！"四野的雨声渐渐大起来，树林里遍地都是雨水，鞋子全是水。团长和葛华同志躲在一块石板上，头上合盖着一块油布，全身就让大雨淋着。在"无住地带"里，我们的队伍又很快地壮大起来……

一九四五年

选自《幸福》，东北书店 1948 年

◇ 方　青

擦　黑

卓喜富还有个外号，叫做浪不够，今年整五十岁。他好扭大秧歌，每次都是他领头，披着个大红斗篷，脑瓜上带个花圈，把两撇"仁丹胡"梳得光光的，往上一撅，右手拿着把扇子使劲扇着，左手扯起斗篷来，耸起两个肩膀，上下一颤，小碎步走着，学着小脚女人的样子，每次都闹到别人散完了他才回家。他四十二岁那年闹秧歌的时候，还是搽烟抹粉的，就像那十七八的，浪起来就没个完，也不晓得是谁给他起了个"浪不够"，一下就叫开了，连小猪倌们见了面也都喊他"浪不够"。有时候叫他抓住了打两下，可是小孩子们谁也不怕他，见了面先躲得远远的，再喊"浪！浪！浪！"再不就喊"够！够！够！"

卓喜贵是穷人出身，扛过五六个活。三十岁上打江南搬到北大荒来，给大地主赵三爷家打更，干了几年就拉拉扯扯地娶了房寡妇，才另安了锅灶，各立门户。可是这几年把他惯得不想正经干活了，光想挑个挑，做点小买卖，到忙铲忙割的时候，才去卖工夫。屯里几家大粮户，他都能来来去去，给人家跑个道儿，办点事，自己也能沾抹一点；可是穷人们有什么为难的事，他也给尽量想法帮忙，摘摘借借。

日本鬼子倒台以后，屯里成立了维持会，老屯长赵三爷变成了维持会长,是国民党赵委员辖管。卓喜富也借机会当了几天差,上上下下,里里外外,跑得挺欢,就显得着他。后来八路军把胡子队都打光了,成立了民主政府,他又出来了,跑前跑后,说:"我早就知道要落到这一步上,对共产党印象第一个好!"可是屯里人们瞅得准:这小子简直是孙猴一转,一天七十二变,青草棵子起来长绿毛,下了霉长白毛,墙头草,两边倒,见缝儿就钻。

屯里开头清算赵三爷的时候,他也觉着理是正理,就是自己不敢出头露面。他心里想:叫愣小子们斗去,反正斗完得分给我一份,吃肉大伙吃,砸锅让傻小子们去砸。后来分地他还是这个老主意,不靠前,不靠后,到了节骨眼上也说两句,显着这挺积极,他常说:"话要说到刀刃上,别说到刀背上。"

转过年来到了夏天,正是青黄不接的时候,屯里又开斗争,挖财宝。赵三爷为的叫卓喜富藏一包裹衣裳,特意给他送来一斗小米子,他知道卓喜富家没吃的。这一下正碰到卓喜富的心上,要不是眼馋这斗小米子,那么他说什么也不肯背这个黑锅。没承想,这个包裹叫大伙翻腾出来了,把他抓到农会里去,大伙指到他鼻子尖上骂他是狗腿子,要不是郭主任拦住,有好几个小伙子非揍他一顿不价。

揍不揍倒不当紧,在卓喜富说来,他觉着丢脸是大事。别看他扭起大秧歌来,不男不女的那个浪劲,他不说这是丢人的事,把人们逗笑了,倒觉得满畅快;惟独今天这个狗腿子皮往他身上这一披,可真有点架不住了。他以前常常当着工作队或在大伙面前夸他是"第一打通思想的",和赵三爷的交往上,他到谁跟前都说"事变后一趟也没有去过",可是今儿这一个包裹,就把他的嘴堵住了。以前他觉着凭自己的能说会道,屯里人一个也没有得罪过,是事都能弄个四面见光,八面见楞。他再也没想到这么圆滑的人,也会犯了众人怒,简直白使了一辈子劲,一砖头一下就打到阴沟里去了。

第二天农会开大会的时候,郭主任说:"入农会的都是好人,老实厚道;卓喜富是个狗腿子,咱们农会能要他不能?"大伙一呱声说："不能!"紧接着又有人说："扭了一辈子大秧歌,不是正派庄稼人,凭这一条也不要他!"这时他脑瓜子嗡嗡地好像听到有人乱喊:

"油嘴滑舌!"

"二八月庄稼人!"

"穷人长了个富心!"

"看你还浪个什么劲!"

每一句话都像一块砖头扔过来,打得他头都抬不起来。

这一来把他的浪劲打下去了,再也没在屯里晃来晃去了,一连几天没有出门。他觉着大伙对他连一点情面都不给留,咬住了就不松嘴,难道就这么混下去吗? 这一叨念不要紧,逼着他想到另一条道上去了! 还是去找赵三爷诉诉冤屈吧,事情是由他惹来的,看他说什么。两头都讨好是不行了,反正得抓住一头。他想到这里,顺手拿过小褂来一披,两条腿往炕沿上一搭拉,用脚尖把鞋找着,刚一站起来,一下想到赵三爷——翻来覆去斗了四五槌,爷台劲早就打下去了,房子、地分了,大院也撵出来了,家底子也挖得差不多了,这还有什么靠头呢? 这时卓喜富又把头低下了,想不去;可是两条腿还是往前走着,慢慢地拖拉着鞋,迈了这一步不想迈那一步。冷丁地一下又想起赵三爷说过好几回"'中央军'快来了",这一下提起精神来了,赶快走了几步。嘿! 就走了那么十来步,就又站住了,因为他从头数了一下:去年春天,赵三爷就说"中央军"一定来,顶迟不过中秋节,到时候没来,他又说插了大盖(封江)才能来,大炮好过江,可是到今年河开了还没见来,这时他又说"早晚有那一天",可是哪年哪月才能等到那一天呢? 我看是完了,担架队回来,都说这边仗打得好……算了吧,靠地主是靠不住了,还是要靠穷人,世道整个都翻过来了。他嘴里叨念着,折回头来就往家走。

这以后,大伙开会还是不找他,是事也不和他商量,碰到几个人唠嗑,他一走到跟前,人家就散伙了,他心里有一股说不出来的难受劲。

到冬月天,屯里又来了槌工作队,说是开"贫雇农大会",凡是

贫农和雇农都来。卓喜富一听，满心高兴，饭也没吃饱，放下碗就
跑到会场里去了。一看是县上李政委来了，老百姓都认识。一讲话
他先问："咱们姓穷呵还是姓富？"大伙一想，穷人自然姓穷啦，便一
齐都喊："姓穷！"一听见这一声，李政委乐得眼睛都睁不开了，因为
他一见穷人就高兴，更爱听"姓穷"这两个字。还没有笑完，就又接
着说下去："对了！咱们都是穷人，姓穷的都是咱们一家！"就这么
两句话，把大伙都说乐了。只有卓喜富心里难受，自己也是穷人，
可是叫人家扔到外边，撺也撺不上去……刚这么一寻思，李政委的
话就把他岔开了："大伙好好想想：咱屯里地分得公平不？穷人是
不是都吃饱了穿暖了？地主和恶霸富农彻底斗倒了没有？只要有
一点不公平的事，贫雇农们大伙商量，愿意咋办就咋办。只要是于
穷人有利，就放开胆子去干，啥也不怕，把天戳破了，由我负责
……"

这一场话讲得把大伙的劲都提起来了，开完会就动手干，地主
没斗彻底的再重新斗，坏蛋富农们也抓起来斗，比上槎斗争劲来得
大多了，家底子也挖得比较彻底了，因为贫雇农真正当起家来，就
没有办不好的事。老娘们都没人煞后，全屯人们都参加了斗争。

卓喜富每天吃完饭，就到农会院里去等着，光怕有人说他不积
极，不叫他参加会；其实每次会还都是叫他参加了，就是大伙没拿
他当回事。他也再不敢大喊大叫的，斗争的时候，他满心想表表
功，可也不敢太靠前了，怕太显着自己了，讨众人厌。在屯口放哨，
本来农会也不要他，这是他提了好几回，要求参加放哨，后来民兵
队长才答应了。只要轮到他的班，多么冷的天，也要在外边站着，
恐怕耽误一点事。

斗争得够火候了，大伙又商量着说："咱们要查查阶级，查查历
史，看看有坏人混进来没有？"这一说又把卓喜富吓毛了，一定要找
到自己头上来，好容易这几天混得不大离了，谁承想还有这一着，
再来一下，就永世也翻不过来了。到下晚开会的时候，他饭也没
吃，就赶紧跑到农会去，满心想打听打听是怎么查法，可是又不敢

太露相了,外面装得挺坦然,心里可跟那着起火来一样,坐也不是,站也不是。

这一天是先查阶级,一家一家地挨着比,翻过来,倒过去,一直比到半夜,临完比出三家富农和一家破大户。里面有一家小富农,大伙说不够斗,把多余的东西拿出来就得了。剩下的那三个,第二天就斗倒了。

卓喜富这时就跟吓掉了魂一样,迷迷糊糊地在炕上躺了一天,他可一会儿也没有睡着,翻来覆去地想,怎么也觉着躲不过这一关。就算能硬挺过去,为后也实在没脸见人,这屯子是没法住下去了;可是别屯也都是一样,回江南去吧,还是这么回事,到哪里都是穷人坐天下,都不要我这号人,就这样混到哪里为止呢?……盘算了一天,也没有想出个门路来。

掌灯以后,农会里早就挤满了人,北炕上一堆人唠扯今天的斗争,地下有几个人打着玩儿,南炕上人们就唱着"参军五更",热闹闹的就跟一大家子人一样。卓喜富来到以后,先在外边听了一下,才慢慢进了屋,屋里热烘烘的,立刻就把手脸暖和过来。他故意站在别人背后,留神听着每个人的话音,想知道今儿会是怎么开法,也注意一下是不是有人说到自己。还没有听出一点眉目来,郭主任就大声喊了两句"开会啦!"才把大伙的声音压下去了。卓喜富这时灵机一动,便又偷偷地溜出来了,他想看看动静再说,若是真的不对劲了,不如先躲起来,为后再想办法。他偷偷地绕到房后那个小窗户上去,一动也不敢动。外边实在冷,西北风飕飕的,把房上的雪刮下去落在他的脖子里,凉得浑身都哆嗦起来。

开起会来,还是李政委先讲话,他还是那么笑着问:"咱们姓穷呵还是姓富?"这回大伙不用寻思了,齐声喊道:"姓穷!"李政委更笑得响了,一听见"姓穷"这一声,他就像有很多穷人的手摸着他的胸脯一样。笑完了才又接着说下去:"听说你们今天开会是查出身查历史,我想提个意见,给大伙参考参考。就是查的时候,要分清里外,什么是外呢?就是国民党的胡子、特务,还有和地主联合起来破坏咱们农会的,这都当外人处理。穷人有点小毛病的不能当外人看,那是因为旧社会不好,把咱们沾染上了坏毛病。比方搞过娘们儿的,是因为没有钱,活了三四十岁,还娶不起个媳妇,这能怨他吗?有的看过小牌的,也是因为太穷了,总想找个便宜,弄几个钱。还有偷过人家点东西的,也是因为肚子饿急了,才逼出来的办法。有的加入三番子,那是想找几个相好的,有点依靠。也有人给地主藏过点东西,也是被逼的没办法,想沾点光;只要不是死心塌地地给地主尽忠尽孝,这就不能算是狗腿子。犯过这些毛病的,都是不光彩的事,就像咱们脸上抹上点黑一样。可是咱们大伙想一想:这些不光彩的事咱们凭心愿意干吗?咱们打娘肚子里出来就不爱光彩吗?决不是这么回事,那是旧社会逼得咱们实在没路可走了,才想出这些点子来。像赵三爷那号人,把咱穷人的血喝干了,咱们才不得不去找口水喝饮饮嗓;他们喝干了咱们的血没有一点过,咱们找口水喝饮饮嗓子就犯了罪?旧社会就是这么不公平!他们还满口的仁义道德,呸!雇一个扛活的,一年就剥削好几十石粮食,还总是有理!穷人的孩子偷他个瓜吃,就叫犯罪,绑起来揍半天,这叫什么他妈的道德?咱们要讲新道德,咱们贫雇农的道德;就是用新道德来看咱们贫雇农;像上边说的那些犯了点毛病的,都不要紧,脸上有点黑,一擦就干净了,只要坦白出来,都是穷哥儿们好兄弟。一句话:只要是姓穷的就有理,穷就是理!金牌子上的灰一擦净,还是金牌子。家务事怎么都好办!"

李政委讲的话刚一落音,大伙高兴地乱吵吵起来:

"都亲哥儿兄弟么!"

"里外要分清,姓富的一点也不能让他!"

"不都是地主糟践咱们?"

"谁愿意在个人脸上抹黑?"

"这话对,穷就是理!"

卓喜富没等到李政委说完,眼里早噙满了两眼泪花,赶忙又回到屋里,就是没哭出声来。你道他为啥想哭呢?他是想到大伙冤屈了他吗？不是！李政委讲的话，他比谁都听得清楚，大伙并没有冤屈他，是旧社会害了他！你道他后悔不该给赵三爷藏东西才哭吗？这话多少也有那么点意思；顶重要的还是觉着共产党没有一点想不到的事，没有一条不是为穷人有好处，想得周到，说得透彻，话都说绝了，太难为共产党的苦心了！因此他是感动得要哭。

一会儿，人们讨论的声音小点了，卓喜富大声喊道："我先来擦黑！"说这话的时候，舌头还有点打哆嗦："第一，我好扭秧歌，从打江南搬来那一年，想扛活都没人要，嫌是外路人，这才打了半年间。过年闹秧歌，赵三爷说爱听我唱的这两声，才把我雇上打更。闹秧歌还不是为的给人家逗乐子？第二，我给赵三爷藏过一个包裹，是因为下晌没吃的了，食人家一斗小米子，才背了半年黑锅。我也没啥说的啦！"他一讲完，大伙七嘴八舌地说："都不能怨你，怨赵三……为后你好好种地，姓穷的都是一家……还能加入咱们贫雇农会！"

这时卓喜富就像逃难的孩子又找到家了一样。

一九四八年一月十二日于报社

选自《高祥》，东北书店 1948 年

翻身屯

一

柳条刚发青的时候,吴来子扛着一张缺了一个齿的"二齿",杆上挂着比枕头大不了多少的铺盖卷,慢慢地走出了于家屯。

走不远,他又回过头去看了看,嘴里嘟哝着:"光复!光复!还不是光你们的复!穷棒子还能光什么复?"

本来吗,老百姓遭了十四年的罪,空拿一条二三十岁的硬小伙子,好力气!整天不闲着,还吃不上一顿饱饭。好容易盼到了日本投降,县里的日本人是走了,可是原来的"满洲国"官,还都是原封不动,有的还升了官。像那个汉奸协和会的会长——李麻子他就摇身一变,成了国民党支部的书记长。

屯里呢?于大脖子照旧抖威风,强迫百姓买枪,编什么"大排"。一杆"盖子"要三千,"九九"也得两千四五,谁买得起?吴来子托情赖脸,说了半天好话,算是和大群他们四家合买一杆枪。快过年的时候,把整整的两石黄豆卖出去,算是还了这笔愿。

才到三月天,粮食就吃完了,照吴来子的计划是:爹还能将就卖工夫,"屋里人"给人家去拔草,两个大人赚点粮食,养活他的两个小孩。自己呢?扛上"二齿"到山边去刨生荒,种两垧地。

早就打定了主意,但是总也不想离开这个穷家。眼看着柳条上的"毛毛狗"都长得枣核大了,才把立在墙角上的"二齿"找出来,背上铺盖,打算先到站上,把"二齿"再接上一个齿,再到山里去搭起个窝棚来,刨荒地。

刚一进街，迎面先看到了大群，老远就跟他打招呼：

"来子！来子！说谁谁就来，正想找你呢。"说着把他的"二齿"接过来，接着胳膊就走。

大群早来了两天，站上的事情，什么都清楚了。恨不得一口气把话都说完：

"民主联军来了，都说是人民的军队，还说跟老百姓的儿子一样。可和气啦！不信你看——真是不笑不说话……还有个陈主任。一看你就知道啦，快走！"

到了村公所的门口——这是一座很特别的红砖房子。他一下想起是二十岁上那年，被村长抓来，和泥挑水，干了一个多月，盖起了这座房子。这以后，十二年他只进来过两次：头一次是跟他爹一块来的，那是爷俩都出劳工，到这里点名；第二次是前年冬里，他在山里刨荒种地，粮食打下来，下晚偷着用"爬犁"往回拉，叫狗腿子查出来了，粮食没收，人还坐了半个月的"笆篱子"。现在又来到这里，虽说已经挂上了"区政府"的牌子，大群也说陈主任怎么好，吴来子还是捏着一把汗。

陈主任，三十多岁，小个子，人可长得满结实。嗓门挺大，爽快，利索。不会转弯抹角地说话，更不是恼在心里笑在面上耍花套，真正是袖里藏棒槌——直出直入。见了穷哥儿们，都像是多年没见面的老朋友，说起话来没个完。但有些财主家子来拜访他的时候，他无论如何拉不成话，勉勉强强应付几句，也是驴唇不对马嘴。他来到站才十几天，大家小户都知道来了个"大个子"，原来有些人竟然和他开起玩笑来，看他长得个小，故意反过来叫他"大个子"。

大群一头撞进他的办公室里，把"二齿"和铺盖卷往地下一扔，指着吴来子说：

"就是他，从小就扛大活，也是咱们山东哥们。"

吴来子把破毡帽摘下来，规规矩矩向陈主任行了个礼；陈主任一把抢过吴来子的毡帽来，又给他戴到脑袋上，拉着他的胳膊郑重地说：

"哥儿们！咱们用不着这一套。快坐下！快坐下！"

吴来子一看：对脾气！今天算他交了个好运，遇见了好朋友，称得起一见如故，无话不说。到吃饭的时候，七八个人围到一个桌子上，又说又笑，都是小米子干饭，炖大豆腐，一色饭。他觉得陈主任不但没有官架子，说话也不会打官腔，句句都是老百姓的家常话，于穷人有好处的话。又是什么佃户要少交租子，扛活卖工夫要涨工钱，穷人才能吃饱饭；又是什么清算汉奸，申冤报仇，穷人才能翻身——这都是吴来子心里的话，可是一直就没有跟谁说过。

"八一五"解放后，他也曾这么想过，受了十四年的罪，好容易熬到头了。没想到"国民党"来了就像一瓢冷水，从脑瓜顶浇到脚心里，认命吧！谁也指望不上。

今天听了陈主任的话，心里痛快极了。特别是他听到了清算庄署长的消息，一下勾起了他的一股子怒火，直奔于大脖子去。

他听了陈主任的话，不去山里刨荒了，回家去联合穷人，和于大脖子算账。

二

于家屯，才开辟不过三四十年，当初只有于万金一家，由奉天搬来，看到这一块地势很平，约摸圈了二百多垧地，雇着七八个劳金开荒。三年以后，又从山东搬来两家小户，一家就是吴有财两口子，一家就是三胜——现在都叫他张大叔。这两家来了一看，周围的好地都叫于家圈了，山地开起来又费劲，又不长庄稼。后来就商量好开于家的荒地，用于家的牲口，吃于家的饭，每开一垧地，交于家八亩，自己落二亩。这样吴有财开了一年荒，分得两垧八亩地。老婆也不给于家做饭了，两口子盖了间草房，种自家的两垧八亩地。第二年就在这间草房里，生下了来子。

此后接连不断地又搬来了十四家小户。有的照吴有财的办法，给于家开荒地，有的就干脆租于家的地种。

民国十来年上，于家盖起了个大院套，十二丈见方。正面是七间起脊大瓦房,两边都有过道,通到放柴草的后院去。前院东西各有五间厢房,西厢房是给扛活的、吃劳金的、猪倌、马倌住,东厢房是两间仓房,一间草房,和两间放零碎农具的房子。顺着东厢房往外排,是马棚和猪圈,周围是七八尺高的围墙。四个墙角上,是比围墙又高了一半的四个炮楼,于家有四杆洋炮和一杆抬子,防备胡子。

在它的周围呢?西面半里地是于家的坟茔地,南面怕挡住于家的风水,却不许别人盖房子。只在东北两面盖起了十几间小草房,地盘算来,没有于家大院的一半大,屋脊还没有人家的围墙高。

于万金施威作福,吃香喝辣,胖得脖子的肉都拥出一块来,大伙都叫他于大脖子。

那时于家才一百来垧地,到民国二十年,就变成二百垧了。

种他地的人,山岗地或者沟洼草甸,才准许按收成交对半。像二十条垄的大块好川地,都是定租,每年三石五斗,至少也得三石,上中溜的年头,才打五石粮,遇上个天干水涝,下一年的辛苦,还得赔本交租。佃户在家里量好了三石粮,到于家一量,就成了两石七了。这还都是小事;顶厉害的事:每年于家都指定交什么粮。庄稼长起来的时候,于大脖子就和管账的,在方圆几十里地以内,到处去看。比方这一年大豆种得少,到交租子的时候,他就捎下信来:别的粮食不顶数,光要大豆。佃户们想拿粮食换也换不来,没有法子,只得借钱去买。遇上个歉年,租子交不够了,也要借钱,谁家出点红白事,也得借钱,不管转几个弯子,大伙都得借于家的钱。

只要一沾上这个边,那就是永远算不清的账,死不了也得脱层皮。

说起利钱,于家先前还光是用"驴打滚"的办法,借一吊钱,一年还两吊,二年还四吊,滚上三个滚,就是八吊。这还好算,要紧的是叫穷人算不清账,他说什么是什么。后来就兴起了个"四季风",借一吊钱,每过一季,算二百五十钱的利钱,有钱马上还利,无钱利上加利,几阵风以后,穷人就算不清了。后来干脆又来个"大加一"，借一吊钱，每月加一百利钱，不马上交钱的，按月滚利。穷人借粮，或者交不起租子的时候，他也有一套名堂，叫"一米三谷"，春前借一斗米，秋后还三斗谷子。

像民国十五年上，吴有财的老伴死了，实在不忍心裹上领破席埋了，后来把地照拿去做抵押，才借了于家的一千吊钱，买了口棺材，叫了班吹手，把事办了。指望着省吃俭用，第二年就能还上本，再一年还利，他就没想到第二年还要利上滚利。但是于家对有地的人家，倒不在于利钱，非把地弄来不可。吴有财老伴死的第二年，小苗长到膝盖高的时候，有一天夜里，于家赶了十来匹马，到吴有财地里去放青，连牲口吃带糟蹋，庄稼损失了一大半。后来老吴虽然查明了这件事，也是干着急，没办法。这一年自然就还不起账。到第三年头上，于家强迫他拿地顶账——不就是这样，把他的一垧八亩地给抢走了吗？

再比方老赵头一年的租子没有交够，打了两个滚，一年赶不上一年了，过了三年，于家叫他拿人去顶账，白干了三年活，一个钱不挣，才算完事。

民国二十年上，日本人来了以后，于大脖子一勾串，当了区长，于家屯，干脆就叫于万金屯，当了这一块地方的土皇上。谁敢违抗一下，就地治罪；再厉害的，只要他一句话，送到县里特务股，轻者坐三个月的"笆篱子"，重者得两三年的劳工；弄不好就把命送掉，谁一听说"八十号"——特务股长的电话号码——头发根子谁不发挺？

有一年于大脖子的二十多垧地叫水淹了。第二年春天，他就想了个办法，挖上一条大壕，直通到松花江去，再不怕水淹了。可是一丈二尺宽的壕沟，三十多里地长，要占去十几垧地的地盘，这他就不管了，碰到谁的地上谁倒霉。正当青苗出土铲头遍草的时候，他一个命令，把二三十里以内的男人都召集来，不赚钱还不说，吃的都要自己带干粮，整整挖了半个月，才算完工。

人们再回到自己地里一看：草比苗长得还高。就这样，谁敢哼了一口气!

好容易盼到"满洲国"倒台,人们想着可以出口气了;没想到于大脖子的神通广大,到站上走了一趟,找了两个朋友,一同到县里,请了三桌客,回到屯子里,大伙儿都传说着:"于大脖子又当了国民党的委员了。"

于大脖子把"满洲国"当过警察特务的召集起了二十个人,成立了"大排",捐款买枪,大家小户都得摊一份,凑起了二十杆钢枪,于大脖子自己手使一把大净面匣子。

欺负人的狗腿子,又瞪起了眼珠子吓唬人,到各屯一走,谁敢不拿出大米白面来待承?

站上的积谷粮,都叫于大脖子他们拉到自己家里去了。

什么都没有变动,就是站上的红膏药旗,换上了蓝白布的国民党旗。老百姓说:这有什么分别——狗屎一堆,一堆狗屎。

三

就在吴来子回来的那天晚上,在张大叔的小房子里,除他俩,还有宋长发、六子和大群,不用说,都是吃过亏受遇害的穷棒子哥儿们。

吴来子的两个大眼珠子,瞪得比豆油灯还亮。

"陈主任说啦:三个同了心,黄土还变成金哩,大伙儿一联合,没个干不成。"

"干呀! 不干也是个死。"六子从炕上站起来说,"明儿就找他算!"

"先把他那棵匣子下下来!"大群也是个愣头愣脑的家伙。

"就凭你大群这颗脑袋?"张大叔说。

末了还是听了来子的主意:明儿每人再联合三两个人,下晚还来这里参考。

第二天人更多了,唠了一阵,吴来子再三说:明天再去联合外屯的人,一定要知根知底的,不能走漏风声。可是当他回到家里,正要睡觉的时候，大群一头撞进来："坏事！出了汉奸了！王二这小子，会一开完就跑，我盯着一看，他跑到于家去了。"

吴来子把眉头一皱，喘了口粗气说："来就跟他干！"

"还是躲躲，人家有硬家伙！"

一句话没落地，外边的狗咬起来，大群把吴来子的胳膊一拉，从后窗户跳出去，转了几个弯，闪到村外的一棵大树后面去一看：三条黑影，照着吴来子的家里奔来。快到门口的时候，听到了雨声、拉枪栓的声音，后来眼看着进屋去了两个人，门口站着一个。这时大群又把吴来子的胳膊一拉，翻过不高一条岗，直奔站上去。

三个人鸡叫狗咬地闹了大半宵，也没有摸着一点影子。快到天亮的时候，于大脖子又派人到大路口下卡子，挡住去路。一直等到出太阳，不但没等着吴来子，对面大路上却下来了一支队伍，于大脖子听说以后，赶紧把他的"大排"派出十个人，隐藏到东山里。他自己和屯里人一样，站在屯口上看队伍，就像没事一样。

人们老远就看清了：领头的就是吴来子和大群——嘿！两个人都挂着匣子哩——他俩当中，夹着个小个子，紧接着就有人说："陈主任！陈主任！"

队伍进了屯子，谁家也不去，整整齐齐地站在道边上。陈主任第一个就盯住了于大脖子：

"县政府有命令：'大排'的枪都缴出来，成立自卫队。"

"好！好！好！都是为国。先请里边坐，一路辛苦！……听说陈主任到任，还没来得及拜访……"

陈主任一听见这一套，心里就起火："别来闲篇儿，枪在哪里？"

"里边，里边。"于大脖子在头前走着进了院子，"就打算这两天，我亲自给主任送去。"

十杆枪痛痛快快交出来。其余的十杆他说是去山里打胡子，三两天回来，一定送到站上。陈主任看他枪拿得挺痛快，当时就没再追，赶快去忙着布置开群众大会。

一说开会，快得很，都想来看看这个陈主任，周围左近七八个屯子,男男女女来了四五百人。

陈主任刚上到那个土台子上就说道:"共产党是领导咱们穷人翻身的,要把压迫咱们的人打下去;穷人永远再不受气了。"接着又说了好多以前为什么受穷,是谁剥削咱们。这一下可把人们说乐了,个个眉开眼笑的,陈主任的话刚一落音,人们紧跟着就乱吵吵起来:

——都是老实话。

——把咱们心里话都说出来了。

——对! 就这么办! 联合起来一条心,有事大家挡!

——非这么不能翻身!

——可没见过这么好的主任,这不是唠咱们家常嗑儿吗?

——"救命恩人!"雪白胡子的刘老大爷,挤到那个土台子上去,打断别人的话,"大伙要认清这个世道啊! 开天辟地就没听说过,哪一句话不是为咱穷人呀? ……合上眼了,心里也痛快!"

当时又决定:把附近七个屯子编成一个行政村,选张大叔当了村长,吴来子当农工分会的主任。

四

这几天吴来子把于家屯闹得翻了天。

他说一先成立人民自卫队,到粮户家去起枪,吴来子说:"没有枪杆子,就革不成命!"三天,只有三天,吴来子和大群觉都没有睡,东奔西跑,起出了三棵"大步盖子",两棵"连珠枪",洋炮和抬子,起了八棵。以前这都是给粮户看家的家伙,现在都叫穷棒子背起来了。他们不论走到哪里都背枪,擦得光溜溜的。

按照区上的指示:"去年交的租子,每石倒回二斗五升!"佃户们自然高兴了,但大家都拿着麻袋在门口等,谁也不肯先出头。张大叔说了个:"先跟地主商量好了再去。"吴来子说:"没有那么些好话跟他说。"他先到靠山屯,把人们领上,又到张福屯,黑瞎子沟……人是越来越多,老娘们也拿上个布袋在后面紧追。

到了于家的门口，没等里面答话，"咯吱"把大门挤开。

"把家虎"从屋里跑出来，跳着脚："你们要造反？"

"公事公办！"

"一百多家反一家，应该！"

仓库打开了，照数退租子，一颗也短不下。

还有三四十个人，种老张家的地，一窝蜂拥了去。

老张早就把账算好，好商好量地退了租子。

张大叔的家成了村公所的办公室，整天拥着风雨不透的人们。

农会委员宋长发，在北边那铺小炕上，办理会员登记。他坐得腿麻了就蹲起来写，一会又坐下。快到落太阳的时候，他还没吃晌午饭。

南炕上一大堆人围着吴来子商量着分积谷粮。

——这都是日本人整咱们的粮食。

——咱们下晚打更看着，拉粮食轮他们？

——说算就算！

——要干就干！

吴来子一看大伙儿都起了劲，心里可乐了。他不晓得多会儿学来的这一套：他把事情提出来，先不说怎么办，叫众人说，你一句，我一句，七嘴八舌一吵吵，行了，劲头也提起来了，办法也有了。现在他一看人们的劲挺大，就势又提出来了："穿得也太困难了。"大伙儿又吵起来：

——十来年就没有添过一件新衣裳。

——这条破裤脱下来，就得光屁股。

——六子两口子穿一条棉裤过冬。

——配给布都叫于大脖子扣去了。

——跟他算！

——算！算！算！

吴来子一看：对劲！只要大伙儿想算，就好办！他又接着提出来："还有什么？一古脑儿算个利索。"

——挖大壕!

——大壕!

宋长发从北炕上站起来:"我早算好了,每人一天发十斤米的工钱!"说完又赶紧坐下去填表。

——光够工钱不行,耽误得我一垧二亩谷子只打了两石。

——占了我足够六分地,当腰给穿过去的。

——劳工也得算。

——出荷……

他们的声音越吵越大,刘老大爷在炕角里梳着他的白胡子说:"也该改朝换代啦。"

门外边一群小孩子围着大群,他正教给队员们瞄准。

那几个扛洋炮的小伙子们,翻来覆去地唱着:"太阳升,东方红,中国出了个毛泽东……"

就这样一天,两天,乱嘈了三天。这天快到半宵,吴来子还在开村干部会,一个队员进来报告:

"老于家把胶皮车套好了,正装东西,八成是想跑。"

吴来子没等别人答话,赶快说:"大群,快!派队员把他抓起来!"

第二天开斗争会的时候,吴来子先上到台子上去,大声嚷着:"把于大脖子带过来!"

现在是穷人当了家,再不是以前的吴来子了。人们看着把于大脖子带到台上去,大伙又说:这也不是以前的于万金了。

吴来子讲话开始的时候,人群里一点声音也没有。

"在场的叔叔大爷、兄弟哥们!现在是咱们当家了,共产党就是领导咱们老百姓翻身的。以前欺负咱们的人,要跟他算账,要报仇!今天就是把你们请来,算老于的账。各位叔叔大爷,大嫂老大娘们!谁受他的气?谁挨过他的打?都说出来,直起腰板,挺起胸脯,说!一句话也别留在肚子里,都说出来!"

开始的时候,大家还静了一会儿,好像不晓得怎么说法,心里也

不大落底,有点害怕。后来六子第一个跑到台上去说:

"'满洲国'的配给布,是按出荷粮发给的,我们出荷粮一点也少不下,布呢? 先到他老于手里,每次都是照数扣下一半。现在要从头到尾算这笔账,把布还给我们!"说完以后,他又大声喊着:"大伙儿说在理不在理?"

"对!"

"在理!"

一下就给哄起来了。老郭抢着挤上台去说:"日本人买麻袋,每条发下二十元,这钱都叫老于扣下了,一家摊了一条麻袋,现在要这个钱!"

大群也挤上去说:"出劳工不公平,老于有两个儿子,十四年一回也没去过,别人都差不多轮三四回。我爹的腿就是出劳工碰断的。"

刘老大爷也提出二十年前的事情来:一年的租子没有交够,硬把两匹马牵去了。

就这样,一个人一套,说起来就没个完,一个人在台上讲着,好几个人在下边等。后来就在人群里讲起来了,谁还费事往台上挤呢? 老大娘们也大声嚷着把几十年的苦处诉出来,一个年轻的小孩子跑上去,抽手就打了老于个嘴巴子。这一来,一拥上来了十来个,多亏吴来子拦住了大家,维持住会场的秩序。天快黑了,下边还有很多人要讲,后来选出七个人当"清算委员会",会才算开完。

七个人整整忙了两天两宵,第一步算出贪污粮八十石,公款三十万元,个人的敲诈勒脖子还都不在内。于大脖子答应先交出一半,"清算委员会"按着各家的状况发下去。

于家屯再不是以前的于家屯了。小草房里时常听到响亮的笑声,人们的胸脯也都挺起来了。

五

这是三天以后的事情。

于家屯睡得正甜的时候，就在不远的地方，响了两枪，紧接着又是一声洋炮。大群刚跑到吴来子的门口，放哨的说，是东山上来的胡子。他们很快地把队员集合起来，在屯口上抵抗，又派人到站上送信，但是几个路口上，都有胡子的卡子，到处响枪，一条道也走不通。胡子越来越近，枪也越响越紧了。吴来子怕吃大亏，带着队员冲出去了。

胡子进屯的时候，先找到吴来子的家，把吴有财绑起来，吊到门上，用柳条子打了个皮开肉烂。

把六子的媳妇也绑来，浑身上下剥个精光，一丝不挂，一个胡子端着手枪，强迫她光着身子去烧水做饭。

又把宋长发捉来，衣裳也脱光了，爬到地下，两个人换着班用柳条子打，只打得宋长发来回翻滚的时候，胡子们大笑着说：

"这一回可翻了身了吧！"

"你们闹什么翻身？'中央军'一来，都杀了你们的头！看看这是什么？"一个胡子指着自己胳膊上的臂章说。

宋长发一眼先看到一个国民党的党旗，一行小字还没有看，早气得满眼冒火星子，乱骂起来，胡子就越打得厉害，打一会，问一句"翻身了吧？"宋长发更骂起来，鞭子打得也就更厉害。直到把宋长发打得晕过去，才住手。

其余的胡子，到各家把箱子柜子都翻腾遍，值钱的东西，都给抢走，又牵去了三匹马，临去又把吴来子的房子，点把火烧了，一窝蜂也似的向东面跑去了。

还不到一顿饭的工夫，站上的区中队赶来。一调查，每家都被抢，就是没到于家大院去。

原来就在开斗争大会的前一天，于大脖子到东山去了一趟，找到他打发出来的那十个人，一块去投奔刘局长——就是伪满警察局的刘局长。国民党来了,什么也没动,就是改成了公安局长。民主联军一到县城的时候,他带着几个人投奔东山,和"北海"、"压五营"联合一气,受李大麻子的指挥,编成东北保安军第五师第三团。这些中央胡子专门扰害地方,破坏民主政府。

于大脖子一来,自然受到欢迎,说好当天晚上出来,没想到当时就叫吴来子抓住,算了一账,把粮食交出来,才放了他。于大脖子怀恨在心,冷不防一天下晚跑出来,当下刘局长带了五十多人打了一下于家屯,算是欢迎于大脖子的见面礼。

可是吴来子却为这回事把眼都急红了。他要求区中队在于家屯驻了两天,把全屯的人们都动员起来,修起了一道围墙,周围盖了六个炮楼,又跟区中队要求了两杆枪,补充了四百发子弹,夜晚增加到四个人放哨。吴来子和大群来回打更,每天都是到天亮才穿着衣裳睡一会觉。

他断定:这个鬼一定是于大脖子引进来的,但是就有一个"把家虎"在家,死也不说,谁能把她怎么样呢? 拿定主意,先把她撵出去,把门封了,以后找到于大脖子的时候再算账。

相隔不远,胡子又来了。一来就和自卫队接了火,吴来子亲自指挥,坚决抵抗,胡子到了儿没有进来。谁想到另一股子却绕到西边去,冲进于家大院里,上了炮楼,从后面打起来了。自卫队前后受敌,只能招架。正在这时候,十来个胡子,窜到南边一个小炮楼里,捉了三个队员到于家大院去。于大脖子当时就下命令:枪毙! 已经打死两个的时候,他亲手把第三个枪毙了。

他一面叫人赶快收拾东西装车,准备逃走,自己又带领二十个人冲出来,想活捉吴来子。

刚一出门,屯子南边又响起枪来了,他又赶紧缩回院里去,上了炮楼。枪声越来越紧,这一下子可把于大脖子给吓毛了,他想:区中队一个钟头决来不到,村里就是吴来子他们十几个人,这又是哪里打枪呢?

他做梦也没有想到,自从上次于家屯来胡子以后,区中队变更了计划：它不光是在站上了，一天换几个地方，主动打胡子，来无影，去无踪。今天下午十点钟才悄悄进了靠山屯，离于家屯只有四里地，是听见枪响以后才赶来的。弄清了情况，先打于家大院，解救吴来子。

只凭几十条步枪，想打进于家大院，是很困难的，他们决定先围到天亮，一方面又到站去调轻机枪和路杆炮（掷弹筒），可是天快亮的时候，于大脖子心慌了。非冲不可！这一下可活该他倒霉，大伙老远就看到这个大脖子弯着腰跑，仇人见面，分外眼红，吴来子和大群带领钢枪队员一股劲冲出来，吴来子在头前一个"虎扑子"捉住了于大脖子，胡子连死带伤，打倒了十几个。于大脖子的狗腿王二，也死在里面。

六

还没有来得及下通知开会，各屯的人老早就来齐了。

还是在那个土台子上，躺着三口白杨木棺材，前面放着一个供桌，整整齐齐摆着三个人的牌位。两边有几个年轻的女人擦眼泪。

来的人虽然不少，可是听不到一个人大声说话，每一个人都是非常注意地看看那三口棺材，然后又伤心地低下头去。

这是个阴沉的天气，一团一团的黑云彩就像要掉下来一样，风又一个劲地刮着，虽然是快到五月节的时候了，但人们觉得还有点春寒的意思。又看到了棺材，牌位，和冒着烟的三炷香……谁看了不伤心呢？

吴来子眼里噙着泪花，上台角上去，向着牌位行了个礼，又慢慢地转过脸来，把掖在裤带上的一条毛巾拿下来，擦干了眼泪，才抬起头来说：

"各位……"他这时一眼看到好几百人，都是通红的眼圈，静得一点声音也没有，他不由得又笑起来，一句话也说不出来了。他抽搭了好几口，半天才带着哭声说：

"长根，柱儿，刘五，谁不说是几条好小伙子？现在为咱们大伙,为全村不遭害,他们叫胡子打死了! 各位要知道:这不是以前的红胡子绿胡子了,这是中央胡子,是专门和穷人作对的。我们更应当团结起来,组织好,给他们三个人报仇!"

——报仇! 报仇!

大伙的声音还没有落地,人群里又响起了两个粗壮的声音:

——枪毙于大脖子,给他们三个人祭灵!

——脑袋割下来,做供饭!

——毙! ——几百条嗓子嚷成一团。

于大脖子被架到台上去的时候,脸上早吓得没有一点血色了。一上来就向着台下跪倒,磕头饶命。吴来子的粗眉毛拧成了一个疙瘩,上牙用劲咬着下嘴唇,只气得鬓角上的青筋乱跳。他一脚把于大脖子踢开:

"拉到一边去,毙!"

大伙都亲眼看着这块臭肉躺到地以后,才又回到原位来。吴来子又说:

"这才打倒了一个敌人,中央胡子还许要来,咱们时时刻刻要防备好! 我提议把他的家产没收了,大伙搬到大院里去,好好地守卫!"

——好! 就这么办!

——地也要分!

随后大家又通过:把靠近于家屯的好地,拨出三十垧,分给死了的三个队员家。

大伙儿抬着棺材,吹吹打打地埋了以后,才回到于家大院。把几十石粮食都分给外屯,家具归本屯使用,牲口车辆归农会,轮替给大家使唤。然后又各屯选出两个人来,计划分地的事情。把二十年前的老账都翻出来,地归还主,其余没地和地少的人,都凑够了每人一垧地。

七

这次打胡子,得了十二条枪,扩大钢枪自卫队。又在站上定做了三百个扎枪头子,每一个会员都发给一个,编成扎枪队。都是五尺长的杆子,一尺半的枪头,二寸来宽,两面开口,飘着一尺来长红缨子,枪裤上还烙着"农工联合会"的铁印。

他们三三两两地,到那里去,都扛着扎枪——人们叫做翻身枪。

于家屯的人全都搬到于家大院里,住上了于家的大瓦房,辟出两间正房作办公室,又补修了一下炮楼和围墙。

于家屯改成了翻身屯。大门口挂着村政府、农工联合会和人民自卫队的三个牌子,上边横着一块大匾,写着"翻身屯"三个大字,两边贴着一副大红纸的对联:

"想想从前,世世代代尽受气;

看看从今后,子子孙孙翻了身!"

多少年啊! 世界又是人民大众的了。

就在这一天,全村办了个大喜事。杀了四只大猪,按四个人一桌,摆了□十多席。吴来子把每一桌都添满了酒,他自己也端起一杯酒来,站到凳子上去,用大嗓门嚷着:

"各位叔叔大爷,大嫂子老大娘们! 庆祝人民翻身,得了胜利,大家都来干一杯!"

——干!

——干!

吴来子又说:"现在我们大家都有饭吃,有衣穿,有地种,有房子住了。大家想想这是谁给我们的?"

——共产党!

——民主联军!

——民主政府!

"对! 没有共产党的领导,一万年也翻不了身!"

不晓得什么时候,陈主任也来了,他一下跳到桌子上去,大声喊道：

"还有一条,大伙都组织起来,才有力量,才能翻身!"

——组织起来!

——全村结成一个铁锤!谁敢来把它碰个稀烂!

刘老大爷端着酒杯挤过来,也嚷起来：

"我代表咱们村里三百二十户人家,谢谢陈主任,领导我们翻身!"他把酒给陈主任递过去。

"这是我们的心啊!"几百人一呱声喊起来。

陈主任把酒喝下去的时候,没一个人不拍巴掌,锣鼓也响起来了,吹手吹着很高的音调。"嘣!嘣!嘣!"三声洋炮一响,划拳的,猜酒令的,"恭喜!""大家同喜!"都一齐吵起来了。

多少年啊!世界又是人民大众的了。

八

吴有财和别人一样,又把自家的地分回来了。他算了一下,那是二十年前的事情,自家的一垧八亩地,叫于大脖子霸占了去。他现在又把写着"吴有财"的木桩子钉到地角上了。

他走到地里,看了看老伴的坟,又在地里来回走了几趟,看着那已经长到膝盖高的谷子,不由得想起二十年里所遭的苦难,那是"满洲国",旧社会,直到把穷人折磨死才甘心,他想起那天晚上,叫胡子吊起来打,也想起了躺在土台子上的那三口棺材……他的心都快要气炸了。慢慢地移动着小步："你!国民党!蟊贼!"

一会儿,他又想到:二十年啊!才算看到了青天!

——拿什么报答政府呢?——他呆在地里,想了半天。

又好像谁提醒他一样:庄稼人,没有别的本事,就是会种地,多打把子粮食,给军队吃,别叫反动派再来,这也算尽了我的一份心了。想到这里,心里才痛快起来。

下晚,他到吴来子屋里去：

"来子,明儿给你娘烧个纸去!"

“喂！抽空去吧。”

吴有财看着儿子整天忙得饭都顾不上吃，东跑西颠，为人家办事，村里哪一个提起来不伸出大拇手指头：“行！好样的！”心里真有说不出来的高兴。老人家想到那里，就想说：

“来子！就照这么干！可别懈劲啊！”

“决不能懈劲，爹！”

“爹还想——把地侍弄好，多送点公粮，给咱们的军队吃，也算是报恩啦！”

“跟大伙商量商量，爹在村里当个生产委员吧。不光咱一家好，把全村都领导着生产好，不是更好吗？”

“快六十的人了，还……”

“行！爹的体格好。”

这一来，男女老幼都去下地生产了。他们把丢掉了一二十年的地，又来用自己的手，种自己的地了。

一走到地里，就跟回到自己的家里一样，特别显着亲切，土的气息也是香的，看见一棵小草，一个飞虫，也都觉得怪可爱，因为这都是自家的东西了。——再不是以前那样，掉一根针，都是掉到人家地里。

吴有财又提出一个号召：今年的庄稼要铲三遍，蹚三遍。他把自家的地侍弄完了，到处去看别家的地，看到谁的地草多，赶快去通知他，有照顾不过来的，看谁家闲下了，大伙去帮忙。农会的六匹大马，也由他管理，看谁家的地该蹚，就给谁使唤。全村就跟一家人一样。

快到挂锄的时候，他又盘算着：七月十五到八月节，这一个月里，地铲完了，庄稼老是不好好干活，今年要想个办法，他和大伙参考了好几回，才定出了搅麦楂，放秋垄，共有六条，跟大伙儿一宣布，谁能说不同意呢？

老头子干着更带劲了，一点也不觉着累，再也不说什么“快六十的人了”，他觉得自己年轻多了。没有一点事叫他发愁，也没有一点值得牵挂的事。他心里只有一件事情：就是把生产领导好，自家的生产更要弄好，自己要做出个样子来，别人才能佩服，他起早贪黑，两头见星星，整天在地里干活。回家以后，饭一吃，就又找人唠嗑儿去了，精神特别大，声音也洪亮得多了。大伙都说：

"新社会把老人都改变得年轻了。"

一九四六年九月初

选自《东北日报》，1946 年 10 月 5 日～7 日

高　祥

　　高祥是个有名的受气罐子,老实巴交地扛了一辈子大活。东家不顺心思了,便找他骂一顿。比方柴火垛歪了,不管是谁垛的,总是找他。因为都摸着了高祥的脾气:遇到这种场面,他宁肯受点窝囊气也不吱声;伙计们不高兴了,也想找他出出气,人多说笑话的时候,就拿他开心,谁都想说他一句:"黑瞎子叫门——熊到家啦!"

　　他从来没有得罪过人,看见别人打架的时候,他也替人家担心害怕,怕惹是非。他向来就是抱着"多一事不如少一事"的想法。

　　这篇小说,就是要说明高祥怎样转变成一个积极分子,并且当了农会委员的故事。

一

　　他是江南双城人,小名叫祥子,三岁上就死了爹,姐姐比他大十四岁,正赶上那年出门子。家里就剩下他们娘儿俩了,又是穷人家,妈妈就搬到他姥姥家去住。开始,一家人都蛮照顾,到吃饭的时候,先把他娘儿俩叫来,坐在炕上,两个娘家嫂子跑前跑后,吃了一碗盛一碗。对祥子呢?大伙也是都想抢过来抱抱。过了几天,祥子妈妈就觉着怪不好意思的,针头线脑地也帮着做点,吃饭的时候,也再不上炕盘腿大坐了。再后来,就灶火里烧烧火,收拾收拾秧稞地,什么活也做起来了。可是嫂子们越对她疏远了,慢慢地便嫉妒起她来,遇事还想给她个脸色看。祥子哭了,也再没人来抱了,并且表兄弟们还常常来欺负他,在院里打哭了,便都跑回各自

194

屋里去了。

　　还不到一年,就成了这个样子,以后的日子怎么过呢? 祥子妈的处境变得非常困难了:吃饭时不敢尽量吃饱,人多时也不敢大声说话,干活少了,嫂子们都不高兴,还故意把重活叫她做。又偏赶上嫂子生小孩,祥子妈就更得多干活了,在婆家都没有这么累过,为的吃人家碗饭,干啥活也不敢不下力,做错一点事,就闲言乱语,嘀咕起来没个完。就是娘家妈觉着有点心疼,可是没一点办法,有好几回她和祥子妈说:"别受这份气了,才四十来岁,不会再走一家?"可是祥子妈总觉得半老四十了,又有孩子,拉扯大了还是一家人。她还是这么过下去了。

　　祥子就这样在他姥姥家过了五年。妈受气,个人也受欺负,这些事他一辈子也忘不了。直到八岁,姥姥家也越过越穷,妈才托人赖脸说着,叫祥子给三掌柜家去放猪,自己也就回到婆家那间破屋子里去。

二

　　三掌柜是屯子里的大地主,二十来岁就当了家,雇着七八个伙计。祥子一到他家,三掌柜就当着伙计们跟他说:"小子(他故意把'祥'字念成'小'字)! 我们雇你,不是雇你这个人,是支使我们的钱,就跟拿钱买东西一个样。叫你咋的,可不能不听说!"高祥一直到现在还记住这句话。

　　原来三掌柜家还有个猪倌,一个人放四五十口猪,招呼不过来,才把祥子雇来当帮手。祥子除去天天下地放猪以外,早晚还得给三掌柜提尿壶,抱柴火、掏灰,也都是他的事。伙计们谁能看得起他呢? 饭少了,只能吃个半饱,下雨天,伙计们要是抽烟,也都是叫他到灶火里去点火,这事就成了他的专差。

　　十四岁上,祥子变成马倌了,马有活的时候,他就是半拉子,场里地里都跟着做。这年收割庄稼的时候,有一天傍黑,拉完最后一车苞米秸,伙计们发现把杈子忘到地里了。饭也没吃,就叫祥子去找杈子。离家三里多远,祥子走到地里,已经漆黑了,他找到了杈子,觉得累得一动也不想动了,想枕着杈子躺一会儿;谁知一躺就睡着了,直睡到第二天大亮才醒过来。当时就觉得身上发冷,勉强往回走着,满心里想着回去在热炕上暖暖,吃上点热饭,也许会好的。谁知刚一进门,就碰上三掌柜,劈头就说:"我寻思'张三'(狼)把你吃了哩。不回来谁知道你是死是活?花钱雇人还得替你操份心!"祥子一看伙计们都吃完饭了,他饭也没吃,就不言不语地跟着下地了。

冻了一宵,一连两顿没吃饭,一病就病了二十天没起炕。这年年底算账的时候,按照忙工工钱扣了他二十天,算了一下,只挣了半年的工钱。

一直到民国八年,祥子二十一岁,早已顶上整工了,这时他妈也死啦。三掌柜又在北大荒买了十方子(每方四十五垧)荒地,哥三个分了家,三掌柜就带着祥子他们四个伙计,十二匹马,到北大荒来开荒。

三

到了北大荒,三掌柜又雇了几副牛具,不几年就把荒开完了。祥子就像一头牛也似的,始终是埋着头干,一句话也不多说。他觉得给人家扛活,就跟卖给人家一样,人家有钱,咱有力气,凭力气挣钱,如愿者上钩。他觉着自己决不能和三掌柜比,人家读书明礼,说话都带着官架子,吃香的喝辣的是应该的。自己受罪,也是该受,粗手笨脚,拿什么和三掌柜比呢?三掌柜发脾气骂他两句,也是应该的,谁叫人家有钱呢?

至于伙计们有时也欺负他,他也是觉着人家都比他本事大,能说会唠,手眼也大,在三掌柜面前能答上话,自己也不能和人家比。

另外,他还受老曹头的影响很大,老曹头是三掌柜家老扛活的了,经过前清国、老中华国、"满洲国"三个朝代,受尽了冷言热语,世事风情,把老曹头的性子磨练得就和一块软面一样,捏个啥样就

196

是啥样。在伙计们当中，祥子只有和老曹头能唠得来，老曹头常常把"平安即是福""能忍者自安"这一类的话教育祥子。这是他个人的经验。既在人眼下，怎么不低头，趁早别想耍脾气，闹到哪里也是穷人吃亏。

把这一套话和祥子的出身对照起来，就造成了这个受气罐子。

四

熬到日本投降的时候，祥子已经四十七岁了；还叫他小名，人们都觉着有点过不去，于是就加上个姓，叫做高祥。

当时很混乱，日本溃兵、国民党的胡子队，到处闹个鸡犬不宁。也就是那么两三个月，等到八路军一开到这里就平定了。

过了年，县里来的工作队，净找穷老乡开会，说是要"诉苦"，高祥长这么大也没有听见过这个名词。后来听到工作队解释了一遍，他才说："有啥个诉头呢？还不就是个苦！"工作队说："一诉就诉甜啦！"他更闹不清是怎么回事啦。后来听见别人都把以前受欺负受压迫的事全说出来，就像倒苦水子一样。他也跟着把自己在地里冻了一宵的事简简单单说了一下。当时并不是出心想说，是因为"官家叫说，不说能行吗？"

诉完苦接着就是"找穷根"。这回说话，可就得牵扯到地主身上了。第一个说话的是秃老六，他第一句话就说："不用找，穷根就在地主身上！"高祥一听吓得半天没出口大气，手心里却出了两手冷汗，他觉得秃老六非闯祸不价。可是后来大伙都这么说："人是一样的人，地主吃好的穿好的，啥事不干；穷人一天累个半死，到头来还是吃不饱饭。不叫地主剥削人，咱们就受不了穷！"要是两三个人跟高祥说这话，说啥他也不相信，因为老曹头告诉他那是"坟上的风水，祖上的阴德"，这两句话在高祥脑子里就和拿铁印烙上一样！可是今儿七八十号人都是这么说法，有根有由的一点不差；他又一联想到自己，觉着这话是有道理的。只是自己可不敢那么说，等到人家都说完了，他偷偷溜出去，假装上茅房，算是躲过了这一关。这个会一起开到鸡叫才开完。

第二天又开会的时候，换了题目了，又进了一步，说是要"挖穷根"。怎么挖法呢？清算！斗争！大伙商量着头一个斗争对象就是三掌柜。大伙乱嚷嚷着怎么开会，谁先讲话，会开得满热闹！高祥呢？一进屋就蹲到个墙角里，一动也没动，心里扑扑通通地跳着，听着大伙吵吵。他顶恨的就是秃老六，说话嗓门属他大，要求在斗争会上第一个发言的也是他。高祥心里嘀咕着："这小子要倒霉！"另外，他也替大伙担心：三掌柜是好惹的吗？说话冒冒失失的，事闹大了，也免不了自己的一份。后来他掏出烟袋来抽着，一袋接一袋，不住气地抽，想借着抽烟来散散害怕的心情。可是秃老六的嗓门更大了，话属他说的多，他的每一句话，都变成了小棒槌，敲打着高祥的胸脯。

五

清算三掌柜的斗争会，开得很好，大伙都指着三掌柜的鼻子尖和他讲：怎么剥削穷人，怎么欺负别人，一套一套地把他丑事都说出来。讲话的越来越多，三掌柜低着头一句话也答对不上。会开完了，谁也没闯祸，秃老六被选成了清算委员会的主任委员，当时指挥着把三掌柜押起来，说是清算完了，叫他还完账，才能放出来。过了两天，账单子往外一拉，三掌柜光是贪污配给品，就该一万斤盐、一千二百尺布，还有三十万块钱。三掌柜一点也没短下，如数拿出来，还给了大伙。

这件事情给高祥壮了壮胆子，他觉着算得很合理，可是在会上他没敢说一句话，他当时还是给三掌柜家扛活，分给他东西，先头也没敢要，后来秃老六说着，他才收下了，偷偷地藏在别人家，怕叫三掌柜看见。

到七月天快挂锄的时候，县里工作队又来了，说是要分地。叫高祥和另外三个跑腿子的搬到一间房里去，另安锅灶，不叫他扛活了。工作队发动群众跟地主要回地来。这回清算，再不是以前那一套了,这是从老根算起,把地主的老家底子都挖出来!

　　工作队的同志,特别找到了高祥,和他慢慢唠嗑儿,扯到了三掌柜的地是怎么来的,两人一算就算出来了:在江南就是大地主,靠吃租子剥削人,粮食卖成钱,又到北大荒来开荒占草,雇着六副犁杖开地,开完地又是吃租子,雇伙计,地更多了,就越吃得好,穿得好,可是三掌柜本人连犁把都没有扶过一下。经过这么详细研究,高祥真正明白过来了,地主的地亩,都是穷人给他挣的。他个人算了一下,给三掌柜家干了四十年活,就拿一年挣一垧地来算,还该四十垧哩。可是自己一条垄也没得着,连房媳妇也没娶上,眼看快五十的人啦……就这样,把他个人的苦处一唠扯,他也就想开了。

　　又过了几天,就开始分地,每人八亩,跑腿子扛活的一人顶两个,分一垧六亩地。高祥自然是分三掌柜的地,连地带苗。他合计着:照理是应当分,可是人家三掌柜的交往大,要是想来报仇收拾咱,还不是跟老雕掏小鸡一样?又一看屯里别人,都在分的地界上插上桩子,在地里干起活来。他呢?把四根小木桩子藏到衣裳底下,蹑手蹑脚地找到三掌柜的家里去,说道:"三掌柜!那一垧六亩地我给你老人家侍弄着,人家说不种不行!"三掌柜从鼻眼里哼了一声说:"好好收拾,对半分粮!"高祥就像领了圣旨一样,心里伏帖多了。

六

　　三掌柜还有个外号,叫三麻子。人顶狡猾,满肚子坏道道。早些年靠着笔头子硬,和官面有来往,专门包揽词讼,二指宽的纸条一递上去,指谁是谁,少说也得蹲两个月风眼。如今改朝换代,是民主政府啦,纸条再吃不开了,三麻子可一时也没有死心,装模作样,光想歇空儿翻把。

　　转过年来,到四月天,各处又是"煮夹生饭",又是"查封建",三麻子这时更心慌了,他盘算着:反正这屯里是住不下去了,先找个地方避避风。怎么走呢?白天人多眼杂,夜晚又有民兵放哨,想来想去,想到高祥身上去。那是个胆小鬼,好糊弄,打听着哪一天趁他放哨时走。主意拿定,趁高祥放哨这天,他把家中细软收拾好,胶皮车也套好了,偷偷赶到西屯口(东屯口还有人放哨)。三麻子走在头前,和高祥说:"高祥! 现在是你们的天下了,我在这里也待不下去了。求求你,饶我这条老命! 咱们相处好几十年……"说这话的时候,胶皮车已经赶过去了,高祥这里赶紧说:"车站住! 车站住!"三麻子早又接上去:"想想! 哪一样我也没亏负你,现在算求到你跟前了,把眼皮放活点,往远里看。"说完,爬到车上去就走了。高祥这里只顾喊:"不行! 不行!"可是车早已走远了。

这一下子把高祥弄糊涂了,站在那里发愣。说不叫走,他不听怎么办呢? 这也不怨我呀! 呆了半天才想起来,手里不是拿着洋炮吗? 打一枪保险他走不了。等到他想起来的时候,车已走了十来里地了。还是怨自己! 赶紧去报告农会吧,不行! 挨批评是小事;要是有人说我是狗腿子,故意放走三麻子怎么办呢! 不报告吧,雪地里埋不住死人……三掌柜又说"把眼皮放活点"……又是懊悔,又是气愤,一夜也没得安生,直到天亮才拿定主意:先不吱声,问就说不知道。

当时大伙正忙着种大田。三麻子逃走的事情,一问大伙都不知道,也就没人再过分地追究了。

七

种完大田,各处又展开了挖财宝的运动。把地主干货都起出来,分给穷人。高祥是一等户,分的最多;可是每次分给他东西的时候,就好像拿针扎他的心一样。三掌柜的金银财宝还没有挖,就叫自己放走了,他觉得对不起干部,对不起全屯老百姓,更对不起共产党!

另外就是高祥耳听的眼见的斗争场面太多了,老百姓要团结好,就能把恶霸地主打倒。他真正感觉到老百姓的力量是强大的,老百姓一起来,谁也压不下去。世道是翻过来了。

　　巧得很,到七月天他赶着车到五站去送公粮,正赶上下起雨来。他们赶着车到大路边一个小屯子避雨的时候,看见一个人像三麻子,可是穿一身破烂衣裳,他又不相信自己的眼睛了;人家三掌柜还能穿那么破。远看着又挺像,大个子,尖下巴,有点罗锅,避着墙角再走近点一看:正是三麻子!他赶紧一背脸就回来了。一块堆来的还有两辆车,他有心把话告诉别人,又怕把事闹大了,牵扯到上回放走他的事;不说吧,良心上过不去。"把眼皮放活点"这句话,又叫他记起来了。一会儿雨不下了,他们就走了,到了儿没跟别人说。

　　到了收割庄稼的时候,高祥一看自己地里长的庄稼挺好,大谷穗子一尺来长。通红的高粱穗子沉甸甸的,一车一车地都拉到自己的场园里来。自己受了一辈子罪,也没捞着一条垄,这一坰六亩地,没费一点劲就到手了,算起来能打八九石粮。房子也分着了,锅碗瓢勺也都有了,还分了个玻璃砖的被套,郭主任说是秋后给他说个老伴。想不到啊!半截子入土的人了,还有个时来运转。说也怪得很,这时屯里的人也不欺负他了,见面都老高老高地招呼他。干起活来,大伙换工,谁也不吃亏,他越干着带劲了。有一回趁月亮多拉了两车庄稼,郭主任还说给他登了报,老辈也没听说过这种事呀!再看以前常欺负他的那几个伙计,现时见面说说唠唠也都挺好,拿他挺当事,再不要说有人给他气受了。背了一辈子受气罐子的高祥,现时是把这个罐子打烂了,气都撒出来。他心里越想越痛快,这都是共产党……

　　高祥一想到这里,他心里就难受起来了。因为三麻子的事没有说出来,心里就总像有个千斤担子没放下。一想到共产党领导人民翻身这方面,他就叫着自己的名字,摸着胸口问:"高祥!是谁领导你翻了身?你办的事对得起谁?"他越想到疼痛的地方,就攒起拳头来照着自己脑袋上打,悔恨自己不该把三麻子放走。可是越打就越懊悔,常常这样半宵半宵地睡不着觉。

八

有一天下晚,屯里说开会,是会员都去,区上郭主任来有事情商量。高祥一听,一定是三麻子的事漏兜啦!这可怎么办呢?当着大伙提出来,多难看!还得落个狗腿子,不去又不行。反正去吧,问起来就照直说,该批评就批评,该处分就处分,怎么办怎么领,谁叫自己办错了呢?

高祥没有猜对,他是心里有病光往这一方面想;郭主任是专来讲《中国土地法大纲》,说是中国共产党中央委员会发下来的。

郭主任先把全文念了一遍,随后又念一条讲一条,简直透彻极啦,每一个字都钻到高祥的耳朵里去。讲完以后,又把主要意思重复一遍,高祥觉着句句都是为庄稼人谋好处,高兴得把三麻子的事情也忘啦。讲到最后,他听郭主任说:"第十五条的意思是说:为了保证在土地改革过程中,一切办法要对多数老百姓有好处,都要合乎老百姓的意见,老百姓不管开什么会的时候,都能批评干部,指出干部缺点,包括各方面各级干部都在内。并且有权利撤换不好的干部,选举好干部上台。不管是军队上、政府里、农会里都是一样。凡是侵犯老百姓这种民主权利的,应当受到老百姓的处分,照原文说是'应受人民法庭的审判及处分'。总的意思就是说:不光是把地主归老百姓接收分配,就连军队、政府、农会各方面的干部都要受咱老百姓管,不好的撤换,谁好选谁,谁也不能妨碍老百姓这种权利!"

这一套话,可把高祥的心打动了:共产党领导咱们分房分地还不算,刀把子也都交给百姓啦,哪有像这样诚心实意的?一想到这里,三麻子那个麻脸又跳到他心上来了,高祥就像犯了罪一样,心里这个难受劲,还不如叫人打一顿痛快,这简直是拿好心换了驴肝肺,世界上还有这么忘恩负义的人……他心里急躁得像一团火,瞪着两个大傻眼看着郭主任,心里也跳,鬓角上的青筋也跳,两手照着脑瓜皮上使劲挠了两下,当时就出了一头汗,浑身上下都湿黏黏地痒痒起来了。这时他一听大伙正在大声讨论着：

"这就是国法！"

"老庄坐天下的国法！"

高祥再也忍耐不住了，他一下跑到台子上去，跟大伙说："我对不起共产党，对不起咱民众，对不起……"一时急得说不出来了。郭主任知道他是个老实人，拍着他的肩膀慢慢说："别着急，有事慢慢说。"高祥喘了两口气，才又接下去："我把三麻子放走了，后来又看见他我也没报告，该死！该死！大家怎么罚我怎么领。"停了一下又说："还有，三麻子是反动派，他吓唬我说'把眼皮放活点'。"后来大伙又追问了一下前后的情节，决定第二天叫他带着民兵去捉三麻子。

九

天还不亮，他们就吃完饭了，五个民兵加上高祥，套了一辆胶皮车，一直走了一天，才到了那个小屯子里。高祥在头前领着，一去就给堵到屋里。高祥不由分说，抽手就打了三麻子一个耳光子，嘴里骂着："都是你老杂种×的害的我！"这不光是高祥第一次打人，开口骂人也是有生以来的第一次。民兵们把三麻子绑上，一方面通知这屯里的村长、主任，大伙把他的东西又都装到车上。一检查，金银首饰一点也没有，大伙一追问他，才又把地里埋的那个小坛子也起出来，连夜就赶回本屯来了。

斗争三麻子的时候，高祥也敢说话了，说得头头是道。直到斗争会开完，高祥才算一块石头落了地。趁着人还没有散的时候，他又对大伙说："我把他放走了半年，这都是我的过错，咱大伙愿意怎么处分就怎么处分。"大伙一呱声都说："将功折罪，两够本，没人处分你。"

从此以后,高祥变得很积极,不久就选成了雇贫农小组的组长,后来又当了农会的生产委员。

一九四七年十月末于肇东

选自《高祥》,东北书店 1948 年

"瓜子不饱是人心！"

一

这是全县生产大会的第二天，典型报告。头一个上台讲话的是张永清，中等身材，长得挺结实，说话山东口音。在屯里顶属他爱唠嗑，说笑话，眼下是在县里开大会，宽宽绰绰的大礼堂里，七八百号人听他讲话，县长、政委都在场，还有省主席，这是他头一回见这么大的场面。讲什么话呢？不是倒苦水，清算斗争，这回是报告他怎么生产种地，你想他哪能不高兴呢？话匣子一拉开，就没个完。

"俺组里十二户，都是小人家，三家是分的马，大伙七凑八凑，又买了六匹。先头犁杖、绳套啥都没有，后来你找根椽子，我凑块板，几天就做起了三付耰耙，两张大犁，籽种不够的大伙帮凑，别看人穷，就怕心齐！熟地一垄也没剩下，还合伙开了三垧荒！"他的话音刚一停，台下边就有一个人领着大伙喊口号："张永清，能领导，插犋组，编得好；穷人一心团结牢，咱们都要跟他学！"喊完了他又接着讲下去：

"先头是四付耰耙耰地，后来合成两付大犁扣地，三马破槎，六个马掉伤，起早贪黑，那一天也造他三垧来地。俺们组种完了，又连人带马帮助二组扣了一天地，帮助附属屯种了一天……"他正要往下说，台下的口号又把他的话音打断了："你帮我，我帮你，不分老张和老李；鱼帮水，水帮鱼，咱们都是好兄弟！"等到喊完他才又说：

"种完地又合伙打柴，脱坯，就和一家人一样！咱们都是头一

205

年分地,在心侍弄,就是平地起古堆,到秋成打他个大囤满小囤流的,叫'地者子'看看咱们会享福不会……俺们组又拥护了两个参军去,家里地全组援护着种,吃水烧柴也不能耽误;还抽空做了一付担架,再出去两个民夫,也不能撂地!"大伙一看他像是说完了,都拍起巴掌来,就像一阵雹子打到洋铁瓦上,这里喊一句:"领导穷人把身翻。"那里又喊:"咱们选他当模范!"

二

会场前排坐的是妇女代表。有个叫郭梅的,也是区上选来的生产模范。她从小生在贫寒人家,吃得下苦。男人在事变那年出劳工,叫小队长打死了,留下五岁的儿子,公婆早就去世了,郭梅当时倒是想到再走动一家,就是没遇到合适的人儿。到去年她又分了两垧地,便一心盘算种地,把儿子拉扯大,成家立业,也还是一家子人。她这时再不想别的道了,煞下心来生产。一冬天她编了一百二十顶草帽,过了年又打了三百捆柴,拾了两车粪,到种地时她又能下地,扶耧耙、轧滚子、刨槎、扬粪,什么都能干,和男人一样干活,参加换工组,谁也不敢小看她。个人地种完了,还抽空帮助军属种了两天地,这才选成全区第一名模范妇女。

今天一见张永清上台报告,她心里就纳闷:怪面熟的,哪儿见过面呀?再一听说话的口音,她越觉着熟了,就是想不起在哪儿见过面。因为当时正在开着会,这个事也就没有多想。散会以后,好多人都到一个房子里去唠嗑,郭梅一眼看到个五六岁的小丫头跑到张永清的怀里去,这一下子把闷葫芦打开了。对!就是他!去年春天在站上见过面。那回是斗争北霸天,张永清是第一个头行人,在二千多人的大会上,他当着大伙倒苦水,说是:"事变前一年,北霸天看中了他媳妇,诓到家里,糟蹋了一顿,气得女人没脸见人,跳井死了。"还说:"留下个四岁的小姑娘,黑天白日跟着她爹。"现在上台去的,不就是那天他抱着的那个小丫头吗?那次大伙倒完了苦水,当场枪毙了北霸天,才算替自己报了仇。原来打死郭梅男人的那个劳工小队长,就是北霸天的儿子,外号小阎王,事变后就跑去当胡子了。那回打死北霸天,自已也算是出了气。

当时她一心只想报仇,啥也没有想过,男人才死不到一年,又正当闹人命斗争的时候。现在可不同了,郭梅一想起去年那回事,再一打量张永清,身强力壮,满面红光,挺好个小伙子!斗争属他能干,生产又当模范;再说,哪有这么巧的事呀?两家都是在北霸天家结下的冤仇,一头是杀夫之仇,一头是夺妻之恨,岁数又相当,要是……她这时死盯着张永清,转眼的工夫都怕耽误了。霎时间,脸上觉得发起烧来,心里一股火,直往上撞,迷迷糊糊不知如何是好。……

这时代表们都在屋子里间唠扯得十分热闹,惟独郭梅觉着屋里又闷又热,心里也发烦,谁说什么她也没在心听。便一个人出来,走到门口,正好遇见张永清的小女孩在街上玩,郭梅赶紧跑过去问道:

"你叫啥?"

"娥子!"

"几岁啦?"

"六岁!"

"你妈呢?"

"妈死啦!"

"谁给你做鞋穿?"

"没有鞋!"

"想你妈不!"

"想!"

她这时再也忍耐不住了,把娥子一把抱到怀里,照着小脸蛋上就喂起来,嘴里不住地叨念着:"妈没有死……妈又活了……妈抱着你呢……"

三

这天下晚，大伙正在唱歌，王区长跑来说："明儿大会第一个就是郭梅报告，先练习练习，省得到时候说不出话来。"因为郭梅还不光是劳动好，顶要紧的是思想进步，脑筋开化得早，所以当了妇联会的拥军委员。现下可没有想到这回事，乍一听王区长这么一说，倒觉着挺不好意思的。稍停了一下，又好像想起什么事也似的，说道："好，先练习练习！"

说这话的时候，她先冲着张永清瞟了一眼，接着说道：

"……我们妇联会五十个人，组织了洗衣队，前前后后给军队洗过十二天衣裳，破的还都缝补上，做了二百双鞋，二百双袜子，还捐钱买毛巾牙刷。去年腊月天，听说欢送参军，我顶着大雪跑到站上去，慰劳一块手巾，东西不在多少，表表心思，瓜子不饱是人心！"

在场的人们，都拍着巴掌叫好，惟独张永清在那里发愣，一动也不动，他正在揣摩"瓜子不饱是人心"这句话。因为他想起下晌那件事情：原来郭梅把娥子抱走以后，给她买了一包瓜子，嗑开一个，喂娥子一口，临完剩下一把，她说："拿回去，给你爹吃！"娥子回去以后，把瓜子往爹手里一放，说道："说叫你吃哩！"张永清问她："谁给你买的？"娥子说是："大婶！"他又问："哪个大婶？"娥子又说是："穿蓝大布衫的！"有七八个女代表都是穿的蓝大布衫，谁知道是哪一个呀，当时他又正在和老赵头商量别的事情，就没有把这回事放在心上，他前晌报告的时候，也没有想到郭梅已经打上他的算盘。偏偏这句话他觉着怪有意味。再抬头一看呢？她正是穿的蓝大布衫，三十来岁，瓜子脸，一对大眼睛，人品端正，手脚利索。模模糊糊他好像想起去年开斗争会，就是她说过小阎王打死她男人。他把前后的碴口一对照，就断定了"瓜子不饱是人心"这句话，是冲着自己说的。不由得也就拍起巴掌来，没想到这时一阵掌声都过去了，他又来了几声马后炮，惹得周围几个人都笑他，他脸上一红，怪不好意思的，心里就像揣着一块火炭。

　　他俩的心思，叫老赵头看得一清二白，因为郭梅是他外甥女，两家住得远点，平常时候，他也没有工夫管这些闲事；时下趁着这个机会，少不得要出面管管。散会以后，他先拿话试探张永清，一探口气，张永清说："人家还能看得上咱吗？"老赵头跑到郭梅那里，她也说："怕咱巴结不上吧！"把个老赵头乐得连声说："满堂儿女也赶不上半路夫妻！"

　　大会开了四天，张永清选成了头等模范，奖大马一匹，郭梅选成模范妇女，奖给一面旗，一匹布。两下里回家一直忙了三天，到第四天头上，就娶过门去了。

一九四七年七月于克山

选自《高祥》，东北书店 1948 年

活捉笑面虎

开台鼓

西江月：盘古三皇治世，流传五千余年，
星移斗倒山河改，人情世事不变。

自从五帝为君，分清富贵贫贱。
锦上添花世相传，谁肯雪里送炭？

晴天一声沉雷，惊醒千万穷汉，
清算斗争分土地，闹个地覆天翻！

扫清当道豪绅，打倒恶霸封建，
皆因来了共产党，穷人才把身翻。

这四首西江月乃是江北萧家油坊老李头所作。这位老李头乃是山东省莱州府人氏，自幼便走南闯北，流落江湖，走过京，闯过卫，东京汴梁，西帝长安，经的多，见的广，凭三寸不烂之舌，学会了十二本评书，秦汉魏晋，唐宋元明，无不精通。一提起五虎平西，薛礼征东，隋唐列国，黄袍加身……不管你打哪儿提起个头来，他就能滔滔不绝，顺嘴直流，老李头屈指一算，靠这十二部评书说了三十年，真是走遍天下，交遍天下，四海之内，皆为朋友，随身携带两件宝贝：一件是红枣木的"惊堂木"，一件是"九根柴"大扇子，这是学满了徒他师父送给他的。三十年来，寸步不离，就靠这两件法宝，走到哪里,吃到哪里,说起话来,眼皮可活,真是见什么人,说什么话,人缘挺好,到哪里都受人欢迎。可是直到如今,这位老李头还是一无所有,两袖清风。因为他为人慷慨,仗义疏财,有了钱便三三两两,吃吃喝喝,今朝有酒今朝醉。挣是挣了不少钱,就是一个也靡存下;尤其是自从民国十八年来到关外,二年以后,就赶上"九一八"事变,十四年间,把他折腾得连回关里的盘川也没有,一连歇上三天工,就得到朋友家混饭吃。后来干脆就兼卖零工,勉强糊口,晚年光景,甚是可怜,今年已经五十岁了,还是光棍一条,腿肚子上贴着灶王爷——人走家搬。

　　"八一五"以后,他亲眼看到来了共产党八路军,领导穷人斗争汉奸恶霸,清算旧账,讨还血债,把大汉奸笑面虎、警察署长萧振武,也给枪毙了,穷人分了地,又分房子又分马,他自己也分着了一间房,坰半地,这老头真也高兴极了,打算不说书了,种自己这坰半地。前几天又娶了徐家寡妇为妻,别看他年已半百,他说:"姜子牙八十四岁才做新郎,还娶了七十二岁的黄花女哩!"却说这天正是民国三十五年除夕之日,老李头想到今年过年与往年不同,多亏共产党领导着翻了身,又有房子又有地,成家立业,心里好不快活!只有一件事放心不下,就是不知如何报答共产党的恩情。想来想去,有了!能行风的行风,能行雨的行雨,我姓李的也没有别的本事,就把共产党领导人民翻身的事情,编一部评书,来报答共产党;若能遇到有心之人把它记下来,流传后世,教育子孙,我姓李的算是死也甘心。他把一年来的翻身大事细细回想了一下,编了一本评书,题目就叫《活捉笑面虎》,他又把一张毛主席的相片装到镜框里,挂到神位上,又把屋里收拾得干干净净。说这话已到黄昏,他点起两根大红蜡烛,预备了几样酒菜,把农会干部街坊邻居都请来,正喝得高兴,老李头把他自己的心愿跟大伙一说,众人非常高兴,不等酒喝完就催老李头快讲。老李头先念了前面那四首西江月,便滔滔不断讲起来。

第一回　假出殡瞒哄亲朋乡里　放汉奸种下惹祸根苗

话说在一百年以前，老萧家打海城搬到江北来，开荒占草，安家立业，取名萧家窝棚。到民国年间，传到萧玉簾这一辈，萧家窝棚已有三百余户，成了个水旱码头；萧家又开了个油坊，这地方就叫成了萧家油坊。后来日本人来了，萧家又在油坊的前院，盖成五间临街的门面，经售洋广杂货，零整批发，站栏柜的，跑外水的，连油坊的院心，伙计，上上下下，不下百十号人。论地亩，不足三百垧，也够二百七八，雇上十来个劳金，耕种七十多垧地，其余统统吃租。论势力，萧玉簾长子萧振武，当一名警察署长，通晓日语，精明强干，说起话来，眼珠子乱转，要不是当中有鼻梁挡住，两个眼珠就要碰到一块儿。做事情手脚也利索，无论劳工奉仕，出荷献纳，只要他一插手，管保是要八百，给一千，使得江上太君，十分宠爱，送他战刀一把，凡有不听命令的小民，不论是非，先斩后奏，执掌生杀大权。真是萧振武在警察署一跺脚，街上的房子都乱颤。

萧玉簾向来就是能钻空，会溜须，见了有钱有势的便打躬作揖，满嘴的溜舐奉承，硬着头皮往里钻。见了穷人，也常常给你笑一面；他这一笑，可不同别人，一定要在你身上打个小算盘。比方有人张口跟他借钱，他只要看你还有个一间房二亩地，保险是个连哈哈带笑，满口"好说！好说！"利钱也不用讲，看起来满和气。过了一年半载，便找到你头上来，拿东西顶账，翻脸不认人。若是谁犯到他手里，当下举手便打，张嘴便骂，真能拉下脸来。现在他仗着儿子的势力，当了个协和会长，谁还敢提"玉簾"两个字呀？见了面都是会长长会长短的；可是背后都靡有人这么叫他，叫名字吧，乡下人又靡几个能认下这个"簾"字来，都叫成了"萧玉虎"，后来不晓得谁给他起了个"笑面虎"，众人都觉得恰合身份，一下就叫开了，比他的本名还响亮。

谁曾想："满洲国"这一套鬼把戏，叫老毛子的一声大炮给打塌了台，萧家也就跟着"树倒猴狲散"，再没有依靠了。过了些时，好容易盼来了个什么赵委员，说是加入国民党，就能照旧维持势力，可是就像烟筒里一阵青烟，刚出来挺带劲，过一会就靡事了。不几天，民主联军打开了县城，贴上安民布告，公买公卖，来往行人，买卖客商，一概恢复照常。笑面虎觉着也还满意，虽然自己当不成会长，儿子也当不成署长，这倒无妨，就凭手边这点产业，还是享不尽的荣华富贵。却说这天笑面虎出得门来，看到街上站着很多人，纷纷议论；笑面虎正自揣摩，一眼看到路西的墙上，用白灰横写一行斗大的字，他走着看着：

"杀人偿命，欠债还钱，有仇报仇，有冤申冤！"

笑面虎不看则罢，看完之后，倒吸了一口凉气，两道浓眉，拧成了两个疙瘩，就像高楼失脚，松花江心翻船，吓得目瞪口呆，不知如何是好。过了一会儿，晕晕沉沉，好像听到有人议论自己，急忙扭头一看，只见三三五五，指手画脚，就是听不到说什么；往前趋两步，人们都散开了，若无其事。这么一来，笑面虎倒猜透了十之八九，反正是于自己不利。赶紧三步并作两步，回得家来，派了一名贴心伙计，打探究竟。刚过一顿饭的工夫，伙计急忙回报说："昨个儿县里开了个公审会，把董会长枪毙了；还没收了家产，分给穷人。这穷人可闹翻了天，上到台子上，跳着脚讲理。又说慢慢四镇上都要清算，摊上人命的都不得活。"笑面虎听了，就跟热锅上的蚂蚁一样，坐不是，站不是，在屋里来回溜达了两趟，还是拿不定主意。忽然眉头一皱，想起把儿子振武找来商议一下。到底是儿子精明，闻听此言，面不改色，气不发喘，眼珠子一转，计上心来。跟父亲一说，笑面虎连声说"好！好！"事不宜迟，说办就办，正是：

安排金蝉脱壳计，

妄想蚂蚁转乾坤。

且说萧振武虽然装得自自然然，若无其事，就这一惊，也非同小可，心里着实害怕，自知有鬼，瞒不过去，万不得已，才跟父亲献计说："三十六计，走为上策，对外就报死亡。"父亲自然同意。这时刚才吃过晌午饭，萧振武回到屋里，喝了两口煤油，立刻就上吐下泻，大哭大叫,说是得了急病。笑面虎这里就到处张罗,请医生,叫大夫,把街上的三个汉医都找来,一看地上吐了一大片,身上也有点发烧,谁也断不定是什么病,随便开了个药方。笑面虎前街后街,跑得满头大汗,这个煎汤,那个熬药,闹了个满城风雨,里里外外都知道萧振武得了急病。到了点灯以后,把阴阳先生赵瘸子请来,整整忙了一宵,才安排妥当,在棺材里铺上三层砖,约莫和一个人的分量差不多。振武呢?就在当天三星晌午歪的时候,坐着一辆胶皮轱辘车逃走了。

第二天一清早,人们看见萧家门口挂着雪白的"过头纸",小孩们都穿着白鞋,戴着孝帽,笑面虎把一些人请到院子里去,早有萧振武的大儿见人就磕头,真是"孝子头,满地流"。笑面虎这里就赶紧迎上来说:"振武得了急病,半夜天咽了气,赵先生——就是那个赵瘸子——看了时辰,说是'丑时入殓,寅时下葬,错了时辰,妨老克幼'。远亲来不及报丧,就求近邻帮忙!"众人一听,真是光着屁股坐板凳——有板有眼。走到灵堂一看:门口上早贴了"守门符",梁上贴着"悬梁符",棺材上也有"名禄符","灵头幡",供桌供饭,烧香点纸,孩子哭,大人叫,忙个不休。赵瘸子就撒着五色粮"攥殃气",用摇钱树"拉魂",就像真有那么回事一样。大伙儿心里虽然有点疑心,倒也靡人去过分追究,便马马虎虎帮忙把灵抬出去,下了葬,才算把事办完。笑面虎虽然一宵没合眼,忙了个够呛;细想起来,这个把戏耍得倒也奥妙,神不知,鬼不觉,找不出一点破绽来。想到这里,心里松了一口气。就在这时,看到街上来了几个外路人,早有嘴快的说是工作队来了。笑面虎心想定是走漏风声,闹出大祸,吓得魂不附体。要知后事如何!且看本书慢慢交代。

第二回　倒插笔论论萧家罪孽　说回书叙叙恶霸欺人

话说笑面虎一听说来了工作队,早吓得目瞪口呆,站到那里发愣。为什么他这么怕工作队呢?这里面大有情由,说来话长,萧家欺压穷人的事情,三天三宵也说不完。单说吴瞎子两口子被害的事情吧：这事出在老中华民国十年上，阴阳先生说萧家坟茔地风水好，因为坟地北面，是一个小圆山头，东西两面，两道岗地，这叫"二龙戏珠"，人旺财旺。这年清明时节，笑面虎高了兴，在两个龙头上，栽了四棵小松树，说是长上龙须，就更福大寿长。谁想到榜青户吴瞎子蹚地的时候，一不小心，铲下一棵来，可把笑面虎惹火了，说是破坏了萧家的风水。手使一根大棒，找着吴瞎子，迎面打来，头一棒子叫吴瞎子闪过去，笑面虎一手打空了，震得手生疼，越发恼怒；就势来了个"虎扑子"，抡起大棒，一下子打断了吴瞎子的两腿，当时躺在地下，不省人事。原来这一棒子正打在膝盖上，骨头都打碎了，一动也不能动，眼看着就肿起来，由红变紫，由紫变黑，腿肿得比腰还粗，不出三天就死了。留下三岁的孤儿和未满三十的寡妇，棺材也买不起，亲亲故故也都是贫寒日月，贷借无门。吴家寡妇越想越气，一口气跑到萧家，一把鼻涕一把泪地连哭带说，不过央求萧家买一口棺材，成殓起来。哪知道这天萧家正给小孩过周岁，大摆筵席，碰杯把盏，猜拳行令，正自高兴。见一疯妇哭门，必主恶兆，不晓得谁说了一句"冲运！"这可惹起了笑面虎的无名大火，一手抄起打吴瞎子的那根大棒，满脸杀气，就往外走；不是众人拦住，马上又是一条人命。死罪已免，活罪难饶，立刻派了管账先生，送她到县里去蹲"风眼"。可怜吴瞎子死在土炕上靡人管，三岁的儿子锁住爬到死人的身上就哭，街坊邻居靡有一个不眼酸掉泪的。后来才有本家吴大叔关照着把吴瞎子埋了，把锁住抱回家去，按下不表。

且说吴家寡妇，自从到了县里，惦记亡夫幼子，心如刀割一般，杀夫之仇，不知何日才能出头？连气带急，得了羊痫风，口吐白沫，胡言乱语，三天以来，水米不曾搭牙。到第四天，身上发烧，口也干了，眼也红了，一跳好几尺高，乱抓乱撞，闹了一天。到晚间，不晓得怎么一头栽下去，再也靡有起来，第二天监婆来看时，早已死去多时了。可怜吴瞎子夫妻二人，就这样死在萧家的手里。笑面虎又为免除后患，把三岁的锁住也要过来，养大成人，给自己做牛做马，他爹娘的事情,一概不提;后来果然成了萧家的贴心伙计,半夜三更偷着把萧振武送走的,就是当初的锁住,这是后话,暂且不提。

再说一件是到了"满洲国",周围大小二十八个屯子,都成了萧家的势力,说一不二,就像板上钉钉,就地的土皇上一般,谁敢违抗?老陈原有四垧岗地,好年成一垧打三四石粮,照样要出一吨的荷,这年老陈心想:干脆就少种两垧,也少出两吨荷。谁知官家嫌他春起没有报,照样出四吨,后来卖了一垧地,才顶了二吨粮。第二年春起报了只种两垧,秋后还要出四吨荷,原来官家又有新规程:"荒芜土地,出荷照征",还得卖一垧地。老陈原想卖给远亲张有,偏赶得这三垧地都挨着萧家的地,笑面虎听说了,叫伙计放出话来说:"要买地就得连我这四十垧一齐买去!"谁还敢张嘴买地?后来说着还是卖给萧家吧,可是管账郭先生说:"一垧八亩地,谁有这些闲工夫?要卖三垧一齐卖!"无计奈何,三垧一下都卖了,老陈为这件事情急了一场病。

偏赶这时下来公事要劳工,第一次抽签,本来没抽到老陈,哪知窍门就在验劳工上:二十个劳工到了村公所,一个穿白大衫的医生,两个耳朵插着两根胶皮管,按住胸脯上一听,问一下叫什么名字,在一张纸单上点个红点,有的画个圆圈,这样抽一袋烟的工夫,就验完了。说是有十二个人靡验上,不是心脏病,就是肠胃病,都挑下来了,反正都是说肚子里的病,外面又看不出来,后来才知道十二个里头,有两个是和萧家沾亲,关照了一下,那十个都是讲好了价钱,每人花一千块钱,才答应给验下来。第二回又抽签,抽这十二个,又验下六个来;到抽第三次的时候,把老陈抽上了。他本来病得很厉害,又赶得卖地余下些钱,又懂得了这个窍门,他也想花点钱,讨个便宜,免出劳工。于是散了一千块钱,去请张警尉给他说情;万靡想到第二天把他转到协和会,有个什么科长说是"花钱行贿,有辱国法,送警察署究办!"书中交代:原来笑面虎自从花了四千五百元买了老陈家三垧地以后,总觉得有点心疼,就像打身上割下一块肉去。心想:像老陈这等人家,还不是捏在手心的玩意儿，爱怎么摆弄就怎么摆弄吗？他的地还值得拿钱去买吗？正想找碴儿把钱弄回来，恰好他飞蛾扑火，自投罗网，肉送到嘴里，哪有不吃之理？——笑面虎的心思，老陈哪里能知道？

且说老陈到得警察署，萧署长眼珠子一瞪，桌子一拍："混账王八蛋！瞎撩了眼皮，谁稀罕你几个臭钱？破坏国法，过！"这一说"过"不要紧，早有手下人把一根电线插在电门上，把这一头的两块白铁片照着老陈的脑门上一按，老陈就好像脑浆崩裂一般，浑身骨头都散了，当下晕倒在地下，醒过来又过，死去活来，弄了半天，最后才吩咐下来："罚洋五千，劳工照行，限一天办完。"老陈哪敢不依，就像怀揣二十五个小狗——百爪抓心。赶紧回得家来，先把卖地剩下的三千块都交出来，三间房本来能卖一千五百元，事到如今，谁还敢买他的房呀？少不得又要卖给萧家，只出了一千元。算来还短一千，官差又催着赶紧走，真把老陈急得上天无路，入地无门，抓耳搔腮，不知如何是好。正没办法，一眼落在大丫头身上，想起了前几天有人给前屯宋家保媒，老陈实在不忍心为使点彩礼，把十六岁的丫头嫁给三十多岁的男人去续弦；但事到如今还有什么办法可想呢？只好和老伴商量，答应这门亲事，先使一千元彩礼。刚一开口，不由得掉了两点生泪，老婆孩子也都哭起来了，官差在外屋又骂骂咧咧等得好不耐烦，只好找到媒人，说明来由，才算把五千元凑够。钱一交齐，老陈再也靡有回头，就去修桥，十月天气，下水安桩，几天就得了半身不遂，两腿胖肿，再加上原病复发，不到半个月，就死在河滩，叫劳工队长顺手扯到河里冲走了。

家里呢？那天老陈在家忙了一天，一家人谁也靡吃饭，眼看太阳已落，老婆才熬了锅苞米楂子粥，正要端碗，萧家伙计来了，叫她赶快搬走，说是"钱到手，货出手！"她正想央求着吃完饭再走，萧家伙计哪里肯听，上去一脚，把饭碗踢到地下。上哪儿去呢？天也黑了，万不得已，叫大丫头到媒人家去，暂住一时，商量赶快过门；自己拉着十岁的儿子大春，抱着刚满周岁的小儿三多，到岗底下一个窝棚里，把孩子放下，自己又回来拿东西；谁曾想有一点囫囵东西，都叫萧家伙计拿走了。她只好拣了点破锅烂碗回来。

就像吴瞎子像老陈这样死在萧家的人命，少说也有十几条：尤其是萧振武当了署长以后，死一条人命，简直就当杀了只小鸡，当地百姓，哪能不怀恨在心？且说笑面虎在前几天就听说共产党主张"反奸清算，人民翻身"，你想他哪能不怕？好在已经把儿子送走，凭自己随机应变，看风使舵，料也无妨！可是任凭你孙猴子有七十二变，一个筋斗能打十万八千里，也逃不出如来佛的手心，人民翻身的浪潮，就像狂风卷残叶，巨浪覆扁舟，把萧家油坊闹了个地覆天翻，且看本书慢慢交代。

第三回　假慈悲真像猫哭耗子　真奸诈假设清算斗争

却说那天来的工作队，是从打萧家油坊路过的，没住脚就走了。这一来倒提醒了笑面虎，他想：事先没有计划，事后就没办法，这回工作队要是扎下，得以何言答对？想到这里，吓得脊梁骨上冒冷气。得先把人们的嘴堵上，风丝不透，工作队几个外路人，哪里去知道以往的事？正是这般主意，舍不得孩子套不住狼，舍不得老婆拿不住和尚，想到这里，吩咐一声，把仓房打开，拿出五十石苞米高粱，按每人一斗，放给本屯穷人，管账郭先生跟大家说："会长真是体贴穷人，看到今年春荒，行善放粮。以后有什么事，相互关照点，古语就说：屯不漏屯为好屯，村不漏村为好村，美不美，一个井里水，亲不亲，一乡人！"说了个天花乱坠，真是说的比唱的还好听。这是一方面，另一方面，暗暗放出话来："谁敢提萧家一个不字，小心脑袋搬家！"过了几天，风声更紧了，差不多大屯都清算啦，工作队说不定哪天就要来，笑面虎又怕一手遮不住天，纸里包不住火，眉头一皱，又来章程啦！先来个清算斗争。于是找了两个流氓来，一个是油坊伙计张成，一个是以前的耪青户王秃子，当面吩咐了锦囊妙计，这二人就开始活动起来，又找到两个人，教给他们开会怎么说，一面又在街上碰到人就说："咱们也斗争萧会长，还咱们钱，明儿就开大会，清算斗争！"

　　第二天来的人倒不少，足够三四百，张成王秃子跑前跑后，看来十分热心。等了半天，还不见笑面虎来，人们正要回家吃饭，才见笑面虎不慌不忙，迈着四方步走来了。今天他换了一件银灰色哔叽夹袍，戴一顶烟色礼帽，脚蹬一双礼服呢鹿皮底圆口鞋，衬着雪白的麻沙袜子，就像赴宴一般。左手托着两个山核桃，溜光通红，在手心里转个不停，右手拄一根乌黑手杖，又像闲来无事，游山逛景。到了会场，早有张成搬来一张椅子，笑面虎坐下后，把右腿压到左腿上，刚从兜里掏出一盒烟卷来，早有王秃子"呲"的一声，划着了洋火。众人一看这般情况，心下早已凉了半截，这算什么斗争呢？有的人就慢慢蹓走了。张成这里就赶快招呼开会，他说："咱们和萧会长算算账，谁知他哪里账不清，只管说！"大伙一听都愣住了，"满洲国"的协和会，漫说不敢进门，打门口过，都得低着头，谁知道人家账在哪儿放着！前几天又听说"谁说萧家一个不字，小心脑袋搬家！"哪有一个人敢哼一声，要不是笑面虎早有布置，这天就得开个哑巴会。待了一会，在"满洲国"当过警察的刘二说道："'康德'二年上，萧会长修院套，叫工夫人家五元，他给按三元。"紧接着又有个大烟鬼孙猴子说："老中华国他就当村长，上屠宰税多加一毛钱。"张仁又接着说："有一天油缸里掺了一盆米汤。"说完以后，再没人讲了。这时笑面虎满脸赔笑，走到台上说道："这都是兄弟不对，老中华国屠宰税按一百倍罚款，'满洲国'叫工夫按十倍罚，一股脑儿算三万元，大家看公平不公平？"人们看着就跟唱戏一样，糊里糊涂也不知是怎么回事，就这么就算开完了斗争会。张成又说还要成立农会，选举主任，老百姓都认成是"满洲国"的兴农会，谁也不说话，后来孙猴子又站起来说："选张成当主任！"张成也说："选王秃子、刘二、孙猴子当委员，赞成不？"下边一个人说话的也没有，又问了两次，还是没人搭腔。到了儿是孙猴子心眼多，他说："谁不承认举手！"他一看没人举手，他又接着说："好！都承认了，散会！"

　　农会成立以后，第一件事情就是买枪，说是地面不静，要打胡子，无论穷富，每家出一百元，买了十来杆枪，找了几个当过国兵的,成立起自卫队,就住在油坊,无论黑天白日,都在萧家炮楼上打更放哨。第二件事情是登记会员,不论穷富,每家报一个名,二十家编一个小组。农会就设在警察署的办公室,门口挂着"闲人免进"的牌子,听差的跑道的就用了四五个人,张成王秃子真是一步升天,大摆排场。果然,几天以后,工作队来了,到农会一看,四个干部,分列大门两旁,就像戏台上"小鬼接城隍"一样,一齐行礼,光想把腔眼子撅到天上去。迎到屋里以后,便跑前跑后,这个装烟,那个倒茶,张罗完了,便退到门口,垂手立正,卖不了的秫秸——戳起来了。工作队一看:还是伪满派头,心里很不舒服,一招呼他们坐下,四个人又一齐鞠躬行礼,连称:"不敢!不敢!"再一问起屯里事情来,什么都是"好!好!好!""妙!妙!妙!"关于笑面虎的罪恶,工作队已有风闻,可是一问起来,四个人又是齐声"不大离!好老头!"再不就是"忠厚人家,待穷人不错!"工作队又紧跟一步,问起害死吴瞎子的事情,张成第一个说是"不清楚!"王秃子随着说:"几十年的事情,谁也想不起来。"孙猴子更会圆场:"官打民不羞,父打子不羞,早完事啦。"工作队又提出"已经有人告了笑面虎,你们还不说?"张成马上答对:"一人难称百人意,哪能个个可心思?"这一来真也把工作队难住了,狗咬刺猬——没处下嘴,要想从他们几个人嘴里,掏出真情实话,势比登天还难。于是又分成三个小组,到老百姓家里去调查,还是问不出什么来,且说张成王秃子这几个人心想一定能把工作队打发走,便如此这般,报告了笑面虎。笑面虎闻听此言,呵呵大笑,说道:"任凭他有天大本领,也拔不出我一根毫毛!"万靡想到这个工作队,不寻常,有分晓,不出一个月,便把群众发动起来,到后来活捉笑面虎,管叫他死无葬身之地,且看本书,三三见九,慢慢交代。

第四回　王大愣被窝说出实话　石队长打动负义之人

前回书说到工作队到萧家油坊以后,什么也靡问出来,石队长就知道这里问题大。他有这么个怪脾气,越是难事,越是往里钻,总要钻出个结果来，这是出乎笑面虎意料之外的。书中暗表：这位石队长是个细高挑儿，说话关里口音。别看他穿一身灰军装，是个八路军的老干部，举止行动，也完全像个身经百战的军人；可是一和老百姓接近起来，又是满口的庄稼话，说到种地的事，真是样样精通，头头是道。所以他无管走到哪里，都有一大堆人和他唠嗑儿，说这说那，论东论西。这天他正帮着人们铡草，发现有个叫王大愣的，说话办事，愣头愣脑却满痛快。当时因为人很多，不便讲什么话，下晚石队长便住在他家。且说这个王大愣乃是个穷扛活的，房无一间，地无一垄，爷俩租人家一铺炕，老爹已经六十多岁了，耳聋眼花，啥事也不管，只有大愣和石队长说些风俗习惯，地理人情，慢慢引到东家长西家短的家务事，就是一直没有提到萧家的事情。后来两人都躺到被窝里，才慢慢把话引到萧家去。大愣说："你们再调查一年也调查不出来；人家早拿高粱米把嘴堵上啦，再说……"大愣停了一会，才又低声说："你们工作队脚前脚后，都有人家的人跟着，谁敢说一个不字？"石队长又讲了半天穷人翻身，要靠大家联合起来斗。末了，大愣才说是："斗活的？还是斗死的？"石队长一时没有听懂他的意思，大愣又说："斗活的就是头一回那么斗法，斗死的就是先把他绑起来再开会，斗完就毙！"这句话刚一落地，好像听见窗户外边有点"索！索！"的响动，两个人一齐都跳起来，披上衣裳，赶紧开门一看，黑洞洞什么也没有，又在门口听了一会儿，也靡有听到什么，就又回到屋里，刚躺到炕上，远处听到一两声狗叫。石队长说："一定有人听走了，要干明儿清早就动手！"大愣也说是"夜长了就梦多"。第二天清早，工作队都集合起来，到萧家一看，笑面虎不见了，一问他们家里人，都说昨儿进城的。石队长说："昨儿下晚，放松了一步。"大愣说是"跑了和尚跑不了寺"。当下决定先分散开，调查材料，抓住真凭实据，清算旧账。

花开两朵，另表一枝：却说笑面虎看到工作队来了以后，便收买流氓地痞，通风报信。又派知心伙计萧锁儿专门盯住石队长，一步也不曾离开，那天在王大愣窗外偷听，回去报信的就是萧锁儿。当下笑面虎听了,十分惊慌,心想好汉不吃眼前亏,还是避风要紧。收拾停当,临行之前,又把一支手枪交给萧锁儿,说道:"打死王大愣,来镇服众人,事情办完,赶紧到城里来找我。"并说明详细地点以后,慌忙逃走了。萧锁儿领命以后,他断定王大愣一定到地里送粪,吃过早饭,他就埋伏在路边一条壕沟里,等着王大愣来。趴到那里,正自着急,忽听背后有人大喊:"手举起来!"把萧锁儿吓得一怔,两只胳膊拔得直溜溜的一动也不敢动。书中交代:真是无巧不成书。原来这天正赶上县里民运工作委员会派通讯员给石队长送信来,若是步行,就看不见壕沟里有人了;偏偏这天他骑了匹大洋马,快到萧家油坊的时候,看见壕沟里趴着一个人,心想一定是胡子,后来果然搜出一支手枪来,便把他送到工作队里去。

却说石队长当时还住在王大愣家里,一见通讯员说明来由,事情就料到了八九成。大愣这小伙子脾气也真够暴躁,不由分说,乒乒两个嘴巴子打过去,萧锁儿便不得不照实说来。王大愣急得要把通讯员的枪拿过来,枪毙萧锁儿。书中暗表:王大愣就是这么个直性子脾气,说话做事,向来就不会瞒头盖脚的,别人不敢说的话他敢说,别人不敢做的事他敢做,看到不公平的事,就要强出头,惹得那些无理占三分的粮户们,都讨厌他。可是他有一身好力气,卖工夫的就怕遇上他打头,没有脱过赖,所以粮户们又都喜欢叫他干活。一句话说得不中听了,当下就歇工算账。"满洲国"的时候,有个住在员要出荷粮,把人们逼得靡办法,磕头作揖,也不说宽容一点。王大愣实在是气愤急了,上去一个嘴巴子把那个住在员打倒,又照着脊梁上擂了好几捶。后来为这件事蹲了三个月的"风眼",做了半年劳工;脾气还是不能改,正是"山河容易改,秉性最难移"。对待穷人这一方面,就非常仗义疏财,不怕今天卖工夫挣了二升苞米,只要看到谁家没有吃的,马上拿出一升来给他,一点也不心疼。今天想枪毙萧锁儿,倒不单是因为他想暗杀自己,倒是为他当了汉奸的走狗。后来还是石队长拦住他说道:"这里面还有问题,问清了再说。"石队长慢慢一问,萧锁儿真的又把怎么通风报信,笑面虎怎么逃跑都说了。把王大愣气得"叭！"一口吐沫吐到萧锁儿的脸上，两个大眼珠子一瞪，骂道："不要脸！你想给萧家打幡摔瓦，抱浆水罐子吧，萧振武死了也轮不到你头上。"又扭过头来，跟石队长说："这小子是个野种！自小就靡爹少娘，萧家把他养活大，想使唤他，硬叫他姓了萧。"一句话说得萧锁儿哭起来。原来他自己也知道不是萧家的后代。到底是谁家的呢？他就不知道了。从打记事那天起始，他就记得给萧家放猪，以后就放马，到现在铲地的时候他打头，平时就当车老板子，是笑面虎一名顶贴心的伙计。干起活来，笑面虎也真把他当成自家人看待，三十五十的零花钱常给他，他觉着也还不坏，到底自己姓什么呢，也就不去管他了。这是好几年以前的事情了：他在地里干活的时候，王大愣正赶着两个猪回家，一鞭打到猪身上，嘴里吆喝着："快走，野种！"恰好叫几个小猪倌听见，大笑了几声。萧锁儿虽然心里不高兴，可是靡有一点理由不让他。从此以后，好像有些放猪的，赶车的，常常指着牲口骂"野种！"萧锁儿明明知道是骂自己，也只好受点窝囊气。后来简直成了心病，总想知道个清楚，老是靡人跟他说。其实王大愣也和他的岁数相当，也不知道萧锁儿的来历，今天也不过是顺便骂两句，出出气，靡想到这一下引起了萧锁儿的伤心，觉得自己给萧家卖命太不值得了，心里一难受，才不由得哭起来。

石队长明白了他的来由，看样子也还忠厚老实，还是应当教导于他，弄清底细，返还本家。于是就给他讲了些地主如何使唤人，拿人当牛马，到如今在萧家干了二十年活，除去身上穿的一身破衣裳，再什么都不是他的。说到干活，慢一点都不行。这些事和他详细一说，立刻又引起他的伤心事来：有一年冬闲的时候，他赶车把萧家的一个小猪轧死，笑面虎把他一棒子打倒，躺了一个多月才起来。又一年正在秋忙，萧锁儿拉庄稼的一匹老马累死了，心想这一下打不死也得脱层皮；谁知出乎意料，回得家来，笑面虎说道："靡关系！生有地，死有处，该它死！"他自然就感激万分，死活不顾，出力干活，逢人便说：会长待人多么好。现在听了石队长一番话，才明白过来,这是地主的手段。真的要把他打个好歹的,谁给他拼命干活呀! 这些事情,他开始想开点了;再者,他也觉得萧家的势力完了,还不如站在穷人这一边来。想到这里,把萧家苛待穷人的事情都说出来,好多是外人所不知道的,石队长都照样记下来。后来萧锁儿又把他半夜送走萧振武,萧家假出殡的事情也说出来了。就是还有两件性命关天的大事靡有说出来,因此才闹了一场大祸。

第五回　笑面虎巧使阴谋诡计　石队长灵机看破真情

上回说到萧锁儿良心发现,把萧家罪孽和盘端出,石队长马上组织清算委员会,王大愣当主任委员,大春和萧锁儿当了委员,调查萧家明的勒大脖子、暗的私吞公款,放高利巧取民财,以及一切欺压穷人的罪孽,都写记下来,工作队这里到处开穷人会,发动人民告状,老百姓一见萧家势力已去,工作队又真正是给穷人办事,心里话也就敢说了。另外一想,萧氏父子还在外面活动,不免又有些顾虑,暂且不表。

再说张成王秃子他们这一伙呢,自从闻听萧锁儿暗刺王大愣靡有成功,反倒随了穷人,马上找人报告笑面虎,领了一条妙计来。俩人得了空子,把萧锁儿找到农会来,假装正经说道:"咱们不错,我才告诉你点事,你可谁也不能说——中央军下月初十进街!"这句话把萧锁儿愣住了,是真是假,凭他萧锁儿是弄不清楚的。于是随便应酬了一句:"来就来吧!"张成一看他犹豫不定,马上追上一句:"你们这么干,中央军来了都得掉脑袋! 中央军是站在粮户这一方面的,大概瞒不了你吧。"萧锁儿一听,这句话是对的,低下头去,来了个徐庶进曹营——一言不发。张成就劲来了个"步步紧",故意放小声音,把脖子伸得长长的,赶到萧锁儿的耳朵上,真像知心朋友,说道:"会长特别打发人来,说叫关照你一下。还说很对不起你,以往受了很多委屈,现在想起来,会长心里还难受呢。"说着他从怀里掏出一个纸包来,一边解着,一边又说道:"这是会长叫我送给你的,算点零花,五万元,别嫌少,靡花的说句话就行。"萧锁儿一看更不知如何是好了，钱是小事，张成这几句话说得他腊月的萝卜——冻（动）了心啦！"会长觉着对不起你，心里难过……"真的吗？会长还是有良心的，倒是自己不对了。什么拿棒子打他，或是死爹活娘地骂他，都烟消云散，一笔勾销。反过来，想起了自己逢年过节在萧家吃好的，想起了前年过年笑面虎给他买了顶火车头皮帽；想起了那年中秋节笑面虎高起兴来，还给他斟了一盅酒；也想起自己活这二十多岁，是吃萧家饭穿萧家衣长大的……一想到工作队这一头，又觉得石队长说的话是对的，在萧家干一辈子活，也是给人支使，当牛做马，袜底子拆铺衬——没出息到底。又想起石队长说："现在是穷人翻身的时候了，只要大伙一条心，齐心团结，就能永远大翻身！"这几天街上有些人都来申冤告状，这该不是假的吧……到底是哪头好呢？这时就像十五个吊桶打水——七上八下；脑子里就像有两个小棒槌乒乓打起仗来，打了半天，也没有分出胜败输赢，摸不清哪头炕热啦。他只顾心里盘算不要紧，倒是把张成急坏了，钱就在炕上摆着，萧锁儿老是发愣，也不拿钱，也不推辞，又不是吃黄米干饭——老闷着。张成赶快把钱一包，掖到萧锁儿的怀里，可是萧锁儿又把它掏出来，扔到炕上；第二次张成又给他掖到怀里，并且说："会长这么关照你，你的心肠就这么硬吗？想开点，中央军来了，你也好混个一官半职。"一句话说得萧锁儿更无言答对，越觉着四大天王的脑袋——摸不着头脑啦。钱呢？在怀里揣了那么一杯茶的工夫，忽听门外有两个人说话，他站起来，一狠心，把钱往炕上一扔，个人出去了，张成一看外边来人，赶紧把钱装起来。

就在这两天，屯里传开了很多谣言，什么"中央军下月初十进街！""干部杀头！""告状的杀头！"说也真快，无论大人小孩，都听说了。原来这都是笑面虎散的谣言，一方面叫张成拉拢萧锁儿，说"中央军来"不叫他对别人说，这是表示特别知心，好叫萧锁儿相信；另一方面，又派下人去，大嚷大叫，造成这个紧张的空气，动摇人心——这也是笑面虎的阴谋诡计。石队长一看谣言传得这么快，早已料到是坏人放的谣言。恰当这时，又看见萧锁儿蔫头耷拉脑袋的，就像丢了魂一样，不像前两天那么带劲了，更进一步断定是笑面虎耍的把戏。于是把萧锁儿找到一个僻静地方，问了半天，讲了很多道理，他什么也不说，后来石队长好好想了一下，就研究出来：要想说得他口服心服，得用一把钥匙打开他的脑筋，叫他相信众人的力量。还要用两把锁，用一把去锁住他对萧家的想头，再一把去打断他对"中央军"留后路。石队长先把各处清算斗争，群众力量怎么大，说了半天之后，又拿萧家油坊打比喻！三百多户人家，就有一家大汉奸，只要大家团结一心，一个人一口吐沫，就能把他淹死。如今共产党领导人民翻身，善恶分明，循环报应，汉奸恶霸永远打到十八层地狱。那个卖国贼蒋××，就和咱屯里的笑面虎一样，是个大混世魔王，天字第一号汉奸，任凭他耍什么花枪，玩什么鬼招，也难逃人民公断。这一席话，整整说了半天，说也真灵验，只要把窍门钻开了，事情就没有干不成的。这一说萧锁儿什么都承认了，把张成对他说的话，一五一十，都说出来。

这时石队长又派人把张成抓来，问清缘由以后，马上召开群众大会，叫张成自己说出怎么给笑面虎通气，又怎么造谣，拉拢萧锁儿。大伙一听，才明白是这么回事，纷纷骂起张成来，走狗汉奸地骂得他狗血淋头，屁滚尿流。王大愣更来得利索，抽嘴就是一个嘴巴子，只打得张成满嘴淌血。群众的力量，也着实感动了萧锁儿，他就势来了个"旱地拔葱"，跳上台去，大喊着说："众位叔叔大爷们！原先我也是萧家走狗，帮他做过坏事，很对不起老乡亲们，可是现在我改过了，要为咱们穷人办事，笑面虎想拿五万元来收买我，破坏咱们翻身，他就是汉奸！"他越说声音越大："咱们大伙要和他干到底，清算！分他的产业！"一句话说得大伙拍巴掌叫好地乱哄起来。大伙又提出取消先头的假农会，王大愣他们这个清算委员会，搬到警察署办公，算完账再真正选举农会。可是事情还不这么顺当。有分歧，有周折，翻身大事，哪有那么容易的，要知后事，且听下回分解。

第六回　萧振武组织中央胡子　老百姓受害恨入骨髓

上回说到开群众大会时,打断了狗腿张成王秃子,取消了假农会,这一回就得把故事铺开,说说那个逃走的萧振武。他那天下晚逃走以后,三天三宵才赶到了长春,找到了赵委员,真是鱼找鱼,虾找虾,蛤蟆蝌蚪找大王八。且说这位赵委员,原是日本人手下的一个联络官,现在又当了国民党东北行营的情报科长,早和萧振武有一面之交,事变后在江北才正式接上头。这次见他不远千里而来,自然特别欢迎,吃的是美酒燕菜,住的是高楼大厦,又叫了个日本娘们陪伴于他,这小子也就王母娘娘接闺女——云来雾去,神魂颠倒。再不就是打麻将,推牌九,上跳舞场,他一看那些官员们,整天就是这些事,他也就跟着浪荡了几天。有一天下晚,赵委员给他弄下一张委任状来,上书"东北保安军第四师十七团团长"。心中实在高兴,遂问道:"军队住在哪里?"赵委员说:"江北!"萧振武两个眼珠这么一转,心里就觉着不对劲儿,心想:江北都是民主联军,并没有一个中央军呀,怎么说住在江北呢? 他这里正自纳闷,赵委员已经猜透了他的心思,说道:"保安军是我们的地下军,收编各地胡匪,够七八十个人的就放个营长,够二三十个人的放个连长,你把以前的警察、国兵都联络一下,打着中央军的旗号,一二百人总有吧。过两天就赶紧去,给你的任务是:专门扰乱共产党解放区,暗杀干部,放火烧粮,扰他个鸡犬不宁。人吃马用,就地筹款,口要紧,心要狠,一切见机行事! 好好干,主席必能重用!"

萧振武回到江北,忙着收编旧日部下。想伪满时期之警察特务,早被人民恨之入骨,民主联军来到以后,到处开展了反奸清算,那些汉奸、特务、警察、宪兵,早已坦白的坦白,逃跑的逃跑,招不起几个人来。萧振武狗急跳墙,专门搜集那些抽大烟的,扎吗啡的,好耍钱的,小偷,勒大脖子的,一齐来! 不几天,就凑起了六七十人。又收编一股多年的惯匪二十多个人,找到了日本人留下的一些破烂枪支,这样就编成了个保安十七团,又称"好武队"。大掌柜萧振武,二掌柜惯匪老来好,下面有四大柱:第一个是"炮头",专管出发领头的;第二个是"总催",催后阵的;第三个是"水香",专管巡风放哨的;第四个是"粮台",专管催粮押草。除此以外,还有一名字匠,管行文写字。说话呢?规定一律说黑话!吃饭叫"啃符儿",喝水叫"符海儿",小米饭是"星星散",苞米饭是"马牙子",白面是"雪花子",饺子是"漂羊子",枪是"腕子",机关枪是"碎舌子",兵来了是"起水了",兵来到跟前是"水深了"……像这样的黑话,半天也说不完。

"好武队"本是在大青山拉起来的。却说这天出发到了东山,住在东福屯,先贴上一张安民布告,说什么"本军奉中央命令,接收江北各市镇,爱民如子,秋毫无犯……"老百姓一看布告说得满好,再看这些人呢,身上就凉了半截。都是些猪不啃,狗不嚼,蛤蟆老鼠,舔屁股,溜沟子的家伙们,鸡毛蒜皮豆腐渣,一块好料也没有。先不说老百姓这里正自怀疑,且说这般匪帮分头窜到各家,张口是大米,闭口是白面,稍微答应慢一点,上头拳打,下边脚踢,嘴里不三不四,骂骂咧咧。再一件事情是要大烟,胡子们靡一个不抽大烟的,打着骂着叫老百姓去买,到处翻箱倒柜,见到一点值钱的东西就掖到腰里,简直把东福屯闹了个人哭马叫,鸡飞狗跳墙,比以前关东军还要邪乎百倍。再说萧振武和老来好,就来得文明一点,他俩住在地主老曹家里,老曹本是个久经世面的混世油子,把他们应酬得挺好,黑的烟土,白的洋面,杀鸡宰羊,要啥有啥,自然他俩也就没有大发脾气。可是在吃饱抽足之后,就来了章程啦:叫老曹头把屯长找来,算计一下,全屯能筹出多少钱来,萧振武张口就要十万元,限一天交齐!才四十多家的小屯子,哪能一下就凑起十万元?急得屯长满头是汗,到晚间才凑起两万多元。老来好一听屯长说,立刻火冒三丈,杀气腾腾,腰里掏出一把大镜面匣子,哗啦推上子弹,对准屯长的心口窝就要扣火,后来萧振武把他一把拦住了。老来好又说:"明儿早交不齐,烧你个片瓦不存!"列位!为啥萧振武这么善心呢?不叫枪毙屯长,这里大有因由:原来胡子队向来就有这个规矩，比方两人去绑票，多会儿也是一个软，一个硬，这叫做一个作刚，一个作柔；就好比买东西要价还价，明摆着这两个人看中了这件东西，一个人就嫌货孬，价大，说什么也不买，那个作柔的就出来说和，为的少出点钱，把东西买回去。萧振武现在就是作柔，因为他知道：真的枪毙了屯长，钱还是要不到手。所以两人演一套双簧，狼狈为奸。萧振武这么做法，还有一个计谋在内：是赵委员交代给他的——耍手腕勾结地主土豪。比方像老曹头这等人物，虽不是了不起的汉奸恶霸，倒也是个吃人肉喝人血，专门苛待穷人的家伙，怕的是清算斗争。萧振武就利用这一着，百般拉拢；老曹也正想找个靠山，自然就混到一伙里去。

老百姓一看这般情况，心下倒明白了八九分：原来"中央军"就是胡子，总根就是国民党，地主土豪当了头行人，因此老百姓才叫他们是"中央胡子"。"好武队"在屯里糟践个乱七八糟，拦路劫人，抢车抢马，又收编了几个散匪，征齐粮草，这才发生大闹萧家油坊一场恶战，下回书里仔细交代。

第七回　工作队拼命保护百姓　吴大叔庆贺土地还家

上回说到萧振武编起了中央胡子，扰害地方，这一回书再拾起第四回书里引起的那根线来，两头一对，才能圆上这个事。那是萧锁儿叫通讯员抓回来以后，石队长跟他讲了一番话，萧锁儿才把笑面虎的坏道道都说出来了，只有两件事情靡说，哪两件呢？一件是笑面虎跑到城里去时，住在哪里，说得一清二白，萧锁儿当时要是说出这个地方来，石队长不要派人去，一个电话打到县里，当下就把他抓起来了，免掉后患。后来直到张成收买萧锁儿靡有成功，他才说出这个地方来，这时就晚啦，连个影子也不见了。第二件事情是笑面虎家里藏着两箱子三八子弹，萧锁儿也没有报告出来，笑面虎把这两箱子子弹运走以后，闹了好大乱子。原来萧振武胡子队虽有枪支，缺的就是子弹。当下他打听着笑面虎的下落，父子相见，振武听说把子弹运了出来，真像获得宝贝一样。当下就商量打萧家

229

油坊,赶走工作队,杀死干部,萧家就还可以在这一带称王称霸。当时点齐人马,萧振武登台讲话,说道:"拿下萧家油坊,大抢三天!不点名。"胡子们一听说"大抢三天",就像小孩子过新年穿新鞋一般,把眼珠子都盼红了。规定黄昏起身,后半夜赶到。

正当鸡叫两遍时,一连三声枪响,惊醒了萧家油坊,石队长已明白了是发生匪情,不出一袋烟的工夫,工作队自卫队二十多个人,都跑到炮楼里去,还没站稳,外面的枪声就响起来。石队长率领一个小组,守住正面,抵抗三十多个敌人。他又把四周的阵势一看,知道胡子总有百十来人,生怕队员靡有决心抵抗,马上叫通讯员传达命令说:"一定要坚持到底,决不许退却!"这时敌人打得实在猛,分成三路,硬往上冲。正面这一路冲上来时,两颗手榴弹就给打回去了。不大一会,四周敌人一齐冲上来,石队长不避危险,亲自跑到每个炮楼去看,指点以后,又告诉队员们说:"不管枪打得多猛,决不能离开炮楼一步;剩下一个人也得死守!"这两句话就像板上钉钉,白纸上写黑字,斩钉断铁,定而不可移,决不像跟老百姓唠嗑时那么细声细气的。原来石队长早已知道这帮胡子是萧振武拉起来的,这次是来报仇。工作队若是一离开这里,光凭自卫队是抵挡不住的,真的叫胡子打进来,全屯百姓都得遭灾受难,就算以后能把胡子打跑,自己还有何面目再见萧家油坊诸位父老?生就同生,死则同死,决不离开萧家油坊的人民!石队长把这般意思和队员一说,个个都舍生忘死,坚决抵抗。有些自卫队员还没有真正打过仗,先头有点发慌,后来一看工作队这么坚决,也就壮起胆子来。且说北面这一路,虽然冲进几个人来,眼看烧着了两所房子,又向着炮楼冲来;可是自卫队靡一个人逃走,远了用枪打,近了甩手榴弹,就像过年放鞭炮一样,十响里加一"咕咚"。就这样一直打到天亮,胡子害怕城里援兵到来,最后又猛冲了一下,还是冲不进去,便狼狈逃走了,白留下十来条死尸。工作队这里呢?打死了一个队员,萧锁儿左胳膊带了彩,还烧了十几间房子,靡有别的损失。说起成绩来,那就大了,工作队开检讨会的时候,大春曾说过:"这一下倒不错,咱萧家油坊的人们真正看清了工作队是和老百姓同生共死;不这么来一下,还有些人认识不清楚,说啥也不开脑筋。"对于笑面虎也彻底看清楚了,王大愣说道:"算是看到他骨髓里去了,满肚子狼心狗肺,打倒地下还想咬你一口,这号人决不能留情!"这几句话正说出人民的心情,一针见血。常言说:"宁给一匹布,不给一条路!"只要人民大众和你为仇作对,管叫你死无葬身之地。

闲话休提,且说王大愣和大春第二天就开了个干部会,讨论分配萧家的土地房产。真是官向官,民向民,穷干部哪能忘穷人?王大愣家里就一个老爹,穷得连炕席也铺不起。大春呢?书中交代一句:就是第二回书里说的那个老陈的儿子,老陈死的那一年,他才十岁,第二年给人家放猪,一直就当了六年"官"——猪倌,牛倌,马倌,十六岁上才扛上半拉活,十八岁就顶上了整工。一手好庄稼活,场里地里,真够利索,就是穷得脚无立锥之地,工作队问他有地靡有,他说"家里就有两只烂鞋底(地)"。问他有牲口靡有,他又说"除了耗子,再没有四条腿的"。再其余的几个委员,一句话:都是扛大活的,卖青天的,还有两个穷佃户。这一帮人办起事来,哪有不向穷人之理?分起东西来,穷人又分成三等,越穷的越多分。真正揭不开锅,上顿接不上下顿的那等人家,每人给三斗粮食;多少有点粮食的那等人家,每人给二斗;再好点的像那些暂时有吃的,就是接不上新粮的,就每人给一斗。地呢?把萧家二百多垧地加上开拓地,分给靡地的人家,恰好每人得六亩,凡是自己地不够每人六亩的小户,也都按六亩补齐。像这种办法,穷人哪能不高兴呢?对那些年吃年用的中等人家,就在分衣裳用品上照顾一下。这种办法,跟大伙这么一宣布,真是人人叫好,个个赞成,靡有一个不愿意的。很多人的地都是被萧家强买霸占了几十年,现在又回到家里。把地分完了,工作队才离开萧家油坊。临行之前,石队长又特别嘱咐他们:"现在还不能认成是天下太平,汉奸坏蛋还靡有打完,扛起扎枪洋炮来,放哨打更,防备坏家伙们再来翻把。"全屯群众送了他们一里多路。

单说吴大叔——就是第二回抱回吴锁住的那个吴大叔——自己原有两垧地,是一镐一镐地掏出来的地。种了二十多年,后来叫萧家硬给霸占过去。十几年的工夫,吴大叔跪到门上去说好的哀求,他不给;打官司告状,更逃不出萧家的手心,也不晓得费多么大的力气,到了儿也靡把地要回来。后来把眼都急瞎了,五步开外就看不见人,耳朵也聋了,是事不问。谁曾想,这一回一点劲也靡费,又把地归还他了。他心里这个畅快劲儿,说书的再长三个舌头也靡法说得出来。老头这一乐不当紧:眼睛睁开了。第二天就走到地里去,验了地边,插上桩子,看着长到膝盖高的谷子,心里实在快活!这真是做梦也想不到的事。莫非日头打西边出来?还是出了什么真龙天子,治世能人吧?回家倒要打听打听,这一打听不要紧,这位七十二岁的老头子,却做出一件惊天动地的大事来,且听下回分解。

第八回　狗汉奸再用美人拉拢　吴大叔激起复仇火焰

这回再说萧锁儿自从那天带彩,就在农会的一间厢房里养伤,本来靡有伤着骨头,过了十几天也就快好了。有一天晚间,他快要睡觉的时候,忽然门口闪进一个人来,一头就扑到他怀里,倒把萧锁儿吓了一跳。抬起了脑袋一看,原来是笑面虎的姑娘小彩,还正抽搭着哭呢。这一下可把萧锁儿弄糊涂了,怎么也想不出这个葫芦里装的什么药。话虽如此,可是他有个老主意!就是既然和萧家撕破脸,你死我活,对萧家的人就绝对不能客气,他想到这里,用劲把小彩一推,说道:"干啥!疯了?"小彩越哭得恸了,还是一句话也不说,萧锁儿又一连问了好几句,才听着小彩哭着说道:"世道一变,我爹是完啦……我才十九岁,叫我依靠谁呀?"说着又哭起来。萧锁儿正坐在炕上靠着墙,小彩就坐在炕沿上哭。一头乱发,遮住了多半个脸,只在说话的时候,把脸抬起来。萧锁儿迎着灯光一看!正好她用手把头发往后一披,露出那个鸭蛋脸来,红里套白,白里套红,溜光铮亮,蝇子都不敢落,一落就得劈了大腿,真正长得漂亮!萧锁儿不看还罢,这一看不要紧,一下想起了去年中秋节的时候,萧家全家都在院里赏月喝酒,萧锁儿也在场,笑面虎这天特别高兴,酒也喝得多点,吃完,叫小彩挨座斟满酒,大家同干一杯。正当她斟到萧锁儿这里的时候,一阵风把她的头发吹乱了,随手往后一披,露出那个鸭蛋脸来,萧锁儿迎着月色一看,如同醉了一般。回去睡觉的时候,他跟伙计们说过:"这一辈子死了也不冤!"现在怎么样呢?那个鸭蛋脸扑到自己怀里来了,逼着他想到另外一方面去:仇,是和笑面虎、萧振武结的仇,不是萧家个个都有仇,世界还有人往嘴里抹蜜咬手指头的吗?……这时小彩一见他面色有点发软,心想有门,紧接着在口袋里掏出一张红纸来,说道:"这是我妈立的帖。妈从小就看你有出息。"萧锁儿也不看帖上写的什么,只顾两眼盯住小彩,这时她也不哭了,两个水灵灵的大眼往萧锁儿的脸上一瞟,急忙又羞得低下头去;萧锁儿不由分说,顺手一把,把她抱到怀里……从打这天以后,小彩一连来了三宵,萧锁儿正自洋洋得意,谁知正中了笑面虎的诡计。

真是麇有不透风的墙,人们听说萧锁儿这事以后,麇一个人不恨他的。劝他又不听,大伙联合起来,想写呈子到区上告状,萧锁儿一看,工作队也走了,村里就是自己和王大愣管事,也没有把大伙放到眼里,他说:"现在人人有自由,你们这不是狗拿耗子——多管闲事?"小彩见事已闹大,进一步和萧锁儿说:"你也麇家舍业的,给爹当个女婿,岂不三全其美?"萧锁儿正叫小彩勾得神魂颠倒,就像腾云驾雾一般,真是英雄难过美人关。一听这话,啥也不顾,就准备起身。正在这时,进来几个自卫队员——书中暗表:原来石队长这时正在区上,一听说小彩勾弄萧锁儿的事,当时就想到这又是笑面虎的圈套,先前想利用众人的力量去教育他,谁知他死不改悔。百般无奈,才叫王大愣先把他扣起来,自己得了空再来处理。——麇料到自卫队去下他枪的时候,反叫他开枪打伤一个队员。大伙把他捆起来后,还是胡蹦乱跳,破口大骂,闹了个惊天动地,谁也解劝不了。

故事说到这里,就得把吴大叔请出来啦,这事非他不能办好。

且说吴大叔自从分到土地,眼睛也睁开了,耳朵里也光想扫听屯里的事,觉着这个世道十分新奇,听着也挺带劲。后来听说萧锁儿近来的事情,不由得老人家七窍冒火,肝胆爆炸——这事第二回书里,已经交代清楚,萧锁儿生身爹娘的仇冤,只有他老人家才知道,从来也靡有别人讲过,今天听萧锁儿这般情形,岂有不气之理?说到这里,老人家拄着拐棍,慢慢走到农会,一见萧锁儿,不由得引起老人家的伤心事来,坐下以后,说道:"你小子的良心叫狗吃啦?吴家就留下你这一根苗,接续后代香烟,谁曾想:你倒姓了二十五年的萧!"歇歇,又说下去:"不是共产党来救咱们,你死了也不晓得埋在谁家坟里。想当初……"老人家把民国十年上,笑面虎怎么打死吴瞎子,逼死他娘,起根发脚,原原本本,说了个小葱拌豆腐——一清二白。又接着说道:"那天你娘叫狗腿子送到县里,你爹死在炕上靡人管,那时你才三岁,刚会叫爹,爬到你爹的身上就哭……哭着叫着,谁听了不心酸落泪?后来我才把你抱回来,又裹上领破席把你爹埋了,每年都是我到坟上去添两铁锹土,还有那么个坟堆;你娘就连尸首也没有找回来……一年三百六十天,我一会儿也没有忘记。你也是二十八岁的小伙子啦,到了儿还不知道自己姓啥,靡在你爹坟上烧过一张纸,添过一铁锹土,爹娘死到土里也合不上眼……"老人家喘了口气后又接着说下去:"爹娘给你起的小名叫锁住,萧家硬把你叫成萧锁儿,每逢一听到有人提起'萧锁儿',我心里就和针扎一样,你哪里知道啊……事到如今,你……"老人家一想起现在萧锁儿叫小彩勾搭住,又气又急,两手举起拐杖来,就往下打,多亏大春和大愣手疾眼快,一把拦住。再说萧锁儿听了吴大叔这片话,心里好不难受,就像乱箭穿心,热锅上的蚂蚁,懊恨自己所做所为,攒起拳头来照着自己的脑袋乱捶,这才真正转变过来,亲手打死笑面虎,且听下回说完。

第九回　大报仇人民讨还血债　齐心屯群众歃血为盟

上回说到萧锁儿听了吴大叔的一片话后,后悔不及,急得照着脑袋上乱捶，大春这里一把把他拦住，说道："这顶啥，你到底怎么办呀？"这才把萧锁儿提醒，猛地一下跳起来说："找狗肏的去！"说着就要往外闯，大伙把他一拦，萧锁儿又说道："那个臭娘们告诉我地方啦！"大春说："你一个人去，还不是送死？"于是商量好，大愣亲自到区上送信，叫区中队捉拿萧家父子，说完牵出匹马，鞍子也摩备，一溜风就跑远了。随后大春又集合全村的自卫队，大伙一听说是捉拿萧家父子，扎枪洋炮，钩杆铁齿都来了。一二百人正在街上集合；不晓得小彩打哪溜进农会来，拿着白糖挂面来看萧锁儿。屋里萧锁儿正和大春商量走哪条路，他抬头一看，见小彩进来，真是仇人见面，分外眼红，"哪嘡"一脚，把小彩踢到门外头来，嘴里骂着："臭婊子养的！"又上去一脚，把她骨碌了好几个滚儿。这里正赶得院里进来几个人，看到这般情形，连声叫起"好"来，且不多表。再说这时大愣也赶回来了，马上集合出发，萧锁儿和大愣在前面领头，就像一阵狂风，直奔东山而去。

这帮人一到那里就围了个风雨不透，里七层，外八层，任凭你两肋生翅，也难以逃走！枪一响，胡子们就像一盘散沙，到处乱钻，只顾个人逃命。萧锁儿一眼看到萧家父子骑在马上正往东跑，急得眼珠子都要蹦出来，他刚喊声"哪里跑！"说时迟，那时快，转眼工夫，早有大春手举枪响，把萧振武打下马来，报了父仇。萧锁儿这里也紧跟着一枪，打倒了笑面虎的马，紧跑了几步，一把抓住笑面虎的脖领子，早围上一堆人来，七手八脚，把他捆了个倒绑兔，带回萧家油坊。胡子们跑的跑，散的散，打死的打死，交枪的交枪，不在话下。

且说第二天萧家油坊开大会时，连外屯有两千多人参加，先由萧锁儿上到台子上去，把吴大叔和他讲的话，一五一十，和大伙说了一遍。人心都是肉长的，大伙听了此话，好不伤心，眼里就像抹上了花椒水，又酸又红，不管老少的人都掉下眼泪来。又一转眼，看见笑面虎，都气得两耳冒风，肝胆崩裂，一窝蜂上去，早有王大愣手使一根大棒，"叭！"的一声打到笑面虎的秃脑袋上，真是一枝不动,百枝不摇,大伙一上去,可就打乱了。真是墙倒众人推,破鼓众人捶,这一个搂头盖顶就是一拳,那一个"扫堂腿"一抢就是一脚,只打得众人齐声喝彩,赶不到跟前的就拍巴掌叫好,这场好打,有诗为证:

> 一声喊打不怠慢,拳打脚踢上下翻。
>
> 这个拳打梅花五,那个棒打竹叶三。
>
> 靡头靡脑如擂鼓,打得小子乱叫唤。
>
> 众人这才出了气,仇报仇来冤报冤。

且说吴大叔早就想手使拐杖,过去打两下,出出气,哪曾想挤了半天挤不过去。老人家上前一步,一手抓住了王大愣说道:"挤过去! 拿我这根棍,给我打两下!"王大愣接过吴大叔的拐杖,狠狠地打了两下子,才把棍子交还吴大叔。这时正在打得不开交,忽听一人大声喊道:"乡亲们! 住手吧,留他一口气,叫萧锁儿报报仇!"大伙举目抬头一看,说这话的乃是大春,都觉得这话有道理,便都闪开了。却说这一句话飞进萧锁儿的耳朵里,他马上叫人把笑面虎拉到一边去,手使一根大步盖子,"叭!"的一声,正好还摊上颗炸子,一下就打靡了半边脑袋。这时又有三四个自卫队员,也为出口气,把手里的洋炮支起来,照着笑面虎的死尸开炮,简直打成了一堆烂酱。到散会的时候,萧锁儿又特别高声喊道:"从今后再不叫萧锁儿了;我姓吴,叫吴锁住!"从打把萧家父子铲除以后,穷人们才算真正翻了身。好多人祖宗三代就是扛大活,租种点地,几辈子就没有一条垄,头顶人家的天,脚踏人家的地,受了多少年的窝囊气,牙打掉了还得往肚子里咽,有泪也不敢往外流。现在呢? 他们亲手把汉奸恶霸打死,分劈了他的产业,穷人真正当了家,掌握了印把,吃穿不愁,说话算话。过了几天,全村又开了个齐心会,石队长也老远赶来参加。这天锣鼓喇叭,大吹大唱,人人喜笑颜开,个个欢天喜地,开天辟地就靡听过这么大的喜事。当场又选举了王大愣当农会主任,吴锁住当武装委员,大春当了村长,其他干部也都是穷哥们。当下大伙欢迎干部讲话，第一个欢迎王大愣，真是平常满肚子话，说起来总是武大郎卖盆———一套一套的；现在连一句话也说不出来，呆了半天才说道："我一定好好办事，哪一点错待了咱们穷人，遭乱炮轰死！"轮到吴锁住讲话时，他说道："咱屯里大汉奸是铲除了，还要防备那些小汉奸、汉奸崽子们来扰乱咱们，他们至死也不甘心。常言说，'断气的疯狗还咬三口呢'，一时一刻也要加紧防备，一点也不能大意。我吴锁住要不是真心为咱们穷人办事，就像笑面虎的死法！"临完，该着大春讲话，才讲到正题上来，他说道："今天开这个会，叫做齐心会，就是从今以后，齐心一意，抱成一个铁团子。谁敢来招惹，就和他碰！谁也不能散心，抱紧团体，歃血为盟！"这句话因为有些人不大懂，他又说："就是大伙盟誓，表表心思！"说着他找了一个碗来，先把自己的右手中指咬破，把血流到碗里，一会儿石队长、吴锁住、王大愣也都咬破了，紧接着大伙都拥过来，每人都咬破手指头，把血流到碗里去，登时的工夫，就接了半碗血。这时酒席已经摆好，大春把碗里的血，倒进一个大酒壶里，晃了两下，再倒在酒盅里，一人一盅，连不会喝酒的人，也抢着端起来喝了一盅。喝完了酒，王大愣领着喊了四句："大家团结一条心，黄土也能变成金，若有三心并二意，乱棒打死不留情！"他喊一句，大伙跟着喊一句，声音非常整齐，大春又说："咱们要永远记着这个会，大家齐心团结，把萧家油坊改成齐心屯！"大伙又一齐拍掌赞成。这时石队长沾着碗里剩的血，在一张纸上写了"齐心屯"三个血字，举起来叫大伙看，这时众人一想，百姓翻身多亏共产党领导，石队长舍生忘死，才有今日。不由得上去一大帮人把石队长抬起来，一时锣鼓喧天，大喊大叫，人们高兴得跳起脚来拍着巴掌，嘴里不住喊道："拥护共产党！"这就是吴锁住活捉笑面虎，齐心屯歃血为盟，一部评书，到此算完。

东北书店 1947 年 8 月初版

"火车头"又冒烟了

一

尹长发是西堡屯的"火车头",这事谁都知道。他长了个大个子,宽肩膀,粗手笨脚的,站到跟前就像一面墙。从清算斗争到煮"夹生饭",挖地主财宝,平分土地,哪一次都是他领着头干,没一回闪到一边去过。分头一茬果实的时候,他就分了鲍半天的一顶火车头帽,当时就戴起来了。这时候,人们给他起了个外号,叫做"火车头"。

从打前年清算起始,尹长发就领头斗了恶霸地主鲍半天,把大伙引导起来了。挖财宝的时候,他又到处调查材料,三天三宿没睡觉,挖出鲍半天八个大窖。鲍半天怀恨在心,利用狗腿子吓唬他,说:"不出三天,叫你人头落地!"不光没吓倒他,办事更积极啦。后来鲍半天把亲外甥女派去,还拿一只金镯子,想勾搭他逃跑,尹长发连人带东西都交给了农会,叫鲍半天又挨了一回斗争。鲍半天把尹长发恨透了,勾来了二十多个胡子来打西堡,放出话来,说:"把尹长发交出来算没事;不,就洗平西堡!"老百姓都拿着扎枪,在街上说:"六十多杆扎枪,还保不住一个尹长发!"胡子打上来了,拿扎枪的都到屯口上藏起来,等着胡子到跟前打。尹长发领着六个民兵,西头打到东头。后来炮药打完了,他拿起根扎枪,窜到屯口上一间小房子里去,先头的三个胡子进屯的时候,他一下子打窗户里跳出来,一枪扎死了一个胡子;紧跟着又过来两个老百姓,帮着把那两个胡子也打死了。剩下的胡子,再没敢进屯子。

238

二年以来,尹长发就这么领着头斗争分地,后来又加入了共产党,当了屯农会主任,赶到平分土地结束,西堡屯总结工作的时候,大伙都说:尹长发应当记第一功。

以后到种地的时候,可就不同了,尹长发变样啦。仗着自己有功,个人分的地都不想待弄,叫别人给他代耕,引得大伙都不高兴他。

二

今年二月初,县上开了农民代表大会,三四天的工夫,净是讨论"停止斗争,发展生产"的事情。尹长发在这个会上心里是不大畅快的。就说停止斗争这回事吧,县政委专门讲了一头晌,尹长发还是想不大开。因为他满脑瓜子装的都是开大会、斗争、起东西,一说停止斗争,一时转不过弯来,他又常这么想:像鲍半天这样的人,不常斗着点怎么能行呢?时候长了,一定又要起毛。另外,他也觉着不领导斗争,干部就没事可干了。生产是用不着干部领导的,庄稼人都会点籽、扶大犁,到时候都知道去种地。他这个想法,在会上也露出来过,刚一提起来,就叫区委的小赵打回去了,好几回都是这样,闹得他心上很不痛快。

开完会回家,屯里正忙着打桦子,拉苞米秸,送粪。尹长发在县上开会的时候,屯里人们就帮着他把苞米秸拉回来了,十几车粪也送到地里。尹长发到家以后,啥也没干。

区委的小赵来检查工作的时候,屯里人都下地了,只有尹长发在农会里。小赵就问他:"你没有下地?"他说:"农会离不开人呀。"这个问题,在县上开会就解决啦,规定好屯干部一律下地,带头生产,农会里有啥事,在地头上就参考着办啦。现在尹长发又这么提出来,小赵早就看透他是不愿参加生产,可是他还是慢慢地说道:"以后农会的事,主要就是生产,干部的主要工作,当然就是把生产领导好。所以干部就一定得下地,和群众在一起干活,才能把群众带起来,积极生产,也能商量着解决生产上的各种困难,就是把农会的工作也做好了。"说的时候，小赵还打了很多的比喻，慢慢地跟他讲，挺耐心。尹长发能说啥呢？觉着人家说得头头是道，自己一句话也答对不出来，可是心里到了儿还是不服气，这几句话若是叫别人说，尹长发还许能接受，搁小赵嘴里说出来，他不光是不能接受，反倒憋了一肚子气。

原来小赵是个二十来岁的青年，家在前堡住，老辈就和尹长发家沾点姑舅亲，后来小赵又成了尹长发的外甥女婿，就又近了一层。小赵参加工作很早，进步挺快，在工作队锻炼了一年，住了三个月的党员训练班，就提拔到区委，参加区支委会的委员。区干部的分工，小赵担任领导西堡这几个屯子，尹长发心里老是拿他当小孩子看。上次在县上开会，他提的意见，都叫小赵给碰回来了，尹长发心里就挺不高兴，回来就当着大伙说道："小家雀崽子刚长翅膀就想钻天！"心里老不服气，他常常这么想：吃小米子也比你多吃几石，我扛锄下地的时候，你还满炕乱滚呢；只不过多喝了二年墨水，还会啥？

三

刚过"清明"，区上来了通知，说是开屯的干部会，讨论生产。尹长发心里说：又是这一套！这天正赶的家里有点事，所以他就没到区上去。屯长开会回来，简简单单地交代了一句："今年生产是第一等大事：干部要带头下地，领导生产！"

又过了两天，就开犁种小麦，尹长发也觉着农会实在没事可干，就跟着犁杖下地了。这天共有四付对犁下地，尹长发都走到了，看看麦籽点得怎么样，种得深浅，到处指点指点，就又回家来了。统共种了四天小麦，都是这样，他觉着这就算亲自领导啦。因为以前领导斗争的时候，区委书记说过："当头行人光靠自己猛干不行，顶重要的工作，是把群众发动起来。比方斗争恶霸地主，群众要是都起来讲理斗争，那个力量就大啦，多么大的势力，也能把他打下去。若是群众发动不起来，你有天大的本领也不行。"他想起了这些话，

240

再一联想到生产，就说："一个人干不干不当紧，把老百姓组织好就行。"

尹长发就这么天天跑，东地跑到西地，这里检查一下，那里组织一下。头两天跑得还挺心盛，到了地里，人们还听他的话，说说笑笑，商商量量，也显不出什么来。到第三天轮种他个人的麦地了，他也没有下地干活，是插锄组帮他种的。已经种完四条垄了，尹长发才下地。扶犁的赵春，头一个就问他："主任！看看深浅行不行？"尹长发听着这话有点扎耳朵。他当了一年的农会主任，屯里人还都是招呼他名字，或者叫老尹，他倒觉着挺痛快；今天乍一叫"主任"，简直说不出怎么一股劲来，他觉着人们离他远了。正不知道怎么回答赵春，点籽的王文江又问啦："籽点的厚不厚，主任？"他更觉着不是味了。一句话也没说，就离开了他们，又到南岗地去。那里另是一个插锄组，随便唠扯了几句，他老觉着人们拿他另眼看待。一样的话，搁往常说起来，是句好话；今天这么一说，他就老觉着不是味儿。比方他们说到这付对犁不好使的时候，陈福说："去年使他种了二十来垧小麦，没出一点毛病；今年不知怎么，老不受使唤！"尹长发把这话一寻思，就想到陈福是拿话点自己。徐大个子赶牲口的时候，随便说了一句："这白马心眼才奸哩，老不使劲拉！"尹长发又寻思是指鸡骂狗。他光往这一边想，呆了不大一会儿就走了。本来还想到西南地去看看，两条腿也不给做主，迈步都没有劲儿，算了，回家去！

他一边走着，搁心里一想，老觉着不对劲儿。斗争大地主的时候，他第一个撕破脸，生死都没有往心里搁过；现今呢，老百姓对他这么一冷淡，他就架不住劲了。他老早就这么说过："得罪一百个大地主，一点也不在乎；好老百姓可一个也不能得罪。"今天好多人对他都变了样，这是他顶伤心的事。

尹长发没有好好去想这个事应当怎么办，他光往别人身上想，怨大伙过河拆桥，翻身忘了本——是谁领导的翻身斗争？难道都忘了吗？几天几宿不睡觉，把眼都熬肿了，还不是为大伙翻身？舍生忘死打胡子,还不是为了保护全屯老百姓?为屯民办事,费尽辛苦,能说这不是功劳吗?他这么走着想着,一道儿也没有想开,到了儿也不明白人们为啥这么短见。

种完小麦五六天,就起始种大田。尹长发整天在家里呆着,也不下地,也不到农会去,家里水都懒得挑。心里发烦,出气也不顺当,饭也吃着不香啦,几天的工夫就病倒了。其实他这个病,身上的病占三分,心病占七分。这时屯里人们传开这么一句话:"'火车头'出毛病啦!"再不就说:"'火车头'也冒不出烟来啦!"

屯里的生产,说起来是天天都干,就是懒懒散散的,老不带劲。

四

尹长发的事情,小赵知道得顶清楚,尹长发拿他当小孩子看,小赵心里也都明白。这次听说尹长发病了,就跟区委书记商量了个办法:买了点挂面和油条,带了点头痛脑热的药,也不顾下着雨,两人都跑来看他。工作上的事,一点也不提,就是问他病怎么样,告诉他怎么保养,讲讲打胜仗的事情,给他开心,后来听说他家里草喂完了,他俩还帮着他铡了十捆草。临走的时候,又嘱咐了好几回,叫他好好养病,不要急躁,这一回尹长发很受感动。

隔了一天,他俩又下屯来了,一看尹长发的病也好了。区委书记跟他讲了讲全区的生产情形,又讲到各屯生产多么热闹,哪个干部党员怎么带头生产,哪个小组怎么比赛,抢大旗,费了整整一头晌。尹长发也明明知道句句都是点醒自己下地生产,他也觉着自己应当下地。另外,又一想起几天就没有下地,大伙给了几句不受听的话,就马上下地去干,这不是丢脸吗?又一想到整天在地里干活,太没意思啦,不像以前开大会那么带劲。那时候只要是一敲锣,全屯男女老少齐到场,然后自己站到凳子上去,大嗓门一讲话,好几百人的声音,就跟山崩地裂一样,说干个啥事,"喇啦"一齐动手,那够多么热闹!现在整天在地里干活,磨磨唧唧的,哪里去找那个世面呢!

吃完了晌午饭，区委书记又说："今年这个生产，是全党工作中的头等大事！粮食打得多了，老百姓能吃饱穿暖，才有力量出公粮，出担架；部队上粮草充足，人马齐备，才能保住打胜仗；只要把蒋介石彻底打垮，就能保住咱们彻底翻身，保住咱们土地！归根到底还是为咱们老百姓。"尹长发一声也不吱，低着头听着。他觉着这些事自己都知道，这样的话，自己也能说出来。区委书记一看，就知道这些话不能打动他。紧接又往深里解释："前方部队要粮食，担架队要粮食，新收复城市也要粮食——那些地方国民党在的时候，饿得连豆饼也吃不上，咱们一收回来，就不能再看着老百姓挨饿。后方的烧锅火磨，没有粮食也开不了工。不管从哪一方面看，没有粮食是不行的。所以说，今年大生产，是个政治任务，关乎国家大事，战争胜败。因此党才提出号召来，全心全力搞好生产，号召农村每个党员、干部，亲自带头下地，积极生产，才能把群众带起来，一齐努力，多打粮食！凡是能带头下地，把生产搞好了的，都是好党员，好干部，为人民立了功，若是别的工作都好，就是没领导好生产，那还不算是好党员，好干部。"区委书记每逢说完一段的时候，小赵都引证很多事实来证明，说得挺透彻。这时尹长发还是一声不响，脑瓜子越往下低着，鬓角子上两道青筋鼓得挺老高，区委书记一看，就知道已经打动了他的心情。得趁热打铁，接着说下去："党员是要服从党的决定的：到紧急的时候，掉脑袋也得完成党的任务。因为党的任务，都是老百姓顶着急要办的事情。只要好好往深里想想，眼光看远点，就能想开这个道理。做好了党给的任务，就是给人民办好了一件事情，这不是很明显的事吗？"说到这里，区委书记一看他脑盖上直冒汗，怕他心里过于难受，马上又转了话头，说道："就拿你来说吧：翻身斗争的时候，生死不顾，是事带头，老百姓没一个不翘起大拇指头来叫好的。胡子打来，指出名来要你，全屯的老百姓都拿起扎枪来保护你尹长发，世界上还有比这事更光荣的吗？"这几句话可是说到尹长发的心上了，他一想起以前怎么受人夸奖，现下又怎么叫人们看不起，一伤心，眼泪"唰唰"

地掉下来了。区委书记又紧跟了一步，说道："这只是给老百姓办好了一件大事，以后的事还多得很：共产党员给老百姓办好事，是无尽无休的。"这一大片话，把尹长发说得感动极啦，他冷丁地一下抬起头来，拉着区委书记的手说道："我太对不起党了……得跟老百姓坦白，赔不是……就今儿下晚！"区委书记说道："好！这才是好党员！"

五

农会里有个数来月不开大会了，今下晚挤得满满当当的，连站脚的地方也没有。小赵先招呼了一下："开会！"尹长发就打凳子上站起来了，开头第一句话就说："我犯了大错误，大伙要处分我！"大伙一听，没头没脑地来了这么两句，还都没有想开是怎么回事，尹长发就又说下去："我又是党员，又是干部，做出事来，可连谁都不如！共产党号召咱们加劲生产，援助前线，能干活的，都下地去了，我反倒呆在家里。对不起党！对不起老百姓！今天区委也在这里，咱民众也来全啦，大伙商量着看怎么处分我。"这时人们乱嚷嚷起来啦，有的说："能好好干活，就比啥都好！"又有人说："把领导斗争的那股子劲用到地里去，就能把地种出油来！"这时尹长发又听到一个挺熟的声音说道："好好干活，还是好样的，没一个不拥护你的！"他一看，原来就是那天叫他"主任"的那个赵春。尹长发觉着大伙太宽大自己了，不要说是处分，就连一句难听的话也没人说，这才转念到以前自己埋怨老百姓短见，那是很不对的。接着又感动地说下去："种小麦的时候，我到地里检查生产，大伙说句啥话，我都觉着拿锥子扎我耳朵一样。这两天别看没有干活，肩膀上比担着千斤担子还重，睡觉睡不着，吃饭也不香甜，那个味儿，比干活难受多了。从明儿起始，有一点偷懒的地方，也愿受大伙处分！"说完以后，大伙都拍起巴掌来欢迎他。后来区委书记和小赵也都讲了话，说今年生产多么重要，怎么才能多打粮食，又检查了一下插犋组有什么不合适的地方，临完了又鼓了鼓劲，提出和前堡比赛，订了四个条件这才散了会。

第二天,起得顶早的是尹长发。从今以后,不光是带头下地,全屯谁家籽种不够,或者哪组里闹不团结,他都是跑来跑去,想办法解决,张罗得挺急。东南地要挖道水壕,尹长发第一个领头下水,到南甸子里去看荒场子,尹长发在水甸子里蹚了好几十里地。这样,真的就把全屯的热情都掀起来了,鸡叫二遍就起来喂牲口、做饭,天天都是不等太阳冒红就下地,个个都挺心盛。

这时屯里又传出了这么一句话:"'火车头'又冒烟了!不愧当'火车头'!"也有人说:"简直是火车头冒白烟——上洋劲啦!"

一九四八年六月于东北日报社

选自《文学战线》,1948 年第 1 卷第 1 期

老赵头

　　这些日子好像成了一个习惯,黄玉屯的人们在吃过晚饭以后,谁也不要去找谁,很自然地都蹓到老赵头家里来了。

　　这是他的新家。两个月以前还是"王大烟筒"的房子,他虽然在这个院里住了十几年,那是给人家当更倌,一直就在下屋厨房里住;王家被清算以后,老赵头分得了半垧地,和现在住的一间起脊大瓦房。

　　他看过很多书,爱讲故事。老年人在一块,总是讲些"渭水访贤"、"三顾茅庐"之类;在年轻人跟前,他最喜欢讲"吕纯阳三戏白牡丹",反复说明"酒是穿肠毒药,色是割骨钢刀,财是罪恶之本,气是惹祸根苗",来教育年轻的人们。

　　这些日子,他们有新的题目可讲了,"清算","分地",这是多么新鲜的名词呀!尤其是清算了"王大烟筒"以后,屯里到处都会听到:

　　民主,民主——老百姓做主!

　　翻身,翻身——挖掉穷根!

　　这些话一跟老赵头说的时候,他总是说:

　　"报应循环,天理昭彰!"

　　徐长春偏偏好气他:

　　"伪国家时候,怎么你不说是天理?"

　　"这是气数!八路军不露头,就没有天理!"

　　"照你说:八路军就是天理吧?"

　　"理是这个理,话不能这么说。八路军是顺乎民情,人能胜天!"

这些话一传开的时候，黄玉屯又流行开了一句："穷棒子翻身，是天理，国法，人情！"但是谁也没有老赵头说得圆满。

这一天晚上，和往常一样，他屋里又凑了十来个人。住在他屋对面炕上的徐长春，一家三口，当然在场，此外王二拴、刘大叔和整天托着二尺长烟袋的郭大娘，也都是每天必到的常客。

吃完了饭，老赵头照例坐到炕沿上，搁胳膊靠着迎门桌——这是他的老位子，谁到这里来，他也从不肯把这个位子让给别人。他这样抽完几袋烟以后，觉着坐累了，才把两条腿翘到炕上去，脊背靠着被搁子。

谈话的题材，自然又离不开分地和清算，可是徐长春又提出一个紧相联系的问题来：

"分地，谁也知道是好事；就是这一样：怕八路军站不住脚。"照例，题目一提起来，大家的眼睛都集中到老赵头的脸上，等着他解释，可是他今天却先提出反问来：

"先问问你各个儿，愿意叫八路军站住脚不？"

十来张脸迎着豆油灯的光亮，都闪到对面炕上去。

"当然愿意喽！"徐长春说。

"你愿意就行，保能站住脚！"老赵头说到这里，一看大家都不说话，像是对他的话发生怀疑，于是不慌不忙地接着说下去："不是跟你说过吗？八路军不是天上掉下来的，也不是地里钻出来的，是老百姓里面长出来的。"

说到这里，他又习惯地把脸扭一边去抽烟，不多做解释，好像很吝惜他的唇舌；但是只要有人说一句"为啥？"他就会继续说下去了。

今天是王二拴听懂了他的意思，把话茬接过去：

"对！人人抱团体，拥护八路军，反动派一来，就揍回去，不是站住脚了吗？"

"这话倒对；还是听老赵头的。"刘大叔插了这么一句。每次说话，总是这样：话头转到正题上，都等着老赵头发议论的时候，他才提高了嗓门讲下去：

"叫我说：得民心者得天下！天时不如地利，地利还不如人和哩。想当初刘皇叔，弃新野，走樊城，天下大乱；老百姓挑着行李，背着孩子，也都愿意跟他走，皆因民心归顺，到后来才能三分天下有其一。"

"叫我看：地利也在咱们手里。"刘大叔说。

"这话不假！铺天盖地都是八路军，高山出骏马，树林有英雄；反动派倒占得平，就那么一条线，火车道都下不来。天时呢？那就更不用说啦，穷棒子翻身是天理——天时，地利，人和，都在咱们这边。兵是兵，将是将，打虎全靠亲兄弟，上阵还是父子兵。别看反动派有美国枪炮，谁能说楚霸王不勇？挡不住张良月下吹箫，四面楚歌，军心一散，天大的本领，也得被困垓下，自刎乌江。"

"非齐心不行。人多洪福大，神鬼也害怕！"郭大娘讲起来，也是一套一套的。今天是插了个空，才来这么两句。

正说话间，工作队华同志一脚迈进来，大家争着给他让座，可是华同志就在门后边一屁股坐到炕沿上，说：

"老赵头再来一段什么？"

"说一段闯王进京。"老赵头一看，人越多，他越高兴，像是发现什么新的题材一样，足足用了一顿饭的工夫，把闯王从打陕西米脂起义一直说到进京，又怎么退出来，最后这样结束他的故事：

"当初的闯王，为什么能旗开得胜，马到成功，占宁武，直捣北京，就是因为得民心，沿路百姓，唱着大戏，迎接闯王。后来又为什么退出北京呢？就因为失去了民心，他手下的大将，一进了那花花世界，光顾得贪恋女色，享受荣华富贵，哪还管百姓的痛苦？"老赵头的音调变得十分沉痛，大家也都静静地，像是为当时的闯王所惋惜。

"百姓是根本啊！"刘大叔是专门会接这种话茬的。他一句话说得全屋的人都点起头来。

到这里，人们都以为故事说完了呢，岂不知这正是老赵的手段，

他把人们的心情抓住以后,才更加有力地说:

"看看咱们现在的闯王,忘了百姓没有?华同志,张同志,金部长,抗战八年,爬冰卧雪,受尽了苦难,胜利之后,他们不晓得哈尔滨大洋楼好住?不晓得钢丝床好睡?为啥风里来,雨里去,下屯来引导咱们分地?谁见他们工作队分了一垄地走?为的谁?"

到这时候,老赵头就不加说明了,就这么几句发问的口气,把人们说得没有一个不受感动的。

静了快到抽一袋烟的工夫,华同志才说:

"我们从延安出发的时候,毛主席第一句话就告诉我们:'全心全意为人民服务!'"

"看!八路军走到哪里,根就扎到哪里;他往哪儿走呀?"刘大叔把这话一回到本题上的时候,把徐长春的疑问打消了,每个人的脑筋也都转通过来;可是老赵头又把这个问题推进一步说:

"咱们人人都是八路军!就像一大家人,有管种地的,有管打仗的,别说反动派,天塌下来也不怕!"

"一个人伸一只手,就把它撑住啦。"最后徐长春这样结束了这场谈话。

一九四六年十月于报社

选自《东北文艺》,1946 年第 1 卷第 1 期

童养媳妇

平分土地的运动结束了，封建势力彻底打倒，老百姓都分到了可心地。到过年的时候，王家屯的老百姓真正是从心里往外欢喜，不管天多么冷，都在学校那院里扭秧歌，大锣大鼓，一天都没有住劲。

唯有林芝兰，一个劲儿在家里躺着，哪里也没有去。不管谁叫她，都是说句"腰疼，不想动弹"。先头，人们也真寻思她有病，后来袁大嫂抱着孩子来看她的时候，见她正偷偷地抹眼泪。再仔细一看，眼皮又红又肿，就像两颗红杏。袁大嫂有心想跟她唠唠心情，一看王大娘搭拉着个脸，挺不高兴。袁大嫂刚一扭过头来，就听见王大娘怀里抱着的孩子"呱"一声哭起来了。这些事袁大嫂心里都明白，一定是王大娘照着孩子屁股蛋子上拧了一把，故意闹得不得安生。袁大嫂抱起孩子来就走了。

袁大嫂是王家屯的妇女主任，人挺精明，是事都是她带头。林芝兰的事情，一来她就摸透了八九分，今儿个又加上王大娘这么一闹，袁大嫂就更明白了。

原来林芝兰是老王家的童养媳妇。老家是八面城的，从小就在家里受穷，九岁上就放猪，跟小子们一样，围着猪屁股转了三年。到十二岁来到老王家，掏灰、烧炕、涮锅、洗碗，哪一样也少不了她。她婆婆一会儿也不叫她出去玩。

她男人叫长山，比她大一岁，俩人还合得来。没想到长山到十六岁上，得上黄病死了。这一来可给林芝兰惹下祸了，王大娘硬说是林芝兰妨死他的。

死人刚一咽气,衣裳也没有给穿,王大娘顺手拿起笤帚疙疸,照林芝兰脑瓜子上就打起来了。一边打,一边骂着:"挨千刀的!都是你闯的乱子,你这瘟死的!"拿笤帚疙疸打还不解恨,抓起她头发来,就往下撕。

打了一顿,又连哭带喊地闹起来:"哪一辈子造下孽呀,把个瘟神请家里来了!"

四邻八舍来帮忙的,谁来她都跟人家叨叨一套:"俺们长山从小就没有缺过奶,身板长得就像条小牤子,不是她来妨死,是谁妨的?挨千刀的!"

再不就说:"接过来那年,俺们娘家老叔就说过'猪狗不到头',我光顾得贪图省钱,谁承想真就那么灵。不是瘟神是啥?挨千刀的!"

这以后,林芝兰一天安生日子也没有过,王大娘一想起儿子来,就找媳妇出气,轻则是骂,重则是打,哪一天也得来几场。

林芝兰的眼泪把灶火坑都浇湿了。

过了年,林芝兰十六岁了,王大娘就把心事对她明说啦:"我王家门的饭,管了你五年啦,过门不过门,都是一个样,活是王家的人,死是王家的鬼,长山死了,还有他兄弟玉山,看个好日子,上上头绞绞脸,铺盖搬到一个炕上,就算过门,也用不着大娶大闹的。"

林芝兰整天擦眼抹泪的,心里一时也没有敞亮过,个人以后怎么办呢?她连想也没有想过。这几天,婆婆也没有打她,也没有骂她,好像脾气变了,谁知冷丁地一下提出来,要她嫁给玉山,这个事也真把她难为死了。玉山今年才十二岁,啥事也不懂,说话还有点舌头短,咬不真字。就这么窝窝囊囊地过一辈子吗?在婆婆跟前又不敢不答应,顶多能说一句"还小呢",究竟是说谁小呢,连她自己也不知道。

若是娘家妈妈在跟前,也能商量个道道儿,哭起来也有人给擦擦眼泪;眼前连一个知心人都没有,哭都没处去哭。

怨谁呢?就怨娘家太穷啦,十二岁的丫头才换了五斗苞米。爹妈就这么狠心!

这事闹得邻居都知道啦,慢慢传到袁大嫂的耳朵里,她们好几个人来劝王大娘,说:"孩子还小,过二年再说吧!"王大娘满心里不高兴,可也没办法。本来吗,十二岁哪能娶媳妇呢?

这以后,林芝兰不光是做屋里院里的活,一家的水要她去挑,铡草,除马圈,啥事都得干,到种地的时候,又得扶"拉子",刨槎子,一句话:长山能干啥,她就得干啥。林芝兰自己也这么想:怨自己生日时辰不好,要不,怎么能妨死长山呢?

夏天,到处都斗争地主,挖财宝,追浮物,妇女会都参加了斗争,林芝兰一回也没有去过。王大娘连会房子也不叫她去。

收完秋打场的时候,区上又来了工作队,发动男女老幼都参加平分土地。两个来月翻来覆去的斗争,把林芝兰的心事也压下去了,她成了妇女会的头行人,选成了屯的妇女代表,在好几百人的大会上能讲半点钟的话,还到县上开过会,和县政委一个桌上吃过饭。

这两个月,林芝兰就像长了两岁,眉眼也舒展开了,脸蛋儿又红又胖的,见了谁也都说长道短的,再不像以前见谁都是一低头。

这时和屯里的人们也都混熟了,她顶看得上眼的就是白国兴,别看他才有十九岁,看身板就像二十几岁。浓眉大眼的,挺体面个小伙子。

她这时脑筋也开啦,再不怨自己生日时辰不好啦。她明白了那是旧社会骗人的话。

过年的时候,大伙都敲锣打鼓地扭秧歌,王大娘却又提起了旧事,叫她和玉山结婚。刚这么一提,林芝兰马上就想到了白国兴身上去。

王大娘这回说得挺紧,过了"破五"就办事,林芝兰光想找袁大嫂商量商量,王大娘一步也不叫她出去。原来王大娘看透了她的心思,说她跑野了。不赶紧把她抓到手里,定规出事。

这一回可真把林芝兰急坏了,她哭一阵又一阵,眼都哭肿了。

能说没有翻身吗？地也分了，粮食也分了，大棉袍和高靿皮鞋都穿到身上了。要说是翻身吧，眼前这个事就能愁死人。

袁大嫂来的那天，把这个事全都看到眼里了，特为跑了一趟区政府，商量这个事该怎么办。

区上的民教助理员老马来到王家屯的时候，先找来妇女会的五六个人商量这个事，大伙都说应当叫林芝兰另找婆家。老马说："咱们也来个民主吧，开全体妇女会讨论讨论，把王大娘和林芝兰也找来。"

一说开妇女会，五六十个大姑娘、小媳妇、老太太都来了。年轻的有穿绸袍的，穿洋大氅的，什么颜色都有，个个都把头发梳得溜光溜光的，小姑娘们都把一条红绫子挽到头发上，老太太也穿着古式缎子的大皮袍。个顶个都欢眉笑脸的，就跟娶媳妇办大事一样。

林芝兰一进门，大伙就看出她是受了委屈，两眼皮肿得和红杏也似的。袁大嫂瞅空儿趴到她耳朵上说道："拣有劲的说！"

平常在婆婆面前，林芝兰连口大气也不敢喘，今儿算壮起胆子来了，把王大娘怎么打她骂她的事，全都端出来了。大伙都给她评理，说王大娘是封建脑筋。

王大娘一听就来气儿了，大嗓门嚷着："婆婆管媳妇儿也不能管了？"她的话刚一落音，大伙马上就乱吵起来："看怎么管法！民主国家就不许打人！""得换换脑筋啦！""待媳妇也不能来压力派儿！""大娘！别光着急，听大伙说！"

袁大嫂把大伙的声音压下去，问道："林芝兰怎么办呢？"好几十条嗓子嚷嚷起来，就跟敲锣一样："另找对象！""跟玉山太不般配了！"

王大娘连气带恼，哭丧着脸说道："她是吃我王家门的饭长大的，这是我王家门的事，谁也管不了！"大伙又说："给你们家干活你怎么就不说？""你王家门也得说理，叫大伙评评！""不能那么说，大娘！大伙还不是为你们好？"

王大娘一听，又转了话头说道："平白无故的，把我儿子妨死就拉倒啦？你们大伙也评评！"刚说完，大伙紧跟着又来了一阵："还是旧脑筋，不长病能死人吗？""大娘！得换换脑筋，这也是封建！"王大娘又说道："封建？谁不知道'猪狗不到头'？"袁大嫂说道："都是骗人的。老宋家老两口子，就是一个属猪，一个属狗，眼下都六十多岁啦，再别封建啦！"又一个接着说："我老叔跟我老婶，也是一个属猪，一个属狗，怎么也到头了呢？""旧脑筋不时兴啦！"

老马看着讨论得差不多啦，又怕大伙说得过了火，闹得不团结，他就说："我也发表个意见。照政府的规定，婚姻要自主，林芝兰愿意另找对象，大伙也同意，谁也不能强迫她。王大娘得好好想想，咱们光翻身还不行，还得翻心，脑筋也得翻过来。"他一看王大娘再也没话可说了，就又接着说道："现在再讨论两个事：第一，林芝兰家当初使了老王家五斗苞米，现在这个粮食怎么办？第二，林芝兰在老王家名下分了八亩地，这个地看怎么处理？"大伙接着他的话音，马上就讨论好了：林芝兰嫁到谁家，谁拿出五斗苞米给老王家。地呢，按照分地时讨论的办法，姑娘出嫁，人走到哪里，地就跟到哪里。

开完会没一个月，林芝兰就和白国兴结婚了。

一九四八年六月末于东北日报社

选自《高祥》，东北书店 1948 年

头一场谷子

不光是第二组，全屯都知道老王为人厚诚，活路又好，扛过四十年大活，就打了三十年头，领过四五十号人铲地。别看快要六十岁的人了，扣地还是照样扶大犁，铲起地来，二三十岁的小伙子都撵不上他。今年收割庄稼，全组还是选他打头。

今天，老王一清早就领着二小子摊场去了。早起就看地面上还有一层薄霜，他和二小子把场边的麦秸在场上铺了一层，套上那个小红马，先用滚子轧轧，溜溜场园，免得爆皮。轧完后，又把麦秸扫得净净的，才把那一百四十捆谷子单个摆开，在场边晒着；又解开了廿多捆，码了个圆圈，里外两层，两头是根，把谷穗碰在当腰，摊完了才回家吃饭。老王倒不是没米下锅，没草喂马，他是光想尝尝给自己打场是什么滋味。本来么，扛了一辈子大活，自己也没有挣上一垄地；去年才分到四坰半地，还是庄稼都收割以后才定规好的，打场时还是给人家打，秋后分的粮。今年他种半坰麦子，早就打完场了：那是小组里帮助他打的，那天他正赶的去送公粮。就在那一天，他在站上买了把木锨回来，锻木板，锻木把，又轻巧，又板正！那一天回来，他就抽空把这二亩谷子拉回来，想着拿这把新木锨扬扬场。

前晌儿老王爷俩帮着别人家挖了半天土豆子，刚一吃罢晌午饭，饭碗一推，他就说："二小子，套滚子去！再牵老宋家个白马。三丫头赶套！"分派完了，他顺手拿起枝子、扫帚、木锨到场园里去了。先把码开的谷子就地翻了个过，又把套绳拴停当，老王左手牵着缰绳，右手拿着鞭子晃了两下，人声吆喝着，叫马走了几圈以后，才把缰绳交给三丫头。她把长出来的一截缰绳缠到腰里，照着她爹的样子，右手拿着鞭子赶牲口，身子也跟着滚子转。老王和二小子翻弄谷子，每逢轧过一圈以后，就用枝子挨着翻弄一下。

这时老王有种说不出来的滋味。这套活儿，自己是太熟练了，四十年的工夫，把木锨把都碾扁了，枝子、扫帚，使坏一个又一个，把手上的茧子磨得比铜钱还厚。可是成年辛苦打下的粮食，都倒到"老东家"的仓里去……现时呢？再不是那种年头了，地是自家的，粮食是自家的，木锨、滚子、小红马，都是自家的。想到这里老头子高起兴来，对着三丫头说："欢点赶！颠起来！"两个马都跑起来，他还嫌慢，每逢马走到他翻场站的地方，总要用板子把马打一下。说是打，其实是轻轻地捅一下，一来舍不得打，再说马走得并不慢；也不过顺嘴吆喝两声，催着马快走。这里边还有个意思，就是吆喝着给"老东家"听，老东家是被斗地主，如今搬到场园不远的小马架里住；这个小红马就是分的他家的。

快有一顿饭的工夫了，码开的谷子已经轧到了火候，二小子就说："行了，捆草！"老王赶紧接着说："再轧轧，谷子潮！"随后又加上一句："像往年哩！"又轧了一会儿，才把外边码的谷子，用板子挑起来，抖净，才翻到外边去，一摊一摊的，随后每一摊捆一个草捆，垛在场边。又把里圈码的那层谷子，翻到外圈来，穗朝里；再解开十来捆谷子，码到里圈，又轧起来。

老王一直就这么忙着，半天连一袋烟也顾不得抽。他直起腰来往西一看，太阳还有一竿子高，才把谷子轧完，他越发着急了，赶紧把轧烂的谷穗子堆到场当腰，又把长草用扫帚捊出来，就手拿起那把新木锨来扬场。扬起一锨来一看，连土带草叶原封落下来，一点风也没有；他又往旁边那棵榆树尖上一看，纹丝儿不动，糟糕！没有风，怎么扬场呢？老王满心的高兴，碰到个软钉子上。他非常生气，一句话也不说；可是心里不服气，手里还是一下一下地扬着。慢慢地，他摸着窍门了，一方面少扬起点来，容易散开，另一方面就是尽量往高里扬，果然不错，这样一来，有些烂草就刮出来了，于是他就照这个办法扬下去。但是长点的草和轧扁的谷穗还是没法弄出去。二小子和三丫头在一边愣着，不敢多说话，有时弯下腰去，捡起几根长草来，也不顶事。又过了一会，二小子终于说："明儿再扬吧，没一点风！"老王瞪了他一眼，理也没理，自己照旧一锨一锨地扬着。恰好这时二小子一不小心用枝子把场园划了一道，把光亮亮的场面上划起一些松土，老王这一下子可找着碴口了，狠狠地说："眼睛长到后腰窝里啦？"其实倒不是因为这点事说他，是因为他不顺老人的意思，要明天再扬场。尽管嘴里这么说着，手里还是没有住气，把一大堆谷穗子，一锨一锨地扬了两遍，但是长叶和烂穗子还是弄不出去，烂土也还不少。

这时好像有点风了，老王扬起来的谷子和烂草，能够完全分开了，谷子落在原地方，烂草叶子飘到东边去。三丫头仰脸一看，高兴地说："有风了！"其实老王早已感觉到了，就是没吱声。虽说风还不大，可是就这一点风，已把老王的满心烦闷刮散了。他这时越扬着越有劲了，就势站在下风头，让烂草叶子都往自己的身上落，他觉着这一阵阵的烂草叶子像凉风也似的落在自己的脸上，就觉着风越大了，一阵一阵地搔着他的脑瓜皮，怪舒服的。老王的心里一痛快，就在把谷子端起来的时候，故意把木锨把一拧，撒出去的谷子就像扇面一样，散开个半圆形，烂草也就越发飘得远了。一颗一颗的"大粒黄"黄澄澄地铺了半边场，一根杂草也没有了。又这么扬了一遍，把个老王累得满头是汗，草叶和烂土在脸上贴了厚厚的一层，又叫汗水冲了好几道小水濠。他每逢扬起一锨来，便仰起脸来，两眼眯成一条缝，嘴角上带着笑模样往上看一眼，迎着那半边通红的太阳，老王好像年轻了十岁。

这一次扬完之后，二小子早又扫到一堆来。老王抓起一把来一看，只有跟着扫帚扫上来的一点土了，本来可以不管它的，可是老王还不死心，顺手拿起一把簸箕来，装起了半下谷子，举过了头顶，便把簸箕一侧楞，谷粒就像流水似的淌下来，把烂土吹了个一干二净，二小子这才又扫起来，爷儿俩用斗装到四条麻袋里。老王记得清清楚楚的,数到十一斗时又量了五升,他这时嘴一咧,笑着说:"三丫头!二亩地打一石一斗半,一亩地合多少?"三丫头一时答不出来,倒是二小子大两岁,仰起脸来算了一下,说道:"五斗——七升五!"

老王这时才伸了伸懒腰,一天的劳累忘得连点影子也没有了,他把两手叉在腰上,眼睛望着装起来的四袋子谷子,跟二小子说:"往家背!都是自家的。"

很明显:这句话又是给"老东家"听的。

一九四七年十月于肇东一区

选自《东北日报》,1947 年 10 月 28 日

土地还家

郭长发在胳膊底下夹着早已砍好的四根木桩子,跟着分地的人群跑了两天,但是还没有决定他分哪一块地。据农会主任的意见:在他家附近,给他分两坰好地;但是他不愿意——宁肯跑出一里多地去,分到那原来就是他自家的一坰八亩地。

"主任!少落二亩地,我也是甘心乐意:那是我老人的坟茔地呀!"

果然,大伙没有辜负他的苦心,把那一坰八亩地,原封归还了他。郭长发很熟地找到了地界,在四个角上用力钉上了地桩,看着那歪歪斜斜的"郭长发"三个大字,心里的一块石头才算落在地下。

他赶紧走到地里去,看着母亲的坟,发了一会呆。一转脸,又看着那已经是长到膝盖高的谷子,勾起了他一片伤感的回忆:

那是民国十四年夏天,母亲死了,连口棺材也买不起。把仅有的一坰八亩地典出去吗?眼看着全家四口就没有饭吃。不呢?卷上领破席把母亲埋了,心里又觉着下不去。后来托人赖脸跟高大棒子借了一千吊钱——还得把地照拿去做抵押——才买了口棺材把母亲装殓起来。他想:把庄稼侍弄好好的,省吃俭用,赶个好年头,转过年来就能还一半,后年再还一半,把窟窿填平,了了这件心事。

第二年庄稼长得还不错。可是快要收割的时候,一天夜里连糟蹋带偷,损失了一大半。他向谁申冤呢?报告了村长以后,得到的回答是:

"查查再说。"

郭长发以后也就再没有去追问,因为在第二天他就已经知道是高大棒子指使几个流氓来搞的。这个门坎不要说他郭长发，再比他"打腰"的也不敢去惹。

这样，账就还不起了。一年就来了个本利平，利上滚利，两个滚就由一千吊变成了四千吊。这笔重债把他压得头都抬不起来，可是高大棒子一直就没有向他催讨过。

他记得那是第三年的夏天，他刚从地里扛着锄回来，高大棒子的管家宋掌柜到他家里来，出乎意外的是他非常客气：

"才回来？庄稼还可以吧？"

"嗯！嗯！"他不晓得怎样回答才对。

"粮食能接下来吧？秋庄稼还得个半月。"

"嗯，够！够！"

"接济不上了说话，哥儿们没有什么过不去的。"

郭长发越发不知道怎么答应了。以往见了面，宋掌柜总是把脸一扭，理都不想理；今天没头没脑地给他来了这么一套，他天大的本领也猜不透宋掌柜的葫芦里装的什么药。

"哥儿们不错，我才来找你；别人找了多少趟，我都不想去管。"宋掌柜稍停了一下，压低了声音："依我说：你那点账，用不着发愁，拿地来顶账，还有剩头呢，心里也去一块病。"

郭长发一听说"地"，就像一声沉雷，把他震得半天不觉事。

一会，又好像听见宋掌柜说：

"……父一辈子一辈的，还能给你出坏主意？……东家说：三天以里，本利还清，我想你也办不到……"

"三天？……"他的心神还没有稳定住，但宋掌柜的好话已经说完了，开始变了脸色，口气也硬起来：

"再不就拿地顶，反正账是非还不可！"

"地？地……地是我的命根呀！"

"没有什么可啰嗦的，看你也还不起账。"他从口袋里掏出一打子早已数好的吉林省官钱帖来："地按三千吊一垧算，公公道道。三的三千，三八两千四，五千四。本利去四千，剩下一千四，这是

钱,分文不短!"说完又掏出一小张折得很整齐的红纸,在炕上铺平:

"这是你的借帖。"说完,头也不回,拔腿就走。

那天晚上他饭也没吃,把枕头哭湿了半截。这件事情到现在虽已有二十年,但郭长发还觉得像昨天的事一样。

二十年,他除了每年到母亲的坟上烧三回纸以外,根本就不到地里去一趟。平常走起路来,宁肯多绕点远,也不愿看到那块地,更不愿看到母亲的坟。

他觉得太对不起母亲了。每次他上坟时,总要哭着唠叨两句:"你这不争气的儿子,连这点命根子也保不住……"

烧完纸以后,他又常常呆在坟上,半天不肯离开,翻来覆去地想:是我郭长发不争气吗?糟钱的道儿一概没有,黄烟叶子都不抽,能说是不会过日子吗?整天紧盘算……他不由得想到了高大棒子,那个高个子,长驴脸,大眼珠子瞪得跟铃铛一样。一年四季总是提着那根有鸡蛋粗四尺来长的大棒子,只要他看到谁在他地边上走走,就得揍他两棒。到了"满洲国",又和日本人勾搭好,当了大区长,三十多个屯子的出荷、劳工、奉仕,都是他一手来办——就是这个吃人肉,喝人血,吃完了喝干了还要啃你的骨头的坏种,恶霸!把我的地抢去了,那是埋着母亲的坟地!

"什么时候,才能争这口气呀?"最后他总是跺一脚,才离开了那块地。

世事的变迁,总没有辜负他的愿望。"八一五"的炮声把他惊醒之后,紧跟着就展开了清算汉奸逆产的运动。高大棒子也在一千多人的斗争大会上,吐出了勒索贪赃的财产。

郭长发算回了自己的土地以后,当天下午就带着儿女到地里去了。先跪在地下,在坟前烧了纸,对着坟里的母亲说:

"争回这口气来了。"

然后又往坟上培了土,父子俩动手铲起地来。二十年了,郭长发又重新用自己的手来耕作自己的土地了。这是老人留下的命根,叫它长出粮食来养活后代的儿孙；可是二十年的光景，它被野狼吞了去，自己没有吃过它一颗粮食——他想到是旧社会把他的地抢走了。

现在呢？他又踏在这块地上铲草了。他感到自己已经离开家二十年，如今又回到母亲的怀里，亲切地叫着："娘！我回来了。"——于是他又感到是：这是新社会把我的地要回来的。他这样想着，不由得拉长了声音跟儿子说：

"柱儿！想不到啊，盼了二十年，那时候你才三岁。多亏共产党……记住！可别忘了本啊！"

他直起腰来，两手拉着锄把，又沉重地重复着这句话：

"柱儿！记住，可别忘了本啊！"

一九四六年八月于松花江之滨

选自《高祥》，东北书店 1948 年

张凤山参军

一

夜深时。上弦月把四平城郊映成灰茫茫的一片,风吹到树梢上,像是轻轻地吹口哨。远处,不时传来沉重的炮声。

在一间门窗已经破落的房子里,张凤山把慰劳品归拢好以后,坐在草垫子上,用一件军用大衣把腿盖好,棉袄也脱下来,准备盖在上身睡觉。但他心情不安地又把它披在肩上,脊背靠着墙,眼睛呆呆望着屋顶在想什么。那边一张桌子上,胡班长正在埋着头写工作报告。屋里静得没有一点声音。

胡班长写完以后,一回头发现张凤山还坐在那里:

"你还没有睡?明儿一早就动身。"

张凤山一看有了机会,认真地说:

"真?胡班长,我是诚心诚意呀!真的不行吗?"

"真的不行!"

"多一个人,多一份劲儿呀!早些把反动派打走不更好吗?我从小就是这个脾气,看见不公的事就要管,好狗护三邻,好汉护三村。依我说:民夫都留下,一个人发给一条枪,跟反动派拼一场!你们还不也要为我们,我们也要为你们……"

"对,你的道理倒满对,就是不能那么办。我不是跟你说过吗?保卫人民是民主联军的责任。你家里也有媳妇孩子的,若不回去,家里不惦记吗?你们来多少人,不好好地把你们送回家去,想参军也要回去把家里安置好,经过地方政府介绍来。"

张凤山一听，头头是道，人家想得这么周到，还有什么话可说呢，可是目的没有达到，到底不甘心。

二

他老家是山东登州府人，十岁上跟着父亲下关东，父亲一年到头扛长活，指望凤山长大了，也能做一把好庄稼活。到十五岁上，父亲给他找了个东家去放猪，开始说什么也不去，到后来挨着父亲一顿好打，牵着耳朵把他送到东家那里去了。他天天把六个猪领到地里去吃草根，落太阳的时候赶回家来，今天这样，明天还是这样，一年到头和畜类打交道——这不是人干的！他想到这里，打定了主意，正好是十天头上，他照例吃了早饭，背上干粮袋子把猪赶到地里去以后，他撒腿就往县城里跑，一下就找到了"招募新兵"的地方，虚报了两岁当了兵。当着班长把一只七九马枪发给他的时候，他高兴得饭都吃不下去，拆卸下来，擦了又擦，装好以后，又对着墙脚去瞄准。一会儿安上刺刀做着刺枪的姿势，一会儿又把枪背起来来回走着，一年以后，他已经成为班上的优等射手，提升为一等兵，又过了二年提升到班副，就在那一年开到关里参加战争，因为他枪打得好，作战又勇敢，马上就当了班长，干了三年，因为和排长闹别扭不干了。回到家里呆了几个月，还是觉得没意思，他又跑出来当了兵，二年以后，又从二等兵提升到班长，就这样过了十三年军队生活。

忽然，一个意外的消息传来："日本人要攻奉天！"这句话像闪电一样，很快地在队伍里传播着，传到张凤山的耳朵的时候，他气愤极了，嘴里嘟哝着："他妈的，小日本要造反？"他回到屋里，把全班弟兄都集合来讲话："弟兄们！咱们中国人，现在报国的时候到了。养兵千日，用兵一时，把枪擦好，等着他！"果然有一天夜里，听到了炮声，排长传下来的命令是"听命令出发！"他把枪支子弹都准备停当，整整地等了一夜。

第二天大清早，连部传下命令来说班排长集合。张凤山想，这一回不大离，八成是出发。没想到一见连长正用两手抱着头没精打采地在想什么，大家都捏了一把汗。

"少帅给南京打了两次电报，回电说一枪不叫打，回去收拾好，准备上车，往南开！"连长红着眼圈说。

一瓢冷水从头顶浇到脚心，张凤山浑身都凉了，他明知道上级命令要绝对服从，但是他等到其他排长、班长走了以后，他还立正着站在那里，两只大眼睛瞪着连长，像要说什么，但又不知道为什么，一句话也说不出来，脸上开始发青，嘴唇几乎成了黑色，他眼前有无数星星在闪耀，房子也转起来，差一点没有跌倒。连长赶紧把他扶到炕上去，用低沉夹杂着愤慨的音调说：

"这是命令，着急也没有用；将来总有机会报国。"

队伍先开到锦州，过两天又到山海关，第二天队伍又开走了，但是张凤山没有走，他再不想当兵了，没意思，他甚至弄不清养兵为什么，敌人来了一枪也不打，扭回头往回跑，跑到哪里算一站呢？这个二十八岁的小伙子，宽肩膀，大个子，一双好眼神，能举枪瞄准十分钟纹丝不动的一条硬汉，现在垂下头来，唉声叹气的；收了心吧，还不如回家种地。

他连夜赶到东丰县，回到家里一看，父亲已经六十二岁了，租种两垧地，勉强够他母亲、妹妹吃喝的。他就代替了父亲，在家安心种地，父亲也给他说了一门亲事。

三年以后，父母相继去世，妹妹也出了阁，自己已经有了个孩子。他再也不往别处想了，又租来一垧地，凭自己的力气，种三垧庄稼是绰绰有余的。只是租子重，简直是一只胳膊给人家干，一只胳膊给自己干，自家这一半至少又要抽出一半来出荷，一年忙到头，黄豆大的汗珠子，快要把地皮浇湿了，真正落到自己手里的才有三四石粮，还得应酬这样捐那样税，又抓了回劳工，上炭矿就干了半年，弄得面黄肌瘦的，跑回家一看，地里的草比庄稼还高。从此，更一年赶不上一年了，租子出荷年年加重，"屋里的"又添了第二个孩子，打点粮食整年喝粥都不够，苞米不等长熟，就得拿来煮着吃,没等到收割就吃完了。一家大小穿得浑身稀烂,找不出一件囫囵衣裳来。

张凤山空有一把好力气,就是没法施展。

三

"八一五"的炮声,结束了他穷困的生活,再没有人跟他要出荷粮了。民主政府成立以后,又让穷人向地东要回已交的租子,每石退回二十斗五升来,他清楚地记得罗区长的讲话:"民主政府样样都是为人民打算,减租就是使唤穷苦农民吃饱饭。"当时他就说:"穷小子也有个时来运转。常言说:驴粪蛋还有个发烧哩。"过了些时听说县里开什么参议会,大家选举刘大爷去参加,张凤山心里又有点纳闷:刘大爷为人倒是好,人品正直,办事公道;可是粗手笨脚的穷庄稼汉也能到县里开会?简直想不通这个道理。过了十来天刘大爷回来了,满面红光的,见人就说:

"世道变了。"

"世道变了。"

人们都围拢来乱哄哄地问着,他兴奋得不知从何说起,人们越是急得等着听下文,他就越口吃得说不出来。乱了一阵,好容易又想起一句:

"穷人要翻身!"

"穷人要翻身!"

他来回重复着,又没有下文了。后来大家伙儿把他让到屋里去,喝了口茶,才沉静下来,慢慢地说:

"世道是不同了。像我,穿双大靰鞡,也能在参议会上上台讲话,问天辟地也没有听说过。人家说:全县的大事都要咱们出头露面,咱会说什么呢? 就是谈咱们庄稼话,伪国家百姓遭的什么罪? 减租怎么好法? 县长听着满高兴——提起县长,简直没有见过这么好人,和咱们一张桌上吃饭,给咱们斟酒,睡觉以后,他还问炕烧热了没有……"

这以后,把坏蛋屯工陈阎王赶下台,他贪污的公款配给品,都吐出来给老百姓,又选了刘大爷当屯长,张凤山和大家一样,心里有说不出来的高兴,十四年的苦处,总算没有白熬,如今算看见青天了。民主,这才是人民作主呀!

过几天,县里又来了工作团,说是把以前日本人买的占的地,分给庄稼人种。他心里想:政府怎么想得这么周到呀,现在吃穿都不缺,就是自家还没地种。开了几次会,又调查登记、讨论后,决定张凤山分一垧十亩五分地。当他把一张盖着县政府官印的地照拿到手里的时候,他眼泪都流出来了,从里城到外城,父亲那一辈就没有听说过自家有一垄地,现在一个钱也没花,白分着这么些地——这是命根呀!今年多下点功夫,耕深点,铲四遍,种八亩豆子,五亩苞米,其余种高粱,平平常常的年月,少说也打十石粮,秋后每人都能做一套新衣裳,好好地过一个年……他这样盘算着他幸福的生活。

分地还没完全结束的时候,城里捎来一卷报纸,工作团的高科长看了以后,就跟大家说:“反动派发动内战,进攻我和平民主地区,咱们为了实现和平,让出很多地方来给他们,但是反动派贪心不足,得寸进尺,光是我们一边让是不能实现和平的。所以我们要自卫,用血肉争取和平!”

“狗日的,‘九一八’的时候跑到哪里去了?现在又要来糟害我们。”

“他们看见我们日子过好了,他眼红。”

“别看我们是好欺负的。大家伙儿一条心,谁来也不怕!”

“我们有农会,有自卫队,打他们这些王八蛋!”

在大家乱嚷的时候,张凤山的声音最大,他是经历过来的,他比别人加倍地气愤。几天以后县政府动员民夫帮助前方运输的时候,他第一个先报了名。在前线上和战士们一样受优待,整天在火线上抬伤兵,运子弹。

在前线他看到民主联军拼着性命为老百姓,那么老百姓又应当为谁呢?坐在炕头上等和平,摸摸胸口,下得去吗?非一齐来干不可！我也要参加民主联军，把二十年前学的瞄准，对着反动派打，一个也不留！张凤山想到这里，他马上找到了胡班长：

"我也参加，行吗？"

"你的精神很好，就是手续不妥当。"

"手续？"

"你们来是动员的运输队，来八个，还要回去八个人，少了一个我们也不能跟政府交代，再说，乡里人也说长道短的，与军队名誉有关。"

虽然第一次交涉没有成功，第二次又请求，结果还是不行。现在服务的时间满了，明天清早就要动身回家，伙伴们都睡觉了，可是张凤山总不死心，又想了很多办法，准备向胡班长要求，没想到胡班长还是不允许。他心里着急起来，等到胡班长送报告回来的时候，刚一进门，他劈头就说：

"县政府好交代，又不是以前的衙门，现在甚么事都好商量。找县长一谈保险同意。"他一看胡班长笑了，就更进一步说："家里更不要你牵心，农会早研究好了，参军的家属没劳动力由牌里人帮忙种地，吃水烧柴都不会发生困难，要不是这个办法好，我在外边也不放心呀。写上一封信，告诉家里说，管保什么事也没有。"

"这倒是个办法。"胡班长低着头慢慢地说着。张凤山一骨碌从炕上跳起来，紧跟一步说：

"胡班长，就这么办吧！再劳你驾晚睡一会儿，就势写封信，就说我参加啦，家里有什么事，叫去找李大爷，他是农会主任，什么事情都能帮助咱们想办法。"

胡班长马上找指导员商量了一下，允许了他的要求。

三天以后他兴高采烈地开到了前方去，用他二十年前学的瞄准技术，去射击人民的敌人去了。

一九四六年五月

选自《高祥》，东北书店 1948 年

张双禄的"硬骨头"

　　路边上已经冒出了青青的小草,柳条上长出了半寸来长的"毛毛狗"的时候,风和太阳就像无数双柔嫩的小手在脸上抚摩着,怪痒痒的。我把帽子摘下来,戴在膝盖上,头发散乱地任风摆布着。我和镇安村的几个农民在谈话。

　　那边一群人正扯着绳子量地,不时传来年轻人们响亮的笑声。

　　坐在我对面的张双禄,是一个健壮的"山东佬",十来岁上来到关外,现在已经扛了二十七年大活了。弟弟张福禄,今年三十二岁。哥儿俩都是一手好庄稼活,挣头份工钱。可怜的是:哥俩到现在还是两条光棍汉,一年到头没穿过一件囫囵衣裳。

　　"没有合适的人儿?"我问他。

　　"人倒是好对付,钱是大事!"他迟顿了一下,又接着说,"没听说过吗?'扛活不下本,越扛越加紧',一年下来,连穿衣裳都不够,算盘一响溜光,地了场光衣裳破!"

　　张双禄就这样一年一个溜光地混了半辈子。

　　"端人碗,属人管!"刘老大爷这样补充了一句。没想到一下子触疼了张双禄的创伤,使他陷入痛苦的回忆里。他的头垂下来,手里随便拔下一棵高粱槎子来,摔打着须根上的湿土,往事一幕一幕地在他脑子里演变着,历数着他的每一个东家的面孔,以及每次和东家吵嘴的情形……

　　他从来没有像今天这么沉默过。往常一听到人们说这些话的时候,他总是瞪着眼珠子跟人家吵:

"属人管？指力气干活挣饭吃，给受气可不行！"

他经历过十几个东家，一家顶多干三年就散伙。都不是因为干活顶不下来——相反，他这手好庄稼活是每一个东家所最喜欢的——而是由于山东的"扛"脾气，好像都集中到他身上。干起活来格外比别人干得多，累得吐了血也没有说过一句埋怨谁的话；要是一句话说不对了，他便认为是受了气，脾气闹起来，那可不是好惹的，拼命也要争这口气。譬如前年五月里，他得了时令症，头疼脑热，歇了半天工，下晌东家就叫他下地，他硬咬着牙干了半天活，没说一句话。第二天发烧更厉害了，早起水也没挑，饭也没吃，东家却没一个人来问他，他也不觉得怎么样。又呆了一会儿，东家的一个小孩子来叫他挑水，他一连两顿没吃饱，浑身发软，应付着说了一句："等一会儿再挑吧！"可是那个小孩却两眼瞪得溜圆说：

"等一会儿？吃饱你怎么不说等一会儿？等水涮锅哩！"

就这一句话就把他说火了。他想：这绝不是一个十来岁的小孩子能说得出来的，一定是大人教给他的。他越想越生气，也不管病不病，小铺盖一卷，往身上一背，到上房去算账。打更的老徐头劝了半天，说啥也不行，宁肯去卖零工夫也不受这份气。正当农忙的时候散伙了。

过后想起这些事来，他一点也不后悔。他常自负地说："穷，活该！就是不穿小鞋！"

可是聪明的东家们，是会像使唤一头牛也似的使唤他的。高兴的时候，捧着他说两句，干起活来就格外用点力。这不和一条牛一样吗？只要肯顺着毛抚摩两下，这条牛便把尾巴一摆，以为这是无上的恩惠，但在耕地的时候，主家却摇晃着鞭子光嫌不用劲。但是，抗活的能比得上一条牛吗？主家看到牛不好好干活的时候，总是埋怨伙计不好好喂，牛瘦了，就得赶紧给添料，牛有了病，赶紧找个兽医给扎针，吃药，不幸牛死了，主家会惋惜地说："可怜呀，三千多块钱的牛！"但是扛活的不好好干活，东家会骂他，瘦了也没人过问，病得厉害了，顶多歇几天工，不幸而死了，也用不着惋惜他的三千多块钱,反正天下穷人有的是。这些道理,张双禄以前是想不到的。他一年给东家干的活,起码等于他三倍以上的工资,那两倍的利润自然归东家所有,但他并不了解这是他的血汗。难道不甘心挨受东家的申斥就值得自负?就能像他自己说的不吃下眼饭的"硬骨头"吗?

这些事直到前天靠山屯开贫民会的时候,他听了王政委的讲话,才彻底弄清楚了。一百多个贫民开会,但张双禄觉得每一句话都是针对着他说的,他觉着一个字就像一根针,刺着他以往的创伤。首先是两眼有点发红,因为他觉得惭愧,他惭愧自己一向自负的"硬骨头",原来是连一条牛也不如的笨虫。他低下头去,继续听着王政委讲话,后来竟用袖子抹起眼泪来了。因为他更觉得感激,感激王政委把套在他头上的闷罐子打破,得见青天。他是从来没有掉过眼泪的,因为他始终是这样迷迷糊糊地活着,这样的话连一句也没有听说过。

现在呢?脑筋也开了,一个钱不花,哥儿俩能分到三十五亩开拓地。从此,再用不着扛活了,多下点功夫,把地种好,秋收以后,哥儿俩便都能成上家。这天晚上他躺在炕上盘算着怎样经营分得的土地,如何向政府借款买点工具,跟谁家换工犁地……一直想了半夜。

第二天起来,他和东家辞了工,给弟弟捎了个信,叫他也交了鞭子回家种地。他又跑到几个扛活的家里,细细地议论着王政委讲的话,大伙越说越高兴,越想越有理,往常就是没人敢这么说。

不光是这些事,其他的道理也满懂了不少。我们坐在一块谈论分地的事情,他顺口说:"小的时候,常听老人们说'生死由命,富贵在天',这句话就像千斤的大石压了我的半辈子,气都喘不过来。现在同志们来了,才把这块石头掀开了。"

"你们这是救苦救难来啦!"这是刘老大爷的声音。

"什么'命''命',都是有钱人造出来的,来害咱们穷人。"青年农民魏庆福也自负聪明地说出了他的见解,"靠'命'是靠不住的,越靠越穷；就凭这两只手，要什么有什么。"

这些话就像一阵浪潮，在靠山屯的穷人当中到处起伏着。他们早晨起来，也不再烧香了，也不给写着"天地君亲师"的牌位磕头了，他们都以此为荣。无怪魏庆福见人就说："向来我就不信'命'！"

这回算他碰到钉子上了。张双禄是极端反对这种俏皮嘴的。他急起来：

"你翻开家谱看看，祖宗三代也没有过一垄地，你怎么不靠你这两只手？吹什么牛皮？！"

"再早靠也不顶事呀。"魏庆福只得这么说。

"那么往后呢？"我插了一句。

刘老大爷顺手抓起一把土来说道："这是根本呀！巴结了一辈子，也没有混上一条垄，现在一点劲没费，白得二三十亩地，老辈也没有听说这样事呀！"刘老大爷眼睛眯成了一条缝，呵呵地笑着，花白胡子被风吹得飞舞起来，高兴地又补充了一句："八路来了，穷人才能翻身！"

"这不得了吗？八路不来，靠什么也靠不上。"张双禄说。

"这就是穷人大翻身！"魏庆福竟大嚷起来。

"光有地还不能真正翻身，还要有权才行。"我还以为这是新的问题，但是张双禄却接着说：

"对！这么对！王政委不是跟咱说了吗？要成立农会，庄稼人都结成一个铁蛋子，什么也不怕。反动派，汉奸，特务，谁敢来，一拳把他揍得远远的！"他挥起了铁拳，在面前一晃，又表现出"山东佬"的"扛"脾气来："谁来欺负咱们也不行，我们有农会！"我笑着拍了拍他的肩膀说：

"这才是硬骨头啊！"

大伙都在笑着点头。

我们只顾得唠嗑儿,那边丈地的人群早已翻过岭去,连点影子也看不见了。太阳的光芒更热起来,风仍在轻轻地吹着,我们走上了慢坡的横岭时,又听见年轻人们响亮的笑声。

一九四六年四月于东丰

选自《高祥》,东北书店 1948 年

短篇小说卷① 张双禄的『硬骨头』

◇邓家华

打死我也不写信

有一天早上我背了书包上学堂，半路上碰到了七八个伪军，他们认得我是乡长的儿子，所以马上把我捉起来了。他们说：这下子一定要把我杀死。我想：你们这班土匪怎么吓我，我也不怕。

他们把我拖拖拉拉地抓到镇上，交给伪乡长，我心里想，这一下子他一定要毒打我了，唉！真怪！哪晓得，他满脸带笑，还请我吃糖，请我坐，同我讲了很久好话，可是糖我不吃，也不坐，话也不听。因为我晓得伪乡长一定是想骗我写信给我爸爸。后来我说："我要回家去，你们这些人，赶快放我回家。"伪乡长看我实在哄不了，就说："你的生命落在我的手中，你还想反抗吗？快一点写信给你父亲，叫他缴公粮给我们，不然，你不要想活了。"

我想：哼，要我写信难呢！你想把我们根据地的粮食去喂你们这些恶狗。我就很大胆地回答伪乡长："你不要梦想，就是你打死我，我也不写信的。"

伪乡长一听大大生气，命令伪军把我关到禁闭室去，痛打一顿，一定要写信，伪军像一群狗一样地把我抓走了，他们用鞭子打我，当时我痛得忍不住，皮肤里渗透出一条一条青的红的紫的血痕，可是打死我也不写信的，他们看到我昏过去了，也就走了。

等我清醒过来时，浑身疼痛，我拼死命地弄坏了门逃了出来，可是不巧得很，又碰到了伪军，又把我抓起来了，它们还是逼迫我写信,我坚决地说:"死了心吧! 就是死了,我父亲会帮我报仇的。"

救星来了,在繁星的晚上,忽然西面枪声不停地响着,新四军老部队来攻击了,伪军们都吓得屁滚尿流地逃走了,啊! 新四军救出我了,我很快地到了家里,见了爸爸妈妈,心里真是高兴得流泪了。①

选自《小英雄》,东北书店 1948 年

---

① 原编者按:邓家华是华中射阳县四区的一个儿童团员,由于他这一件英勇不屈的事情,被选为小英雄,这个故事在华中苏北军区儿童团和大人的口中流传着。

◇左　林

和"皇军"洗澡

山东青城的一个小镇子,在一个月以前镇上还充满着快乐,可是自从鬼子清剿驻到镇上后,一切都变得死气沉沉,儿童团的团长王小林也失掉了笑脸,搬到一里多路乡下的亲戚家来住了。

一天下午,天气是非常的闷热,王小林约了儿童团员小金子和张小三到大塘去洗澡,正洗得高兴的时候,忽然听到了"的的格格"的皮鞋声,三个穿着黄军衣的鬼子来到了池塘边。王小林他们真吓得呆住了,站在水中气也不敢透,那三个鬼子说说笑笑地放下了枪,脱掉了衣服,也都"扑通,扑通!"地跳下了水。

一个满脸横肉的鬼子拉住了王小林,说着半通不通的上海话:"小把戏,皇军大大的好,划水……"

王小林心里恨死了东洋兵,睬也不睬地站着,那个鬼子就拼命地把水往小林头上浇,小林不敢还手,就掩着脸,心里像火一样烧,三个鬼子都哈哈大笑了,其余两个鬼子也一齐向张小三和小金子打着水。这时勇敢的小林再也妨不住气,就劈啪啪也打水到鬼子身上,于是儿童团员和鬼子打起水仗来了。

打了一会儿水仗,一个鬼子就龇着大牙说:"小把戏,大大的好……"说着就摸小林的头,把小林按到水里去。三个小孩也不知道害怕,就和鬼子打着玩。打了一会,鬼子就游到中央去玩儿了。

王小林和小金子、张小三就跑上了岸，小林叫着口令，排着队一二一地操着，鬼子看见了都拍手叫："好，大大的好！"王小林的胆子更大了，他心里想着，儿童团员要抗日，要做小英雄，当他看到三八式步枪时，他就爱上了，他眯眯地笑着，新花样在他肚里打着主意，他就把一根枪扛上肩，张小三和小金子也把那两根枪扛上肩，心里有说不出的快乐。

王小林大声地喊着："一二一，一二三四……"鬼子看见了就大声地喊："小小中国兵，好东西，跟皇军当兵的有！"王小林看见鬼子不说话，就起劲地操着，操着操着，等到鬼子不留神时，小林小声喊着："跑步跑！"三个儿童团员一溜烟向前跑去！

鬼子看见了就喊："小把戏，不要跑，快快回来的有！"但是，小林他们跑得更快，拼命地跑。鬼子着了急，光着屁股跑上了岸，气喘喘地去追，前面的拼命地跑，后面的鬼子拼命追，王小林心里想：不好，快追上了，我又不会放枪怎么办呢？

一个鬼子大声叫："跑，中国小把戏大大的坏，快追！"可是另外一个鬼子站住了，他说："大大的不能追，有八路八路的格！"一提到八路军，三个鬼子像老鼠见到了猫一样，掉转头缩头缩脑地回去穿衣。

王小林他们三个人，气喘喘地把枪扛到了区政府，区长赏了一千元慰劳费，并且全区的人民送上了一个模范的儿童团长称号给王小林，全体儿童团员都天天叫着："王小英雄！"大家都要向王小林他们三个人学习。

选自《小英雄》，东北书店 1948 年

撕掉那些鬼标语

鬼子刚占领泰州不多天,想要开一个庆功大会,开大会当然要点标语,还要拿着小旗子示威。

于是有小胡子的鬼子军官,就命令汉奸去收买许多儿童来拿小旗子游街和贴标语,虽然这些汉奸比家里的小狗还听话,但是鬼子还是不放心,又派了几个鬼子兵来看着。

他们摇头摆尾地走上了街,走到了小学校里,抓了一群小学生,笑嘻嘻地说:"小朋友! 你们要吃糖吗? 嘿……要大洋钱吗? 我知道你们都想要,好! 你们排起队来,跟我们贴标语,喊口号去……"

小朋友看看那一大堆旗子和标语,都写着什么"皇军万岁"、"打倒共产党"、"消灭新四军"……于是个个都不愿意去了,大家一起喊着:"我们不要糖,不要钱,你们自去拿旗子好了……"汉奸和鬼子都生气了,提起枪杆凶狠狠地说:"小家伙! 一定要做! 不做打死你们!"于是硬把小朋友排了队,每人手里拿了一面旗子向街上走去。

刚出校门,忽然有一个小朋友哭了,接着全体小朋友都哭起来了,有一个大点的小朋友叫起来:"我们不做亡国奴!"于是像一群小老虎吼起来:"我们不替鬼子做事,一二三! 把旗子撕掉!"刺啦……旗子都撕碎了,撒在地上。鬼子、汉奸们正想拿刺刀吓他们,但是聪敏的小英雄们学会了游击战的化整为零,向四面八方跑掉了,鬼子、汉奸气得要命,没有办法,只好自己去贴标语。

一张张红红绿绿的标语贴上墙,鬼子、汉奸得意地笑了,但是不久这笑脸又变成了哭脸,当鬼子、汉奸贴完了这条街,又到另外一条街去的时候，小英雄们又从每个小巷子和角落里钻出来，比他们贴还快些，把墙上的标语全撕掉了，等鬼子、汉奸回头，也只得哭丧着脸呆看着满地红红绿绿的碎纸片。

选自《小英雄》，东北书店 1948 年

王小鬼放机枪

提到王小鬼的时候，人家都摇动着大拇指，刮刮叫地称赞着。

王小鬼是山东人，八路军到山东后，王小鬼就参加了一个地方部队。到部队后王小鬼一心一意地要背钢枪，但是连长说他年纪小，背不动钢枪，就叫他当勤务员。王小鬼当了勤务员后，对工作很努力，也不做小油条，不过他心里总有些不高兴，看到别人都背着钢枪，心里就发痒，没有事的时候，王小鬼就跑到战士跟前去搬弄钢枪，他和轻机枪手最要好，常常要求着轻机枪手教他打枪，有一个战士看见了开他的玩笑说：

"王小鬼，你还是去做小鬼吧，轻机也用不着你打，你懂得什么？还是多吃几年饭吧！"

王小鬼非常不服气地说："你不要看不起我，我王小鬼就不能做事吗？做起事来也不比你们差呀！"

一个春天，敌人开始扫荡了，王小鬼的这一连，接连地打了七八次仗，好几夜都没有睡好。有一天这一连士兵就睡在一个小山坡下，因为大家太疲劳了，一倒地就呼呼大睡，后来连哨兵也睡着了。正当全连士兵睡得最熟的时候，鬼子偷偷地来袭击了，鬼子一步一步向小山坡爬着，慢慢地越爬越近了，但全连战士没有一个知道。

正在这个时候，王小鬼忽然要大便了，他便爬到小山坡上去大便，他一爬到小山坡就看见前面有队伍，再看一下原来是戴黄帽子的，于是他就急忙地跑到放轻机的地方，扛着轻机就向山上跑，跑到山上把轻机一架。

这时鬼子一步一步地逼近了，最后鬼子爬起来冲锋，王小鬼不慌不忙地把轻机一扳，空气震动了，"啪，啪……"地响着，鬼子一排倒下去了,第二排也倒下去了,王小鬼又装了一匣子弹打。

好像晴天霹雳,鬼子预想不到受到这样大的打击,进攻的猛势减低了一半。这时我们全连士兵都从梦中惊醒,坚决地抵抗,最后将鬼子打败了!

等到战事结束,连长和轻机手跑到小山坡上去看谁打的轻机时,只见王小鬼睡在轻机旁,头上被打穿了一个洞,因为轻机打多了,右手又都震得裂开流血。这时连长感动了,全连士兵感动了,王小鬼救了全连战士的生命,大家都脱帽向小英雄致敬!

选自《小英雄》,东北书店 1948 年

◇ 叶乃芬

石老太太开斋

  杜尔伯特旗第三区勇敢村双发屯有个吃了二十年长斋的石老太太。她一家除了小嘎全都信佛,供着一个三寸来高的铜菩萨。石老太太在这铜疙疸身上找安慰,向它叹苦,不断地求它救救这受苦难的一家子!她的老当家是好庄稼人,起早贪黑,流了一辈子汗,做着没尾巴驴儿。她有三个儿子也都像爹一样,尽受地主支使。这一家子数石老太太心事重!愁吃愁穿,提心吊胆,年年都一样!

  石老太太一辈子都没一根扎脚带儿,一辈子三九天都只穿条灯笼裤。石老太太一辈子的亲戚朋友邻居都是供不上嘴的人。石老太太一辈子心口上都满满地压着愁,压着苦,流着眼泪,叹着气!从她的经验看来,咱穷人是要世世代代流眼泪叹气的!地主是天下之主,咱穷人还能盼望啥啊?想想这些她就心口疼起来,看看她的小孙子,她就心口疼起来,就迷迷糊糊地朝老佛爷跪下了。

  老中华民国时天下大乱,就是咱东北变"满洲国"了。"满洲国"不上几年就完蛋,兴了"八路国"。"八路国"一兴,以前被地主说是满身马粪臭、身穿碎布片、腰围破麻袋的穷人可就忙起来,屯子里可就热闹起来。咱穷人从地主脚底下翻转身站起来伸直了腰板儿,成了天下之主!见了地主恶霸汉奸就斗!到处的农会都把以前地主从咱穷人身上剥削去的财宝统统还给咱们。现在是咱们随

282

便跨开步就进政府,啥首长见了咱都亲家样地打招呼。军队、政府都替咱办事儿。哪个屯子里的地主坏蛋反对咱们,就要叫他蹲笆篱子,由咱们处理这些喝血虫!

天地乾坤归了正啦! 穷人有了盼望啦! 从区上来的同志一句话一句话都说进咱穷人的心,现在咱穷人眼跟前不再是一片黑乎乎,是一片亮堂了! 不再瞧不见道,是一条又宽又平坦的大道摆在你眼跟前了!

这个同志说得真好! 别的石老太太都没记住,可是她把咱穷人要劈到地劈到房,劈到牲口劈到车,劈到衣裳劈到粮,却一样一样牢牢记在心头了。她在肚子里念了一遍又一遍,紧紧地搂着这些话,像她搂着她小孙子似的乐!

地啊! 穷人的命根子啊! 穷人想着地想了几千年,石老太太想得想了一辈子啊!

一散会,石老太太就喜洋洋地只惦念着地,好像一大片黑油油的分给她家的地,就摆在她眼跟前了,好像一大片黄金样的庄稼就在她地里长成熟了。她巴不得拿着镰刀使劲地痛痛快快去收割一阵! 以前打下粮都进了地主的仓子,今后打下粮要归咱穷人自己了。

到了家,全家都唠着地。这个屯子里哪家地主有些啥好地都一块一块唠过。这一家子想地想得慌,谁都出神地惦念着这些黑油油的好地,像惦念着自己亲人似的乐!

唠着唠着全家都先后呼呼地睡着了,只剩下石老太太睡不着。月亮射进炕头,照着她小孙子的脸。她想,这下总算有了盼望啦! 到你们这一代总该过好日子啦!

但是咋好法? 从什么时候好起? 这又要想到地了。她推醒她的老当家,怕被儿子媳妇听见似的,轻轻地说:"咱家要分到多少好地才能过好日子?"老两口就认真地合计起来。合计着,合计着,好像一大口袋一大口袋的粮就摆在老两口眼跟前了,好像这些粮就进了自家的仓子了。

就是这样的，石老太太一天比一天喜欢农会，把全心放在农会身上。农会代替了她以前的老佛爷，她不再求铜疙疸来救她这受苦受难的一家子。农会斗地主坏蛋斗得呜呜的！她明白只有依靠农会才能从地主脚底下解放出来，才能不愁吃不愁穿。

就是这样的，石老太太变得爱说爱笑，到农会去开会，走起路来比年青媳妇还有劲儿。

谁知一天屯子里成立了一个叫"清汤团"的，说是咱穷人团体里面混着不老少根儿不正的人，给汤搞浑了，不能喝！咱穷人就要喝清汤！一喝清汤，石老太太的一家都被开除出会，只给留了一个十六七岁的老疙疸还只算是旁听，不能问事儿。她的老当家急急忙忙地从外面奔进屋，一屁股坐在炕上朝着她生气："会上不要咱一家啦！人家说吃斋念佛的人根儿不正！……"

这比啥都使石老太太受惊！这比啥都使石老太太着慌！这下子可完了！她像黑夜盼天明似的，刚刚盼到天放亮，人家都说屯子里快要安排劈地劈牲口劈大车劈果实啦。咱雇贫农啥都占第一，啥都挑可心的。但是她一家却被开除出会，被推到大门外去，大伙儿不要他们了！

石老太太眼睛一阵黑，就哭出声来："咱吃了二十年长斋，向你磕了一辈子头，你啥好处也没给咱，反倒害了咱一家！"

从此白天晚上她心不安宁。话也少说，饭也吃不下。

深夜里，等到儿子媳妇都睡着了，她又推醒她的老当家，凑在耳根前轻轻地说："会上劈不劈地给咱家啦？该不会斗咱吧？……"她老当家冷丁被她推醒，静了一阵，啥也没回答她，只一面咳嗽一面说了一句："你问铜疙疸去！"

这一家子像干了什么丑事儿似的怕见人。只要听见有人推门就心跳，只要听见邻居三三两两从门外走过去开会，就心乱。

这真是不好受的日子！她老当家老叨咕，儿子媳妇虽是没开口，她却明白他们背地里一定叨咕不休的！就连这些小嘎们也会到老埋怨她！这都是因为她糊涂，是她一个人惹出来的祸，是她把这一家子的福分全给冲散了！小孙子抱着她的脖子，喊着："奶奶！奶奶！你咋啦？"她满是皱纹的眼眶儿立刻掉下两颗泪珠来。

这一家子数石老太太心事重！愁这个愁那个，提心吊胆，年年都一样。直到全家都呼呼地睡着了，她还睡不着。"你啥好处也没给咱，反倒害了咱一家！"想着想着，那个三寸来高的铜疙疸就成了她的冤家仇人，恨不得把它丢在粪堆里！

共产党比日头还亮堂，什么地点都照得到。坏处在咱"八路国"生不了根，啥都得往好处走！

一天，门一声响，屯子里的干部就突然站在石老太太跟前。她全身哆嗦，脸也变青了。

但是这个惊动了她的人却满脸和气，笑嘻嘻地对她说："老太太！下晚你们一家子都去开会吧。以前是咱工作上有缺点，把你们开除错了，这倒叫地主富农心里乐！咱穷人都是一家人，只要不是死心眼儿站在地主富农一起的，有点小毛病不算啥，自己改造改造……"石老太太眼睛睁得大大的，一直瞧着他，听着他，不觉地一把抓住他的手嚷了出来："这下可有救了！"

这一天她坐也不是，站也不是，像她做闺女时过门的前一天似的。好容易盼到太阳下山，她饭也不吃一口，只催儿媳妇快些收拾碗筷。

会场里比平时多点了几盏豆油灯，挤满了人，唧唧喳喳的，烟雾腾腾的。

有人在唠着嗑："早先我就这么想啦，地主难道不是咱的敌人？老蒋难道不是咱的敌人？既都是咱的敌人，为啥要把咱开除出会，不让咱参加一股力来斗他们呢？"

有人接着说："清清汤也对，可是要清到分量。"

石老太太搂着小孙子坐在炕角，心儿扑通扑通直跳。跳到宣布开会，跳到农会主任讲完了话，跳到西头有人猛站起来大声地当众坦白从来没有人知道的坏事儿。这个人说得多么敞亮，多么真啊！

男男女女一个还没有说完，一个就要抢着说。这可把干部乐坏了：“大家别慌！慢慢来！”但是叫慢也慢不了。这些曾经被自家人赶出大门外去的人，这些白天晚上被心事缠住的人，被自家人一接回家，谁都心花怒放，谁都乐意立刻把心肝翻出来给大伙瞅瞅，遮盖这些埋汰东西干啥！

——偷过别人地里的苞米，搞过别人的老娘们，当过养汉老婆，要过钱，唱过大鼓，当过出黑儿先生，在过家里的，以前没开脑筋替地主家藏过东西，以前没开脑筋不敢斗地主，以前……

各种各样的糊涂事都倒出来了。咱穷人都是为了穷得没法子，这都是遭了地主的害！糊涂一倒出来，谁都觉得身上轻松了许多，心里的一块硬疙疸马上就化掉啦。谁都笑了。

石老太太放下孙子，一股劲缩下炕，几步就到了台子跟前。

“我说啥？我要把铜疙疸献出来给前方造枪子子！我明天起就不吃斋了，一清早就要吃猪肉！别的再也没啥好说的了。”

这几句话使会场里立刻乱起来。主席拍着手叫：“嗨！嗨！别开小会！”也阻挡不住七嘴八舌的热闹。“八路国”真和自从盘古开天地的哪个朝代都个别，啥都得往好处走！你听啊，一个六十开外吃了二十年长斋的老太太明天一清早却要吃猪肉，这是从古到今少有的新新事儿啦！

第二天早上，全屯子里的人一睁眼，第一件想到的事就是石老太太今天要吃猪肉。不老少的年青媳妇，小伙子，小嘎，都去看新新事儿，都闯进她家的门。

她见了人就说：“今后咱穷人可别再受铜疙疸泥墩子糊弄。我吃了二十年长斋，信了一辈子铜疙疸，捞着一点儿啥？没‘八路国’，咱哪能劈地分房？就信咱穷人的‘八路国’吧！”

真的，就信咱穷人的“八路国”吧。信咱穷人自己的团体，信咱穷人自己的力量吧！啥叫命里苦？命苦命甜是靠咱们自己决定的！地主掌印把子咱穷人就命苦，穷人掌印把子咱穷人就命甜！懂得了这个道理，接着双发屯就又有三家跟着石老太太打破迷信，献出三个铜菩萨给公家造枪子子。

　　石老太太开脑筋的好名誉飞快地传遍全屯子,而且飞快地传进村子了,传到区上去了,传到杜尔伯特旗的政委——那个被咱穷人当面叫他老胡头的一双耳朵里去了。老胡头一听完就乐意:"群众一觉悟,真是了不起!"

　　是的,还有更了不起的事儿哩。

　　石老太太家有一块一百零五斤重的铅。今年阴历九月间杜旗街上的商人愿意出十二万六千块钱收买,石老太太嫌价钱小,没卖。

　　开斋的当晚,石老太太捡出那块沉甸甸的铅,拉住她老当家来合计:一个枪子子尖儿上那点铅能有多少重? 咱这块铅能造多少枪子子尖? 一个枪子子消灭一个老蒋,咱这块铅该能消灭多少老蒋?咱家不卖掉它! 咱家再苦也不在乎这点钱! ……

　　石老太太告诉她这一家子:"咱单要劈到地,保住地! 只有地才是子孙万代的命根儿! 把这块铅也献给前方!"

　　这个不平常的道理全家听到都欢喜。

　　石老太太这才得到了她这一辈子从来没有得到过的安慰。她紧紧地搂着她的小孙子,亲着他的脸,小声儿地说:"铁柱子,这都是为了你们! ……"

选自《东北日报》,1948 年 2 月 24 日

◇ 田　川

坟

肇源县范家窝铺有一座小山似的大坟。坟前立着一块石碑，上写道："神马之墓。"

提起这"神马之墓"，是一段悲惨的故事：

村里有个老佃户姓夏，领着一个老伴，两个儿子给地主吕长增榜青。就是在好年月，一家人也常是吃了上顿没下顿，三五天揭不开锅盖；偏偏这年又碰上了个瞎年成：庄稼涝得颗粒不收，树皮树叶都成了好粮食。老人家劳累了一年，就落下了点稗子，垛在场院里没个猪窝大。然而这就是全家一年的口粮，一年的指望了，却料不到这点稗子竟惹下大祸。

地主吕长增养了一群马，稗子放在场院里，马就常常来吃它。老爷子看见了，虽然心痛他的稗子，却只能吆喝两声，把马撵走，而不敢声张——怕得罪地东。三番五次地赶走又来，赶走又来，老人家总是捺住心头火气，小心地把马牵到草地上，割些青草，像哄小孩子一样，喂给马吃。

当时夏老头的二儿子夏福林还不到十岁。小孩子性子躁，心里又没算计，一看见马在场院里吃稗子，不是骂骂叽叽的，就是拿棍伸手想打。爸爸看见了，总是恶狠狠地把夏福林臭骂一顿，教训他说：

"你这个惹祸的根苗！老主东的马打得吗？这么大的孩子，也

288

不知道个轻重高低！"

有一天，夏福林正从荒甸子割草回来，背着一大捆草，手拿着小镰刀，转过断墙角一看，吓！吕长增的老骒马正领着一群马崽子，又在场院吃粮食呢！他顺手举起镰刀去赶，却非常小心，生怕镰刀口碰到马身上。谁知一失手，偏把镰刀口截到马肚子里去了。马脖子割破了筷子长一道口子，鲜血哗哗地往外冒，老骒马跳着蹄子，乱摇着尾巴，"突突突突！"地跑了回去。

不到一袋烟的工夫，老夏正准备到吕家去赔不是，还没来得及动身呢，吕长增已经先上他家来了。吕长增一跳多高，把烟袋杆子一直指画到老夏的脸上，骂道：

"你老夏，你家小崽子！你们这些死东西，才给我干了几年活，你配打我的马么？啊？我这老骒马，替我效劳了三十多年，给我下了十几个骒子，十来匹马！对我家有多大的功劳！你家人把我马砍伤了，好！你得替我拿小米子馇粥，你给我保养好，不然死了要你们人偿命！"说罢扭身就走了。

老夏呆呆地站了很久，好像想要说什么，但是他啥也没说，只把破帽头拿下来，用力地擦了擦苍黄的脸，擦了擦吕大爷喷在脸上的吐沫星子。之后随手在墙旮旯儿里拖出一根棍子，就奔夏福林扑来了。小夏福林看着势头不好，急忙躲到妈妈的身后，没命地哭了起来。妈妈双手往后护住老儿子，对老头说：

"得了吧！打孩子能顶啥，孩子也是好心肠！"

老夏把棍子甩出两丈多远，一屁股坐在门槛上，点起一袋黄烟，一口接一口，一口套一口地吃起烟来。半晌，站起来，一跺脚转身出门去了。

不大一会，老夏把受了伤的老骒马牵了回来。外头怕受了风，屋里又没有地方，只得拴在炕沿旁边。从此，全家就像服侍老人一样地侍候起这匹老马来。

老夏天天上外屯姑家、舅家、叔家去，磕头作揖地淘换点小米子，自己一家人饿着肚子，把小米粥煮得好好地喂马。吕长增每天还派了狗腿子来监视。夏家的日子过一天真像熬一年。

老骒马已经活了三十几年，又经了这一次伤，虽然老夏一家人白日黑夜当心照顾，但过了一个多月，终是不见好，只剩下奄奄一息了。

"爹！马死了！"有一天，夏福林在马旁走过，便惊叫起来，全家一起围拢来看，可不是死了吗？老夏绝望地叉开手，谁也说不出一句话……

吕长增得信赶来，连喊连骂，简直像要把屋顶捣翻，老夏家一家直溜溜跪在地下，左邻右舍围了一屋子，替老夏家求情央告，吕长增这才答应不要人偿命了。

老夏把家里的枕头被褥、锅碗瓢盆卖尽当绝，还拉下了不少饥荒，凑了三十块钱，买了一口四二五的料子（中等棺材），买了香，请了喇嘛，摔了老盆，像送祖宗似的把老骒马发送出去，坟地也跟人一样看好了风水，还立了块"神马之墓"的碑石。

老人本是风中烛，老夏逢到了这一场风暴般的打击，老骒马死后不久，便长病卧床不起。饭都顾不上嘴，当然更谈不上扎古病了。四月间，夏老爷子就撇下了一窝孩子，径自死去，一家人当然哭得死去活来。

老夏的丧事可比不上那匹骒马：没有买香，连棺材也没买上；装在老太太嫁时陪送来的破大柜里，就埋在吕长增家地头上了。坟茔赶不上个粪堆大，除了自家人，也没人给送送行，只有老姑从外屯赶来，在坟前烧了几张纸。

谁知道老头死后不久，村里忽然谣传着闹鬼。虽没有人亲眼看见，可都说得有声有色，吓得人们黑间撒尿都不敢出屋。屯里人私下议论，认为这是夏老爷子冤魂不散，而吕长增则一口咬定，说是因为老夏的坟茔没请先生看风水，非叫老夏家另找块坟地不可。

那块地，是夏老爷子生前侍弄了多少年的地，在上面不知浇了多少汗水，种出了多少庄稼，如今给地主逼死了埋在那里，谁都觉着亲近合意。惟独吕长增一定说风水不好，非逼着起坟换地不可。

磕头作揖全然无效,吕长增的话就是律条,老夏太太只好领着儿子挪坟了。

第一回搬到沟边上,吕长增看了看还说风水不好;第二回搬到荒地角,吕长增看了看又说风水不好。这方圆几十里,每一块地,每一条小路都姓吕,吕长增不让埋,当然找不着好风水呀!

吕长增天天派人来勒令第三次移坟。那是五六月天气,尸首埋起来几次,早已化了!这次起出来,从破大柜的缝子里往外漏尸水,绿头苍蝇嗡嗡乱飞,蛆从缝子里爬进爬出,连抬的人都没有了!

夏福林的叔叔又来了,他一看一家人光是个哭,自己就含着泪,一语不发,动手便拆场院上的树杖子。拆完了扛到荒地角上,架起一堆,又把破大柜架上去,点起一把火,便呼呼啦啦地烧起来了。

老太太知道了慌忙跑来,一头倒在火堆旁,一边哭一边数落,好像老夏的尸首还能听见似的。叔叔站在一边,呆呆地看着火,说:

"还往哪儿移呢?这儿方圆几十里,哪一块地,哪一条小道不是吕家的?"

火舌舐着柜子,把柜子烧化了,老头的皮肉烧得吱吱作响。

小夏福林和哥哥痴痴地趴在妈妈身旁,眼里淌着眼泪,默默地看着,记住了这一切。

烧完之后,叔叔把骨灰捡在一个小罐子里,当着吕长增把罐口贴上一道符咒,当天午夜,偷偷地埋到地里,上面没敢留一点痕迹。

夏福林的爸爸就是这么死的,这么埋的。那以后,哥哥被抓到鹤岗煤矿当劳工,窑洞塌了,活活埋死在里面;妈妈急病,正月死了;夏福林因为和管帐打吵子,被绑到警察所押了十天,之后又被送到黑河煤矿……

这一个悲惨的故事,就是我们的战士夏福林的亲身经历。当他在诉苦会上讲出来时,全连同志都哭成了泪人一般。

"把眼泪变成力量!"

同志们齐声喊出了口号,结下了亲密的阶级友谊。为了人民,为了天下像夏老爷子那样,耕种了一辈子土地,死后却不如地主的马,连块坟都找不到的善良的农民,为了使这些人都得到他们应得的土地,我们的战士们发下了誓言,英勇地在战斗着!

十一月廿日于前线某地

<div align="right">选自《东北日报》,1947 年 12 月 12 日</div>

◇史从民

井

民主村就一眼井，是甜水。

两只大骨头节的黑手，格罗格罗摇着辘轳把，提上一柳罐清水，一只手搭在把上，另一只手提着那柳罐清水倒在坡地上，清水顺坡往沟里淌。

"也该轮到咱穷哥们喝喝甜水喽！"

辛长生掏井，已经掏了半晌。

昨天，枪毙了恶霸大三狼，农会除了操办分果实之外，马上决定先掏井。这个任务交给了辛长生、耿大元、齐振中、郝喜明四个人。

"嗯嘿嘿嘿！……"外号叫老实人的耿大元照规矩没有话，一门笑。原来嘴就大，一笑更大了。

"那还是别的，"外号叫气不公的齐振中一面在井台上磕打着小烟袋，一面照规矩先说一句他的口头语"那还是别的"，接着说，"老郎家就没一个长大骨头节的。"

"要不着工作队，穷人可要断了种，还喝甜水哪，擎等着托生喝迷魂汤去呗！"郝喜明外号叫好不错的老大哥，往井里照着自己的脸说。

"你瞧你这封建脑瓜骨！扛活没扛够是咋的？还要托生个扛活的，养活地主是咋的？"辛长生又绞上来一柳罐水，顺坡倒下去，"你还托生呢！大三狼这回可托生喽。"

"来,换换班儿。"气不公上去接过来柳罐,"就冲王八羔子这手儿,我昨儿个再抽折一根马鞭子也不解恨! 管天管地,水也他妈的姓郎了。"

"掏完了井,进城买它二两香片,烧壶开水,沏沏茶喝喝,半辈子也没喝过茶叶是啥味。"好不错郝喜明说。

"接泡马尿喝了罢,你照照井,看你那个坐相!"辛长生坐在井台上,用衣袖擦着汗。

"那还是别的! ……"气不公一面提柳罐一面搭言。

"嗯嘿嘿嘿……"老实人笑了。

"老实人昨儿个斗争大三狼可真不老实,大钉棒子,吓,打个开花!"辛长生卷了棵黄烟,从气不公的烟荷包里摸出来取灯儿,"欺男霸女,打成肉酱也不多!"

民主村,就这一眼井,是甜水。

"死人岗也有了今天! 死人岗变成了活人岗,该轮到咱们喝喝甜水咧!"辛长生一面抽黄烟一面自言自语。

民主村是翻身以后新改的,先头叫死人岗,再早叫郎家岗。伪满"康德"七年,饿死了五十八个人,十勾死了四勾,再没有叫郎家岗,一声儿地叫死人岗了。

这个地方,当间高,两头洼,高岗上,威威势势三家大院套。两头漫坡儿,一色儿是趴趴房。

昨天,翻个底儿朝上,趴趴房的穷哥儿们搬进了大院套,那年月三家大院套的海青房,住的没有外姓人,都是姓郎的。

贱年过了七八年,大院套的姓郎的净办红事情,没办过一回白事情。趴趴房的外姓的,慢说是红事情,就是白事情也没有谁家办得起。七八年来,大院套里不是娶媳妇就是办满月,只有姓郎的添人进口。趴趴房里,不是死爹就是死妈,不是丧妻就是丧子……死人岗的人,算死定了。

死人岗死了人,不管孩子大人,一律搁谷草一捆,孩子照规矩喂狗,大人对付挖个坑,谁家也没买棺材发送过人。七八年来搁谷草捆出去，又有三勾人。

三家大院套的姓郎的，当间那家是排行老大，却叫大三。哥三个没一个好下水，属大三隔路。

大三，噜苏点儿叫白脸大三狼，顺嘴叫大三狼。

大三狼有三宗大：大钉棒子、大笔头子、大泡卵子。

大钉棒子是钉十二根大洋钉子的棒子，有多有少，有轻有重，死人岗上，没人没挨过大钉棒子。十二取的是子鼠丑牛的十二属，说是黄仙真传。大笔头子就是小墨斗当村长搁这个画行，说送谁就送谁。大泡卵子，是骂他牲口，外姓的姑娘媳妇不用提，一家当户的，也是说来就到。

大三狼霜白脸皮，鹰钩鼻子，眉毛两梢挑出个楔子，鼻梁上面的一条疤拉，串着两只金鱼红丝眼。扁平脑勺托个秃脑壳，活了五十三岁，没留胡髭。

这一眼井，就在大三狼的院套旁。

"这眼井，原起根儿是眼敞口井。"好不错郝大哥说。

"敞口封口又咋的？反正大三狼吃啥也不香了。"辛长生用大拇指跟二拇指捏着黄烟头，猛劲抽了一口，扔在水里。

"大三狼昨儿个把衣裳一扒，咋一点儿也不洋气啦。在早，我不敢朝他面儿，一朝他面儿，就觉得后脊梁麻酥酥的。嗯嘿嘿嘿……"老实人耿大元也插言道。

"哑巴会说话咧……"气不公齐振中反摇着辘轳把，往下放柳罐，把儿秃噜秃噜把井绳松开。

"人是衣，马是鞍嘛，叫他到十八层地狱里洋气去罢。"郝喜明说。

"我又来了，说你封建……"辛长生说。

"嗯嘿嘿嘿……"老实人笑。

"哑巴又笑了……"齐振中又逗笑说。

"铁树还开了花呢……"辛长生接话儿。

"水有点浑汤儿了。"齐振中一面看着柳罐里的水，一面叨咕。

"妈的,他再洋气,死人岗上该咱们搁谷草捆了。"辛长生脸色一沉说。

"大三狼这小子说啥也不坦白,人叫他祸害远去了。"郝喜明说。

"反正他也不傻,知道左右是个死,他还坦白啥?"辛长生道。

"要人证有人证,要物证有物证,这回可变成他妈的大三孙子喽……"

"你看这大骨头节,喝甜水井咋不长?"郝喜明伸出来手。

"死人岗上,大骨头节还出了奇?"辛长生也看了看自己的大骨头节,"再说,人家吃的啥,你吃的啥?"

"民主村,你偏叫死人岗……大三狼他还吃龙肝凤胆吗?"郝喜明问。

"人参鸡蛋!一天五个!"辛长生伸出了一巴掌,"昨儿个给他扒下来人皮,你没看那一身宣肉……"

"人参就人参,鸡蛋就鸡蛋,啥'人参鸡蛋'!"郝喜明不信,"反正都是大补。"

"你这个好不错也窝憋了:我给他扛活那晚儿,亲自眼见的,给凤尾鸡喂老山参,吃那凤尾鸡下的蛋。那鸡窝比咱们那晚的凉炕头都款式!大三狼的老妈都捞不着吃!"辛长生说。

"大骨头节,就得吃'人参鸡蛋'喽……"好不错说。

"你多咱当了杠子房的掌柜的?"

这一带河沟的水硬,打南城搬来的人,一吃这水,就长大骨头节。这眼井起根儿没有辘轳把,上年纪的人都记得:这眼井是光绪年间,开荒斩草过了三五年,郎家岗全村的户家,齐钱打成的。

打井那晚儿,大三狼还小,他爷爷郎大尖头还在世,也是打南城搬来的。郎大尖头有个老婆,是个花货,叫绿裤腰,当时有个歌儿:

> 大红袄,
>
> 绿裤腰,
>
> 青蛇,

　　白蛇，

　　大花椒。

　　这是说，郎家岗一带，有五个花货，靠上了官府的放荒员，绿裤腰就是内中的一个。

　　绿裤腰给郎大尖头靠来了一张上无四至的飞照。老郎家仗着这张上无四至的飞照，起了家。

　　郎大尖头从南城骗来一堆穷人，说啥：

　　北大荒，

　　不烦愁，

　　开地不用马，

　　点灯不用油。

　　先讲下三年不要租子，生荒开成了熟地，就说是开错了荒段，把穷户用镐头刨出来的地，收归己有。大尖头临死时候变成了千垧大粮户。

　　起家仗着绿裤腰，皆因这个，大三狼最忌讳绿字，他不叫绿色叫草色。

　　遥哪儿都是人家姓郎的地，井自然要打在姓郎的地上。郎大尖头应许了，可得打在他家门口，大伙齐钱，他家不摊，白吃水。

　　地虽则是大粮户的地，井是大伙齐的钱，自然大伙挑着吃。

　　这眼井是溜滑淘甜的桃花水，人吃这水不长病。

　　谁吃谁挑，两三辈子没人管。

　　"大三狼，他还吃啥呀？"好不错接着问。

　　"他吃人头！……"辛长生闭了闭眼睛。

　　"那还是别的！……"气不公停了停辘轳把，"顶子都是血染的！大三狼吃了抗日军的人头，日本子才信他，派他当村长！"

　　"老道做的！"好不错呸——吐了口唾沫。

　　"鬼做的！"辛长生睁大了眼睛，"吃抗日军的人头，那是明吃。还有暗吃哪。'康德'八年，一吃就是五十八个人头！'出荷'还要双料的，报他妈的恩。我那年就活死拉地饿死了俩小嘎儿。吃灰菜膀死了。五十八个人,给他报了恩!"

"昨儿个斗争会,你咋不诉苦哇!"好不错问。

"我诉了半截,就叫气顶住了! 诉苦——咋诉也诉不过来,打个王八操的啵。"辛长生又抡起拳头。

"我屋里的也是他妈的那年吃灰菜膀死了。"好不错也搭拉了头。

"你咋也不诉哇?"辛长生推了好不错一把。

"死了倒干净,她活着,你还不得当王八!"齐振中插言道。

"嗯嘿嘿嘿……"老实人耿大元冷笑了笑,接着就沉下了脸,"提那个干啥?"

昨儿个,老实人在斗争会上把大三狼霸占了他老婆秀云的事儿,诉苦得有声有色。他寻思齐振中是说他。他又想起了那段一辈子也不会忘记的老事:大三狼盯上了他老婆秀云,就派老实人上密山去挖煤。没走出半里地,就叫大三狼给拉进了大院套。他不敢往下想了。但是,秀云对得起他,是个好样儿的,第二天早上就跳井死了。就是这眼井。两个小嘎:一个四岁的闺女,一个月科儿里的小子,都活死拉地饿死了。四岁的闺女饿得直吃青草,死的时候,肚子像面鼓……他没亲自眼见,光听别人说,也气炸了肺。

他走到井沿,往井底儿看,他仿佛看见了秀云在那儿哭,他却笑了,自言自语似的:

"咱们的仇报了。"

"闹鬼了。"好不错逗笑说。

"寡是这眼井,屈死了多少人!"辛长生叹了口气,"从打这眼井安上了辘轳把。"

辘轳把格罗格罗响。

伪满"康德"七年,这眼敞口井安上了辘轳把,可就改了多年的老规矩:谁吃谁挑,就不中了。安辘轳把是大三狼当了村长头一宗"德政"。不但安上辘轳把,而且打上了井盖,说是这样"卫生",他有他的小九九:应名儿是村公所要井捐,其实是大三狼给自个儿摊派。按户论人，一个人一个月五角钱，这就是变相的人头税。要喝甜水井就得上捐，小户为了喝口甜水，就得打掉了牙往肚里咽。拿不起，就喝河沟的水。

这眼井，从这就大不"卫生"了。甜水井可变成了"苦水井"，从这往后，死人岗上就管这眼井叫"卫生苦水井"。

大三狼当上了村长，衣裳是三天一换，娘儿们是三月一换。

他家里有个狗腿子管事的，姓任，外号叫"人狗子"。因为他不但人性狗，而且学得一口狗叫：小狗叫，大狗叫，母狗叫，牙狗叫，狗打架叫，狗起群叫……学啥像啥。专门给大三狼学，给日本子学，——扛活的只能偷着听，从来没在小户面前学过。他给大三狼管帐，管粮，管租子，管跑外，外带管找娘儿们。

大院套里有一间"花窑"，摆设得像哈尔滨早年的圈儿里，就是为了三月一换的。

这眼井，从这往后，寡拿井捐也不准挑了。谁家有漂亮的姑娘媳妇，谁家兴挑。没有的，无管是谁，一律不准。谁要破了这个"条律"，就罚谁吃狗屎。皆因这个，吃了狗屎的人家，也有五六户。

姑娘媳妇，漂亮不漂亮，由人狗子来品评。他挨家都挑个遍。老实人的老婆秀云就是他头一个儿挑上的。谁家被挑上，谁家就派劳工，往煤坑里送。自从秀云跳了井，再没人敢去挑水了，只有姓郎的吃。

"花窑"又是"招待"县里来的日"满"伪官的客厅，他的地这时候已经变成了两千垧，他爹有"善人匾"，他想要的是"勋章"。人家一垧出一千公斤，他一垧出两千公斤，他自己的两千垧，只报八百垧，连"报恩"带拿他的"黑地粮"，这年就饿死了五十八个人。郎家岗变成了死人岗，死人岗变成了模范村，大三狼变成了模范村长。他那年到县里领来了"康德"御赐的"景云章"，勋六位。

从这往后，大三狼的身上，天天带着一块花花绿绿的银质"勋章"——大伙儿都叫狗牌子。谁见了狗牌子都得行礼，不行礼就是"目无皇上"，因为没行礼，被送到警察署的，也有七八个人。

"这眼井,死过多少人哪!"老实人接过来柳罐,"净是泥汤子啦,掏个不大离了。"

"等会儿,得架梯子,下去掏!"辛长生说,"我给大三狼扛活那晚,有个扛活的,大愣头,你们是记得罢,他看见了大三狼跟他六姑通奸,怕传出去不好听,就驾大钉棒子,把大愣头打个浑身大紫疙疸,还喘气哪,半夜就扔进井里,跟外人说是:他自个儿跳的井。"

好不错扛来了四五只梯子,用绳子往一堆儿扎。气不公找来一把破马勺。

梯子已经扎好,顺井口探到井底。井底已经照不见人。好不错扶着梯子下井去。

"井里可有鬼呀。"辛长生故意跟好不错闹着玩。

"鬼——! 昨儿个早见阎王爷去了。"好不错接着哈哈笑着,笑声从井里传出来,带着回音儿。

"大三狼是鬼,那还是别的!"气不公接话。

"鬼还没打净哪。"辛长生说,"你忘了昨儿个大三狼,在他小夹袄的兜儿里,还揣着那块狗牌子!"

"狗牌子咋的!"气不公说。

"他不是说:房子地,金银财宝,啥他都认可不要了,等蒋介石来,有这块狗牌子,房子地,金银财宝,啥他都能有!"辛长生提醒着气不公。

"蒋介石定规也有这狗牌子!"气不公说。

"照我看,就是咱们村里,鬼还有的是。"辛长生说,"人狗子还是他妈干部哪。会员,他也不够格儿呀!"

"干他妈个腿部! 他还分了果实,比咱们分的还多!"老实人提上了一桶烂泥,倒在地上。

"反正,基本群众有民主权,咱们要当家,这路干部,土豆子搬家滚蛋操的!"气不公捏了一下拳头。

好不错掏干净井底的稀泥,扶着梯子上来,提着一只上了锈的枪。

"刷呀!"气不公又喊了一句。

"刷啥呀!"好不错接话。"瞧!"他让大伙看那支枪。

"准是大三狼扔的!"大伙异口同声说。

"就凭人狗子,他留的地,比咱们的还多!"辛长生往上抽着梯子,"这回,可喝点儿甜水啦。"

这眼井,翻个儿以后,也没人吃。那时候,虽然翻了个儿,大三狼却有大排,有国民党部,还是一呼百应,照老规矩,没人敢吃。民主联军来了之后,工作团发动群众,大三狼跑到城里躲起来,都说那眼井里下上了"八步断肠散",更没人敢吃。前儿个,进城抓回来大三狼,公审枪毙,除了民主村的祸害,这才想到了掏干净这眼井,解决群众的吃水问题。

"你看这马勺上挂的是啥?"好不错把马勺提起来给大伙儿看。

"长头发!"三个人异口同声地说。沉着脸,回头望了望那眼刚掏过的井。

一九四七年十一月二十七日

选自《东北文艺》,1948 年第 2 卷第 6 期

星　星

　　温大架子院里的老更倌儿,孤山屯的人,都管他叫星星怪。说不清是天上的"星星",还是猴子的"猩猩"。罗锅子腰,矬巴子,抬头纹活像一排飞雁,洼孔眼,大下巴,说是猴子的"猩猩",也是个理。半夜三更喂牲口,添完草料就睡在院心,嘴里叨叨咕咕,祷告星星,皆因这个,说是天上的"星星",也更合牙。除了衙门的户口写着张万发,没人知道他姓字名谁。屯里人,都叫他星星怪。星星怪长相儿怪,祷告星星又怪,另外还有两件"怪事":右手的大拇指成年到辈戴一只锦川玉扳指,还有一件,五冬六夏穿棉套,三伏天也不脱,左脚上拖着一只破棉鞋。这皆因是闹寒腿,一脱下来,腿肚子就转筋似的痛。但是,那只锦川玉扳指,却人多口杂,说法不一了。好逗闷子的,说是他老伴儿临死留下的念想,舍不得离身。挖苦人的,就说他猪八戒戴花臭美。东西确是他老伴儿留下的念想,离不开身的根由,不是想老婆,也不是臭美,还是他自个儿说得八九不离十:"锦川玉是属凉性的,戴上能止疼。"年青的时候,种温大架子的地,赶上流年月儿,三垧地叫水冲去了两垧半,那半垧是高地,好歹算打了八成,交不上租子,温大架子一斧子砍了去,砍在手上了,伤了大拇指,虽然没砍死,伤了筋骨,下雨阴天就疼。老伴儿在世的时候,从她娘家掏获了这么一只扳指,一直戴到今天,可也弄不清究竟能不能止疼。

　　祷告星星,是从那年,大儿子铁柱叫鬼子抓去修"国道",铁柱唱了一句:

　　俩俩沟

　　俩俩沟

302

你溜我不溜

就给抓进衙门，一去十来年，人早没影儿了，从那时起就开始祷告，一天也没落。他观"天象"说："金木水火土，五行都叫鬼子占去了，占完了五行就要命。"

※　　※　　※

星星怪的扳指，忽然不见了。从温大架子家小份子手里，用那只扳指，换来两只肥鸡，右手大拇指上留下了一寸来长刷白的白印，活像有股北风吹着，那股节白印，凉飕飕的。戴了多年的扳指不见了，自然见"怪"。那股节白印，又更叫人见"怪"。三伏天也不脱的棉套裤跟他二儿子石头的苞米叶子絮的套裤换穿了。这又是怪上加怪。有人问他为什么，老头子在嘴里嘟囔一声："要命啊！"就再也不言语了。

村上下来"命令"，要他二儿子石头去"勤劳奉仕"，换来两只肥鸡，给大霸天贾村长送个人情，这点东西，人家大粮户哪能看上眼，万一人情托不成，就得认命，叫儿子去，苞米叶子絮的套裤顶啥呀，儿子说啥也不要，他爹非让他穿不可，石头也只好依了他。

一大清早，星星怪就来到衙门，跪在冰凉的洋灰地上，凉气冰透了苞米叶子絮的套裤，顺着膝盖往心窝里钻。身旁柳条筐里，两只鸡捆着腿，直劲扑登。他望望筐里的鸡，望望瘫在皮转椅上的大霸天贾村长，生怕鸡叫唤。贾村长戴着墨镜办公事，嘣嘣打戳子，震得后脖颈子的肥肉一颤一颤，可神气了。老半天才抬起狗头脑袋，吆呼胡助理："传令各组长：要头发，造火药！"胡助理连声答应，大霸天上了肝火："劳工呢？——国兵漏儿，都挑齐了吗？""还差九个！""真他妈'奴隶性'，非得驾小绳拴不成！"村长打电话给分所，要他们派人去抓。

柳条筐的鸡，又扑登起来，咕咕叫唤。"星星怪！鸡鸣狗盗的，你是什么意思呀？"大霸天摘下墨镜，一脚踢在他下巴上，紫巴溜丢的血，染上了白胡须。他一只手捂住下巴："俺七老八十啦，就是石头这个命根子……老爷，发发善心……这两只瘦鸡，又拿不出手去。"村长喷着"皇帝"御赐的"兰花"烟卷："咱们是公事公办……就属你刁!"洋洋自得地望了望墙上挂着的五六块镶着奖状的镜框。"县里挑八个,就得送十个,哪回孤山村不是拔头子?给'国家'出劳工,又不是给贾某人支使,你是'满洲国'人吗?呃,咱可是念过'子曰'的,谁短你的瘟鸡吃?"一脚踢翻了筐,鸡叫得更欢了。

※　※　※

大霸天正在拍桌子吓耗子的时候,走进了一个人。只见那人翻着紫羔皮袄的皮里,将毛朝外,衣角掖在湖蓝的腰带上,顶着狐狸皮帽,双手插在袖筒里。原来是大粮户温大架子,满面春风,像走平地似的走进了孤山村公所。"失迎,失迎!"贾村长麻溜摘下墨镜,提提"协和服"领子,站起身来道:"何必亲自劳烦?"温大架子笑咧咧道:"你大哥是夜猫子进宅,无事不来。"紫羔皮袄跟"协和服"的呵呵笑声,隐藏到客屋板门里面了。

原来温大架子的儿子今年是十九岁,"国兵"虽然躲过,"勤劳奉仕"还没躲掉,早先就跟村长有话,要他帮忙,今天也送人情来了。"妥啦!"村长张口就一妥百妥地答应。接着,温大架子解开了手巾包,将一打票子摔在桌面上道:"这个,硗头的拿着花吧。……你大侄子,一子两不绝,'国兵检查',卖了你大嫂的首饰,打点了医官,好歹没摊上,这回——'国兵漏儿',可要硗头的多分神。"贾村长说了一声"明人不做暗事",就贴在温大架子的耳朵上说悄悄话:星星怪的二小子石头,今年十八岁,过年才"国兵适龄",方才已经派警察去抓,偷天换日,拿石头顶了温大架子的大少爷温承业,岂不是不费吹灰之力,差事既能交代,承业也可以躲掉劳工,这又是两全其美。只要给承业改个名字,户口上换了岁数,承业还不是该干啥就干啥去。温大架子一听,果然大霸天足智多谋,觉得心安理得,拍了拍村长的肩头道:"给承业改个什么号呢?"村长没假思索道:"从和——子曰:'郁郁乎文哉,吾从周!'""呵呵呵!"温大架子拍巴掌:"还是硗头的书底儿深,好好!"温承业此后改名为温从和,仗着大架子手眼通天,不但躲过了劳工,而且买通了犬养警尉,当上了一名警尉补,专办特务,从此以后便被人称为"温剥皮"。勒大脖子,无恶不作,甚至后来连大霸天都得孝敬他。这是后话,按下不提。

星星怪哪里知道石头已经给大粮户的大少爷当了一名替身,村长拿活人做了买卖,还不住捣蒜似的磕着响头,直门儿求情。

※　　※　　※

贾村长刚刚送走了温大架子,就听见胡助理报告道:"石头抓来啦。"大马靴的警士牵牛似的拉着个戴手铐的青年人,只见他嘴巴青肿,口角淌血,光着泥脚,套裤露肉,草绳扎腰,满头大汗,青筋直跳,这人就是石头。大霸天连看都没看这个戴手铐的青年,问着胡助理:"人都齐了吗?"胡助理报告村长道:"抓来石头,都齐了:一共是十八个。"随后叱叨着石头:"远点远点,这股味儿!"然后用手拢了一把油光的分发。

星星怪看着石头活受罪,心里一阵酸,却咬住了牙,一声也没吱。皆因他早就料到必有这么一水,直眉瞪眼地望着石头。"爹,棉套裤还是留着给爹穿吧。"石头想要脱套裤,手扣在铁铐里,不听使唤。他爹直门儿摆手,表示他不要穿。"爹的寒腿是离不了棉套裤的。"一语未了,警察的大马靴,活像踢球似的猛劲踢了他一脚。

村公所门外,一伙青年人,背着破行李卷,鸦雀无声,一动不动,都穿得破衣啰嗦的。石头也被安排在这伙人的当中。大霸天叫警察给他松开了手铐。"石头!你这个小名儿,也不像个人哪。……温承业——记住没有?这也多雅,你的号就叫温承业!今年十几啦?"石头这下明白了豆包里包的是什么馅,心里像放了荒火,吃暗气暗亏,一面揉着手脖子一面横眉怒目答道:"十八!"大霸天放低了声音,叮嘱似的道:"多报一岁罢,十九!人家别人都是十九,省着挨欺侮!"

一伙人十八名。穷人家的子弟,没有章程,只好咋说咋的。有钱的人家,花上千八百,挖弄挖弄,要不,雇上个人,顶替顶替,对付的法子有的是。所以,点起名来,不光石头不姓张,皆因有一些人都是新改了名儿，叫张三就有李四来答应。气得胡助理只顾打劳工的嘴巴子，顾不得点名了。

十八个小伙子的心都放荒火了。说不出口来，心里做劲儿。有朝一日，不报仇是你□的！大马靴挥起洋刀，一伙青年人拖拖拉拉走起，谁也说不清往哪里去，一个冻掉了脚，披着牛皮纸的洋灰袋子，在屯里讨饭的劳工影子，掠过了石头的脑海。原来这一伙人要送到老远的鞍山，去做苦工，鞍山已经炸过一次，上鞍山就是去过阴哪。

※　　※　　※

哼哼呀呀，唱着鬼调，犬养警尉将醉脸包在连毛胡子里头，撞进门来，一个碰头，就把星星怪撞倒，躺在地上了。"'巴卡'！什么干活计！"大霸天麻溜上前招呼，也随着犬养警尉，大骂"巴卡"不已。"犬养警尉，小心小心！他的'国事犯'……不，'思想犯'，他的小鸡我的'心交'，我的不要。"犬养警尉从一脸连毛胡子里冲出了臭乎乎的酒气，东倒西歪的："他的衙门的给！"

大马靴给星星怪套上了手铐，逮走了。押在拘留里，一直押到光复，这是后话，暂且不表。

犬养警尉又哼哼呀呀唱起鬼调，随后怒喝道："劳工的，快快的！"村长和村公所的人们，都异口同声地答言："通通走了。"犬养警尉接着说："'满人'通通心坏了。"贾村长一听吓麻爪儿了。接着夸奖了村长一句："村长大大好哪。"村长这才一块石头落了地，放下了心。

然后，大霸天把犬养警尉让到里屋去，摆上了大烟灯，给犬养警尉解酒。大霸天一面给打着烟：

"县里这回要了十八名劳工，我只多挑了三名，一个人才得到三千元的外快，'太君'的四千元的'心交'，顶好，顶好的。"

犬养警尉猛劲吸了一大口，眯着眼睛："顶好的没有！你的'心坏'了。八千块的给！你的一千块的'发财'，顶好！"大霸天自己吐了一个饱饱的烟泡儿，对准了烟灯，嘶啦嘶啦抽了一阵："六千块！

顶好,顶好!"说着就拿了一打子票子,交给了犬养警尉。

犬养警尉告诉他:劳工挑完了,要好好办"出荷",发财的机会还在后头,"出荷"布,可以由他来"配给",那时候,他可以"随便随便",这回却非八千不成。因为他要给自己警察署长的太太做一件"顶好顶好"的皮大氅,还要买一个"顶好顶好"的银狐……大霸天一想:"出荷"布可以"随便随便",倒也是个发财的好条件,就不再跟他计较,又加上了两千元钱,给他拿去了。

※ ※ ※

星星怪被抓进衙门,蹲风眼儿,算了一算,有一百多天了。风眼儿里人挤着人,都蜷着腿,脑瓜搭在膝盖上睡觉。这里,有卖大米的"国事犯",卖猪肉的"经济犯",还有往防空壕里撒尿的"思想犯"……一天四个鸡蛋大的窝窝头,总没过堂。他有一百多天,也没望见过星星了。星星能跟他说悄悄话,他想着通亮通亮的星星。

"张万发,传你过堂!"被难友推了一把,才知道看守传他。过堂?当然要遭罪,却又像似喜讯,因为起根儿就没过堂啊。跪在堂上,从阴暗的灯光下,一眼望见是温承业,不由得喊了一声:"大少爷救命!"温特务抬头一看:"原来张万发就是你!星星怪!明白'卡'?公是公,私是私,谁也救不了谁,痛快儿招了,少遭罪!你的明白?"星星怪一小就抱过他,心想求一求情,遭一顿喝呼,活像一盆凉水泼在他身上。老头子却仍然哀告似的说:"俺给大少爷家种过地,扛过活,一辈子了,一步俩脚印,大少爷是知道的。"温特务拿起洋刀劈头盖脸打下去,一面骂着:"你一口一个大少爷,谁是你的大少爷!你拜星星是什么意思?你的说?你说过金木水火土都叫日本给占去了,占了五行,就要命,你说过没有?泄底怕老乡呀。"老头子低声说:"那是体己话……老爷高高手……"

温特务又操起了洋刀,这一刀砍中了左眼,鼓突鼓突出了血。归根逼老头子招认了思想犯,他也豁着老命不要了,愿意什么犯就什么犯。换了官儿问,照例问他姓字名谁的时候,就回答说:"我是思想犯。"痛了半宿,血好歹止住了,睁开右眼睛,往窗户上一看,铁窗的窗纸,不知道什么缘故破了一块,从那破缝,透进了一丝星光。过了三天三宿,左眼睛不太痛了,却给他打瞎了,过了半个多月,右眼睛也瞎了。

瞎马还能拉脚,人瞎了,可怎么办哪? 天也昏了,地也暗了。他用左手摸着右手,他想要摸一摸锦川玉的扳指,大拇指又痛起来了。大拇指像细了好多,没有扳指,就好像不是自己的大拇指了。他又伸出了双手,想要在漆黑的夜里,摸一摸天上的星星,像凫水似的,向上摸着,扑了个空。他在心里哼着小调:

> 千管民哪
>
> 万管民
>
> 咱们都是
>
> 齐大圐圙
>
> 一个民

※　※　※

大霸天新置了二十垧地,昨天杀喜猪大请客,闹到半夜。今天起来很晚,晌午歪才吃早饭,就着折箩菜,喝着回头酒。他自斟自饮,盘算着:当了十一年村长,置下了一百二十垧一块玉的好地。他还嫌少,皆因他想当一名千垧的大粮户。"地照! 喂,地照!"放下了筷子,叫他屋里的把地照拿出来。从箱子底翻出来红布包扎的地照,这是夜儿个刚锁进去的。一张一张看着,念着上面的垧数,一五一十地加算着,抿了一口二葫芦头,一千垧去一百二十垧,差老鼻子了。又自己放宽了心:着急喝不着热开水。又小心着意地把地照包扎在红布里头,交给他屋里。

胡助理从衙门里带来公事找村长,县里又下来命令,是一年一度的挑国兵。发财的机会又到了,这件"大事",村长要亲自办;更何况发生了难题,去年顶替温从和当"国兵漏儿"的石头,今年十九岁——"国兵适龄",也发下"令状",要到县里去受"检查",这更得村长自己办。

"一颗萝卜一个坑,这可怎么办?"胡助理直门儿抓耳挠腮,"石头去年顶了温老大，今年谁替石头呀？犬养警尉可不开面！"大霸天好像没入耳似的劝酒筵菜："来，胡老弟，你先喝一盅！"随即吩咐厨房切了一盘白肉，喝了一碗肉汤。"一颗萝卜叫它俩坑就是俩坑，你先喝一盅！"大霸天一劲让他炕里坐，胡助理只顾推辞，将腿搭拉在炕缘上，抿了口烧酒，像听讲古似的一声不响了。

"你还年青啊，老弟！"贾村长狞笑了笑，打开了话匣子。"鞍山被炸，死了不少人……到哪河脱哪鞋：咱们打个骨什匣子，驾白布一包，就说石头炸死了，填上死亡，'民籍'一销，神不知鬼不觉，他虎养警尉，也是白搭！"胡助理连连点头：姜是老的辣。大霸天趁势又卖了个关子道："瞒上不瞒下，哼，就是犬养知道了，官官相护，还能把贾老爷咋的？"胡助理听出了话里有话，看风头不对，急忙凑话道："村长说他是活马就死不了，说他是死马就活不了。"随后，就把一阵呵呵假笑，噎在辣乎乎的烧酒里了。

※　　※　　※

话分两头，却说石头被抓到鞍山，吃的是豆饼片，穿的是麻连袋，一闹病，不管你是内科外科，一律喝大锅药。鬼子骂，把头打，过一天，像一年，熔矿炉就是炼人炉啊，一个活蹦乱跳的小伙子，皮包骨，像一把干柴了。又说不定哪天飞机来炸，石头满心思一条小命算是交待了，再也不能回家去看他老爹。没曾想：在这死去活来的时候，苏联红军宣了战，算是从火坑里把他们救出来。他们打死了鬼子工头，吓跑了黑心把头，总算出了气。红军的"锁链子"又给了他一件鬼子穿的皮大氅，白让他们坐火车，回老家来了。

石头一下火车，就奔着孤山子，抄着毛道，三步并作两步，兴冲冲地走。嘴里哼哼着小孩子们在火车上唱的歌谣：

日本兵　往后捎

解放军　就来到

骑着我的马

挎上我的刀

坐火车　不起票

一面走,一面乐:这回可过好日子了。他将手插进皮大氅的衣兜里,这十成新的皮大氅一走一忽闪,带给爹去,该多乐呀。爹一辈子也没穿过皮的,爹是寒腿,穿上皮的,该多舒坦呀。大霸天也该完蛋了罢。还有温大架子,跟大霸天做了扣儿,给老温家的王八犊子当替死鬼,这回也得出出气。他想起了炮刚一响,在鞍山,工友大伙驾铁榔头,鹤嘴锄,喊里咔嚓一溜气打死了鬼子工头,活像去了一块病,心里可敞亮了。把头起头还向着工头哪,一看工人动了真格的,吓得啥也没拿,穿了兔子鞋。他心像放了荒火,越烧越猛,止不住了。

※　　※　　※

石头走在集的人堆儿里。集上摆出了肉床子,草包大米,特号白面,多少年也没见着这些东西了。点心铺里堆着成摞的月饼,鬼子皮'拖拉',花花绿绿地躺地摊上。他走马观花地看了看,向东头地里走去。走了半里来地,一眼望见他爹坐在一只怪兽脑瓜骨似的破飞机头上。老远喊了一声"爹——",加紧了脚步。

原来老人家也是八一五炮响才放出了风眼儿,出来就听说石头炸死了,老来丧子,好不伤心。小户人家割鬼子移民扔下的水稻子,看老头没什么营生,虽然眼睛瞎了,却让他给大伙儿打更,无非是帮他一把,分给他一份稻子过个冬儿罢了。

石头回来了,老人家以为是活见鬼,心里半信半疑,不过那话音儿一点不含糊,是儿子的!他一把鼻涕一把眼泪,跟儿子讲着一肚子冤屈,石头一听,心里放的荒火就更着大发了。却按住了心头怒火,把皮大氅披在老人家的身上,老人家用手摸索着绒透透的老羊毛。父子二人,拉着手儿往家里走。一路上,石头讲着苏联红军怎样跟咱们穷人"拿果睦",城里男女老少都围着红军的大汽车喊着"上高""和乐烧"。

回到家里,老人家讲究着屯里的鬼子,一个没跑了,都叫屯里人驾镐头、锄头活活打死,填在防空壕里头了,犬养警尉也喂了狗。不过是大霸天又当了国民党的什么秘书长,温特务当了"光复军",

比从前更阔气了。老人家叹了口气道："啥人啥命啊。你刚才看见的那一堆水稻子，人家还要'出荷'哪。说是'国家'的东西，给什么'种殃军'预备的粮草，小户人家顶了大霸天几句，就黑你一下子：'你是中国人吗?'倒打一把……'光复军'可把人家复'光'了，要小鸡子，要大闺女……穷人不得活呀。"这些话又在石头心里的荒火上，泼了一壶油。他操起镐头，说声："给这群不是人做的开了瓢!"老人家急忙拦住道："胳膊拧不过大腿呀。……"接着，忽然想到一件急事似的："你有'国民手帐'吗?"石头道："日本子完蛋了，还要什么'手帐'? 我们的'劳工手帐'早就撕了。"老人家有些惊惶似的："大伙儿都说'小满洲国'又来了，没有'手帐'就是八路探子，有钱的抓去，花俩钱就放，穷哥们抓去就枪毙。鬼子跑了，俺当是世道翻了个儿，穷人还是没活路。你快走罢，俺这还有两块大饼子!"

※　　※　　※

石头带着两块大饼子，跑反儿似的离开了家乡。连顿团圆饭都没吃上，生给拆散了。他要报仇，想去参军。在鞍山的时候，他看见过关里来的老战士，给老百姓挑水、打扫院子，真是个规矩的队伍。那时候就有工友参军了，要不是惦记他老爹，也就跟大伙儿去了。他走了七八里地，找到了民主联军的地场。先见了连长，这位山东口音的八路军老干部，问冷问热问饥问喝，比亲哥儿们还热火。连长一听说他要打胡子队"光复军"给屯里人出气报仇，就答应了他参军的要求。连长替他起了个大名，叫铁生，穿上新发的军衣，背上三八式的大盖枪。心里琢磨着驾这杆枪去打胡子，给温家父子、大霸天开瓢儿，乐得直跳高。天天练习战术、学习政治，开了脑筋，心里可敞亮了。不住嘴儿地唱着革命歌儿，比上姥姥家去还欢喜。

一天，上级发出了命令，要去攻打胡子队。盼这道命令，就像盼过年似的。傍黑儿，摸到大霸天的"响窑"跟前。攻了一个钟头的工夫，从响窑里猛射着的轻机，这早晚瘪了茄子，没声没气了。石头伏在一家土围子后头,一个手榴弹扔了过去,轰隆一声炸上了东边炮台,轻机变成了哑巴。石头又摸上了十来步,一个胡子举着刺刀想要突围逃走,叫他一刺刀攮了下去,黑灯瞎火里,只听见几位战士高声地喊着:"老乡,缴枪!缴枪!"从傍黑到半夜,不到四五个小时,这股胡子队打死的打死,活抓的活抓了。

鸡叫三遍的时候,连黑枪的声音都不再听得见,孤山屯又翻了个儿。大家伙儿帮着队伍收拾胡子的死尸,丢胳膊缺腿儿的,温剥皮打死了,大霸天和温大架子押起来了。当街打扫得干干净净,家家户户挂出了鲜红的国旗。屯里人忙着劳军,煮鸡蛋,烧开水,像亲骨肉回到家里似的。

石头回到了家,老人家买来肉面,请几个同志吃喜儿。"咱们的队伍一来,东西都贱了,石头,你和同志们包罢!俺瞎摸胡吃的……"星星怪吧嗒着旱烟袋。大家就动手包起来烫面饺,一面听着老人家讲着屯里这群恶霸的缺德事儿:"石头,你走了,这帮胡子队,又改编了老蒋的'种殃现钱军',温剥皮当了团长,臭美得邪乎,又抓兵,又抓劳工,比伪满还凶,亏得同志们来了,俺们差点儿又掉到十八层地狱里。"

※　※　※

民主联军解放了孤山屯,不几天儿就来了工作团,住在几家小户人家唠家常嗑儿。星星怪的家里,也住了一位黑布制服的工作员。老头儿起头拿他当高官儿待,特意找人做小锅儿给他吃,有话也不说,憋在肚里。石头也叮咕过都是一家人,不要见外,老头儿却总是留着个心眼,不信年轻人的话。闹得工作员也直门儿嘟哝:"搞不好!"没住上三天,老头觉得这位学生派头的工作员,除了有些新词儿听不大懂,说的还都是穷人肚里的话。做小锅儿,他不肯吃,老头儿才有几分开窍儿。心里合计着:真不是早年的官儿了,一口一个大爷,比亲侄儿还亲。

老头儿跟工作员越唠越对劲儿,老话说:"黑手押钱白手花。"工作员说大粮户的钱都是咱们穷哥儿们的血汗给挣的,一点也不含糊。一辈子顶着星星起炕,顶着星星睡觉,到头来,还得给大粮户打更守夜,也无非是攒空拳,穷掉了底儿。工作员问他敢不敢"斗争",他没明白啥叫"斗争",工作员解释了一下道:"反正就是整这帮坏蛋!整了他们,把庄稼人自个儿的地要回来!"老头儿心里想着:地谁不稀罕哪?一辈子骨头渣子也没捞着半垄地,就是没整过人。

工作员看老头儿只顾吧嗒着旱烟袋,拿不定主意,就又向他说明着:庄稼人要不斗争,就要遭受大粮户的欺压,不能翻身的。常言说:"马善有人骑,人善有人欺。"这件翻身大事,可马虎不得。老头虽然觉得工作员的话句句不含糊,却还有些心软:"别看他们狼心狗肺,咱们可不能不仁不义。"石头听得都有些不耐烦,插嘴说道:"爹,谁打瞎了咱们的眼睛,咱们就整谁,咱们再'仁义',好一好,还要割咱们的舌头哪。这回该咱们穷小子出出气,坐坐天下了。"老头儿好像被提醒了似的:"俺这眼睛……"用干巴枝叶的手揉着两只瞎眼。"俺不心软了,非整这帮吃红肉拉白屎的牲口不价!"

石头又在豆油灯里添满了半下子油,灯苗落了落火,照得比刚才亮堂多了。他们越唠越高兴,工作员半夜也没睡觉,找同志们开会去了,决定后天开清算斗争大会。

※　　※　　※

鼓当鼓当,锣鼓喧天。庄稼人扛着镐头锄板,有的扛了红缨枪,姑娘媳妇也都扎裹扎裹,往小学校的操场上聚。队伍替大家伙儿维持着秩序。有人一面敲着锣一面喊着:"算大帐了,开会呀开会!""公审大霸天啦!""公审温大架子啦!"

犯人戴上了纸糊的高帽子,大霸天是尖顶的,大架子是方形的。大家伙儿在操场上围了左一层右一层,争着看这奇形怪状的大汉奸、大特务。四圈,立刻变成了闹市:卖烧饼麻花的,卖烟卷糖块的,卖浆汁果子的……好像是庙会。

星星怪叫石头搀扶着,站在外圈,只能断断续续地听到工作员讲着:"——要整这群坏蛋,不要心软!——东北人民大翻身——要土地,要回来我们自己的土地——拿起了印把子——拿起了枪杆子——打倒美帝国主义和蒋介石!"

接着就有一个小孩子哭诉他爹怎样为了交"报恩出荷粮"被逼得寻死上吊,一位妇道怎样被糟蹋……星星怪听来这些话都是本乡本土真情实事,好不心酸。

爷儿俩又往人堆里挤进几步。石头跟他爹讲着台上的装修:挂着毛主席的相片,还有一颗鲜红的星星!老人揉了揉眼睛:"俺当是再也看不见星星了,俺眼瞎了,可看见了一颗通亮通亮的星星!这是颗救星啊!俺早年拜的,都是惑星啊。"他要求上台吐苦水,石头扶他上了台,开口说了一句:"俺把你这牲口,大霸天大架子……"就气得说不出话来。不知是谁喊了一声打,人们就拥上了台,把这两个犯子打得半死,主席好说歹说才劝住。最后,大家伙儿决定把它们俩人枪毙,把它们的地分给没地和少地的人家。

老张头和石头,俩人分了一垧四亩近地——丑妻近地家中宝呀。老头子又要回来那只扳指,戴在手上了。石头的队伍又开拔到江南沿去打蒋军去了。农会决定大家伙儿帮着星星怪侍弄那一垧四亩近地,他夜里,穿着那件石头给他带来的鬼子官儿的皮大氅,给邻居打着更,眼睛瞎了,耳朵还不沉;给自个儿打更,没啥说的。他不再拜天上的星星了。

选自《东北文艺》,1947 年第 1 卷第 5 期

◇ 白　刃

"斗　牛"

津浦铁路,从临城到台儿庄的支路上,一群不愿做亡国奴的铁路工人,组织起一支工人武装,叫作铁路游击队。老百姓叫他们"铁道队"。

铁路游击队从成立的第一天起,就给日本鬼子很大麻烦。他们穿着便衣,腰里揣着短枪,三五成群,有时单独一个人,也和鬼子打游击。

队员们常常神出鬼没地出现在车站里,车厢上。火车不断地出轨翻车;桥梁不断地被烧被炸;敌人的东西不断地被偷被抢;"皇军"伪军不断地被杀失踪。真是闹得天翻地覆。日本人对这群英雄无可奈何,只得跺跺脚叫着:"毛猴子大大的有!"

现在告诉大家一段"斗牛"的故事。

初冬的时候,地上庄稼都倒了,日本鬼子照例出来扫荡,到鲁南山区抗日根据地抢粮食。从临城东开的兵车,一列一列到了枣庄和晖县,临枣支路上的运输,连日显得特别忙碌。

在铁路附近齐村一家工人家里,聚集着八九个人,他们正在商谈一件重大的事情。

"据车站的确实消息,今晚上有一列日本人的军运车,准时十一点开到枣庄去,载着军火弹药和大米罐头,咱们要能够把它搞掉,就可以迟延鬼子的扫荡,……咱们应该用积极行动,配合山里八路军反扫荡,……"江队长说明了任务,要大家发表意见。

对于任务,谁也同意。就是办法上有点分歧,有的主张炸铁桥,有的主张埋地雷,有的主张拔道钉……

"依我看,还是斗牛①好,一举两得,破坏得彻底。"素来不爱说话的,曾经当过十几年火车头司机的老吴,今天居然也出主意了。

"哈哈,斗牛,新玩意!"

"人家在商议大事情,老吴却想推牌九。"

"老吴昨天弄到几个钱,今晚上又睡不着觉,我看还是积下两个钱,过两天我给你进城买点花粉,送给大嫂子。免得下回回家,和大嫂子斗牛时,又得叫大嫂子拧耳朵。"

"哈哈哈……"

"静一静,别开玩笑,老吴,请你把办法讲出来。"江队长知道老吴今天破例地出主意,一定有什么好办法。

"刚才我碰见了郑大嘴,他说晚上九点钟有他一班煤车往临城开。我算了一下,这班煤车要在十点零五分和临城开出那班车,在乡坞会车。我就想让这两班车,斗一下牛。"

大家赞成老吴的办法,江队长也同意。并且叫李进和王德胜跟他去,因为李进当过几年烧火的,王德胜也是内行。并仔细叮咛他们,叫他们要胆大心细。

十月天的夜晚,天空上闪着寒星。

九点钟的时候,一列煤车从枣庄往西开。

火车突突突地吼叫着前进,司机郑大嘴和那个火夫,心里也扑通扑通跟着前进。

大约九点半钟的时候,火车在一个小站上停下。老吴和李进迅速地爬进火车头的机房。

"老郑老张,今晚上委屈了,请你俩在坟地里过一宿。"老吴开

---

① "斗牛",是用牌九牌赌钱的一种,又名"接龙"。

玩笑地说。

郑大嘴心跳得利害,他一气不吭,两个人跟着王德胜走到路边一块小坟地上。王德胜把他们俩绑在树上,嘴里还塞着棉花。

火车呜呜地开走了,十点钟按时间到乡坞车站,车站上挂起停止的信号灯,火车停下了。

车长到车站去换票的时候,火车又呜的一声开走了。开出了一里多路,老吴把机车开上最快的速度,然后和李进跳下来。

火车像脱缰的马,使劲地向前飞驰,在跑出五六里路的地方,和临城开出来的军运车碰上了。说时迟那时快,一声天崩地裂,两个火车头撞在一起,像两条蛇似的,很快地举起了头,又很快地倒下去。所有车皮,同时摔出轨道。

老吴很快地爬起来,这一下摔得可不轻。当他找上李进的时候,只听见一声爆裂。老吴忘记手上流着血,心里高兴地笑了。

"奶奶的! 这两条牛斗得真值(痛快)!"

押车的日本兵,死的死伤的伤。煤块飞了到处是。预先埋伏好的铁路游击队的同志,向着碰车的地点猛冲进来,他们捡了日本人的枪,拿了子弹。然后在装粮食和弹药的车皮上,倒上汽油,点上火。

火头卷起来了,子弹像放鞭炮似的,噼噼啪啪,在庆祝这场"斗牛"的胜利。

选自《大时代的插曲》,东北书店 1948 年

共产党员真是硬骨头

优秀的共产党员王甲邦，是一位很好的侦察员，上级每次给他的任务，他都能想办法去完成。

他不但能完成任务，而且能经常打击敌人，出没在敌据点内外，捕捉敌人的便衣特务。

汉奸特务便衣，一听见王甲邦的名字，都很头疼，于是也想办法捕捉王甲邦。

一九四二年春天，王甲邦在一次侦察中，不幸被捕。

乐死那些狗汉奸和特务，他们想从王甲邦同志口中，得到八路军的情报和材料，他们想办法要王甲邦投降。

王甲邦被请到一间很清洁的房子里，桌上摆着好酒好菜。

"王同志，久闻你的大名，今天到我们这里，请你喝两杯，招待得不周到，请包涵包涵。"一位汉奸说。

"王同志，这是给你收拾的房子，这个城好房不多，请原谅。"另一个汉奸说。

"王同志……"

"谁是你们的同志？"王甲邦怒目喊着。

"哈哈！你是八路的侦探，我们是皇军的便衣，干的同行工作，过去还经常打过交道，这岂不是志同道合吗？哈哈哈……"一个汉奸很不自然地笑着说。

"王同志辛苦了，大概也饿了，快请吃点吧。"

王甲邦只是面对着窗口，两眼凝视着远处的山峰，他想：在那山区里，首长和同志们都在怀念着他。

"请吧,王同志,请吧。"

王甲邦仍然没有理睬,汉奸们只好面面相觑。经过汉奸们再三的请,客人仍然不理他们,于是一桌酒席,只好不欢而散。

晚上,大约已经十点钟了。

王甲邦穿着脏衣服和布鞋,躺在床上,左思右想,怎样也睡不着。

突然门"咿"的一声,进来一个女人。在不亮的煤油灯下,看她扮得好像妖精,香水奇味使人难受。

王甲邦知道这是什么把戏,他一翻身,把脸朝着墙。

"王先生,您辛苦了,中队长叫我来慰问您,怎么,您不舒服吗?"她坐在床角,用手去抚摸他的头发。

"请离开点!"王甲邦一手把她推开。

"干吗这样不高兴?王先生,你这样年青,一个人不寂寞吗?哦!我几乎忘了,这是中队长给您的钱,三千元,中队长说用完再给送来。"她又乘势挨到床边,一手把钱塞在王甲邦手里。

王甲邦抓住钱,使劲打在这妖精的脸上,一足把她踢倒。

"好!好!你这不识抬举的东西!明天等着瞧吧!"那妖精又羞又怒,拾起钱,门"当"的一声,她打败仗走了。

"不识抬举"的王甲邦,第二天被绑着,押上审问。一个精通中国话的鬼子问他道:"你叫什么名字?多大岁数?"

"王甲邦,二十二岁。"

"你是不是共产党员?"

"是共产党员!"

"为什么加入共产党?"

"为着打倒日本帝国主义,打死你们这些野兽!"

"你的部队什么番号,长官叫什么,多少人?"

"不知道!"

"为什么不知道?"

"知道!就是不告诉你们这些野兽!"

"打！"枪托打，皮鞋踢，凉水浇，打得死去活来，最后灌辣椒水，用针刺指甲，倒吊着打……

用尽一切刑具，所得到秘密只是三个字……"不知道"。

又经过几次的"打与劝"，但结果还是一样。

鬼子只好拿出最后的办法——枪毙。

王甲邦被押上刑场，走过大街，他大声喊着："我是中国人！我是共产党员！共产党员不怕死！打倒日本鬼子！"他还不断喊着"共产党万岁！"

押到城外，鬼子要在一块青苗地里枪毙他。王甲邦说："请把我枪毙在那荒地里，我是八路军，我们向来不踏老百姓的青苗！"在那里的伪军都被感动了。

王甲邦同志死了，他伟大的革命气节却在人们心中活着，城里老百姓都说："共产党员真是硬骨头！"

选自《大时代的插曲》，东北书店 1948 年

归　队

　　新年快到了,全连战士很喜欢,独独三班的刘二愁眉不展,他想家的念头更加厉害了。

　　这两晚上他总是梦见他年青的老婆和活泼的孩子。他想在过年的时候,家里一定很挂念他,无论如何他要回家去看看她们,然而指导员却没有准他假。

　　除夕那一夜,他再也忍不住了,半夜悄悄地离开队伍;翻过两个大山,鸡叫的时候,到了离开八个月的故乡。

　　　　　　　　　※　　※　　※

　　元旦日,全村的人都知道老刘二从八路军回来,大家都去慰问他;有的给他送一些东西,刘二嫂也给他预备了好酒菜;还杀了一只鸡给他下酒,他心满意足地吃了一顿。

　　"昨天晚上正和小虎儿想念你,今天你可真回来了!"刘二嫂很体贴地说,但刘二却没回答。"你请几天假?"这句话可把刘二问住了,他不好意思说开小差,只得含糊答应了。

　　第二天,刘二嫂看见他鞋已经破了,便这样说:"要是再住几天,我给做双新鞋子。"刘二以为她不愿他离开,于是他回答说:"以后再做吧!我不回去了。""怎么你不回去了!你没有请假?"真情问出来了。开小差对刘二嫂简直是侮辱,于是劝他回部队,但刘二心里却不愿意。

　　第三天,二嫂劝他,他仍不归队。

　　第四天,小虎儿学会一个歌,回家唱着:"当八路,打日本,真光荣!开小差,跑回家,真丢人,爸爸真丢人!"刘二还不在乎,要抱小虎儿，可是小虎儿跑开他，口里还说："爸爸开小差，我不和你玩！"晚上，刘二嫂和小虎儿跑到锅屋去睡觉，弄得他一个人冷清清睡不下，非常苦闷。

第五天，家里没人理他，他想跑到王兴家解解愁，在路上碰着两个儿童团小孩，口里唱着："开小差，真丢人，刘二真丢人！"刘二心里好难受，每个字像针一样刺着他的心。

到王兴家，王兴冷淡地请他坐下，并用讽刺的口调对他说："可惜我跛了一条腿，不然，我一定参加八路军打鬼子，男子汉在家里守老婆，太没出息！"刘二想不到他最好的老朋友会说出这样的话。

又碰了一鼻子灰。回家时，他越想越难为情。他感到大家都瞧不起他，连儿童团小鬼，连自己老婆儿子都为他丢人。他又想到元旦那一天，全村对他那样好，原是以为他是从八路军请假回家，现在感到家乡还不如在部队好，真是无脸见人，于是决定回部队去。

"实在真不该，害得你也无脸到妇救会去，我要回部队去。"刘二坚决地说了后，刘二嫂又重新地喜欢起来，晚上温存地鼓动他一番，叫他好好打鬼子，不要惦挂家里，家里日子过得好，种地时有人来帮忙。

刘二归队的消息全村知道了，当他出发那一天，妇救会送他两双鞋，两条手巾，一双袜子。老朋友王兴送来五块钱；并说家里事他一定帮忙。

又回队上，刘二很坦白地向连长指导员承认错误，在军人大会上他向全体承认错误，并且愿意受处罚。

从此以后，刘二又是一位好同志，他成为学习努力，工作积极作战勇敢的好战士。

选自《大时代的插曲》，东北书店 1948 年

好妈妈

　　谁都说王大娘是个好妈妈。十六年前她才二十五岁,男人得病死了,丢下二亩薄地两间草房。还丢下一个不满两周岁的儿子。王大娘一把屎一把尿地拉巴孩子;一阵眼泪一阵心酸地熬着穷日子。

　　有人劝王大娘改嫁,王大娘摇摇头说:"受点罪算什么? 只要把孩子拉巴大,也就对得起孩子他爹。"说着说着,王大娘掉下眼泪。

　　孩子是王大娘的命根,孩子也是王大娘的盼头。有了这个盼头,她不肯改嫁。为了这个盼头,她宁愿受折磨。

　　白天,他有时带着孩子,有时把孩子寄在邻居家,自己下地做活;黑天,她还得回家做饭,摊煎饼,洗尿布。有时腰酸得快断了,小脚走得疼坏了,她还是不灰心地做活。

　　每年春天,王大娘总是自己打杨柳芽,挖野菜吃。把仅有的一点点粮食,做饭给孩子吃。

　　有年秋收不好,第二年春天,村里饿死不少人,王大娘想尽一切法子,自己挨饿受罪,也让儿子吃饱。

　　好容易熬过十六个年头,王大娘看见儿子一年比一年长大,她心里一年比一年明亮。王大娘常常微笑地回忆,她对得起死了的男人,她的苦没有白受。

　　她的儿子名叫王山,从小就跟她娘下地做活,学了一手侍弄庄稼的本事。身体长得很结实。现在,除了农忙以外,他总不让妈妈下地。王大娘也乐得享受儿子这一片孝心。

※　※　※

一九四一年,王大娘这个村,已经是两年的抗日根据地了。

秋天,日本鬼子发兵扫荡抱犊崮山区(鲁南),到处安钉子(据点),安下钉子就清剿。

有一天下午,十几个鬼子出来清剿。在岭头上,碰着三个八路便衣。两下开火了。八路便衣打着驳壳枪,因为人少,所以打一下就退进王大娘住的这个村。

王大娘的家就在村口,有个八路便衣腿上负伤,就跑到王大娘家里。

村里的人听说鬼子来了,都忙着跑反,王大娘和王山也正收拾东西。娘儿俩见八路便衣上家来,连忙把他藏在屋后草垛里。

王大娘叫王山先跑。她说她年纪大了,还有伤兵在家,她不跑。王山收拾了东西,正往村外跑,没想到迎面碰上一个鬼子。王山吓了一跳,急忙往家里跑。鬼子在后面追,还打了两枪,没打中。

王山跑到家,鬼子也追上门。鬼子一把抓住王山,王山浑身打哆嗦。

"你的八路坏坏的!"鬼子说。

王山吓得说不出话来。王大娘忙向鬼子哀求道:"老爷,他不是八路,是俺的儿。"

鬼子打量了王山一下说:"什么你的儿,我看是八路。"

"老爷,他不是八路。"

"不是八路,跑的干活的?"

鬼子硬说是八路,硬要把王山拉走。

王山拼命地挣扎,王大娘也急着掩护着儿子,不叫鬼子拉走。

鬼子气火了,骂一声"巴格",照王山头上打上一枪,王山应声倒下去,鬼子得意地走了。

王大娘扑在儿子身上,她见儿子断了气,便哭得死去活来。她的一切完了,她的盼头断了,她十六年的罪白受了。越想越大声哭。

哭有啥用？死人哭不活。天黑了，王大娘想起草垛里还藏着一个负伤的八路便衣。她丢下死人，跑到外面打听，知道鬼子走了，便把那便衣找出来。

王大娘哭着说："同志呵！鬼子把俺儿打死了。同志，不看死人看着活人，快跟我走，鬼子明天还会来。"

王大娘给他包好伤口，捎上干粮，悄悄地扶着那便衣，走出离村一里外的一个秘密的山洞里藏起来。

几天以后，鬼子在这村里安下临时据点。这一下，王大娘给那负伤的同志送水送饭，虽添了不少的困难。但她想到自己死了的儿子，想到八路军一定能打走鬼子，替她儿子报仇。她战胜了恐惧，仍不断瞒过鬼子，给那伤兵送饭送水。

有一次，天刚黑，王大娘又去送饭。不巧叫鬼子哨兵抓住了。

"你的什么干活去？天黑了外面去的不成？"鬼子问。

"俺不不……干什么……"王大娘结结巴巴地答。

"你的饭的水的有，你的不干什么？"

王大娘临急想到村里好多姑娘，还在山里，便撒谎地说："给邻居的姑娘送饭去。"

鬼子也知道这村的姑娘壮丁都跑了，便说："你叫姑娘的回来；害怕的没有，皇军好好的。叫她们通通的，通通的回来的。"

就这样，王大娘瞒过了鬼子。

那负伤的同志渐渐地好了。有一天晚上，他对王大娘说：

"大娘，你救我一条命，你真是我的好妈妈，我的再生娘。我伤快好了，我今晚就去找部队，我回去一定多杀几个鬼子，替大哥报仇。"

※　　※　　※

鬼子的秋季扫荡被粉碎了，部队又上王大娘村上住。部队上知道王大娘的故事，便每天派人帮大娘做活。那个便衣也常到大娘家，每次都像小孩似的叫她"好妈妈"。

王大娘见同志们天天给她挑水，扫地，打柴……春天又帮她捣烘、送粪、犁地，夏天帮她锄草、割麦子，秋天帮她砍高粱。一切的一切，都比儿子在时还强。

于是王大娘想："死了一个儿子，现在这样多的八路军，都像亲儿一样地喊她大娘，给她做活……"想到这里，她的心又明亮了，她兴奋地流下眼泪。

选自《大时代的插曲》，东北书店 1948 年

鸡　蛋

　　周大嫂带了小妮子，从敌占区逃到抗日根据地以后，日子一天比一天强。庄长帮助安家，让她给庄上的民兵合作社纺线，每天能纺六两花，赚的钱够养活一家两口人。上午三月天，她把剩下的钱，买了十个小鸡，养了一年多，还剩下四个母鸡一个公鸡，四个母鸡每天给她下三个蛋。

　　周大嫂在鸡蛋上打了主意：她是一个蛋也舍不得吃，把下的鸡蛋积起来，逢到赶集，她用小筐提到集上卖钱，准备积到二百元，好在集上剪一丈花布，给她那八岁的小妮子做一套新衣服，让小妮子去上学。

　　现在，周大嫂身上已经积下一百七十元，筐里面已经积下五十多个鸡蛋。她准备明天去赶集，卖了鸡蛋买花布。

　　这天下午，周大嫂正在纺线，忽然听见远处轰轰炮声，经验告诉周大嫂，日本鬼子又出来扫荡了。周大嫂不慌不忙地收拾东西，她和全庄的人，都有反扫荡的经验。她先把几升粮食和纺车，还有一些零用东西，埋在预先挖好的地窖里。然后收拾破铺盖，捎上干煎饼，跟着庄里人，一块跑到山沟里躲起来。

　　周大嫂锁上门，领着小妮子往庄外跑；刚跑出庄，她想起挂在柱上的筐里，还有五十多个鸡蛋，她告诉小妮子看好东西，自己又跑进庄。快跑到家门口，突然一个炮弹落在不远的地方，周大嫂吓得摔了一跤。爬起来，就往庄外跑。

　　鬼子进庄了，庄上连个人毛也找不着。鬼子用刺刀把锁门的锁劈开，用东洋足把门踢开，进屋去翻箱倒笼。翻来翻去净些破烂，好东西都早埋起来了，鬼子对老百姓这种空室清野，又头痛又恼火。于是他们用枪打死带不走的猪，割下猪头，剥下猪蹄，剥去猪皮，然后放锅里煮。有的鬼子用枪，打着到处乱飞的小鸡。

几个鬼子上周大嫂家，翻来翻去，一无所得。有个鬼子抬一下头，取下一个筐子，看见满满一筐鸡蛋，乐得跳起来。哇啦哇啦地说完了鬼子话，便把鸡蛋放在锅里煮。

鸡蛋煮熟了，鬼子拿出锅来，正准备痛快地吃他的胜利品，忽听见"嗒嗒嗒……轰轰……"三面响起机关枪，还有手榴弹，鬼子顾不得吃鸡蛋，拿着枪往外面跑。

仗打了一个多钟头，鬼子见天快黑了，匆忙地拖着死尸，拉着伤兵，用大炮开路，突围逃命。

八路军进庄了，他们搜索了一遍，在庄里待了不到半点钟，弄清了情况，便朝着鬼子逃跑的方向去追击。

晚上，枪声沉寂了，庄里人陆续地回家，周大嫂也领着小妮子回家。一路上，她担心着五个小鸡和一筐鸡蛋，她寻思一定叫鬼子给吃了。一到家，她先到鸡窝里看看，四个母鸡一个公鸡，一个也不少，她放下一层心事。她又进门去，到柱上去找小筐，小筐不见了，她找到洋火，点上灯。只见小筐空空地在矮桌子上，满地白鸡蛋皮。周大嫂一看生气地骂起来：

"该死的日本鬼子，吃不死你们，谁吃了鸡蛋，谁今晚上叫他肚子痛死，明天出门碰上枪子！"

小妮子看见鸡蛋叫人家吃了，知道花衣服这一下穿不成了，便呜呜地哭起来。

周大嫂又检查各样东西，见样样没少。当她办饭的时候，她从一个放盐的小瓦罐里，摸出三张十元的北海票（山东解放区的钞票），还有一张纸条，上面写着铅笔字。周大嫂满心奇怪，自己又一字不识，她饭也不吃，一个劲上小学校去，找到了先生，叫先生读给他听：

"我连听说鬼子上这庄来抢掠，奉命令赶来打鬼子，

328

一股劲走了三十里，早饭没有吃，大家伙儿肚子饿坏了，在你家里小桌上，见到有煮熟的鸡蛋，共五十七个，我们想是鬼子煮的没吃成，我们商量一下，便分着吃了。按市价一块钱两个，我们留下三十元。我们没得到房东同意，很对不住，我们又急着要追鬼子了。

八路军老×团一连二班上"

周大嫂听了，心里又高兴又懊悔，她连声地说："真是的，八路同志吃了还留下钱，俺还以为是鬼子吃了，瞎骂了一阵，真该打自己的嘴巴！真该打自己的嘴巴！"

选自《大时代的插曲》，东北书店 1948 年

列车上的英雄

兵车开走以后，晖县车站的旅客都等得很焦急。几个维持会长在闲谈，有的计划在明天开会时怎样报告"毛猴子"活动和自己治安的功绩。一位服装朴素的客人，借着落日的余光，看着十三日的《新民报》，有时也抬头四面望望，似乎特别焦急。

"呜呜……"由远而近，今天最后的一列客车到站了，客人都争先挤上去。

一个司机和两个工人上了机房，原来的司机被瞪了一眼就跳下车，火车又慢慢地开动了。过了一会，"皇军"巡过来了，警备队长很威风地踏着响皮鞋，用目光告诉每个客人当心。

月色照着铁轨上奔跑的火龙，汽笛声突破原野的寂静。

到枣庄上了几个客，又拥上了二十多个，多半是赶明天上临城开会的。有一个商人拿着《新民报》，眼睛并没有很注意在看。一个日本兵巡过来，轻拍着他的肩膀，他心里有点不安，直到看见他指着报上"皇军赫赫战果"说"皇军大大的好，打胜仗的……"，才不断点头说"是是，皇军大大的……"

火车向西开！过齐村一里多地，"乒！乒！"左边打了两枪，全车立刻不安起了骚动。

"毛猴子！毛猴子！"司机把车停止，两个工人也跑过来喊："毛猴子……快趴下……趴下。"于是警备队长和十几个"皇军"都不知所措地趴下，维持会长和一些客人跟着惊慌地趴下。看报的客人，突然摸出手枪"乒！……"跟着枪声一个"皇军"的脑袋出血了。"乒乒乒！……"三个车厢都有枪声，工人司机，搭客，三十多个都举起手枪,空气由紧张转为恐怖。"是中国人不要动!"

"我是中国人的……"警备队长战栗地用不自然的日本口腔喊着。

"乓!"警备队长真的不动了。

七八个"皇军",睡在血泊中,做了回祖国的美梦。站在车门口的下车就跑,埋伏的部队追上去,把他们一个一个地打死。

"把他带去!"司机喊着。上临城开会的大小汉奸二十四个都给押走。其他的乘客也暂时地看住。

"炸了吧,江队长!"车上的东西搬走后,带炸药的士兵问那个司机。"炸吧!"瞬时机车炸倒了,几个车厢也跟着倒下来。

不整齐的行列离开了铁路,大队长讲着胜利经过,铁路游击队每个人都带点东西,押着汉奸队,含着愉快的微笑,踏上胜利的归程。

夜半,斜月西照,临枣铁路敌伪骑兵全部出动搜查。沿铁路的爱护村起了很大的骚动,老百姓从梦中惊醒,家家户户都忙着小心应付,"皇军"的衣袋里乘机装了一些东西,老百姓闭着眼睛不敢做声。日本骑兵从这村跑到那村。

天亮了,"皇军"还在搜查,"毛猴子"一个也不见。

选自《大时代的插曲》,东北书店 1948 年

牛袭夹仓

山东日照县的海边上,有个小集镇叫夹仓,里面夹着百十个汉奸队,修了一个据点。

汉奸队们常常到附近各村抢东西,抓小鸡,拉姑娘。老百姓恨死他们,看他们穿着又脏又短的黄军装,送他们一个雅号叫"黄皮",见他们作恶跟鬼子差不多,又送他们一个雅号叫"差鬼子"。

八路军的武装工作队,知道黄皮们胡作乱为,常常当他们出来抢掠的时候,大大地教训他们一顿,打得他们,扔掉包袱,丢下小鸡,抱着乌龟头,缩进乌龟壳。

一九四三年冬天,黄皮们听到一桩惊人的消息:坚固的赣榆县城,叫八路军打下了。黄皮们不但不敢出来抢劫,而且提心吊胆,怕八路来攻打。连连几次向他的干爸爸告急,最后日本鬼子派了一个分遣队来增援,白天抓老百姓修工事,下晚多派几个黄皮站哨。

黄皮们在站岗时,常常私自祷告,希望八路不要来打他们。

有天晚上,月亮模模糊糊,冷风呼呼飒飒。高炮楼里的"皇军",早关着门睡大觉。站在围墙上的黄皮,身子在寒风里打哆嗦,眼皮也不断在打架。

查哨的不断叫哨兵们注意:"今晚上天气不好,八路军诡计多端,他们最喜欢这种天气攻击,要加点小心。"

于是哨兵们抖抖精神,睁大眼珠,监视着敌人。风吹树动,一切可疑的黑影,在哨兵心目中,好像都是八路。

八路来了!你听,"嘚嘚嘚⋯⋯"由远而近,是骑兵,一定是骑兵,哨兵再沉不住气,"乒乒乒"地打了三枪。

"八路军的骑兵攻上来了!"一个不沉着的哨兵回去报告,接着四面黄皮都向外打枪。

高炮楼上的鬼子,被枪声惊醒了,慌张地打着歪把子(机枪),放着掷弹筒。

搂着姨太太睡得正香的黄皮官们,在好梦中惊醒,急忙爬起来。一面下命令叫黄皮们"沉着抵抗,与阵地共存亡",一面收拾细软,准备好便衣,万一八路攻上,好自己逃生。

枪炮声还不断在响,那匹"骑兵"向夹仓围子的鹿寨外,冲过来冲过去,最后被猛烈炮火打倒了。

围子里的黄皮还在咋咋呼呼,拼命地向一些可疑的黑影子打枪。

说也奇怪,八路军竟一枪也不回。慢慢地,围子里也不打枪了。

天亮了,一切显得很静寂,没有见到一个八路的影子,黄皮们没有个敢出来看看,他们怕中了八路的"诡计"。

还是"皇军""勇敢",端着带刺刀的三八式,出来三个人搜索。黄皮们也心惊胆战地跟在后面,端着老套筒土压五,谨慎地搜索。

果然,在鹿寨外面,他们发现一条被手榴弹炸死的大黄牛。大家围拢来。

"巴格!什么的八路骑兵?牛的有!"一个日本兵在牛身上狠狠地刺了一刀,大大地吐了一口气。

"八格!你们的没有用的!皇军的子弹大大的消耗的!"另一个日兵向那些黄皮发脾气。

黄皮头子知道是打死一头牛,便大摇大摆地跑出来,并且集合队伍训话:"妈的!你们这些胆小鬼,什么骑兵,那有带角的骑兵,往后再有谎报敌情的,一定枪毙!"

黄皮们虽然受了一夜惊,又挨了一顿熊,却意外地得了一头牛,连忙把这胜利品抬进去剥皮,准备大吃一顿,个个心里高兴,因为他们好久没敢下乡抢掠,也好久没有闻到肉味。

吃哑巴亏的是附近庄上一个老百姓,他刚在夹仓集上买来的一头牛,因为晚上没有拴好,那畜生半夜顺大路跑回夹仓,惹出一场笑话。可是他又不敢吭气,他怕鬼子汉奸向他要子弹费。

这场"牛袭夹仓"的笑话,也就风快传遍了日照县。

选自《大时代的插曲》,东北书店 1948 年

女战士们

在八路军一个被服厂里,二十几个生产战线上的女战士,日夜加紧在忙着。于是前线的战士们很快地都变成一个整齐的新样子,穿着新军装,戴新帽子,绑新绑带,还有新鞋子。

陈三嫂手里那根针每天比别人多忙两小时,她总是一边缝一边哼着刚学会的那几个歌子。

"三嫂子你缝得这样结实,要是恰好发给陈三哥穿,陈三哥该多么喜欢呀!"十五岁的阿兰总是爱说俏皮话。

"发给那个同志穿不一样!"陈三嫂微微抬起头,瞪她一眼,像报复似的说:"阿兰,我看你年纪也不小了,将来可以嫁给一个自己喜欢的八路军,你可以自己做主,看准了那个,就那个,你不喜欢自由结婚吗?"

"俺不嫁!"阿兰狠狠地撒娇地说,脸上有点红。

"你还当一辈子姑娘?"

"就当一辈姑娘,一辈子在这工厂做活。"

阿兰是同陈三嫂一块到工厂来的,已经有五个月了,她从小就没有父母。在工厂里大家都喜欢她,工作好、又活泼、会唱歌、认字又快。她从前一个字也不识,现在已经认得三百多字,年纪大的女工把她当作自己的女儿看,年轻的把她当作亲妹妹。

班长来喊上课了,于是二十几个女战士都带着课本、纸、笔谈笑地走到树下去了。

今天上的课是谈"加紧生产"的问题。下课后阿兰又再给陈三嫂解释几遍,她举例说:"比如哥在前方打鬼子,你在工厂一天这样努力做活，陈三哥穿起新衣服一定很喜欢，他就多打几个鬼子……"的确在学习上她帮助陈三嫂不少，每天晚上都要叫她认一个字。阿兰常常开玩笑似的说："三嫂子，好好地学，将来可以给三哥写信！"陈三嫂虽然听了总要轻轻打她一下，但心里也是这样计算着。

晚饭以后做游戏，有的下跳棋，有的在闲谈，有几个在唱歌，年纪轻的总是喜欢打克拉克球。阿兰是打克拉克球的健将，谁也胜不了她。几个年纪大的老大娘，她们不喜欢做游戏，有的在学写字，有的还在做工。这个工厂真像一个幸福的家庭，女工们过着从前所未享受过的生活。

天气一天天地热起来，第二套军衣急着发，工厂便来一个号召，要求加快工作。于是女工们更加紧张起来，白天黑夜都赶着做，运动场上没有人了，游戏时间大家都拿着针，每人都比以前在家给丈夫儿子做衣服还要用功，因为她们明了这是为着抗战。

自然陈三嫂比别人还要加油，她总是等别人休息才停工。有一次她突然半夜起来，缝起衣服来。阿兰发觉三嫂不在她身边她也爬起来，看见三嫂在缝军衣，自己也一声不响地把下午未缝完的军衣缝起来。

指导员每次看见陈三嫂这样努力，总是对她说："陈三嫂，该歇一歇了！"

然而三嫂总是笑着答："这算什么，比家里还舒服得多了，你看人家赵大姐从前是个千金小姐，现在都这样努力，我不更应该多出点力吗？"

于是大家的视线便集中到赵大姐身上。赵大姐是敌占区城里人，家里有二百多亩地，以前不出闺门的，她会作诗，会绘画。自从鬼子占领城里后，家里房屋被烧了，唯一亲爱的母亲被敌人杀死了（父亲早年去世）。她跟着姑母逃出城外，她总想报仇，可是她一双三寸金莲，又不能当兵，于是她决定到工厂来做工；她每缝好一件军衣，就像打死一个鬼子一样快活，每一针都像要插进鬼子胸膛一样注意，尤其她懂得抗战大道理以后，她那过去的小姐习气也慢慢改了，所以大家很敬爱她。

第二套军装又在前线战士身上穿着了。有一天指导员召集开会。二十多个女工都有奖品，每个人一条手巾，其中陈三嫂、阿兰、赵大姐是劳动英雄，每个人都发一块香肥皂、一个日记本、一支自来水笔。

选自《大时代的插曲》，东北书店 1948 年

桥

一

铁匠吴占海从炕上爬起来，伸了一下懒腰，揉揉睡眼，回头瞅一下睡得正香的屋里的（老婆），便轻轻地打开门走出来。

抬头一看，刚出来的太阳像火球一样，五月清晨的凉风，一阵阵从河面上吹过来。

一转眼，一座三百四十米长的新桥，安静地躺在眼前，新的桥架子、桥梁和枕木，在晨光中发亮。

旁人一个也没来，想到自己起得太早了，觉得全身的骨头又是酸溜溜的。

他兴奋地望着新桥。从今天起他这个小屯又要和东北许多城市和乡村连在一块，他的心又要和千万的铁路工人连在一块。他的门口又要热闹起来了，火车又要"突突通通"地从桥那边开过来。

望着河水，吴占海不禁想起前年的事。

前年，也是这个时候。八路军为了东北人民的长远利益，那一天下午，像天崩地裂的一声，他家的窗玻璃震破了四块，两大节桥梁掉在水里。

那时候，他伤心地站在门口，看着七八个八路军从眼前走过去，最后一个挂匣子枪的同志，一边走一边对他说：

"老乡，别难过，我们准回来，将来，这桥还要修好的。"

吴占海不吱声，两眼送他们坐上小船，渡过河去。将来，什么时候呵？他有点不相信。

他望着倒坍的桥,半点钟以前,还是好好的一座铁路,想到这里,一阵难过,差一点要掉下眼泪。

农民爱土地,铁路工人爱铁道,当炸毁桥的时候,他那样难过,并不是因为饭碗打了;凭他那股劲和一手手艺,到那儿也少不了两顿苞米面。而是为着曾经流过血汗挨过揍的桥给毁坏了。

当时,确是分不出谁是谁非,老实说,有点埋怨八路军。现在,才明白是自己错了,还是自己的见识短。

二

吴占海在铁路上干了整整二十年,白天黑夜,出力出汗,从老中华民国到"满洲国",虽然换了几个地场干活,到去年还是光棍一条。

桥炸了不久,这疙疸来了一帮子"中央军",住了不到四个月,便叫八路军打跑。接着工作队来了,老百姓都翻了身。农会分给他一垧地,一间房子,他虽然高兴,可是,一想到侍弄地却发愁。

"老吴,愁啥?地是根本呵。"有人对他说。

"我拿起锄头,比铁锤还沉。"吴占海答。

农会帮助他,把地侍弄得好好的。他又拉起风箱,烧起炉火,铲地前他打着锄板子和锄钩,收成前,他打起镰刀。不到一年半,日子一天天好起来。

头年冬天,邻居张老太太帮他说一房亲事,女家是个贫农,女人长得跟他一样粗壮,做活跟一个男人一样;两口子,真是一对好夫妻。

二十年来,每年冬天,老吴总是像狗一样地蜷在凉炕上,盖着破棉被。直到这个冬天,才像个人样,盖着新被子,暖暖和和地过个冬。

三

修铁路的消息,从哈尔滨派来的工程师嘴里证实了,吴占海的

心又活了。正是庄稼忙的时候,他把地撩给老婆整,自己参加修桥工作。

每天天刚亮,和他的助手吃完饭到桥边。在一个用枕木竖起来的临时打铁场里,鼓风炉冒着红光。

每天干完了自己的工作,他就帮助别人干。扛枕木,搭架子,钉钉子。

有两天,因为需要大量的钩钉子,吴占海的风火炉整整两天两宿不熄。第三天,组长见他太累了,给他一天假,但他休息一个上午,下午又来了。

"老吴,"一个工人说,"将来选功臣我投你一票。"

"别瞎扯了,"老吴回答道,"现在又不是'满洲国',给自己干活不用劲,对得起铁道吗?"

说着他又扛枕木去了,扛了十来根。一不小心,摔了一跤,脚打出血来,组长又叫他回去休息。他一声不哼,又扛着枕木往前走。

有天下晚,睡到半夜,忽然被大雨声给闹醒了,他马上爬起来,他知道这条河一下大雨就要涨水,河里还有很多木料呢!

"做啥去?"屋里的问。

"瞧瞧去。"说着就开门要走,老婆知道他的脾气,不敢阻止他,只找了一条麻袋,给他披上。

果然,许多木料开始在浮动了。他急忙跑到各家,喊来了几十个工人。他第一个跳下水,拉起木料,大伙儿跟着他干,这样好几百条木料,才没被水冲跑。

更重要的,是当他们快拉完木料时,忽然有人喊着:"快过来呵,快来人呵!"

原来是白天未架好的架子,快被水冲倒,木头已经吱吱作响。要是这个架子倒了,有几根柱子也得倒,柱子一倒,一节桥梁就要掉下水,不但要浪费材料,还得花几天工夫。

要去救这个架子,必须跳下一米多深的水里,吴占海在别人还在犹豫的时候,他大声喊道:

"还在看啥？看着几天的工夫白出吗？"

他首先跳下水，水没了腰。好多人也跟他走过去，绑绳的绑绳，支柱的支柱，钉钉的钉钉，直干到天快亮，才把这个架子抢救下来。

四

太阳已经出了老高了，工人们也慢慢地多起来了。大家都和他一样兴奋，走到桥跟前来。

"早呵，"吴占海见老木匠走过来说道。"想不到这样快就修好了。"

"'满洲国'时候，顶快也得三个月。"老木匠站住，捋着白胡子说。"工程师还说要一个半月呢，咱们二十七天就干完了。"

正好工程师也来了，他听了老木匠的话，不服气地分辩道：

"不是我算得不准，是你们这帮人不按工作时间，白天黑夜拼命干。我的数学没有法子计算你们的力气。"

一个火车头开始从桥那头爬过来，大家都注意着这个试车的车头。每个人的心，都像机车的声音，急促地跳着。因为工程师曾说过："图快怕出事故。"直到火车头慢慢地开过来了，大家才兴奋地松了一口气。

试车的火车头拉走了两个放着枕木的敞车，大家焦急地等待着第一列车。半点钟以后，第一列车又顺利地开过来了。

工人们兴高采烈地鼓着掌，眼睛送着慢慢过去的满载军用品的列车。

选自《东北日报》,1948 年 6 月 19 日

生死一条心

一

星期日的早晨，照例没有出早操。

八班长马二虎，从连部开完会回来，向瓦盆里瞅了一眼，盆里的豆腐浆，只剩下一个底，马上不高兴地吹起哨子，大声喊着：

"集合！"

战士们急忙放下茶缸子，喝完的，没有喝完的，都跑到院里站队。

八班长马二虎点了一下人数，就瞪着眼睛问大家：

"怎么搞的？ 何成仁呢？"

战士们你看我我看你，谁也不吱声。

何成仁端着一缸子豆浆，从屋里慢慢地走出来。大家都替他捏一把汗，担心地望着他。

"吃起东西像三战吕布，站起队来像小娘们走路。"马二虎嘟囔了一会，又严厉地喊着："何成仁！ 你没有耳朵啊？"

"我还没有喝完哩！"何成仁低声说。

"就你一个人没有喝完。听见哨子半天出不来！"马二虎看见何成仁还端着缸子向前走，便下命令地喊道："站好，不准动！"

"站好就站好呗！"何成仁不高兴地嘀咕着，面对着大家站好。

"把豆浆倒了！"马二虎命令说。

"倒了就倒了！"何成仁狠狠地把豆浆泼了。

班长马二虎转过身来对大家说：

342

"今天不出操不上课,开完早饭,半个班在家里搞清洁卫生,半个班上山打柴火,回来烧水烫衣裳。"马二虎传达完连部的要求,便板着脸孔训起来:"明天就开始大练兵,上级要求我们动作迅速,这样老半天站不起队,像什么军人姿态?从明天起,谁再这样慢吞吞的,就叫他跟何成仁一个样,面对着大家立正,让大家给他'照相'!"

二

吃过早饭,副班长带着半个班,上山打柴火。

在山上,何成仁憋了一肚子气,一边割野草,一边想心事:

"今早上,分明是班长故意找我的岔子,叫我在大家脸前'照相'——出洋相。真倒霉,那个班的班长,也没有马二虎邪乎(厉害的意思),开口熊一顿,闭口瞪眼睛……上个月,派公差不公,我上个意见,就叫他训了半天……回去非提个意见调班不成。提意见有屁用?上次要求调班,指导员解释了一大顿,道理都对,就是不让调班……"

"哎哟!"何成仁光胡思乱想,没想到抓了一把蚂蚱腿(一种带刺的草),戳得手指头出血。他气得扔下镰刀,捏着出血的指头。

"呜呜——"山那边火车响着汽笛,何成仁忽然来了一个心事:"走罢!那里不是干革命?那里不吃二斤高粱子?非蹲在这里受憋气!山那边就是火车站,白天高粱棵里一蹲,下晚爬上火车,神不知鬼不觉,明日一早就到吉林……"

想到这里,心怦怦地乱跳。抬头一看,一块来的同志,都远远地弯着腰在割草。

何成仁拾起镰刀,慢慢地走向小树林子,火车像一条长虫,嘟嘟突突地向北开去。

"这样走,不是开小差吗?"想到开小差,心里不禁打个哆嗦。

"参军的时候,自己是农会的小组长,带着红花骑着大马来的。农会主任嘱咐说:'好好干罢,打仗时立个功,给咱屯里争个光荣。

家里分的地,有人帮你侍候,不要惦记。'头两天,接着家信说:'庄稼长得顶好,分的骒马下了个小驹。'开小差,叫农会知道,不是给全屯丢脸吗?

"上次关节炎腿疼,连长指导员一天来看三趟,问寒问热,问长问短。连长还把自己的残废金,买鸡子给我吃。……刚到队伍,这个同志送裤子,那个同志送褂子。就这样走了,对得起上级?对得起同志们吗?

"要是,要是走不掉,抓回来,多难看!

"上火车,没有车票,没有护照,偷偷地爬上去,叫人家查出来怎么办?"

在树林子里,何成仁像掉了魂似的,转过来转过去,手里捡着枯树枝,脑子里想着鬼心思。

一群乌鸦,落在一棵高大的白杨树上,呀呀呀地乱叫唤。

怪讨厌的,何成仁拾了一块石头,向大树投去,乌鸦呀呀叫着飞了。

"俺那熊班长,就像个乌鸦班长,一天到晚呀呀叫,咋咋呼呼!在这班上受这乌鸦气,还是走了痛快!

何成仁自言自语地下了决心,走到树林边望一望,班上几个同志,还是在老远的地方,弯着腰割草。

翻过身来,快步走到树林的另一边,走出小树林,就望着七八里外白色的车站,望着山脚下一大片高粱地。

走出树林子十几步,忽然发觉手里拿着一把镰刀,顺手把它扔掉。马上想到这镰刀是借房东的,不能犯群众纪律啊! 拾起来,回头挂在树枝上,准备有人来找他时拿回去。

边走边回头,快到山脚下,仿佛听见后面有脚步声,心虚地回过头,原来是一只野兔,在草里钻着跑,把自己吓了一大跳。

"何成仁,你是一个男子汉,平时那样大胆,斗地主时那样有劲。上回打长春外围,那样冒着炮火往前冲! 现在,你却像只胆小的兔子,不! 比兔子还胆小,像一只老鼠,为什么呢?

"为什么？还不是做了丢人的事，像老鼠偷东西。开小差！开小差对得起连长指导员吗？上级号召创造'尖刀连'，还没有开始练兵，就跑了一个。班长一个人的事，这样走了给全连丢人，对得起同志们吗？要是跑不掉又怎样办？"

心情像乱草似的，走进高粱地又走出来，傻了巴叽的，何成仁又往山上走，到了树林子边，镰刀还挂在树枝上。取下镰刀，四下一望，幸好没有人看见。

三

练了一个礼拜兵，总结的时候，八班的成绩，全连倒数第一。八班长马二虎气愤地跑到连部。

"报告连长，我不当这个班长，当伙夫也成，当挑夫也成！"马二虎一肚子窝火，像打机关枪似的，嘟嘟嘟地都说了。

"怎回事？马二虎，"连长用旧报纸卷好一支烟，顺手递给他说："坐下，抽口烟，慢慢说。"

马二虎没有接烟，也没有坐下。嗓子像个破锣，又当当地敲开了："怎回事？这个礼拜练兵，我下了老大牛劲干。班里战士故意跟我捣蛋，落得总结背乌龟。排长还批评我军阀残余！主观主义！我不吃那一套，当不了这个熊班长！"

练兵头一周，马二虎确实下了牛劲干，别的班四点半钟起床，马二虎三点半钟就催大家起来。操场动作一点不含糊，谁做不好，一遍两遍以至十遍八遍地做。谁要耍滑头，他就吹胡瞪眼。抓得紧，战士们练得却不如别班起劲。下操回去，像塌了庙的菩萨，东倒西歪。开起讨论会，大眼瞪小眼，谁也不发言。

马二虎是个心直口快的人，原来名字叫马大虎，平时做事虎了巴叽，说话像打响雷；打仗一咕噜勇敢冲锋，挂了五次花，是个二等残废，还要求到前方工作。他说："当兵就要打仗，待在后方，非憋出病来不成！"大家看他这股二虎劲，就叫他马二虎。还给他起个外号叫作"炸火"。

马二虎是湖南人，家里穷得三天两天揭不起锅盖，学了一手铁匠手艺，靠着出力流汗，才对付吃顿饱饭。四年前，叫国民党抓壮丁抓来当兵。开到东北那一年，成天看见排长骂班长，班长打当兵的，老兵欺负新兵，大鱼吃小鱼，小鱼吃虾米。马二虎是个新兵，成天吃哑巴亏，受冤枉气。有一次，看见排长打班上一个新兵，说了两句公道话，叫排长罚了四个钟头的跪，跪在尖石头上，头上还顶一碗水。马二虎恨死那排长，秀水河子战斗，在战场上打了排长的黑枪，缴枪参加八路军。他打仗有一股猛劲，几次战斗都很勇敢，所以很快地升了班长。

一开始练兵，他蛮想把八班练得比别班好，没有想到自己的管理方式不好，"好心被当成驴肝肺"，战士们对他满肚子意见，已经觉得很冤枉；排长还批评他"军阀残余"，"主观主义"。这样大帽子扣在"炸火"头上，叫他怎能不炸呢？

连长知道马二虎的脾气，耐心地劝他坐下来抽烟，对他说道：

"八班长，心急喝不了热糊涂啊！下一周慢慢搞就搞好了，只要努力练，没有练不好的道理。"

"光是我一个人加油有什么用？班里的战士，老的老小的小，一个个傻头傻脑。学不会，又不肯下功夫。严格批评他两句，还对我抱成见。排长光听他们的话，乱给我扣大帽子，我高低不干这个班长。"

指导员知道在马二虎火头上，不容易说通的。根据这个星期的了解，八班的问题，必须马上解决。于是他对马二虎说：

"八班长，你先回去，下晚咱们好好唠唠。"

四

下晚，指导员找了马二虎，坐在村东头那块大石头上，指导员还没有开口，马二虎就讲开了：

"指导员，你非叫我当班长，上旁的班成，不在八班，不在三排。"

"为什么?"指导员问。

"八班战士有意跟我捣蛋,排长和他们一个鼻孔出气,自己主观主义,反批评我主观主义!"马二虎的声音又高了一些。

"马班长,平时吃苦耐劳,作战勇敢,这是你最大的优点。急躁,动不动来气,这是你的老毛病。排长批评你有点过火,你心里就难过;你常常对战士要态度,战士们能高兴吗?军事生活严格是对的,要态度就不对!就拿何成仁的话来说罢,如果你是何成仁,让你在大家脸前'照相',你心里是啥滋味?俗话说:'人怕伤心,树怕剥皮',又说:'人要脸,树要皮',三排长只批评你几句,你就这样难过;你那样对待何成仁,何成仁不比你难过吗?"

马二虎鼓着嘴,两只眼直直地盯着自己被月光照在地上的影子,静静地听着。这个耳朵进,那个耳朵出。

"人心都是肉长的,马班长,诉苦时你说过:'中央军'的排长罚你跪尖石头,你恨死他,才打死他跑过来。'中央军'是大地主大资产阶级的队伍,当官的都是有钱的子弟,当兵的都是劳苦人民。水和火是不相容的,火要把水烧开,就得把水放在锅里去。有钱的人逼着穷人替他们卖命,就得用欺骗打骂肉刑镇压,一级压一级,大鱼吃小鱼。咱们是工农的武装,战士干部都是自己的阶级弟兄,就像舌头和牙齿一个样,牙齿和舌头说不定也会相碰,可不能因为咬着舌头,就不要牙齿;更不能狠狠把舌头咬掉。明白了这一点,就明白用军阀手段对待自己的阶级弟兄,是错误的……"

"啰里啰嗦,还不是那么一套?"马二虎心里想。他对指导员的耐心说服,认为是婆婆妈妈的,东比喻西比方,比下去就没有个头。他不愿再听下去,就截断他的话说:

"指导员,这些道理我都懂得。你上政治课不是常讲过吗?我想知道的,是我的意见你们准不准?"

"什么意见?"

"不当班长,离开三排!"

"这个——"指导员想了一下说,"我和连长商量过,觉得你还是不调动好。"

"不调动,工作是做不好的!"

"工作做不好,更谈不上调动。八班长,你是革命战士,你应该懂得,要是每个想调动工作的人,都可以不做好工作就给调动,那就是无原则,工作就会受到损失。"

马二虎寻思一下,觉得指导员的话说得有理,自己是个革命战士,应该服从组织。又怕指导员再给他讲大道理,服从吗?心里不痛快,随便找个理由说道:

"思想不通,叫我硬着头皮干,干不好可别怨我。"

"只要你肯好好干,没有干不好的道理。"指导员以为马二虎有了转变,又给他加油地说道:"八班长,拿出你勇敢战斗的精神来工作,再把脾气改一下,工作保险能做好……"

"嘀嘀嗒嗒……"熄灯号打断了指导员的话,指导员想了一下,继续说道:

"马班长,明晚上开个班务会,你好好准备一下,虚心检讨检讨,听听同志们的意见。"

五

开完班务会,马二虎就抓着冲锋枪出来代班,在屯子里转来转去,代班查哨,查哨代班,足足四个钟头了。

平日晚上,马二虎代一个钟头班,从来不超过六十五分钟。如果接班的人起得晚,他就嘀咕两句。今晚上他自动代了四班,一点也不瞌睡。

马二虎是个虎了巴叽的人,从来没有像今天下晚这样用脑子。开过班务会,起先脑子像孙猴子被如来佛念紧箍咒一样,一阵急,一阵疼。慢慢地像顶了百十斤东西,又沉重又吃力。后来像被搞乱的几十根丝线,找不出线头。

开完会的时候,指导员问他:"八班长,你还有什么意见?"

"没有!"马二虎干脆地回答。说完话就抓起冲锋枪,气不平地出来代班。他心里想："你们批评你们的,我不听那一套!"

在屯子里,他不知道转了多少圈子,后来觉得有点疲倦,就坐在屯子东头那块大石头上。远处传来一阵阵的狗咬,杂着一两声鸡叫。他抬头望望天空,想找找三星在那里,来判断什么时候了。三星没找着,一个又圆又大的月亮,躲在乌云后面,透出朦朦的白光。

"什么时候了?"马二虎每次叫哨,都只注意表上的大针,根本没有理会小针指着几点。甚至连自己代了几班,都有点稀里糊涂。

低下头,望见自己倒在地上的影子,他想起昨天晚上,自己老是望着自己的影子,听指导员耐心谈了几个钟头。"嗯,指导员的话有点道理:三排长批评我,我受不了,我对同志们耍态度,同志们能好受吗?

"今晚上,三排长在会上,自己检讨方式不好,批评太重。三排长能认错,我呢?

"根本没想到,管理方式不好,罚何成仁的站,使何成仁那样难过,差点开了小差。真开了小差,不是我的罪过吗?把一个革命同志,逼着不革命,自己对得住革命吗?——他记起何成仁发言时那样难过,同志听了以后,都联系个人的事情来批评他。——同志们说得有点过火,说的都是事实。

"是的,不是同志们不好好练兵,是自己成天耍态度,弄得大家情绪不高。

"连十八岁的小吴,也说得头头是道:'咱们都是穷哥们,天天喊天下穷人是一家,马班长不该拿国民党军队那一套,来对待自己的阶级弟兄!'

"'中央军'是大地主大资产阶级的队伍,当兵的都是穷哥儿们,官兵是水火不相容,才用欺骗打骂来管理队伍。咱们干部战士,都是阶级弟兄,就像舌头和牙齿,只有友爱团结,不能拿军阀一套来管理部队。

"自己在'中央军',天天挨骂受气。到解放军来,当了班长,自己忘本了,多多少少把'中央军'班长管理战士那一套搬来,怎能行得通？"

马二虎想着指导员的话，想着同志们的话，想着自己当班长以来对战士的态度，越想越觉得自己不对，心里越难过：

"我，我再不改正，我对得起穷哥儿们吗？对得起革命吗？对得起连长指导员和同志们对我的帮助吗？"

七月的下半夜，松花江上的风，吹到马二虎的单军衣上，不禁打了个哆嗦。两条腿不自主地站起来。

又圆又大的月亮，钻出乌云，把屯子照得跟白天一样。月光下，远远走过来一个人。

"那一个？站住！"马二虎大声喊着。

"是我！"三排长的声音。

两个人走靠近了，三排长开口说道：

"怎么搞的？马班长，我以为九班长睡着了，忘记叫我，谁想到你一个人代了四五班，快回去睡觉罢！"

马二虎没有回答，他垂下头，难过地说：

"排长，我，我错了！……"

马二虎的喉咙，像有什么东西哽住。马二虎宽大的肩膀，在月光下一动一动的。

六

马二虎躺在炕上，刚迷迷糊糊睡了一会儿，就被一阵起床号声吹醒。眼睛黏糊糊的睁不开，骨头酸溜溜的不好受。

"起床了！"他头一个爬起来喊。战士们也一个一个爬起来，揉眼的揉眼，伸懒腰的伸懒腰。往日，马二虎对这种稀松没劲的动作，总要发火，今天，他倒忍下来了。

有钱难买黎明觉，小吴睁了一下眼，翻了个身，又呼呼地睡着了。小吴是个有名的"觉迷"，他有一套瞌睡的本事，上课打瞌睡不用说，打起仗来，只要是待机，炮声打得怎么厉害，也能睡得着。夜间行军，一边走路，一边做梦，直到瞎走一气，碰到别人身上，或是摔了一跤,才醒过来。

"小吴,醒醒,快集合了。"往常,马二虎总是连拉带熊地把他拖起来。今早上,却和气地摇着他。小吴睁开眼,看见马二虎在摇他,吓得赶快爬起来。

跑完步,各班分开复习卧射动作。八班一个个轮着做动作,都做得很准确,平日被大家认为"髭毛"的小吴,也只做了三遍。只有外号"结巴子"的刘大海,做了五六遍还没做对,不是撅起屁股,就是两条腿伸不直。

"重来,重来,"马二虎好声好气地说。"分解动作卧射预备——数一!二!……"

刚喊二,结巴子的左手有点累了,没支住,上身不由自主地扑在地上,碰了一鼻子土。

"倒倒倒倒——霉!"结巴子一边爬起来,一边用手擦鼻子上的土,脸上的汗水和黑土合起来,抹成一个大花脸。

"哈哈哈……"同志们看他那个样子,都忍不住发出笑声。

"笑什么!"马二虎刚来火,马上又压下来说:"有什么好笑的,重来重来!"

"卧射预备,一!二!三!嗳,这次还差不……"

"啪!"马二虎刚夸出口,结巴子的枪口飞出一颗子弹。把整个操场都震动了,全连的眼睛都望着这里。结巴子吓得脸煞白,站在一边,准备挨训。大家也准备沾他的光,一块挨熊。

"怎么搞的?"马二虎狠狠地把枪夺过来,拉开栓,子弹壳跳在地上。正要瞪眼睛发一顿脾气,昨天晚上的决心,又把气压下去。"准是昨晚上站岗上顶门火,没有退出来。这个老毛病不改,总要出乱子,今天幸好没伤着人;再说卧射预备,也没喊'击发',随随便便扣扳机,违反了操场的纪律!"

晚上开班务会,结巴子承认了错误,全班同意建议上级给他打扫茅厕三天的处分。马二虎做总结,和和气气地说:

"刘大海同志下决心改正错误,愿意受处罚,这是好的。……出早操大家嘻嘻哈哈,不严肃。上文化课,小吴又打瞌睡了……这次练兵和从前不同,各班都想练出个名堂来,咱们不下功夫,就得落后。咱们都是半斤八两,应该互相帮助,我口令喊不好,同志们也帮我纠正,干啥大家多出主意……"

睡到半夜,二班长来叫小吴上哨,叫了老半天,小吴"嗯呀嗯呀"地起不来。马二虎爬起来对二班长说:

"打了一天野外,小吴太累了,我替他站一班。"说完,马二虎就去换哨,换的是何成仁。

第二天下午做完游戏,副班长和半个班留下修操场。马二虎从连部汇完报回来,刚走进院里,就听见房里几个人在讲自己的事,"这几个人又在嘀咕什么?"好奇心使他拉长着耳朵听着。

"老何,昨晚上怎么轮不到我站岗?"小吴的声音。

"班长替你站了。"何成仁的声音。

"副班长替我站的?"小吴问了一句。

"是班长!"何成仁肯定地说,"马班长!"

"他,马二虎?"小吴还不大相信。

"嗯,马班长转变了,脾气也改了,昨天他找我个别谈话,还向我道歉呢,弄得我不好意思……"何成仁还没说完,就听见那个四十多岁的大老崔抢着说:

"你没看见昨天结巴子走火,大家都担心要挨熊,班长连脸都没有红。班长转变了,'炸火变成哑火',咱们不加油练兵,也太没良心了。八班背乌龟,还不是'灶王爷一家子,都是黑的'。人家看咱们八班噜苏,老的老小的小,咱们就争口气,好好干。"

"对呀,人家是两个眼睛一个鼻子,咱们是一个鼻子两个眼睛,人家把八班看成'死角',咱们就'馒头不吃,蒸(争)一口气!'小吴,以后上课别打瞌睡了。"何成仁的声音很有信心,说得特别高,小吴接着分辩说:

"我也不是光想睡觉,天晓得,屁股一落地,眼皮就打架。"

"我告诉你一个办法,"老崔的声音,"你准备一条纸捻子,一瞌睡，就伸到鼻孔里去，打个喷嚏就有精神了。结巴子，你也好好学，天下无难事，就怕不出力。努力学，没有学不会的，往后咱们互相帮助，你不懂的问我，我不懂的问你。"

"好好好，我我我一定好好干！"结巴子下了决心。

马二虎像吃糖似的，一句一句都听进去，心里很高兴。才明白自己的脾气好坏，对大家影响很大。

果然，隔天上政治课，小吴不打瞌睡了，只是不断地打喷嚏，弄得别人稀里糊涂，指导员还以为他受凉了，马二虎心里暗暗好笑，又不敢笑出来。

第二周练兵总结，八班数第五名。

第三周练兵，八班自动提出争取"练兵模范班"的口号。大家更加起劲了，起床号一吹，不用马二虎督促，就都集合好了。结巴子特别加油，天天不睡午觉，一会拿根棍子当炸药，演习怎样通过各种地形去爆破；一会端着枪瞄三角，老崔站在旁边，帮他纠正不对的动作。

小吴看见结巴子比他练得好，着急了，午觉也不想睡，找何成仁帮助他，暗暗和结巴子比赛。

马二虎看见他们几个人，天天不睡午觉，常常对他们说：

"慢慢来，不要太着急，还是睡睡午觉，免得晚上站岗打瞌睡。"

"我保险不打瞌睡！"小吴拍着胸膛说，"我可以写保证书。"

"不打瞌睡就成，写什么保证书。"马二虎看见大家练得有劲，也不好去泼冷水。现在他才明白，管理方式好了，大家积极性一提高，自己倒很省心，工作也好做了。

有天打野外，累得满头大汗，何成仁正在跃进的时候，前面有条水沟，马二虎叫他做个样子绕过去。何成仁却按照原来的动作跳进去，水没了腰，爬出来像只落汤鸡。这一来，他的腿关节炎又患了，疼了三天不能出操。旁人说他不应该跳下水，他很正经地分辩说：

"打野外，虽说是假设的敌人，也应该当作真的敌人看。操场上不认真，战场上就得吃亏！"

两个月练兵，紧张地结束了。八班坐了飞机，实现了自己的口号，成为"练兵模范班"，还集体记了一大功。

在团的庆功会上，马二虎笑嘻嘻地从政委手里，接了那面"练兵模范班"的奖旗时，耳朵听见呱唧呱唧的鼓掌声。心里想通了这样一个道理：克服军阀残余，是转变管理方式的钮子。多听取大家的意见，大家想出的办法，让大家民主讨论，再让大家去做，做得又起劲又准确。相反地，光是自己想干好，光是严格，光是抓得紧，那才是擀面杖子吹火——一窍不通！

七

练完兵，接着进行了一个月的政治整训。战士干部的情绪高极了，嗷嗷叫地要求打仗。

打仗的命令下来了，队伍从吉林向辽西进军。走了半个多月，敌人的飞机活动得厉害，不得不改成夜行军。

这一天，队伍刚出发，就下着牛毛般的细雨，慢慢地越下越大了。天空黑得跟漆一样，伸手不见五指。走的又是山路，战士们在泥水里翻筋斗，跌倒的赶紧爬起来，一个紧挨着一个。刚发下两天的新棉袄，都被雨水淋湿，被泥弄脏了。

"倒霉的天光操蛋！"马二虎已经好久没有发脾气，今天实在忍不住了。

秋季战役的动员会上，八班提出两个口号，要在攻坚中创造"英雄班"，在行军中保证没有一个掉队，不坐大车，发扬互助友爱，创造"铁脚班"。走了十几天，八班没有个掉队的。

今早上，刮了一阵秋风，下了一阵秋雨，何成仁的两个膝盖就微微有点酸疼。上级怕战士们走路背的太重，棉裤暂时没往下发。马二虎怕何成仁的腿病又患，硬把自己一条毛裤，给他穿上。

下午晴了半天，天黑又哗哗地下起来了，这个熊天，叫马二虎怎能不生气呢？

队伍刚出发,何成仁咬着牙走,别人问他怎样了,他还鼓着劲回答:"保证不掉队,咱们比赛!"

过一会,何成仁又自动帮助小吴背枪,来表示自己的腿不要紧。这次行军,他天天肩膀上两棵枪,得到"双枪手"的称号。

走到下半夜,经过六个钟头的雨淋,两个膝盖起先只是一阵一阵酸疼,后来像铁锤敲一样直疼。开头何成仁光骂自己的腿不听支使,后来牙关再也咬不住,不得不开口了:

"报告班长,我实在走不动了!"

没有第二句话,马二虎架着何成仁走。另外两个同志,抢着替他背枪和背包。

雨越下越大,雨点打在没割完的高粱叶子上,哗啦啦响。小路狭得只能走一个人,马二虎让何成仁在路上走,自己一双拖泥带水的脚,在路旁水沟里走,一颠一拐地向前进。

慢慢地,何成仁的两条腿,像两根木柱一样,弯都弯不得。稍微一弯,就疼得像锯骨头一样。马二虎把自己的枪和背包,交给副班长,背着何成仁走。

何成仁短小的身材,趴在马二虎的虎背上,心里说不出什么滋味:"班长对我,比亲爹娘还好,我该怎样报答班长呢?"

马二虎背上驮了一百多斤,身上已经出汗了。外面是冷水,里面是热汗,滋味不大好受。他啥心事也没有,只是喘着气,加快脚步,跟上队伍。

"往后传,跟上!"前面不时传来这样的口令。

"向后传,跟上!"马二虎正回头往后传,没想到脚底下一滑,扑通地跌在路旁的小水沟里,何成仁压在他身上。

"这条熊路!"旁的同志扶起他们,马二虎只骂了一句,又把何成仁背上走。反而安慰地问道:

"摔疼了没有? 老何。"

　　"没有，班长。"何成仁的鼻子里一股酸，很快地传到身上。两滴热泪，从眼眶里滚出来，和脸上的雨水一块，流过马二虎的脖子，和他的热汗混合在一起。

一九四八年秋天写于进军中

手　表

一

战士李昌站在江边石头上，放下洋铁桶打水；平静如镜的松花江水面被打碎，波纹一环环地向江心推广。

擦擦头上大豆般的汗珠，望着西面天边，一朵乌云正遮着太阳，天气闷热，李昌自言自语地说着一句成语：

"老云遮驾，不是阴天就是要下。"

汗球不断往下流。练兵刚回来，本来衣服已经湿透了，全身的骨头都有点酸。但一放下枪，他就抓着水担子，凑这个空子，要完成每天帮助老乡挑六担水的计划。早晨已经挑了三担，刚才挑了两担，就差这一担了。

看看手上的表，已经是五点半了。"要不是马上要开饭，该下水洗洗澡。"他边想边挑上水担子，顺着独板桥，快步地往回走。

把水往缸里倒，一只手露出发亮的手表，抬起头来，一个穿着旧的白衬衫灰西装裤的青年，两只斜眼睛正盯住他的手表，四只眼睛碰在一块，李昌心里一跳，急忙把脸转过去。

吹开饭号了，李昌像得救似的，拿着饭碗往外跑。

平常，李昌每顿要吃五碗高粱米饭，现在，他只慢慢吃了两碗饭就吃不下了。

做游戏的时候，往日他比别人都来劲，今天却在一旁呆呆地站着。

"怎么样？老李，"班长问，"身上不舒服吗？"

李昌定一下神，连忙回答：

"不，没有什么。"

于是他抓起两个木头做的手榴弹，和大家一样向空中那个木框框扔进去。

二

晚上，天空闪着电光，雷声隆隆响，雨由小而大地下起来了。

往日，李昌一躺在炕上，一天的疲乏使他立刻睡去，上岗时还得拉他几把才醒。今晚，身上虽很疲乏，脑子却很清醒，翻来覆去，怎样也睡不着。

一件心事，老是在心头滚过来滚过去。

原来，李昌在遭殃军"六十熊"①当兵，"六十熊"从吉林逃跑那一天，队伍乘机在街上抢东西。李昌也撵上一个戴手表的年青人，大声喊：

"把手表解下来！"

年青人有些不愿意，李昌端起刺刀，摆出一个预备刺的姿势。年青人吓得急忙解下手表，但两只恐惧与愤怒的眼睛，两只有点斜的眼睛，却紧紧打量着这个大白日公开行抢的强盗。

跑出吉林不远，"遭殃军"被解放军打散了。

枪炮声吓得李昌趴在一条草沟里，脑袋瓜光想往里钻。

"快起来，解放军宽大对待俘虏！"

李昌爬起来，一个雄赳赳的解放军，端着刺刀正对着他。他两手哆嗦地往上伸。解放军战士拾起他的枪和子弹袋，又摸摸他的身上，然后命令他走在前头。

走了不远，李昌突然回过头来，一只手伸直着说：

"给你！你放了我！"

解放军战士开始愣了一下，后来看见他手里一块发亮的表，才

---

① 老百姓给六十军起的外号。

明白了,笑道:

"八路军不要俘虏的东西,只要放下武器,不用害怕,八路军一定宽大你们。"

部队诉苦的时候,李昌想起从小的苦情,想起被抓来时,撇下无依无靠的爸爸,哭得跟个泪人一样。

倒糊涂的时候,他也说出自己在"遭殃军",做出许多对不起老百姓的事,并且自己打自己的嘴巴,骂自己忘本,下决心要立功,为穷哥儿们报仇!

可是这块手表的事,他始终没有提。

这块手表就像个疙疸,结在他的心上。好几次,他想向同志们坦白,话一到口边,又吞到肚子里。

好几次,他想个别向指导员坦白,刚走到连部门口,他就站住,脑子里两个小人在打架,小黑人打胜仗,他向后转又回来。

队伍开到这个屯子,他看见房东老太太领着两个十来岁的小丫头,过着穷困的日子,他问起来,老太太告诉他说:

"俺还有个儿子,在城里油坊里当伙计,今年二十五岁了,还娶不起媳妇。"

于是李昌每天帮助房东挑两担水,后来看见隔壁院里几家老乡,也缺乏劳动力,李昌也每天帮他们挑几担水。

唉,才刚挑水时候,盯着自己手上的手表的年青人,就是这块手表的主人了! 他就是这个可怜的老太太的儿子,一点也不会认错,是了,就是他,两只眼睛有点斜的。

三

窗外的雨滴滴答答地响,年青人躺在西屋的炕上,母亲和妹妹都早已睡着了,他老是睡不着。

"六十熊"逃跑那一天,大白天端着刺刀,逼着解下手表的,就是他。

妈妈说的:这个李同志真是个好人,每天帮助挑水,推磨,劈柴火,扫当院……也是他。

几个月前,穿着美国装,戴着美国帽,那股凶劲;现在穿着解放军装,这样和气。

不会认错,那天清楚地记住他,大个子,方脸,鼻头有些麻子——一点也不错,并且,那块十五块宝石的瑞士表,还清清楚楚地戴在他手上。

想到手表,他又难过起来了。五年以前,他想买一块手表。那时,他的薪水很少,每个月除了送家去的外,自积蓄几块钱,整整积蓄了一年。当他手头有了三十块钱的时候,他每天心里总是怦怦地跳。为着买一块表,整个吉林的表店他都走过,每次拿着表左看右看,最后总怕吃亏地放下走出表店,后来经过一位可靠朋友的介绍,他才出了二十六块五毛钱,买了这块手表。

为着物色一块表,他前后费了两个月的精力,表戴在手上以后,只要有时间,总把它放在耳朵边,听那"滴答滴答"的声音,心里比大热天吃冰糕还痛快。

有次回家,他爸爸见了,不满意地说:

"家里快揭不起锅盖,你还有钱买表。"

他听了不高兴,和爸爸吵了一仗。

那天表被人家抢走以后,他偷偷地哭了一大顿。

他,抢他的表的人,就在东尾炕上,那块十五块的手表,就在他手上。

明天,明天一定问他要,或者,或者向他们当官的要。不,如果人家不承认怎么办?况且,以前是"六十熊"的"遭殃军",现在是解放军,妈妈说过,这个李同志真是个好人,天天帮她老人家做活,要是上面知道,又会对他怎样呢?

窗外雨声滴答滴答地响,好像手表的响声。

四

天刚亮,老太太推着年青人:

"快醒醒,李同志找你。"

年青人翻了翻身,嘴里喃喃地嚼着什么,又呼呼地睡了。

"让他睡吧,"李昌从兜里掏出一个纸包,"等大哥醒了,交给他。"

老太太没有接,奇怪地问:

"那是包啥东西?"

"手表!"李昌正经地说。

"手表?"老太太惊讶地重复一句。

"手表!"年青人高兴地从梦中坐起来,揉了一下眼睛,呵,是他,那大个子,有些麻子的同志,站在他跟前。

"给你!"李昌见他醒了,忙把纸包交给他,又立正敬了个礼,便转身走了。

年青人被这种举动愣住了,说不出是兴奋还是惊讶,呆呆地送走他的背影,两只眼睛直视了一大会。

"怎么回事?"老太太莫明其妙地问。

儿子没有回答,他先打开纸包,呵,一块十五钻的瑞士表,亲爱的表,离开他几个月的手表,又滴答滴的在他手心上。

纸包里附了一张字条,上写着:

> "大哥!很对不住,手表还你,请你原谅,这是我的错误,我今晚上还要在班务会上反省呢!
>
> 李昌敬礼。"

呵,想不到这样快,想不到几个月就变成两个人。

什么力量使他变成好人?什么力量使他这样做呢?

太阳的光辉射进屋里,年青人脸上显出一片红光。

选自《东北日报》,1948 年 9 月 19 日

谁是敌人

一

我们炮兵团驻在一个小镇子上。记得日本鬼子投降那天，下了操，我出门走走，碰上一个女人，头上顶着一筐子香蕉。我向她买了一瓣，大概有十来条香蕉，拿回班里和大家吃。

我们正在吃香蕉，大个子班长高兴地跑过来，开口就大声嚷：

"报告大家一个好消息，日本鬼子投降了！"

大家开始还不大相信，后来知道是真的，每个人都高兴得跳起来。

我第一件事情，就打算着回家。

这几天，班里的人，都谈着回家的事。只有大个子班长不想回家。他一心想当官，想一步步往上爬，将来当个团长。

我对大个子班长说：

"班长，咱们还是一块回家吧！人家当官的都是军官学校出来的。"

"回家干什么？家里的人都死光了！你们想种田，老子从小浪荡惯了，干不了。"

不知搞什么鬼，队伍开拔了，开到一个大码头。

我心里想：是不是要坐船回广州？要是到了广州，我一定想个法子，开小差回家。

真的叫我们坐船了。糊里糊涂地上了美国兵舰，不知过了多少天，停在一个好大的码头。听说是到了上海。

在上海，弟兄们都去照相，我也去照个相。我仔细看自己的相片：穿着美式军装，眼睛凹凹，鼻子矮矮，颧骨高高。这些地方都还像，就是脸色太白。我脸上那样黑，弟兄们都叫我做"小黑枣"。相片上这样白，倒像一个当官的。

托人写了一封平安家信。我在相片上自己写着"林春来"三个字。真是大老粗，对自己的名字，都写得不好，歪歪扭扭的。

上头不知又搞什么鬼，又把我们装上美国军舰，说是去接收东北。弟兄们都是南方人，都不愿再远走了。

又糊里糊涂的，像关在猪笼里似的，不知过了多少天，军舰开到一个不大的码头，叫什么葫芦岛。

上岸了，这个鬼地方真冷，风吹在身上，冻得直打哆嗦。

一上岸就出动，听说又要打仗。真奇怪，日本鬼子倒了，还打什么仗？见他妈的鬼！

团长向全团的弟兄们讲话，说是现在又有新的敌人，要打新的敌人！

新的敌人？是谁呢？共产党八路军吗？

听说共产党八路军，在抗战的时候，打日本打得顶呱呱。怎么现在就成了新的敌人？

丢那妈①！有这么多鬼把戏！

又要打仗，又不能回家了！丢那妈！

二

几个月来，打了不少仗，占了几个城市。

我常常躺在炕上想：我要是被打死了，我家里的老爸爸和老婆孩子，将来怎样过啊！

我常常把手放在口袋里，摸着那个小布包，里面包着两个金戒指。这是上次打营口，打完了仗，弟兄们都去发洋财。大个子班

———————

① 广东人的口头语，如同"他妈的"。

长，说我是个傻子，拉着我上一家大门"搜查八路"，在一个女人身上搜出六个金戒指，大个子班长分给我两个。

我准备回家的时候，把这两个东西，送给我的老婆。她一辈子没有摸过金子，她一定很喜欢。

每次打仗，弟兄们都想法子弄一些钱花。就这样，我们常常大吃大喝。

日子过得真窝囊。冬天很快就来到了。

雪下得那样大，天又是那样的冷。八路军倒很起劲，我们没有上江北打哈尔滨，他倒两次下江南来打我们。

三月天，八路军第三次下江南了，占了好几个城市，迫近了长春。

我们奉命开去增援。先头部队，踏着表面已经化冻的冰河，追过松花江北。

不知怎样搞的，打了一阵，又撤回江南来。

天还不黑，我们这个炮兵连和一个步兵团，进到一个大屯子里，连忙挖起工事来。

晚上，我们要特别谨慎。我们知道：八路军总是晚上袭击我们。

一到天黑，我的美国山炮，就像是瞎了眼的老虎，一点也不管用。

果然，九点多钟，八路开始向我们攻击了。激烈的炮火，打了几个钟头。我的山炮用不上，只好干瞪眼睛。

天还不亮，八路突破我们的前沿阵地，冲进屯里来。八路军的动作真猛！把我们打得乱七八糟的。有的钻草垛，有的钻房子，谁也顾不了谁，谁也顾不了大炮。

我和大个子班长，藏在一个老百姓家里。大个子班长平时对老百姓那样凶，这时可真孬熊。吓得盖在老百姓的被窝里，要老乡把他当儿子看。

冲进来两个八路，端着明晃晃的刺刀，一把抓住我。

老乡把大个子班长指给八路，大个子班长也当了俘虏。

一个八路军,搜了我身上一遍,把我口袋里那包金戒指拿出来。

我心里想:老子发的洋财,倒叫你占了便宜拿去了。我的老婆运气真不好,将来摸不着金子了。

真奇怪,那个八路打开一看,又包起来还给我。呵哈,八路真傻瓜,不要金戒指。

我们五百多个人,被送到一个小城。

成群老乡站在路两边看热闹,我们低着头往前走。

老乡们喊了很多什么"欢迎"啦,"欢迎"啦,我一脑子嗡嗡的,什么也没有听清楚。

把我们送进一个营盘里,外面围着铁丝网,门口还站着两个岗,八成是怕我们逃跑。

晚饭到五点多钟才开。大米干饭,猪肉白菜。吃得真不错。

我说:"八路军还真优待呢!"

"还不是先甜后苦啊!"大个子说。

过两天,大个子对我说:"听说要送到后方去,上后方一定倒霉,说不定还得上煤窑呢。不如要求参加八路军,到了前方,瞅个空就往那边跑。"

我也害怕上后方,我想大个子的话不错。

于是我们便一块向那个八路派来的排长请求。大个子说了一套假话。听起来,他好像很进步呢!

又过了一天,连部来了一个八路通信员,把我们两个叫去。

大个子先跟通信员进去,我坐在外面等。

半点钟以后,大个子出来了。通信员把我叫进去。

八路连长坐在桌子边,穿着大棉袄,说话很和气,一点也不像个当官的。

他问了一大堆话。我都老实地回答:"我家在广东,家里有三口人,租财主的田种。我今年二十八岁……"

"你是炮兵?还是步兵?"最后他问。

这一下我可撒谎了,我想八路一定恨我们这些炮手,于是我回答:"步兵。"

糟糕,大个子请求,上面没许可。倒允许我上前方。

我们二十多个人,一块上前方。都是自愿要求参加八路军的,都是年轻力壮的。但各人有各人的心事。

别人心事我不知道,我自己是想瞅个空子,便往回跑。

三

我被分配到三班里当战士,班长姓王,大家都叫他王班长。

王班长亲热地和我谈话,我只是"是是是""对对对"地应付他。

晚上,班上开个欢迎会。他们叫我做解放战士。

王班长在会上,叫大家帮助我,叫我向他们学习。

我不要他们的帮助,我向他们学什么呢? 我当兵的时间,比他们都长。论打起炮来,不是吹牛皮,谁比得上我?

我不爱听,我光想打瞌睡。

第二天早晨,班长没有让我出早操。

吃完早饭,班长见我鞋子破了,拿出他自己的一双新鞋对我说:"林同志,你脚上鞋破了,换一双新的穿。"

"王班长,不要不要,你留下自己穿吧!"我不好意思要。

王班长硬把我的破鞋脱下来,给我穿上新鞋。我还争着不要,同志们七嘴八舌地,连说带拉地,叫我穿上。我就穿上了。

有个同志送我一盒烟,我心里真高兴,我好几天没抽烟卷了。我口里还装着说:"不要,不要!"

同志们又送我肥皂、手巾、牙刷、牙粉。这些东西,打仗时都丢了。

真是的,当八路军还不坏呢!

不成! 还得跑回去。

八路军好是好,就是不能胡乱搞。成天出操上课,上课出操。

上课时我光打瞌睡。一个耳朵听进去,一个耳朵跑出来。当兵的就是打仗,上课做什么?

八路军官兵平等。同志们互相帮助,我看样样都不错。

就是有一样不好:光吃高粱米,喝萝卜汤,吃得肚子不好受。有钱也不许喝酒。

有一天晚上,我起来小便,回来躺在炕上还没有睡着。窗外刮着大风,风把窗纸吹破了,风呼呼地灌进来。

一会,班长起来了。他划根洋火,点上豆油灯,灯光被风吹得一晃一晃的。

班长用他的军衣堵住吹破的窗户,然后给大家一个一个地盖好被子。在豆油灯光下,我偷偷地看着班长的脸孔,他和蔼地轻轻地给同志们盖着被子,好像一个慈祥的母亲。

啊,我忽然想起我的母亲,我小时,母亲常常半夜给我盖好被子。等到第二天起床的时候,才责备我睡觉不老实,老是踢被子。

班长走过来,照样也给我盖被子,我闭着眼装睡着;他轻轻地给我盖好,我心里不是个味。

过两天,我忽然身上发烧,头晕眼花的,害起病来。营部来一个医生,亲热地问起我的病状,关心地摸着我的脉。他说我感冒了,给一些药面吃。临走时,还仔细地吩咐,叫安心休养几天,好好吃药,病就会好的。

王班长这几天忙坏了,又要照顾大家生活工作,又照顾我的病,一会问:"老林,病好一些吗?"一会问:"老林口渴吧? 喝水不?"

这几天,班长天天给我领病号饭,煮大米稀饭给我吃。

同志们也很关心我,这个问问,那个拉拉,叫我很过意不去。

有一个晚上,我发烧烧得很厉害,我难受得哼啊哼啊的。

到了半夜,班长爬起来了,他跑过来摸摸我的额上,惊讶地说:"哎呀! 这样烧。"马上跑到锅台上烧水。正好老乡缸里没有水,班长挑着桶要出去。

"班长,不用烧水了,你睡吧。"我说。

班长不听,出去了。一会儿,他挑回一担水,便在锅里烧起来。一直到我喝完水,他才睡觉。

我心里一阵不好受，眼泪流出来了，我敢起誓，我是很少哭过的，我负过伤都没哭。

我想：班长待我真好。我病好了，再不好好干，真对不起班长，对不起大家。

我们队伍出发了。

走了一晚上，大家累得要死。天快亮了，准备在前面屯子里宿营。

我们这个连担任前卫，我们三班是尖兵班，我和两个同志，走在班的前头，离开班有二十多米远。

离屯子还有半里路，突然由屯里射出一阵机关枪，接着几个炮弹打过来。我们三个人，飞快地散开，找个地形趴下，向屯子还枪。

炮弹光在我附近开花，我心里骂着："丢那妈！要是这时我有一门山炮，准把你们这些炮位都打掉！"

"轰隆隆！"有个炮弹在我身边裂开了，泥土盖了我一身，一块破片擦过我的小腿，一阵麻，一阵疼，血流出来了。

丢那妈！老子还没有打你们！你们倒先把老子打伤了。

我发觉：和我一块那两个同志，都找到洼地隐蔽好。我却趴在开阔地上。

丢那妈！炮兵当步兵，没有经验，太吃亏了。

就这样死了吗？不！我爬起来往后跑，我想一口气冲过开阔地，那晓得跑几步就倒下，我的腿不管用了。

炮弹在我周围炸开，子弹"噗嗤噗嗤"落在身边。我抬不起头来，把脸埋在泥里。我想：今天倒死在他们手里！

忽然有个人在拉我，我稍微抬头一看，原来是班上的老张。

"怎样？老林。"

"腿上挂花。"

"沉着点！"老张说，"我们营主力，已经绕到敌人的侧翼，连的主力也准备发起攻击！"

老张还未说完，敌人的左翼炮火猛烈起来，这一面的火力稀少了。

乘这个机会，老张扶着我，连跑带爬地把我救下来。

一会，我们的队伍冲进屯子了。

四

我因为轻伤，在团部卫生队养了一个多月。

伤口好了，我又回到三班，同志们都亲热地和我拉手谈话。班长叫我暂时不要参加公差勤务。

班长还说："老林，你回来正好，咱连上正进行土改学习。"

这回到班里，什么也觉得不一样，和大家谈得来，有说有笑的。特别是班长和老张，觉得更亲热。我当了这几年兵，从来没碰上这样的好人。

第二天，指导员领着我们，去参观一个穷老乡的家。

这里离长春不很远，一个月前，还是敌人的地区。

老乡的房子，像牛栏一样，又小又黑，进门去要弯下腰。

一个老头子穿着破棉袄，坐在破炕上。他身边坐着一个十四五岁的姑娘，姑娘的裤子破得露出肉来。

那老头子——不对，那老大爷开口说："同志们啊！我就在这间小屋里过了三十多年，这间小屋还不是我的。

"炕上这条破棉被，还是民国初年买的。你们看，天都热了，我还穿着棉袄。唉！不穿有啥法子呢？一年四季就穿着它。

"我的姑娘已经十五岁了，只有身上这套破夹衣，一个冬天，她都蹲在炕上。

"我今年才五十出头，腰就弯了，胡子也白了。唉！穷人就是这样老得快，死得早。

"我一辈子流血流汗，辛辛苦苦收的粮食，都送进大粮户的粮仓里。我租人家的地，借人家的粮。

"早二年，还有个儿子，一家三口人，全靠他养活。可恨那该死的种秧军①啊！硬把俺儿子给拉去当兵。

"要不是八路同志们来了，分给我一点粮吃，我们早就饿死了。"

说着说着，老大爷掉下眼泪。

我听了，眼睛一阵黑，鼻子酸溜溜的，我的眼眶湿了。

马上，想起自己的家里，也租了地主的田。每年，插秧，车水，出力出汗，到头粮食是人家的。

我清楚地记着：那年四月天，老天不下雨，田地都龟裂了，青苗快干死了。我和老父亲，老婆，三个人正在田里车水。天上见不到一片云彩。我们出了一身汗，车上的水，还不够给太阳喝干。

突然来了一伙大兵，还有保长。他们不管三七二十一，不管我父亲的哀告，不管我老婆的啼哭，连打带骂的，拉我去当兵。

好像老父亲，正在我眼前流泪！……定神一看，那老大爷正在擦着眼泪。

在一个小树林里，我们全连的同志坐在地上开讨论会。

讨论的问题：(一)穷人为什么会穷？富人为什么会富？（二）穷人怎样才能翻身？

讨论第一道题。个别的同志说："是穷人没有地才穷。""因为命不好。""因为不会过日子。""富人也有勤劳起家的。"

大多数同志不同意，大家一致地说："穷人受了剥削才穷，富人剥削了穷人才富！"

我大声地发表意见："地主喝穷人的血才富起来，有田地没有穷人出力种，还能长粮食么？"

讨论第二道题。同志们的意见更一致了。大家都说："要打倒蒋介石，消灭保护地主的蒋匪军，全国穷人才能翻身。"

讨论了大半天。指导员问："同志们，还有意见没有？"

我心里的事，再也压不住了，我对不住穷哥儿们，对不起我爸

---

① 指国民党"中央军"。

爸,对不住老婆和我自己。我站起来说:

"报告! 我有意见。"

立刻,一百多双眼睛,都集中在我身上。

"林同志,请说吧!"指导员和蔼地说。

"……我受了这样多的苦,我老爸爸现在恐怕和那个老大爷一个样子。"说着,我不禁掉下眼泪。

"我真惭愧,我忘本啦! 在国民党军队里当兵的时候,我跟人家大吃大喝,搞钱花。日子久了,也不觉得怎样。我总以为他们好,以为蒋介石伟大。蒋介石把我抓来,丢下一家人受苦,我反而给蒋介石卖命,我把敌人当了朋友,把朋友当成敌人,我真该死!"

我伸手掏出那沉甸甸的小包,拿出两只金光闪闪的戒指。我说:

"这是我拿老百姓的,想回家给老婆戴的。现在,我不这样想了。我知道,不打倒蒋介石,就是回家,也脱不了挨饿受苦。我不要这两个东西,我把它交给上级。"

一阵响雷似的鼓掌声。还夹着喊口号声:"向林同志学习!""打倒蒋介石! 替林同志报仇!"

"我忘本了,八路军把我解放了,我还想跑回去。我嘴里不说,心里嫌八路军吃得不好。

"我欺骗了上级,我是一个炮兵,不是步兵! 我是个好炮手,今天我认清了谁是我真正的敌人! 我请求上级,派我上炮兵营去。再攻坚的时候,我保险十炮要命中八炮!

"我认清了真正的敌人,我要报仇!"

我真高兴,上级派我上炮兵营了。就是有点离不开王班长,离不开老张和三班的同志们。

啊哈,从前我们那个大个子班长,也在炮兵营当战士。我想这家伙思想不好,准备向上级报告。

大个子知道我来了,他先找我来谈。

他说他们上什么解放团上学,看了什么《血泪仇》,又参观了工厂,下乡去看斗地主,回来又进行诉苦坦白。大个子说:他的事都坦白了,还决心改正。他知道自己也叫地主害得家破人亡,后来才浪荡起来。

啊哈,想不到大个子,也进步得这样快。

夏季攻势的炮响了。我军向南挺进!

这一天,我们进攻敌人一个据点。恰巧从前我们那个连,担任突击队。

在阵地上,我把美国山炮架好,从前的指导员走过来说:"林春来,今天要露一手,你看看! 先把那两个地堡打掉,打掉敌人的火力点,再毁掉右边那些鹿寨和铁丝网障碍物。打个缺口,我们就冲进去! 有把握没有?"

"有把握!"我自信地回答。

前面发生了一阵密集的枪炮声。部队进入冲锋出发地了。

营长来了命令。我仔细地把炮瞄好。

第一炮射出去了。轰的一声,一个地堡冒起一团烟。

第二炮发出了,另一个地堡打坍了!

接连发了五炮,敌人的障碍物被炸毁。打开了一个大缺口。我们那个突击连,在火力掩护下,通过外壕,从烟雾中冲进去了。

我高兴地笑了。我生平头一次这样高兴地笑。

一九四八年三月三十日于哈尔滨

选自《东北日报》,1948 年 4 月

送　殡

　　陶林镇的大地方曹福诗,是附近有名的活阎王,他剥削农民的方法,真是无奇不有。老百姓背后不叫他曹福诗,而叫他"早不死"。

　　日本兵到了镇上,他打起膏药牌的旗子,迎接日本鬼子,又出面组织伪维持会,自己当会长。

　　以后"早不死"更加厉害,替日本人要粮食要款,要劳工修炮台,要小鸡,要白面……还要花姑娘。老百姓更恨他"早不死"!

　　夏天的时候,"早不死"的父亲病死了,于是曹府上忙起来了,发讣告,办丧事,请了道士和尚,做了七七四十九天的超度。

　　远近的亲戚朋友,维持会长,伪军官,连县里的县长和日本中队长,都派代表来吊丧,真是车水马龙,好不热闹。

　　出殡那一天,更是捧场。棺材外罩是用金银纸扎成的;上面扎着龙凤,还有一些故事。一队队的吹鼓手、拿挽幛的、拿牌幡的、拿花圈的、抬魂轿的……连送殡的和孝子孝孙,排起来,有几里地长。

　　送殡的人,除了官府衙门,书香门第的亲戚朋友,连中农、小商人、佃户、远的近的、生人熟人都来参加。

　　送殡的行列,在镇里街上绕了一圈。看热闹的人挤满了大街小巷。

　　行列走到南门,守门的伪军把大门打开。大队出了南门,看热闹的更是人山人海。四乡的农民丢下他们的庄稼活,跑来看这种百年不遇的热闹。

　　"真是,人家活着威风,死了更威风。咱穷人死了,连个破席都买不起。"一个农民赞叹地说。

"这一天花的钱，给咱穷人不知过几辈子。"另一个说。

有个青年汉子，看见一个大幡，在脸前晃过去，上写着"金童接引西天去"，便有意地说："让金童把这些人都引上西天去，省得老百姓遭殃！"说着说着在人堆里不见了。

大队的前头走到曹家的坟茔地的时候，忽然听见行列里发出"啪啪"两声枪声。立刻一场大乱，很多人四散逃跑。旌幛花圈丢了满地，棺材也丢在路旁，鲜艳的纸罩子都踩坏了。吹鼓手停止了奏乐。一个排负责维持秩序的伪军，急忙找个地形趴下，无目标地向天空上放枪。

很快地，很快地，所有的人都跑散了，只有孝子曹福诗，一个伪军官和三个汉奸头子没跑掉，他们被十几个穿得阔绰的送殡的逮住。很显然地，这十几个不速之客是早有了计划，他们三个捉一个，驳壳枪，对着汉奸们的后背。

"叫他们不准打枪！"一个送殡的下命令给"早不死"。

"弟兄们，不要打枪呀！不要打枪呀！"那个伪军官也帮着喊。

"叫他们回去！不然要你的狗命。"

"早不死"没有办法，大声叫伪军们回去。

十几个送殡的，像老鹰抓小鸡似的，押着五个老百姓痛恨的汉奸头，唱着"游击战，敌后方，铲除伪政府……"走向抗日根据地。

选自《大时代的插曲》，东北书店 1948 年

送郎上战场

春天来了，整个滨海解放区，充满了欢笑温暖的气氛；锣鼓声在每一个村庄洋溢着，热血在每一个人心中沸腾着，秧歌队从这庄扭到那庄。

成群的马队，载着披红戴花的参军青年，成列的花轿里，坐着光荣出征的男儿。牵马和抬轿的不是村干部就是区干部，连区长县长也参加抬轿。

有两座花轿最引人注意，抬轿的不是干部，也不是男儿汉，而是一群未出嫁的大姑娘，她们拖着长辫子，踏着才放开不久的小脚，一步也不落后地赶上行列。在路旁参观的男女老少，都用热烈的掌声来喊着"欢迎"！

这一群抬轿的大姑娘，是大岭的妇女识字班，里面有个队长，名叫张玉兰。她们今天到县里来参加欢送新战士大会。

大会开了一天，会场上人山人海，欢呼的口号声、掌声，一阵接着一阵。送儿子的父母，送丈夫的妻子，和县长区长们，坐在主席台上，胸前挂着大红花。

天快黑了，大会开完了。有组织的没组织的群众，各奔自己的路，每个人心中，却共同地印满着："光荣光荣……"

大岭的妇女识字班，在往回走的路上，欢笑地唱着歌，谈这个谈那个。只有张玉兰一人，自己默默地走路，一句话不说。

张玉兰这几天在动员参军中，还有点心事，今天的心事特别重，她这一整天，两个大黑眼，总在参军的青年中，想找出山前村的高顺三，然而她没有找着，她眼圈红了，她失望了。

她这几天，动员了三个青年参军，她心里想：自己的未婚夫高顺三，也一定会去参军，没想到今天参军的好汉中，竟没有他的影子。这叫她有什么脸再动员旁人，有什么脸再见人！

一个民兵副队长，在这参军的热潮中，竟守在家里抹炕沿，是多么丢人呵！张玉兰越想越难过，回到家里，她趴在炕上就哭起来。她娘问她哭什么，她就是不说。

张玉兰下决心，一定要叫她未婚夫去参军，但有什么法子呢？上山前村找他，用道理动员他？一来人家不会笑话没有过门的闺女，竟跑到婆家？二来他们俩虽在不久一次全区村干联席会上见过面，也没说过一句话，只是两个红着脸点点头。要是找上他，话怎样开头呢？

她又想："现在不是反对封建么？谁笑话我谁就是封建脑瓜，谁就是落后！"于是她便下了决心，明天去找他。但立刻就觉得脸上发烧，心里扑通扑通地跳，她又失去了勇气。

最后她决定：还是先写一封信去，要是他还不去参军，再去找他。"对，就这样办！"她自言自语的。找了一枝铅笔，用她三年来学的字，在识字本子上写起信，写了又撕掉，撕了又写，费了老大劲，才写完。写完了，她自己看了几遍，觉得妥当了，才从本子上面撕下来。虽然上面还有几个白字，但是不觉的。那信上这样写着：

"顺三同志：

那天区上开会，你也参加了会，会上区长说得明明白白的，叫各村好照（号召）青年去参军，参军不为别的，为着打鬼子保位（卫）家乡，今天会上没见你参军，你为什么不去参军？我还动员村上三个青年去参军呢，你是民兵

副队长,自己在家里抹炕沿,多掉(丢)人呵,我盼你敢
(赶)快去参军是盼。见了信给回个信。致

敬礼　张玉兰十六日"

张玉兰一宿睡不着,天一亮她就出门,找到儿童团里的小栓子,
给他把信捎给高顺三,小心吩咐小栓子别把信交给别人。

小栓子走了以后,张玉兰心里一种异样的滋味,是高兴呢还是
烦恼?是害羞呢还是忧虑?她自己说不出。她老是望着日头,一会
她想小栓子大约到了岭上;一会她想小栓子到了沟里;一会她想小
栓子到了山前村。呀,是他——高顺三拆开信了……想着想着,她
的心快跳出来了,脸上起了一阵红晕。

太阳也像有意捣乱,老是在一个地方不走,往日,一会天就黑
了;今天好像特别的长,等老半天还不过晌午。

太阳偏西的时候,小栓子回来了,他见了张玉兰。

"我还以为你掉下河里,十里路,来回走了一整天! 真念死
人。"张玉兰说。

"好好好,人家给你白跑腿,你还骂人家掉下水!"说完,小栓子
转身就走。

"小栓,小栓,给你开玩笑,别走。"张玉兰追上,一把抓住小栓
子。"回信呢?"

"没——有——"小栓子故意地答。

"小栓子,好兄弟,把信给我。"

"说没有就没有,谁跟你闹着玩。"

"真的没有?"

"真的没有!"

"没说什么? 你就回来!"

"没说什么,他就说:小栓子你回去吧!"

张玉兰低下头,一阵心酸,几乎哭出来,转向就要走。

"玉兰姊,别走,这不是回信吗?"

张玉兰回过头,噗嗤一笑,伸手打了一下小栓子,把信抢过来。

张玉兰回到家中,拿着信一字一字地看了几遍,看完了又趴在炕上哭起来。什么老娘年纪大,什么地没有人种,什么什么……一大堆理由,还不是藉口?这样落后,还当干部?于是她下决心和他面谈一次,要是再顽固,她就和他……她再想不下去,越想越想哭。

※　※　※

由民兵队长的帮助,一对未婚夫妻在民兵队长家里谈起话来,两个人都红着脸,低着头。

"……别人去参军,就没有娘?就没有地?这都不是理由。你是村里的干部,自己都不想去参军,怪不得你们村上只去了两个参军的。"

"这些道理都知道,就是……"高顺三想说"就是为了你",但说不出口。

"就是什么?我恨自己是个女人,恨俺娘从小给裹脚,不能去参军,像你这样男子汉……"说着说着,张玉兰掉下眼泪。

"你不明白我的心事……"高顺三抬起头瞅一下张玉兰,正好她也在偷瞅他,两对眼碰在一起,她已经猜到七八成,便说:

"我明白,咱俩都还年青,打走鬼子回来也不晚……再说,八路军来了,咱们穷人才翻了身,要是大家都不参加八路军,鬼子打不走,别说翻身,性命保得住保不住都说不定。娘年纪大,你走了,我会去照顾,地自有代耕队,这些你都知道,你还是去报名!"

高顺三听了未婚妻一大套道理,仍不做声。

"怎样?给你说不通,不愿去吗?你要是不去,咱俩的……"她停了一下,又鼓起勇气说下去……"你不去参军,咱俩的亲事往后再别提了……"她又哭了。

高顺三没有想到她这样坚决。本来他也想去参军,就是对未婚妻放心不下:他怕自己去参军,日子长了,要是将来她讲起自由,又不爱他怎样办?于是他说:"我也想去参军,只要你答应一个条件。"

"只要你去参军,别说一个条件,就是两个三个也答应。你说吧！什么条件？"

"结婚。"

"结婚？……"张玉兰顿时一阵脸红，她想了一下说："好，我答应，什么时候？"

"后天，后天结婚，大后天我就去参军。"

※　※　※

在另一个欢送参军的大会上，张玉兰再不是去抬轿，而是骑在大马上。她和骑着大马走在前头的丈夫高顺三一样：红彩绸斜披在身上；大红花挂在胸前。无数观众见他们一对新婚夫妻走过来，便"啪啪"地拍着巴掌。

张玉兰和上次开会完全两样，她笑眯眯地坐在台上。

选自《大时代的插曲》，东北书店 1948 年

太田的病

太田中队长吃的又肥又胖,脸红脖子粗,结实的像个皮球,谁能说他有病呢?

确实太田是有病的,你看他最近总是愁眉苦脸,不爱说话,老想喝两杯酒,也许在想名古屋那个漂亮的老婆——害着相思病;也许挂念着家里的父母和那中等的家产——害想家病;也许吃的太胖,脂肪过多,怕要害脑充血病,也许是……!

究竟是什么病,外人猜不出,只有太田自己知道。

自从上次出去讨伐,被八路军打得落花流水,部下被打死了好多,太田亲眼看见他们很悲惨地死去之后,便给他种下了病根。

最近听说又要讨伐,他的眉头锁的更深了,他的病大概也更重了,可是他的外表,还是那么肥肥胖胖。

讨伐的日期迫近了,太田还是那样皱着眉头,没有办法。

太田究竟是聪明人,究竟还是有办法。

这一天,他溜到一家中国老百姓家,有位中年女人正躺在床上呻吟。

"什么干活的?"太田问。

"打摆子。"女人的丈夫答。

"什么的打摆子?"

"发冷发热的,蚊子咬的。"

太田还是不明白,女人的男人又在地上写了"疟疾"二字,太田才高兴点点头说:"明白明白的,大大的好!"

太田走了。

太田又回来了，他手里拿了一个注射器，跑到那女人跟前。

"太君，什么干活的？"男人问。

"血的要！"太田边说，边去抓那女人的胳膊，把那女人吓得哭起来。

"太君，不行的！恩典恩典的！她有病的。"那男人苦苦哀求。

"有病的我要的。"太田抓得更紧。

"有病不行！"

"什么不行，我的钱给！"太田从怀里掏出一张十元的老头票子①，丢在炕上，不管三七二十一，抓着女人的胳膊，硬从血管里抽出一管血来，把注射器藏在衣袋里，转身对男人说："钱的给你，不许说话的，有人知道，你的死了死了的！"

女人吓昏了，男人拿着十块钱，莫名其妙地走到门口，看见太田胖胖的背影走远了。

两天后，太田中队长真的病了，发冷发热，和那女人害着一样的病。

又过两天，上面讨伐的命令下来了，太田正发冷发热的利害，六月天，盖着两床被子，他一面的发抖一面看着命令，他高兴地笑了。

※　　※　　※

落地的庄稼倒了，"皇军"照例又要举行秋季扫荡了。

太田中队长，又皱着眉头，哭丧着脸，他的病大概又要犯了。

太田老是皱着眉头，没有办法。

太田究竟是聪明的，他还是要想办法。

他跑到上次那个老百姓家，他看见上次害病那女人正在门口推磨。那女人看见是太田中队长，吓得跑进去了。

太田垂头走回来，他找了几个老百姓，问中国药，有什么吃下能拉肚子的，他想上次打摆子太苦了，还是肚子疼痛快些。但没有人

---

① 伪华北联合准备银行的票子，老百姓叫它老头票。

告诉他,最后找到一位老头子。老头子告诉他中药里"巴豆"①能拉肚子。

太田很高兴,跑到中药铺去买"巴豆",他买了一小包"巴豆"面,花了二十元老头票,中药铺开始不敢卖,卖后又不敢要钱,但太田却很和气叫他收下。

太田回来了,把一包"巴豆"面一次吃下,他吃的份量太多,不到半小时,就泻起肚子来,泻的很利害,一天泻了四十几次,好几次来不及脱裤子,拉了满裤裆。几乎把大肠泻出来了。

第二天,太田的眼睛深凹下去了,眼皮发黑,两腮也瘦下去,他躺在床上痛苦的哼着。他想:"这回太吃亏了,体重大概要减二十磅!"

当天下午,上级来命令叫他出去"扫荡",太田看着命令,愉快地微笑着。虽然还是一阵阵的肚子痛。但他的精神上却很舒服。

※　※　※

太田花了三十块老头票,买了两次病,不对,是买了两次命。

他的部下都在纷纷议论太田病的奇怪,有的说他害的是疟疾,有的说他是肠胃病,大家猜的都不对,太田害的是"恐八病"!

选自《大时代的插曲》,东北书店1948年

---

① "巴豆",中药名,吃了能泻肚子。

汪记兵工厂

　　大汉奸汪精卫跑到南京,投降日本鬼子以后,便成立一个汪记国民政府,他当了汉奸主席,他还成立了汪记国民党。

　　汪精卫既然建国建党,自然也要建军,他搜罗一些降兵降将和地痞流氓,组织他的"国军",叫做"和平建国军"(老百姓把他们叫"二鬼子")。有了军队,自然要设立兵工厂,他的兵工厂自然也是"汪记兵工厂"。

　　一九四一年春天,在山东沭河边上三官庙的"建国军",带着"汪记兵工厂"的大炮机关枪出来"讨伐",你看多威风! 三门迫击炮,轻重机枪,还有每个人满袋的子弹。

　　老百姓都替八路军担心,怕八路军打不过他们,那知仗打了不久,八路军就占上风,很快就被八路军打得落花流水。这些汉奸队跑得怪快,八路军的子弹飞得比他还快,你看,"二鬼子"死的死伤的伤,正在跑的,都恨爹娘少生他两条腿,要是四条腿跑得多快呵,狗和兔子不都是四条腿吗?

　　他们跑得连炮都顾不得,就丢在野地里,我们两位战士看见敌人丢下炮,便争着去缴炮,两个人便飞似的冲到跟前,不到炮跟前还好,一到跟前两个人都傻了眼,原来是三门木头炮,用黑油漆得发亮,远看真像三门真炮。

　　"他妈的,害的老子跑了一身汗,"一个战士说。

　　"早知道是木头炮,还不如去捉两个俘虏痛快。"另一战士说。

　　"还没有白跑,现在正提倡节约,扛回去给伙房烧火,可以烧五锅水。"

于是两个人便把三门"炮"扛回来。

他们在路上,碰见一个班长扛着一挺缴来的机枪,是一挺单打一的机枪。

回到连部,大家正围着几个俘虏大笑,原来是从俘虏子弹袋里掏出一排一排高粱秆。

村里老百姓也围来看胜利品,看这些二鬼子,看二鬼子的木头炮、单打一机关枪和高粱秆子弹,边看边议论:

"哈哈,汪精卫真有办法,他的兵工厂就造这些玩意。"

"大概他们也在提倡节约,造这些玩意又省钱又省事,还可以吓唬老百姓!还可以……"

"还可以给我们烧开水。"扛炮的那位战士抢着说。

"对对,"又是一阵哈哈大笑。

一个俘虏看大家笑得怪高兴,便把这些枪炮的来源说了一遍,他说:"那挺机枪是上头发下的,每连一棵,说是南京造的,我们中队长一看这挺机枪,便造出三门炮和几万发子弹,因为我们每人只有三发能打响的子弹,原来是想出来显威风,那想和你们打仗呀!"

"你们中队长真比汪精卫想得巧妙,让他到南京当兵工厂厂长是再好没有了。"

有个好玩的战士,用刺刀在炮身上刻着这样几个字:"南京汪精卫兵工厂造"。

选自《大时代的插曲》,东北书店 1948 年

迎接"皇军"

山西西部的孝义县,发生了一桩有趣的故事,那是一九三七年的冬天。

这个时候,日本鬼子打进了山西。国民党投降派日夜不停地向后转跑。国民党的县党部和县长,摇身一变成为维持会和伪县长。他们对于"大日本军"是必恭必敬。

这一天,公路上来了一队"皇军",把伪县长和维持会长忙得"不亦乐乎",赶快准备了好多东西,大开城门迎接。

呀哟,"皇军"多么威风,骑着大洋马,穿着黄呢大衣,拿着三八式步枪,当头的一个戴着黄五星的皮帽子,肩上斜挂着一支日本手枪,腰里还有一把东洋刀,这是"皇军"的中队长。

"不知中队长大人驾到敝县,有失远迎,请皇军大老爷包涵,包涵。"一边说一边弯着腰,连连鞠躬。

"巴格!你是谁的?"中队长一边骂,一边像是在笑。

"小人是孝义县县长。"

"巴格!你是县长的,你的混蛋大大的,中国人没有你的!"

"是,是,是小人混蛋!请老爷恕罪,恕罪。"

"混蛋!你是个坏中国人的!"中队长一边骂,一边甩手,两个"皇军"像老鹰捉小鸡似的,把伪县长抓住。其余的汉奸,吓得光打战。腿肚子在弹三弦,"皇军"们过去,把他们都捉起来。

打了一阵示威枪,又散了一些传单、布告,"皇军"们胜利归来了。在路上每个"皇军"都笑坏了肚子,他们说着中国话,有的哼着二簧,有的唱着军歌。

汉奸们暗暗叫苦。

原来这队"皇军"是八路军×师的一个连,他们穿着平型关战斗缴来的大衣,皮鞋,骑着俘来的大洋马,装着日本兵,把那些没廉耻的东西狠狠训了一顿。

选自《大时代的插曲》,东北书店 1948 年

找炮呀！

日本鬼子是：国小、人小、气量小，就是野心不小。

气量小痛快点说就是小气。

现在我就给大家讲个日本鬼子小气的故事。

是一九三八年的八月初，鲁西的鬼子带着刚从意大利买来的两门大炮，炮确实大得很，光炮轮就有一人高。一炮可以打四十里路。鬼子派了两个中队，还带了一门步兵炮，在鲁西到处游行，宣传"皇军"的威武。

他们游行到梁山，就挨了八路军狠狠地揍。

昔年的水泊梁山，本来是英雄的故乡，现在怎能让鬼子横冲直撞？八路军就坚决地把两个中队的鬼子，消灭在梁山上。

你看！鬼子打了七次反冲锋，都叫八路军打回去，最后把鬼子逼到一个庙里去。

鬼子再也撑不住了，剩下不多人，开始突围。你看！鬼子只穿一件衬衣一条短裤，戴个铁帽，拖着大皮鞋，拿着三八式步枪，向外突围。有的跑不动了，把铁帽皮鞋也扔了，但大多被八路军打死、捉住，有几个跑出去，叫老百姓用锄头敲死。

这一仗在抗战史上叫作有名的"梁山歼灭战"。

这一仗打得鬼子又羞又怒，本来是想把他新买来的炮拖出来显显威风，那知道连炮带人都完了，人死了不要紧，炮丢了太丢脸，华北日军司令部命令他们无论如何要把炮找回来。

你这！找炮呀！鲁西各县的鬼子集合了一万多人，一百多辆汽车，到处找八路军，到处找炮！

炮究竟是太大，炮经过的地方，压得路上两条沟。鬼子就跟着路上的炮轮印追炮。

追呀！追呀！汽车满天飞，把庄稼都压平了。八路军白天就趴在青纱帐里，指挥员经常爬到树上，一面观察一面指挥，该打就打，该躲就躲。

追呀！追呀！炮没追着，八路也没追上。

炮埋起来了，八路是活的，莫说你鬼子只有一万多，就是再加一万多也找不着呀！

鬼子到处贴上布告："凡各乡良民，有知道大炮下落，报告者赏洋四万元……"

汉奸到处召集民众开会，问老百姓看见炮没有？要大家向"皇军"报告："皇军大大有赏，要是知道不报，就得枪毙！"老百姓总是笑着脸点点头，谁也没有报告。弄得鬼子生气地骂着"中国人的心坏坏的！"

找不着炮不肯罢休，一百辆汽车，一万多鬼子，天天追，天天找，但是没有找着呀！

追不上还要追，找不着还要找，可怜那些小兵腿都跑坏了，那些汽车带子都跑破了。

找炮呀！找炮呀！找炮呀！

选自《大时代的插曲》，东北书店 1948 年

◇ **白 拓 方**

夜盗虫

"今年的庄稼算没个治啦,这是神虫!"

冯老三,佝偻个腰,蹲在屯头,一边讲一边装模作样地叹气。

他旁边稀稀拉拉站着几个农民,谁都悄默声,不说话,眼睛直巴巴瞅着苞米地。庄稼已经铲蹚过两遍,刚下完一场透雨,苞米刷刷地往高拔,快冒缨了。哪曾想,一宿功夫,便遭上虫灾。虫子下地一两天了,干瞧着好好的庄稼挨虫子吃,没有办法治。

"虫子,就是虫王爷的马嘛!"

李运天,弯腰在一块石头桩子上磕掉铜烟袋锅子里的旱烟灰,谁也不瞅地这么叨咕了一句。

"对呀!"冯老三赶忙接上去,溜溜宕宕的眼珠子,骨碌碌乱转。"虫王爷的马,还有好几路咧。有阶心虫、甜虫、战虫。咱屯这是夜盗虫。这都是天意呀!若摊早先,地里一长虫子,就得烧香上供,请虫王爷收马。这年头,咱们可是背地里说呀,哼!依我看,就是烧香上供也白搭……"

冯老三说完这话,抬起屁股来,左右前后瞧瞧。刚扭头往后看,一下子碰上了郑佩的眼睛,那双眼睛也正皱着眉头朝他这面瞅,他胆有点缩,低下头了,心里想:"他多咱来的?"

"你这嗑是怎唠的?冯老三,俺不明白!"郑佩用话逼上来。

冯老三半冷半热又发畏地嘿嘿笑了一声:

"你们都打破迷信啦,听这话不入耳……我那是瞎扯淡!"

"我看你话里有话!"

"可别这么说,我是个地主成份,一辈子剥削人,尽作孽啦,哪敢说别的!我就是顽固脑筋、迷信,总觉得这虫灾是神意。"

"神意个屁!"站在郑佩旁边的王福通说:"过年时节,我没供神爷,没接神、没送神,也没烧香烧纸,我不还是我!家里老小几口,比往常年有吃的有穿的,身板更结实啦!这狗操的虫子,是个屁神意!"

王福通的嘴角,喷出唾沫星子。

冯老三一听,这两人话头挺硬,自己不吱声了。

李运天,在喉咙眼里咳嗽几声,慢腾腾地向王福通道:

"照你说,这不是虫王爷的马啦!你可有啥法子把虫子弄没吗?"

王福通横瞪他一眼,没有回答。

"下一场暴雨,就都冲走啦!"老谢头在旁边插上一句。老谢头是个老光棍子,四五十年来,尽给人家扛活、做饭、赶车、拉脚。这回平分地,他得了两人的份儿,心里乐得连性情也变了:原先见着人不说话,现下他专好跟年青人唠唠这、唠唠那。

"有数的,老鸦叫,虫子掉!非等成群的老鸦来吃不结,下暴雨也不中用!"另外一个中农也参加进来了。

王福通从墙根站起来,拍拍屁股往屯里去,刚走几步,又回过头来,朝着李运天的脸说道:"咱们贫雇农,总不能叫虫子给吓住!"王福通走后,郑佩又跟李运天说了几句。话不对头,郑佩也走了。

当天晚上,在支书刘国泰家里,召开了屯的支部会,讨论捉虫问题。一盏豆油灯放在长条木桌上;敞开半扇纸窗户,刮进一股凉风。刘国泰的媳妇张少梅也是党员,而且是参加党较早的。当本屯一开展工作,她就帮助工作队发动妇女;那时她还是一个未结婚娘。现在她已经有了娃娃。娃娃睡了,她一边用手给娃娃赶蚊参加开会。

　　会上郑佩把今天冯老三的话反映上了。他说:像冯老三那样的被斗地主,趁这机会,乱造谣言,加上有些人迷信脑筋不开,这两天,弄得人心惶惶。要想办法给大伙打破迷信,还得监视点冯老三。

　　提起老冯家,刘国泰的心就往下沉一沉。刘国泰的爹给老冯家扛了三十年大活,就是在他家累死的。爹死后一年多,刘国泰又被抓去当劳工。光复回家一瞧,老妈也早饿死了。——这样,刘国泰正闹翻身的时候,便成了一条硬骨汉,屯里历次翻身斗争他都干在头里。别看他二十五岁,屯里的人可信得住他,都说:"咱屯老刘,没比的,革命印象好!"

　　刘国泰同意监视冯老三防止再造谣这条意见,他提议大家还是多想治虫的办法要紧。有的说用碎韭菜叶泡水,有的说煮石灰水,都能杀虫子。可是韭菜也没有、石灰也没有,进城去买更来不及。万般不如下地抓、又快又好又省事,大家都赞成了。张少梅还保证她能够先发动一部分妇女,带头去抓。问题就在于怎么打通屯子里人们的思想。每个党员都具体分了工,迅速着手进行推动这一抓虫子运动。最后大家又决定让刘国泰明天到区上去报告,找区委谈谈。刘国泰在屯农会里,是生产委员。

　　第二天,天刚刚蒙蒙亮,刘国泰就起身出发。出发前,他去找农会主任孙高商量一下。两个人又到地里看看虫子。刘国泰弯腰一瞧,苞米叶子上钉满了花花虫子,黄豆粒那么粗细、半指来长,脊背上还有两条蓝线。谷子、高粱,也没例外。有的虫子,还钻进庄稼心里。刘国泰朝孙高说:"平分完地,这是头一年。咱们还指望三铲三蹚多打粮,若是叫虫子给吃光了多丢人! 也让地主富农笑话咱们呀!"

　　这时候,他听见一连串母鸡咕咕地叫着,张少梅领着二十多个妇女说说笑笑地朝地里走来。只见她们手里有的拿着鞋底、夹板、筷子,有的端着簸箕,提着粪筐,还有的带来破麻袋缝成的口袋。她们很快都钻进地里,吵吵闹闹,家雀子似的开始了工作,用手掏的、指盖掏的；筷子夹的、鞋底打的；拨在地下用脚抿的、夹板拍的；用簸箕接的、粪筐盛的、往口袋里装的。她们就这样和一棵棵庄稼上的虫子，展开了斗争。最惹眼的是村长老吴的媳妇陈秀贞，牵着用一条长绳子穿绑起来的七双母鸡，一进垄沟它们便活蹦起来，争着绳子往前走，见着虫子就吃。

刘国泰又往前走，看见王福通领着他那生产小组的人，正站在地头上吵吵。王福通嚷道："怎么在家里说好了，到地里你们两个又不干了呢？"有两个人，闷着头不说话。"干吧！"大伙劝说。"我怕虫子！"两个人之中的一个小声叨咕。"你这么大人还怕小虫子！"王福通伸伸舌头，大伙哄哄地笑了。那人说："我怕虫子越抓越多，糟蹋了庄稼；现下有点还不碍事！"王福通急了："唉唉！昨晚上怎么跟你讲的！来吧，若是越抓越多，完了我赔你庄稼，到秋赔你的粮！"王福通下地动手了，别的人也跟进去。留下那两个，互相瞅瞅，叹口气："犟不过，拉倒吧！"也去抓了。——王福通早头是个雇农，去年冬天平分土地时，他非常积极，今年他把自己的生产小组也团结得不错，评工记账都很仔细，铲蹚的成绩，在全屯里也数得着。前些日子他曾经向刘国泰提出志愿入党的要求，刘国泰接受他的要求以后，在支部会上讨论过一次，还没有继续进行由群众来审查的步骤。

老吴也带着两个生产小组下来了，边走边嚷着："我这个当村长的，若不带头怎能行呀！"老吴是个快活的庄稼人。刘国泰顾不得这些，抄着小道直奔离屯二十里的区政府去了。走不远，他便听见后面唧唧喳喳一群小孩子声。那是郑佩组织起来的四五十个儿童，他们也是到地里抓虫子去的。

没到晌午，区委朱同志就随着刘国泰赶到屯上来了。立即召集屯支部的党员们，开了一次简短的动员会。会后，区委又同农会干部、村干部和遇到的一些老乡们谈了话。屯里的人谁都知道朱同志了，也知道他是为啥来的。有的老乡说他亲眼看见朱同志到地里抓了一会虫子，才走的。"不是神虫吗？""呸！那是正经八本的迷信呀!"老乡们吵嚷开了。"也不用朱同志给咱们开脑筋,你就看咱屯的那些党员,今个全抢先下地抓虫子,谁也不迷信!"

歇晌的当儿,郑佩遇见王福通,一把揪住他:"喂,老王! 朱同志说咱屯若是把虫子抓败了,还给登报哩!"王福通说:"就是咱们这里有迷信的人,团结不起来!""你是说冯老三……"郑佩问。"冯老三那地主不算数,还有昨天跟咱们顶嘴的李运天!"王福通说,"他总在背后嘀咕,弄得不光他那组的人散心啦,连别的几个组也不下地,说抓也是白抓:人有两双手,赛不过虫王的千匹马。这都是李运天扯的,他还说咱们贫雇农呢,你说气人不气人!"郑佩想了想,说道:"一个半个这样的人,破坏不了大家事! 等我去找老刘唠唠。"

刘国泰从农会出来,外面道上已经挤满了人。大伙都吃完晌饭,想来听听消息。刘国泰一看正好,就地顺便开了个会,把区委朱同志的话传达了一遍,鼓励大家努力抓虫子,谁能领头,哪一组抓得最多最好,都能成为模范。"咱们来他一回竞赛呀!"刘国泰笑盈盈地喊。"咱们就是这股顽固劲儿,惹得区上的朱同志这热天还大老远跑来替咱们操心!""对! 咱们还不赶快下地抓吗? 庄稼是自己的,也不是人家的!"老乡们纷纷发言,急着要下地。刘国泰统计一下,这回下地的小组,比头晌多了一倍。凡是有共产党员在内的组,全酝酿好了。张少梅领导的妇女队人数,增加了两倍多。儿童团照旧。

刘国泰松了一口气,心里想:"这下子工作有个眉目啦!"趁下地抓虫子以前,他抽出一点功夫去找李运天。一进屋便看见李运天一只胳膊蒙头在炕上睡觉。醒来,揉揉眼睛,手脚无措地说:"坐下吧,老刘!"李运天是个老实巴交的贫农,生产也挺起劲,就是有点迷信。刘国泰干什么来了,李运天心里明镜的:不等刘国泰开口谈话,他便想,保准要挨顿训,不能有好脸。不曾想,刘国泰分外和气,朝他问长问短,问他住生产小组里有没有什么困难,问他家里现下粮够不够吃的,接着唠到今年年成还不错,若是完成三铲三蹚，秋天保管每垧地非打五六石粮。李运天听得入耳，心里倒是十分舒贴。最后，刘国泰提到目前的虫灾，问道：“老李，你说怎么办好？”

李运天用手搔搔头，没有回答。刘国泰接着说：“好在咱们翻了身的贫雇农，都没有迷信的啦！这就好办，长点虫子也不怕……”李运天的脸一直红到耳后边，他恨不得钻进地缝里去，躲躲刘国泰的眼睛。他又一想，也许他和王福通、郑佩、老谢头他们说的那话，刘国泰还不知道吧！“什么虫王爷的马，倒透了霉啦，说那些话干啥！”李运天心里埋怨自己，很着急，用眼角斜视了刘国泰一下。

“冯老三，过去剥削过咱们，跟咱们不一个阶级，现下变过来，他也自个劳动养活自个了，可是时间短，才一年，还没改造好。”刘国泰说，“他说的虫子是神虫、越抓越多，这都是成心造谣，老李你可不能信呵！你若信了，就上了他的当啦！”“那我哪能信呢？”李运天理直气壮地翻动一下白眼睛，接着说，“我才不迷信哪！”

这时候，李运天的老婆抱着孩子从外面回来了。她朝李运天傻里傻气地说道：“老佟太太的香炉纸码，都叫人家给拿农会去啦！”

李运天低着头，不吱声。老佟太太是他的邻居，他早就知道她这几天在家里烧香念咒，说是能请虫王爷收马。以前，有病有灾，大伙常请老佟太太跳神。土地改革以后，大伙不请她治病了，她也不敢跳神了。可是，偷偷摸摸地，她总还想要迷惑人，挣几个钱花。她说：“虫王爷的马下界了，呵呀！这是劫数！”李运天便也糊里糊涂地跟着到处说。

“你看！”李运天的老婆用手往窗外一指。李运天回过头去，只见一群妇女吵吵嚷嚷地在外面的道路上走过，前边走着一个干瘪的老太太。一个年青的姑娘，从后面指着那老太太说：“你这老巫婆，给我们妇女丢脸！”“她还骗了老黄家五千块钱呢！”另一个妇女喊。这一伙妇女，一窝蜂似的过完了；李运天的脸一阵红一阵

"老李,你过晌打算干啥呢,还睡觉吗?"刘国泰问道,用眼睛盯住李运天,可是嘴角还带着笑,"人家都下地抓虫子去啦,老李,你还不知道吧?""我知道哇,我也去抓!"李运天像得救了似的松口气,站起来就要走,还撒了一句慌:"我早想去抓,他们都不来找我嘛!"

这天过晌,区中队来了一班战士,帮助挖防虫沟。他们把枪架在地头上,脱去上身衣裳,排成一行,举起随身带来的铁锹,就猛劲地挖了起来。太阳光火辣辣的,不多会功夫,他们肩膀子上,全露出汗珠。那帮在地头垄边闲呆着瞧热闹的老乡们,看看这情景,有些受不住了。一个中农说:"咱们这帮人,像个啥?"另一个农民说:"我看像地主啦,自个不干活,瞅着人家干。"第三个说:"人家同志们来干为的啥? 也不能拿回一棵庄稼去!"第四个站起来:"我看咱们再不下手,也不够个人啦! 抓虫子不干,挖沟咱们还不干吗?"又有谁嚷:"挖沟也是为了挡虫子呵! 我看这个法子挺好! 咱们干吧!"这帮人乱哄哄地动起来,有的回家去取锹,有的上前去抢战士们的锹:"咱们自己的地,哪能用你们来偏劳呢?"可是,同志们也不放手。还是班长和刘国泰合讲,两下都一齐挖,那就挖得更快啦!

傍晚,一条长长的大防虫沟挖成了。沟的一面是斜坡,一面是用土垒的坳。深下、宽敞,各有一尺半的样子。为的爬进沟里的虫子就再也爬不出去,想法在沟里把虫子弄死。屯里的人欢欢喜喜地给挖沟的同志们烧水喝、适劳、道谢。天煞黑以前,他们一班人侧挎上枪背着锹,回区上去了。儿童们在他们后面跑着送了好远。

夜里,天黑得像墨似的。没有风、闷热,屯前边庄稼地里点着三只灯笼,它们互相距离有一里多地远近,成个三角形状。一些人影,在灯火旁边晃来晃去,隐隐约约,忙个不停。那是刘国泰、孙高、郑佩、老吴、王福通他们,在重新查看灯笼架子是不是绑得牢实,风来了能不能刮倒;把灯笼也用绳子紧住,紧扯在两边杆柱上,这样风吹也不能摇摆,不能灭。每只灯笼下面,都放了一口大铁锅,里面装着满满的水。只见一些飞蛾,开始从黑暗中各处扑来,在灯笼周围绕了一圈，便落在水里。"呵！这诱蛾灯真好使！"郑佩说。"咱们屯上费点油也不要紧，这一晚上，可能淹死老鼻子啦！"孙高说。"今黑夜，一点风也没有，正好，蛾子一定挺多！"刘国泰说。"还多亏朱同志告诉咱们这个法子，若不咱们上哪知道蛾子也能变虫呵！"王福通说。孙高说："迷信的不多啦。冯老三造谣也当不了啥。今个头一天就看出成色来啦，哪里的虫子没抓的，哪里的庄稼就吃得够呛！我看明天不用劝，都能下地抓虫子。"大家唠扯了一阵，便都回家睡觉去了，三只明晃晃的灯笼，在地里点着，遥远一看，好像三颗大火球。

　　第二天一早，屯里的人就纷纷出去，又下地抓虫子去了，今天，比昨天人更增多了。妇女队里的陈秀贞，还是牵着她那七只母鸡，咯咯咯咯地叫唤着。"呵！母鸡又上阵啦！"老谢头站在地头上瞅着她们笑。这时候，冯老三也不知道受了谁的指教，一溜烟从他家里跑出来，就往地里奔去。一边小步跑着，一边朝他那组喊道："组长，组长！抓虫子可别扔下我呀，我也去抓，我也去抓！"

　　过了五天以后，老谢头，嘴里含着烟袋，悠悠荡荡地走在地头上，眼睛看着自己的庄稼，心里有说不出的快活。他觉得苞米，比五天前又挺出半尺来高了。李运天，也走来看庄稼。"这回咱屯算好喽，庄稼没糟蹋，比啥都强！"老谢头说，"咱们人也真行，五六天功夫，就把二百多垧地的虫子都抓尽啦！还淹死了三大锅蛾子！要照我那想法，等下场暴雨，庄稼可就踢蹬啦！"

　　李运天说："可不，咱屯要都像我脑筋那么迷信，庄稼也就叫虫子吃光啦。这多亏了老刘。"老谢头，提着短杆的小烟袋，望望绿油油的一片庄稼一边走，一边说："歇上它一天半天的，还得铲地蹚地哪！再铲一遍、蹚一遍，就是三铲三蹚啦！"

选自《东北日报》，1948年8月27日